Bettina von Arnim · Ein Lesebuch

Bettina von Arnim
Ein Lesebuch

Mit 21 Abbildungen

Herausgegeben
von Christa Bürger
und Birgitt Diefenbach

Philipp Reclam jun. Stuttgart

Umschlagabbildung:
Bettina von Arnim
Bleistiftzeichnung von Ludwig Emil Grimm, um 1809

RECLAMS UNIVERSAL-BIBLIOTHEK Nr. 2690

Bibliographisch ergänzte Ausgabe 2004
Gesamtherstellung: Reclam, Ditzingen. Printed in Germany 2009
RECLAM, UNIVERSAL-BIBLIOTHEK und
RECLAMS UNIVERSAL-BIBLIOTHEK sind eingetragene Marken
der Philipp Reclam jun. GmbH & Co., Stuttgart
ISBN 978-3-15-002690-8

www.reclam.de

Zur Einführung

»Zweifelnd eher denn zuversichtlich« liest Christa Wolf die Briefe Bettina von Arnims, sich fragend, ob heutige Leser deren dithyrambische Sprache, »diesen oft schwärmerischen Ton« überhaupt ertragen können.[1] Trotz der Neuauflagen aus Anlaß von Bettinas 200. Geburtstag sieht es so aus, als behielte der Zweifel recht. Nach wie vor dominiert in der Reaktion auf diese Veröffentlichungen die Befremdung gegenüber einem Schreibprojekt, das sich um ästhetische Normen nicht kümmert, das sich weigert, eine bestimmte Form zu suchen, um als *Werk* eingeordnet werden zu können. Wie die zeitgenössische Kritik antwortet noch die heutige auf die Zumutung dieser Literatur mit der Abtrennung der Person vom Werk. Die Verschiebung des Rezeptionsinteresses auf das Leben der Schreibenden bewahrt vor der Verlegenheit, über deren Produktion als literarische sich äußern zu müssen.[2] Die Zähigkeit, mit der einmal gefällte Urteile in der Literaturgeschichte fortleben, ist ganz erstaunlich. Clemens Brentanos zwischen Ironie und Hingerissenheit schwankende Äußerung, Bettina laufe als ein Monument in aller Welt herum (ob ihrer selbst oder Goethes – auch das läßt er in der Schwebe),[3] findet ihr Echo in der Gegenwart, wenn

1 Christa Wolf, »Nun ja! Das nächste Leben geht aber heute an. Ein Brief über die Bettine«, in: C. W., *Lesen und Schreiben. Neue Sammlung*. Darmstadt/Neuwied ²1981, S. 309.

2 Dies gilt auch für die im übrigen durchaus einfühlsamen Versuche Dieter Kühns: *Bettine von Arnim. Aus meinem Leben*, hrsg. von D. K., Frankfurt a. M. 1982, und D. K., *Bettines letzte Liebschaften*, Frankfurt a. M. 1986.

3 »Sieh! liebe Bettine, ich möchte auch kein Wort sagen, was Dich verletzte; Du mußt mir glauben, wenn ich Dir sage, daß ich nichts Schöneres, Wahrscheinenderes im zeitlichen Leben kenne, als was Du alles für den Geliebten geschrieben und gefühlt, und gedacht, gedichtet, geträumt hast, und auch für ihn gestohlen, Gott und Dir und vielen lieben Seelen. Du hast ihm eine gewaltig schöne Herde geschlachtet. Wahrhaftig Du hast ihm ein Monument mit Dir selbst aufgemauert, was braucht es eines von Marmor. Du selbst läufst ja als solches in aller Welt herum. Du hast alles, was Dir Gott an Natur und

von ihren Briefen behauptet wird, sie habe sie »ohne Risiko« geschrieben: »In ihrer Stube schrieb sie bereits so, als ob ihr die Nation dabei über die Schulter schaute«.[4] Es ist dies aber eine Bemerkung, die das Schreibprojekt Bettinas in seinem Kern trifft, ist dieses doch gerade an die Authentizität der Schreibenden gebunden. Die Zeitgenossen haben da bereits mehr gesehen und gerade die »dämonische Kühnheit« Bettinas bewundert,[5] ihre Grenzverletzungen, die nichts Hergebrachtes respektieren und die Trennung zwischen dem Privaten und dem Öffentlichen, zwischen Kunst und Leben aufheben wollen. Bettinas Lebensentwurf aber, dem der emphatische Aneignungsversuch von Christa Wolf gilt, wird bis heute trivialisiert in der Tradition des von den Jungdeutschen verbreiteten Bettina-Mythos vom genialen Kind, vom irrlichternden Kobold.[6]

Nun liegt es freilich nahe, die von Bettina entwickelte literarische Form (die am ehesten als Vorform des inneren Monologs aufgefaßt werden kann) als ungleichzeitig zu empfinden, läßt sie sich doch schwer einordnen zwischen der hymnischen Erlebnislyrik des jungen Goethe und den Prosagedichten der ästhetischen Moderne. Bettina selbst beruft sich auf Schelling und kennzeichnet ihr Schreiben als unbewußte Philosophie. Die Formlosigkeit ihrer Briefe ist die Form, die sich dazu eignet, der Bewegung der ineinandergleitenden Gedanken und Erfahrungen Ausdruck zu verleihen, ohne sie deformie-

Gnade gegeben, mit Phantasie und Leidenschaft vermischt zu einer Art von Hexenbrühe verkochen und über alle bereits abgestandenen Zauber Goethes gießen müssen, um sie neu lebendig zu machen. Auch in solchen Belebungsrezepten kommen meist unschuldige, jungfräuliche und heiligste Ingredienzen vor.« Clemens an Bettina 1834 (Clemens Brentano, *Briefe*, hrsg. von Friedrich Seebaß, Bd. 2, Nürnberg 1951, S. 338 f.).

4 Wolf Lepenies, Rezension des Briefwechsels zwischen Bettina von Arnim und den Brüdern Grimm, in: *FAZ* vom 19. 10. 1985.

5 So der Theologe Friedrich Lücke in einem Brief an die Brüder Grimm, zit. nach: WB Bd. 2, S. 731.

6 Vgl. dazu WB Bd. 2, S. 736 f. sowie Wulf Wülfing, »Zur Mythisierung der Frau im Jungen Deutschland«, in: *Zeitschrift für deutsche Philologie* 99 (1980) S. 559–581; hier: S. 569 ff.

»Herr und Frau von Arnim bei + 6° Kälte«.
Federzeichnung von unbekannter Hand

ren zu müssen: Gedanken, wie sie ihr kommen, zum Beispiel »an einem Regentag, wo zwischen Schlaf und Wachen die Seele nach Wind und Wetter sich bequemte«[7]. Der Widerstand gegen den Zwang der Form hat jedoch noch eine andere Dimension. In ihren Büchern spricht Bettina ja nicht allein, sie braucht den anderen, um zur Sprache zu kommen, oder mehr: um sich selbst fühlen zu können. Das geheime Ziel ihres Schreibens ist daher die Produktion einer anderen Lebensform, gegründet auf die Liebe. Der romantische

7 SW Bd. 3, S. 375.

Begriff der Sympoesie müßte existentiell ausgelegt werden, wollte man mit ihm das Schreibprojekt Bettinas fassen. Bekanntlich sind die Liebesexperimente, die den Gehalt der Briefromane ausmachen, gescheitert. Das gewählte Alter ego, Günderrode[8] erst, dann Goethe, entzieht sich dem Liebesverlangen der Schreibenden. Nur daß diese aus der Erinnerung schreibt, macht die unter den dithyrambischen Strömen der Sprache verborgene Erfahrung der Entfremdung erträglich.

8 Die Familie Karoline von Günderrodes schrieb sich mit Doppel-»r«. In der neueren Sekundärliteratur hat man sich deshalb auf diese Schreibweise geeinigt. In den Texten Bettinas sowie in Zitaten und Buchtiteln haben wir jedoch die »alte« Form mit einem »r« beibehalten.

Clemens Brentanos Frühlingskranz

Vorbemerkung

Bettinas schriftstellerische Tätigkeit beginnt nach dem Tod Achim von Arnims. Als sie ihr erstes Buch veröffentlicht, ist sie bereits fünfzig Jahre alt.

Die Publikationsfolge ihrer Bücher, in denen sie ihre Briefwechsel mit dem Bruder Clemens Brentano, Karoline von Günderrode und Goethe verarbeitet, ist der Chronologie der zugrunde liegenden Briefwechsel gegenläufig. 1835 erscheint *Goethes Briefwechsel mit einem Kinde*, der zurückreicht in die Zeit von Bettinas Gesprächen mit Goethes Mutter, von 1806 bis 1808; 1840 *Die Günderode*, Briefe aus den Jahren 1804–1806; 1844, also nach dem Tod des Bruders, der sie von der Veröffentlichung des Goethebriefwechsels hatte abbringen wollen, *Clemens Brentanos Frühlingskranz*, mit Briefen aus den Jahren 1801–1803, also bis zur Heirat von Clemens mit der Schriftstellerin Sophie Mereau. Diese Entscheidung gegen die realen Zeitabläufe sollte eine Interpretation der Briefe als Entwicklungsroman bereits fraglich machen. Wenn Bettina sich zunächst der Kindheit Goethes zuwendet, bevor sie die eigene mit Vorsicht sich zu vergegenwärtigen versucht, so hat dies durchaus eine zeitdiagnostische Dimension. Sichtbar wird ein der romantischen Generation, der Bettina angehört, gemeinsames Problem: daß die Suche nach dem eigenen Ich immer wieder ins Leere stößt. Bettina kann in dem großartigen Brief, in den sie für den Bruder eine Art poetischer Abbreviatur einer Autobiographie hineinschreibt, ihre Kindheit nur in der quasi-mythischen Spannung von Leben und Tod darstellen (vgl. S. 36). Für die Ich-Problematik Bettinas charakteristisch erscheint dabei die Tatsache, daß der Tod für sie konkrete Erfahrung ist, daß sie »dem Leben« aber, gerade in dem Maße, wie sie sich bemüht, seinen unaufhaltsamen Strömen sprachlich sich zu überlassen, keinen Inhalt zu geben vermag; sie fühlt es in sich als reine, aber ziellose Energie.

Die Familie Brentano war, infolge der drei Ehen des Vaters, ungewöhnlich groß, insgesamt waren es zwanzig Kinder, von denen um 1800 noch dreizehn am Leben waren. Die Beziehungen der Geschwister untereinander waren daher naturgemäß von sehr unterschiedlicher Intensität. Bettinas Mutter Maximiliane[1] war, siebenunddreißigjährig, 1793 gestorben, wonach Bettina mit ihren Schwestern Gunda, Lulu und Meline vier Jahre lang bei den Ursulinen in Fritzlar erzogen wurde. Im Offenbacher Haus der Großmutter Sophie von La Roche, die die weitere Erziehung der Schwestern übernommen hatte, begegnet sie 1797 dem Bruder Clemens zum erstenmal bewußt, als dieser während der Semesterferien aus Halle kommt. Die Passage, in der Bettina dem Bruder diese erste Begegnung in Erinnerung ruft, ist oft zitiert worden. Die Erscheinung des sieben Jahre älteren Bruders erfährt sie als »eine große Wendung in meinem Schicksal«, von Stund an läßt sie ihre Puppe liegen: »ich wollte aber die nicht mehr, ich wollte nur Dich« (S. 24). Was sie in diesem Augenblick entdeckt, ist das Du, die Möglichkeit der Selbstwerdung in der Liebe.

Clemens hat zu dieser Zeit schon eine abgebrochene Kaufmannslehre und zwei unabgeschlossene Universitätsstudien hinter sich. Es mag uns eigenartig anmuten, daß der wildeste der Frühromantiker in diesen Briefen vor allem als Erzieher, als Anwalt der Konvention präsent ist. Seine Briefe an die Schwester (die hier nicht aufgenommen sind) enthalten Ermahnungen, Arbeitsanweisungen, Lesevorschläge, die er mit dem Ziel formuliert, das »Geniale« Bettinas zutage zu fördern, ein Ansinnen, dem sie sich standhaft, mit Ironie und Phantasie, widersetzt. Die Fähigkeit der jungen Bettina, in der leidenschaftlichen Hingabe doch Distanz zu bewahren, ist ganz erstaunlich. Gegen Clemens' Stilisierungsversuche beharrt sie auf dem Eigensinn der in ihr wirkenden Lebensenergien. Ebenso hartnäckig wehrt sie sich gegen die Regeln

1 Ihr Porträt findet sich im 13. Buch von Goethes *Dichtung und Wahrheit*.

des Anstands, gegen Konventionen überhaupt, weil sie in ihnen nur die Verhinderung von Menschlichkeit sieht.[2] Sie hat ihre eigenen Maximen, die sie mit derselben Konsequenz verfolgt, wie sie den Zwang jeder Logik des Wissens zurückweist. Ihre Hauptmaxime lautet: »eigenmächtig« sein. Dieser Wille zum Widerstand ist wirksam bis in Bettinas Schreibweise hinein, die ihre Herkunft aus dem Dialekt nicht verbirgt, oder in dem Beharren auf einer eigenen – assoziativen – Form des Erzählens, die sie aus dem Widerstand gegen die »historische« Darstellung konventionalisierter Geschichtsschreibung entwickelt und wobei sie unter der Hand so etwas wie eine Geschichte des Alltags entdeckt. Daß die Rebellion gegen die Form zugleich Arbeit an der Form ist, freilich einer auf den freien Ausdruck von Subjektivität zielenden Form, zeigt Bettinas Dialog mit der Linde, der sich, herausgelöst aus dem Briefkontext, durchaus mit späteren Prosagedichten vergleichen ließe (vgl. S. 26–28).

2 Vgl. den Brief über das Judenmädchen Veilchen, S. 15–17.

Bettina Brentano. Jugendbild von Ludwig Emil Grimm

Lieber Clemens!

Clemens, Du hast mich mit Deinem Brief übereilt; ich wollte Dir ja noch mehr schreiben, letzt am Donnerstag gab ich den Brief so schnell auf die Post, weil ich's nicht erwarten kann, daß Du meinen Brief hast, er ist ja bloß eine Liebkosung meiner Seele, von der Du willst, daß sie durch ihre harmonische Bildung in das Gewebe der Weltereignisse sich mit als ein notwendiger Faden einwirke, und Du meinst, es ist zu schwer für mich, das zu verstehen? – Lieber Clemens, dies alles spricht ja laut genug und täglich und stündlich zu mir! – Aber! – Freilich, ein großes Aber fährt aus blauer Luft ein Blitz auf mich ein! Und ich schäme mich, meine Gedanken vor Dir auszusprechen. Wie soll ich denn anfangen? – Ja, ich müßte Dir von meiner Verwundrung sprechen über alles, was ich sehe und höre in der Welt! Über die Lehren, die jene Leute mir geben, die mich zu einem angenehmen und liebenswürdigen Mädchen erziehen wollen. Das kommt mir aber gar nicht angenehm, sondern sehr horribel vor, was andre Leute wohlerzogen oder gebildet nennen. Ach, und Du meinst, ich könnte diesen Anstandsforderungen genug tun? – Ach, Clemens, weißt Du, daß mich dies alles ganz dumm macht? – Ich verstehe entweder Deine Briefe nicht, oder alles, was Du willst, läuft stracks dem zuwider, was jene heischen! – Und ist das nicht eine sklavische Art des Seins, *vor andern Menschen sich zu benehmen*, und wird die Seele sich nicht an das Knechtische gewöhnen, die den Konvenienzen auf Kosten ihrer reineren Gefühle nachgibt! – Ich bin so ärgerlich, es hat mich was gekränkt. Das junge Mädchen, was uns sticken lehrt, ist eine Jüdin, sie heißt Veilchen, es ist ein recht liebkosender Name, und ich fand letzt das erste Sträußchen ihrer Namensvettern zusammen, da ging ich ganz früh zu ihr, um sie damit zu überraschen, ich fand sie auf der Treppe mit dem Besen in der Hand, sie war beschämt, ich aber gleich nahm ihr den aus der Hand und sagte: »Ach, lassen Sie mich auch ein bißchen kehren.« Da kam so früh schon, denn es war noch nicht sieben Uhr, der Hofmeister vom Eduard Bethmann vorbei, der mußte es der Tante gesagt haben, daß er mich vor der Haustür eines Juden auf offner Straße kehrend fand – ich muß jetzt lachen; denn es ist auch recht lächerlich – ich will Dir die derbsten Ausdrücke von der Tante ihrer Merkuriale ersparen, sie meinte nur, ich sei verloren, für ein besseres Dasein verloren, ich habe mich gänzlich weggeworfen! »Vous n'avez point de pudeur, point de respect humain, on vous trouve balayer la rue main en main avec une juive!« Ich mußte lachen! Nein, ich konnte nicht anders. Du weißt, ich fürchte die Tante und mag sie nicht gerne beleidigen oder reizen! »Cachez vous devant le monde, qu'on ne lise point sur votre front les deshonorants signes de votre effronterie.« Ach, ich mußte noch einmal lachen, die Tante ging hinaus! Ich hätte sie gern wieder gutgemacht, keine Möglichkeit, ich fühlte, daß ich mich nicht ernsthaft stimmen konnte. Die Bahn war plötzlich gebrochen, ich glaube, ich werde nie wieder dazu kommen, ihre Anstandsregeln zu respektieren. – Ach, und wenn Du wüßtest, wie hübsch es bei dem lieben Veilchen war! – Da war alles schon so sauber im Stübchen, ein kleiner Kaminherd, auf dem brannte ein Feuerchen, dabei kochte das Frühstück für den Großvater, der saß dabei und strich seinen langen weißen Bart durch die Finger, Veilchen stickt ein Goldmuster sehr schön in einen *rosinfarbenen* Sammet, so nennt sie ein sanftes Braunrot in ihrer Judensprache. Die Arbeit ist bestellt, und sie bekommt dann viel Geld, wenn es fertig sein wird. Sie ernährt ihren Großvater und zwei seiner Urenkel, die Waisen von dem gestorbnen Bruder, denen ist die Veilchen ganz wie eine Mutter, ich half ihr sticken, es ward recht gut, denn ich hab' Augenmaß und mache die Stiche sehr egal. Alles, was mit dem Geld angefangen werden soll! – 20 Louisdor! – Da ist so viel zu bestreiten in der Haushaltung, vom Hemd bis auf die Schuhe und Schüsselchen und Töpfchen, und der Herd, der eingefallen ist, und die Ofenplatte geplatzt; das muß geflickt werden und das Wohnzimmerchen frisch geweißt, wo die Leute eintreten, um die

Arbeit zu bestellen. Veilchen ist von der Gattung Mädchen, die einen Nelkentopf vor ihrem Fenster pflegen und Absenker machen und endlich einen ganzen Flor daraus ziehen, die auch wohl ein Myrtenbäumchen zur Blüte bringen, aber kein Kränzchen daraus winden. *Es wär' auch schade*, meinte sie heut' morgen und lächelte. – Wir waren so vergnügt zusammen beim Sticken, ich fädelte die Flittern und Goldbouillon auf einen langen Faden, da ging die Arbeit viel geschwinder; wenn sie solche Hilfe hätte, meinte sie, dann würden die Sorgen ihr nicht so leicht über den Kopf wachsen; ich bat sie, daß sie mich alle Frühmorgen mit soll sticken lassen, dann wird's gewiß acht Tage früher fertig. Früh um vier Uhr geht schon die Sonne auf, da kann ich sticken bis acht Uhr, dann muß ich zur Großmama zum Frühstück – jetzt wird's aber die Tante nicht erlauben, denn weil ich die Gaß gekehrt hab' – und sollt' ich's heimlich tun, das wirst Du mir nicht erlauben, und sollt' ich's gar unterlassen? das will ich nicht. Mein Wort brechen, einem Mädchen, was seinen Großvater ernährt und seine Geschwisterkinder? – Sie weiß nichts davon, zum Tanze zu gehen oder schön geputzt in Kleidern auf den Freier zu warten. Und ich wollte da ein kleines unschuldiges Fädchen anspinnen ins Gewebe der Welt, ein einzig klein Fädchen, und – nein, ich soll's abreißen, weil sich's nicht schickt. Ach! wo soll ich in der ereignisvollen Welt meinen Faden anknüpfen, wenn das Einfachste gegen den Anstand ist! – Wer hat diese Lügen gemacht? – Denn das sind wirkliche Lügen, nach denen ich mich niemals richten werde! Ach, wenn Du hier wärst, Clemens, Du würdest vielleicht es der Tante so vernünftig darstellen, daß sie nichts dagegen haben könnte. Ich hab' noch viel zu erzählen, aber nicht heut', jetzt lauf' ich den Garten mit dem Spitz, es ist schon Nacht, ich fürcht' mich nicht, wenn der Hund bei mir ist. –

Am 25. März. Jeden Nachmittag kommt der Herzog, der blinde Herzog von Aremberg, mit einem großen Pack Revolutionsblätter, Sieyès, Mercier, Pétion, noch andre, die mit großem Ernst am Weltgeschick weben. Das klingt ein in meine verneinende Seele gegen alles, was ich in der Welt gewahr werde, sie beweisen und heben den Schleier von aller Verkehrtheit. Abends, wenn alles fort ist, spricht die Großmama mit mir, Mirabeau sei ein Komet, der alles entzündet, was sich ihm nähert. Das Große in ihm verstehen lernen, adle die Seele, sie macht Auszüge aus seinen Briefen, sie gibt mir eine Nadel, damit soll ich ins Heft stechen, welchen Satz ich treffe, den soll ich als Gedenkspruch bewahren, sie hatte diese Sätze selbst alle gesammelt und war überzeugt, ich werde mit der Nadel nicht unrecht stechen, aber ich stach in: *»Die Macht der Gewohnheit ist eine Kette, die selbst das größte Genie nur mit vieler Mühe bricht«*, und die Großmama stutzt, ob ich den Satz nicht gar selbst erfunden hab'. Nein, liebe Großmama, hier steht er, ich bin nicht Mirabeau, aber sein Geist ist mir ins Blut gegangen, er wird mich ewig mahnen, nicht von der Gewohnheit abzuhängen. Die liebe Großmama! Adieu, mein Clemens, und schreib, daß du kommst.

Deine Bettine.

Lieber Clemens!

Wenn man aber auf den Barbara-Tag Reiser von den Obstbäumen abschneidet und die ins Wasser stellt, dann blühen sie im März, und das hab' ich getan, und sie blühen auch alleweil. Apfelblüten sind zu schön! – Wär' ich als Mädchen, was die Apfelblüte ist, ich wär' doch wohl alles Liebe und herzlich Schöne. Was Du von mir denkst, dann könnt' ich Dir verzeihen, was Du mir und Dir weismachen willst. Ja, es ist recht schön; denn ich hab' das Plaisir davon, und Dir schadet's nichts. Aber sei nur nicht ängstlich, daß ich keine Apfelblüte bin, weiß und rot und goldner Same drin, sondern daß ich vielleicht gar so eine Nessel bin oder Distel oder Dorn, wie Du meinst, vor denen ich mich soll hüten.

Ich hab' am Feiertag nicht können schreiben, die drei kleine Katzen auf dem Schoß so kommod ineinandergelegt, alle drei eingeschlafen unter der großmächtigen Pappel im Eckelchen auf der Bank. So viel Blüten tanzten herunter, so viel braune klebrigte Schalen platzten los von den Knospen, ich dachte, was knistert doch im Baum; und später, wie die Katzen so sanft schliefen, da hatte ich auch ein bißchen geschlafen. – Ach, Clemens wir wollen recht vertrauend einander schreiben, und nichts weismachen einander! – Und wenn Du aber frägst, ob das Einbildung sei oder Eitelkeit mit dem Mirabeau, so kann das ja möglich sein und doch auch wahr, ich wehr' mich dagegen nicht! Aber der Mirabeau! – Ich wollt', ich stünd' vor ihm; weißt Du? – Denk' ich an ihn, ich fühl' mein Gesicht brennen. Liebster Clemens, mit aller Sehnsucht meiner Arme, meiner Augen, ja mit allem, was umfassend ist in mir, möcht' ich seine Knie umschlingen! Des großen Helden, der auf seine Lippe nimmt das Geschick des Volkes und entzündet es, mit seines Mundes Hauch facht er es an.

Auf meiner Seele klarem Grund die Fischchen herumspielen sehen, das freut Dich? – Nun, so guck! Wie sie da fahren wie der Blitz hin und her, sie prallen ans Ufer der allbekannten todbringenden Langenweile, sie stoßen sich den Kopf ein; und soll ich keine Leuchte anzünden, zwischen diesem klippigten Grund einen Ausweg zu finden aus der Pfütze – ins Weltenmeer? – Wohin sonst? – Glaub' nicht, daß ich im angenehmen häuslichen Kreis mich gefangen gebe, und auch nicht der Bildungsanstalt schöner edler Ideen. Auch nicht Latein kann ich ein Jahr oder ein halb Jahr der Großmama zu Gefallen lernen; denn mir kann ich's nicht zuleid' tun. Ich habe ja nicht eine Vernunft, der ich folge, ich bin ja ein elektrischer Funke, und ins Latein kann ich nicht hineinfahren, es stößt ab, sagst Du selbst.

Es ist nichts, du Welt, wonach ich die Hand strecke. Wär's *etwas*! – Auf dem Dach vom Taubenschlag die Sonne sinken sehen, das ist meines ganzen Lebens Aussicht. Sie geht dort unter so blutrot, und mein Blut – wallt mit im roten Meer der Sonne, und dort wird's röter, und mein Gesicht wird blässer. Ja, ich glaub', daß der Geist des Blutes mit fortgezogen wird, wenn dort die Sonne ihre letzten Strahlen hineintaucht. Denn denk' ich feurig, daß mirs Herz klopft, dann werd' ich blaß, lange war's nicht so schön hier in Offenbach als heute abend, und lange hat mich ein schöner Abend nicht so froh gemacht und so traurig zugleich. Es war da gar niemand, der auch nur den geringsten Anspruch hätte gemacht an meine Seligkeit. Ich wundre mich, daß andre nicht sind wie ich! Und Du? – Vielleicht in demselben Augenblick dachtest Du ganz was anders, das geht mir zu Herzen. Die Sonne sank eben in den Main. Ist es Dir nicht auch so, wenn die Sonne sich im Wasser spiegelt, man möchte sich gar zu gerne hineinstürzen und so in dem Glanz untergehen. Aber es wiegte sich noch eine schöne Harmonie von blasenden Instrumenten auf den Wellen; ein leichtes Schiffchen trug alle die Seligkeit auf seinem Verdeck, still bedachtsam zog's den Strom hinauf.

Das Abendrot am Strand hinzieht,
Ergibt den Wellen sich mit Lust,
Da schwellet die beklemmte Brust
Der unbewußten Sehnsucht Lied,
So kühn gewaltig zwingt das Lied
Die Trauer der beklemmten Brust,
In Lebensmut erstrebt sie Lust,
In Liebesflut sie Wolken zieht,
Und weckt in der beklemmten Brust
Der hohen Freiheit kühnes Lied.
Sein voller Klang
Das Herz durchdrang,
Das Lied sich schwang
In Liebesdrang.
Zu ihm, zu dem ich hin verlang',
Dort über die Berge mit der Lerche,
Ihm nach der Hymne zu singen dem Volk,
Dem von seinen Lippen sie sollte erklingen.

O, Clemens, was ist mir doch heute geschehen Sonderbares, da bringt die Großmama heute einen alten Brief vor vom Lavater, der schon drei Jahre alt ist, kurz vor seinem Tod geschrieben, der malt den Mirabeau und recht unglimpflich, und die Großmama holt die Silhouette aus dem Brief hervor, die er mitgeschickt hatte. »Beschauen Sie die Nase«, schreibt er, »diese Nase ist eine Bauern-Nase, die bezeichnet nicht den Helden, der die kühnsten Entwürfe beharrlich ausführt. Seine Freunde glauben, daß er die Tugend liebte, dies kann aber unmöglich mit so schwülstigen Lippen, deren Winkel so matt herabhängen, übereinstimmen, sein Auge ist zwar feurig, aber von finsterer Vermessenheit und hat einen verachtenden Blick, eine schamvergessene Gewaltsamkeit thront auf seiner Stirne, aber kein Heldenmut, ein Zug geht durch die ganze Physiognomie, der zwar die Karikatur des Genies markant ausspricht, nämlich Exaltation, die an Narrheit grenzt.« Und siehst Du, so hat mich die Großmama gequält, ich soll's herausfinden, worin es liege, vergeblich wollt' ich sie erinnern, daß sie ja so verleumderische Ansichten über den erhabnen Charakter nicht könne gelten lassen, aber sie wollte ihres Lavaters Schwanengesang (so nannte sie diesen letzten Brief Lavaters an sie) nicht als verleumderisch gelten lassen. – Und Du predigst mir immer Pietät gegen die Großmutter! – Wo und wie soll sich das alles zusammenfinden, ohne daß heuchlerische und kleinliche Furcht sich drein mische! Ach, Clemens! vertrauend – und das heißt ganz wahr und offen sein, das verlangt, daß ich stets auch aus der Tiefe meines Herzens mich an den Tag gebe, nicht umsonst will ich alles verstanden haben, nicht umsonst hab' ich meine französischen Aufsätze für Herrn L'endroit als geheime Antworten, Fragen und Begeisterungen für diesen Mirabeau geschrieben, habe er meinetwegen Pockengruben, die ihn bis zur Häßlichkeit entstellen, mich geht's nichts an; nicht tief genug kann ich mich in die Gruben seines tiefen Denkens alles Reinen und Hohen hineinbetten, ja in diesen Gruben möcht' ich begraben sein. Du wirst antworten, daß ich ihn ja nicht verstehe, –

ich versteh' ihn freilich nicht, wie könnt' ich all' die großen Beziehungen auffassen, die er durch diese grausame Revolution hindurch mit der größeren Zukunft des Volkes anknüpfte. – Aller Jammer, der seitdem hereingebrochen ist, den würde er mit starker Faust zurückgewiesen haben, so viel versteh' ich doch, daß er liebte nämlich: und daher keine gehässige Gewaltsamkeit geduldet hätte. Und ich will lieber schweigen, ich bin noch so jung – und mit jedem Schritt meines Daseins stoß' ich auf lauter widerwärtige Ungereimtheiten, ganz in der Stille schlag' ich die Hände zusammen über alle Narrheit, – ganz in der Stille bete ich zu dem, der in seinem schmerzvollen Tod noch mit allen Kräften seiner Sinne sich dem Volk zuwendete, für es zu sorgen, ja, ich bete zu ihm, daß er bei mir, mit mir sein möge und mich lehren sprechen zu seiner Zeit. Denn auch ich möchte die Welt umfassen. O, ich weiß, was Du sagst, Du tadelst mich. – Du sagst, ich sei überspannt, ich wolle affektieren. – Ich beweise schon darin meinen Heldenmut, auf einmal so aufrichtig meine Seele vor Dir auszusprechen? – Ja, wenn Du von offnem Vertrauen sprichst – damals auf der Hoftreppe war ich ja gar nicht aufrichtig! – ich schwieg mit meiner tieferen Seele. – Denn Du hättest sie getadelt. – Aber doppelt kann ich nicht die Wahrheit verleugnen. Wenn Du sagst, ich soll recht vertrauend gegen Dich sein, da muß der tiefste Quell meines Herzens hervorsprudeln. –

Gestern hab' ich bei Arenswald eine ganze Stunde Lektion gehabt über Elektrizität, mir flimmert's vor den Augen wie tausend elektrische Funken. Wenn Du ein Stück Papier verbrennst, dann laufen diese Funken alle durcheinander wie bei einer Revolution, als wenn sie allesamt die wichtigsten Geschäfte hätten, so geht's in meinem Kopf; wenn's nur nicht so traurig ausging', zuletzt bleibt einer nur übrig, oder zwei, das ist noch melancholischer – der läuft ganz allein durch die schwarzen verlaßnen Finsternissen; – flipps ist er weg! – Der andre dort, weg ist er. Gestern abend hab' ich immer wieder ein Papier angezündet, um diesen beiden Fünkchen auf ihrem

Aschenweg nachzusehen. Die alte Cordel war auf ihrem ledernen Sessel eingeschlafen, sie mußte husten vom Qualm und erwachte mit sehr schlimmem Humor, sie sperrte Laden und Fenster auf, da schien der Mond herein, mir was ganz Neues, ich hatte nicht gedacht, daß der scheinen sollte; ich lief in den Garten, der Spitz, der ist mein Geisterbanner, oder vielmehr bewacht er meine Zusammenkünfte mit den Geistern; denn weil ich die Geister nicht fürchte, wenn er bei mir ist, so ruf' ich mir sie herbei und rede mit ihnen, ich würde das allein nicht wagen ohne den Spitz.

Lieber Clemens, ich hab' Dir alles geschrieben, ich weiß, Du würdest zanken, wenn Du schriebst – aber Du schreibst ja nicht, Du kommst ja selbst, da kannst Du nicht, mit meinem Mund geb' ich Dir einen Kuß auf Deinen, in welcher Sprache kann ich gebieterischer ausrufen: *»Halt's Maul, geliebter Bruder!«* O, mein lieber Clemens, wie freu' ich mich darauf. – Die Sonne scheint mir eben ins Bett und läßt mich nicht länger träumen von Dir. Ich kann mich mit dem Kritzlen nicht aufhalten, sieh, wie das schöne Wetter mich schnöde macht.

Lieber Clemens, die Sonne ist eben wieder weg, da wollt' ich gern weiter schreiben. Aber adieu, Clemens, sie ist schon wieder da, es geht gleich in den Wald, da wollen wir frühstükken, ich will sehen, ob ich ein Veilchen für Dich finde, komm bald, daß es noch blüht, ich bewahr' Dir's am Herzen, und wenn ich dann so redselig mit Dir bin, dann duftet Dir's aus meiner Brust.

Deine Bettine.

An Clemens.

Clemente! Hättest Du das letzte nicht geschrieben, so hätte ich Dir das erste nachgesehen, daß Du mich vernünftig machen willst für die Welt – und denn am Rand, daß ich nicht faslen soll mit dem Mirabeau; in der Mitte die große Philisterglosse, wie ich mich und Dich soll bessern. Und der Sommer steht inmitten seiner Glut, wo jeder faul sein mag, und ich soll fleißig sein und gewachsen, wenn Du kommst, auf den Grasplatz hab' ich mich gelegt unter die Leinwand, vielleicht vom Begießen, daß ich wachse; aber ich kann in der Sonnenhitze nur herumschlendern. Ach, Clemente! Wenn ich mich hinsetze zum Zeichnen – weißt Du, wie mir's da geht? Es wühlt mir im Kopf, ich muß mir Luft machen mit einem Lied, ich muß ein neues Harpegge erfinden. Nein, das auch nicht, es schwärmen mir Gedanken im Kopf, wie soll ich Dir sagen? – Schmetterlinge sind's, ich muß ihnen nachjagen, aber dazwischen jagt's mich selbst wie einen Schmetterling davon, und die Bohnen in meinem Gartenbeet muß ich erst am Bindfaden hinaufschlängeln. Und will ich mir nicht davonlaufen, dann kribbelt's mir im Kopf und in den Füßen, ich kann nicht sitzen bleiben, es fällt mir das dummste Zeug ein. Meine alte Puppe vor zwei Jahren! Heut' hat's mich geplagt, ich mußte sie wieder einmal betrachten, mit der ich mich zum letztenmal unterhalten hatte, als Du zum erstenmal hierherkamst, Clemente! Du weißt noch, wie ich sie geschwind unter den Tisch warf, als Du hereintratst, und ich sah Dich an und kannte Dich nicht und hielt Dich für einen fremden Mann, der mir aber so wohlgefiel mit seiner blendenden Stirne und Dein schwarz Haar so dicht und so weich, und Du setztest Dich auf den Stuhl und nahmst mich auf einmal in Deine zwei Arme und sagtest: »Weißt Du, wer ich bin? Ich bin der Clemens!« Und da klammerte ich mich an Dich, aber gleich darauf hattest Du die Puppe unter dem Tisch hervorgeholt und mir in den Arm gelegt, ich wollte aber die nicht mehr, ich wollte nur Dich. Ach, das war eine große Wendung in meinem Schicksal, gleich denselben Augenblick, wie ich statt der Puppe Dich umhalste. – –

Ich habe meinen angefangnen Brief mitgenommen, hierher auf die grüne Burg. Die Schwestern sind auf einem weiten Spaziergang, ich war auf einem Nebenweg so ins hohe Gras gekommen, daß ich nicht mehr drüber hinaussehen konnte,

Clemens Brentano. Bleistiftzeichnung von Wilhelm Hensel, 1817

wo die geblieben sind, da bin ich ein wenig liegengeblieben zwischen Gras und Kräutern und hab' ins Abendrot geguckt, wie das den blauen Himmel bewältigte, und die Lerchen fielen nieder, gar nicht weit von mir, und die Frösche im Burggraben untereinander halten ein Gered' von der Moral, durch die ganze Froschtonleiter hör' ich vernehmlich krächzen: »Moral, Moral, Moral.« –

Die Linden blühen, Clemente, und der Abendwind schüttelt sich in ihren Zweigen. Wer bin ich, daß ihr mir all euren Duft zuweht, ihr Linden? Ach! sagen die Linden, Du gehst so einsam zwischen unsern Stämmen herum und umfaßt unsre Stämme als wenn wir Menschen wären, da sprechen wir Dich an mit unserm Duft.

Adieu, Clemens! Es ist schon spät! – Ich konnte noch sehen, wie ich Dir von den Linden schrieb, sie haben mir ihren Atem zum Fenster hereingehaucht, ich mußte sie wieder andufte mit meinen Gedanken, da kamen die Vögel zur Nachtherberg' in ihr Gezweig, und ich hätt auch da schlafen mögen, sanft bebend umschmeichelt vom flüsternden Laub, wie angenehm da schlafen.

Schreib' nach Offenbach, übermorgen gehen wir drei Schwestern schon wieder zurück.

Da schick' ich Dir das Blatt, worauf ich eben mit den Linden mich unterhalten hab'.

Ich will in die Wolken schauen und in den Mond, von dem eben der Tag Abschied nimmt, und ich will solang hineinsehen, bis ich eine andre Welt entdecke, und wenn ich sie gefunden hab', dann soll keine Träne mehr neidisch mir den Glanz verdunklen, in dem meine Seele ihre Farben spiegelt! –

Und was flüsterst du, Linde, mir ins Ohr? – »Grün, grün ist die zarte Farbe der Seelenruh', grün im Abendschein ist die Wiege der Träume! Und jeder Halm wiegt einen Traum, und mein Geblätter raschelt im Netz der Träume, und es winkt dir!« –

Ach, schweig du, Linde, es ist Nachtzeit, die Sterne glitzern durch dein Laub und reden anderes; und das rieselt mir durchs Gebein! – Ahnung soll künftig meine Seherin sein, und wenn ich ihr die Töne meiner liebenden Trauer geliehen hab', um das Schwellen zu malen und das Sinken ihrer sehnenden Gewalt, so soll sie mich wieder trösten, die, ein ewiges Meer, alle Wehmutstränen in ihren Wogen fortwälzt, bis sie vom Trübsinn gereinigt aufsteigen als elektrisch Feuer aus ihrem Wellenschoß. –

»Ach du!« – flüstert die Linde – »sei nicht hoffärtig, das löst nicht den Zauber.«

Ich horche auf dich nicht, Linde, ich lausche den Sternen da oben! – ich hör' Musik, sie schmelzen ihr Licht ins dunkle Nachtblau, ihre Strahlen klirren im Tanz aneinander.

»Was du nur willst mit deinen hochstrebenden Gefühlen«, sagt wieder die Linde; »sie langen ja nicht hinauf, komm unter meine Krone, sie schüttelt ihren Tau auf dich, damit fühl' ich dich gesegnet.«

Ach nein, immer lauter und klarer klingen die Sterne, ich hör', wie sie freudig ihre harmonische Verwandtschaft in die freien Lüfte tönen.

»O wehre meinem Flüstern nicht«, sagt wieder die Linde und schmeichelt – und meint, »was ist denn Musik der Sterne dagegen? – Wolle mich denken, du schaffest meinen Geist durch dein Begreifen meiner Natur, daß der wieder sich um dich winde, wie jetzt der deinige sich um mich windet, er soll dich berühren und immer, bis deine Seele leicht und kühn sich aufschwingen lernt zu eigner Freude, in einem Zug lieblich sprechender Töne!«

Was sagst du, Linde? – Ist mein Begreifen deines Geistes spielende Seele? –

Linde sagt: »Meine Seele rieselt mit Schauern zu dir hinüber, weil du sie denken magst. Denken beseelt, alle Wesen färben sich im Gedankenlicht. Was ist der Abendschein deinen Gedanken, daß sie weit über Feld mit ihm fliegen, und weil du ihn fühlst. Und wäre Denken nicht, so würde kein Wesen mehr beseelt sein, und die Schöpfung würde stumm in sich versinken. Denken beseelt, und alles Wesen erklingt in

eigner spielender Farbe in seinem Licht, wodurch alles lebt und sich unsterblich glaubt, und doch hängen sie nur vom Geiste ab, der das Denken ist.
Wir glauben uns selbst zu erkennen als lebend, und die geheime Freude des Werdens in uns ist doch, weil wir erklingen im Geist, der uns denkt!« –

Sag' ich wieder: So denke mich, Linde, denn schöner möcht' ich nicht im Gedanken reifen als in dem grünen Schimmer deiner Blätter, den der Abendschein küßt, und möcht' nicht edler meinen Geist hinaufgetragen wissen als im Duft deiner Blüten.

Die Linde rauscht im Wind und schüttelt sich, es kitzelt sie, daß ich so artige Worte mit ihr geredet hab', es passiert ihr nicht alle Tag'.

Deine Bettine.

An Clemens.

Geliebter Clemens! Was ist doch alles widerfahren in diesen wenigen Tagen, die Du der Bettine nennst! – Ein Südwind auf brennenden Sohlen, in einer Wirbelwolke von Staub, wehte mir ins Gesicht. Von einem Tag zum andern hat die Welt hier in Offenbach einen Purzelbaum geschlagen. Denn erstens las ich im grünen Zimmer auf der Fensterbank vor dem Herzog von Aremberg über die Volksmajestät ein französisches Aktenstück, worüber ich Unendliches hätte den Herzog zu fragen gehabt, der schlief aber, ich wollte nur allmählich aufhören zu lesen, damit er nicht wach werde, ich fing schon an ganz stille zu werden, ich hatte ausprobiert, daß er fest schlief. Siehe, da kam im Sturm dahergebraust ein Kabriolet wie ein abgeschoßner Pfeil vor die Haustür, herabspringt der Wagenlenker, ein jugendlich voller schöner Mannjüngling mit klirrenden Sporen, zwei Reiter, die ihn begleiten, treten mit ihm ein, ich war, ich weiß nicht wie, nicht warum, von Schrecken durchgriffen, daß ich vergaß zu reden, und besann mich nicht, die Großmama zu rufen, die im Garten war. Der Herzog fragte, wer da sei, ich deutete den Fremden an, er sei blind, und sagte: »C'est un jeune cavalier, Monseigneur, avec deux messieurs.« »Au contraire c'est une femme«, sagte der Jüngling und näherte sich. Der Herzog wußte gleich, wer sie war, denn er ergriff ihre Hand und äußerte ein sehr warmes Interesse. Ich lief in den Garten, die Großmama zu holen. Die sagte gleich von Madame de Gachet einer Prinzeß aus der Vendée, und bis wir ins Haus eintraten, schwindelte ihr der Kopf vor Begeistrung. Ich besann mich unterdessen und wollte gern unbefangner Zuschauer sein. Hinter der Tür vor der Großmama ihrem Schreibzimmer blieb ich stehen, wo ich einstens schon Herder, Boonstedten, Friederike Brunn, die Krüdner und andere närrische Erscheinungen berühmter Leute angestaunt hatte. Es war ein Verbeugen und Neigen der beiden Frauen und ein Beteuern, und ich hätte gern alles behalten, um Dir's zu erzählen, es war ein zu groß Geschwirr von lauten Stimmen; ich konnte nur den Herzog verstehen, der zu ihr sagte: »Vous êtes la plus respectable des ennemies de la France«, sie nannte die Assemblée nationale ›le dépôt de la confience de tout un peuple‹, und redete, als ob sie die Welt erneuere. »Le peuple n'est plus livré aux intrigues de cour ni aux incertitudes ministerielles«, und meinte, damit sei ihr ganzes tragisches Schicksal ausgewetzt, und dann sprachen sie über Krieg zu Wasser und zu Land, von Vaisseaux de guerre und Kavallerie und Infanterie, und sie redete davon, als wär' sie bei allen Schlachten mitgewesen.

Liebster Clemens, wenn Du mir freundlich bist, dann bin ich, wo nicht ruhig, doch zufrieden. Ruhig sein heißt bei mir die Händ' in den Schoß legen und sich auf den Kindchesbrei freuen, den wir heut' abend essen. Ruhig sein kann ich nicht, ich freu' mich auf alles, was grade das Ruhigsein ausschließt, ich muß jauchzen vor Vergnügen über ein unbestimmtes Etwas. Was mag es sein? Das macht mich auch wieder unruhig, ich nehme drei Treppen unter die Füße bis zum Dachgiebel hinauf, ich guck' zum Gaubloch hinaus, was doch herkommen mag, worauf ich so sehr mich freue, und weiß doch nicht was, und ich sah doch auch gar nichts, soweit der Blick trägt; aber nichts! – Aber meine Seele ist eine leidenschaftliche Tänzerin, sie springt herum nach einer innern Tanzmusik, die nur ich höre und die andern nicht. Alle schreien, ich soll ruhig werden, und Du auch, aber vor Tanzlust hört meine Seele nicht auf Euch, und wenn der Tanz aus wär', dann wär's aus mit mir. Und was hab' ich denn von allen, die sich witzig genug meinen, mich zu lenken und zu zügeln? Sie reden von Dingen, die meine Seele nicht achtet, sie reden in den Wind. Das gelob' ich vor Dir, daß ich nicht mich will züglen lassen, ich will auf das Etwas vertrauen, was so jubelt in mir, denn am End' ist's nichts anders als das Gefühl der Eigenmacht, man nennt das eine schlechte Seite, die Eigenmacht. Es ist ja aber auch Eigenmacht, daß man lebt! – Wir haben in dem Kloster ein Gebet gehabt, daß uns Gott hat das Leben neu geschenkt jeden Morgen. Ich hab's nicht geachtet, jetzt mache ich eine andre Betrachtung darüber, daß wir für unser täglich erneutes Leben dem Gott danken, das macht uns feige, dem Leben zu entsagen! – Aber auch noch Schlimmeres entsteht daraus, wir schließen die Grenze des Lebens so sehr eng ab. Wir steigen so allmählich den Berg hinab und sagen: mein Leben geht schon abwärts, wir setzen die Nachtmütze auf, wir räumen auf und halten an eine kleinliche Ordnung, kurz wir haben in einemfort mit der Kreide zu tun, mit der wir alle *zufällige* Flecke unserer Seelenmontur zudecken, weil wir uns auf die himmlische Parade vorbereiten. Wenn alles so ziemlich instand ist, setzen wir uns hin und seufzen und schwitzen als noch die paar Lebenstägelchen fort, die uns der Herrgott zugemessen hat, in lauter Angst, daß die Kreide auch hafte auf den Flecken, und daß kein neuer Schmutz dazu komme, und da wird denn das Leben so ledern, daß man dem Gott den ärgsten Schimpf antun würde, es als Geschenk von ihm zu achten. Es ist aber noch mehr und ein viel größerer Irrtum dabei. – Nämlich die närrische Idee, daß Leben enden könne, Leben kann wohl verlassen, was nicht vermag, Leben zu fassen, aber es kann nie enden. – Und kurz, ich finde diese Anstalten fürs ewige Leben so, daß es Reißaus nehmen muß vor dem Tod in uns. Aber nicht wie ihr fälschlich meint, daß der Tod über einen komme wie der Dieb in der Nacht. Und wenn er käme, wer wird denn Anstalten machen für diesen Esel, der so schlecht das Lautenspiel versteht, daß er damit schon einer schwachen Seele den Garaus macht! Nein! Wie ich Dir hier noch einmal sage, das Leben flieht die Wüste des Todes, aber dem Tod eine Macht zuschreiben über das Leben, das ist Unsinn. Es ist aber noch ebenso dumm, irgendeine Macht anzuerkennen über uns als nur das Leben selbst, und leg' Dir's zurecht wie Du willst, ich kann's nicht weiter ausdrücken, ich kann nur sagen, was auch in der Welt für Polizei der Seele herrscht, ich folg' ihr nicht, ich stürze mich als brausender Lebensstrom in die Tiefe, wohin mich's lockt. – Ich! Ich! Ich! – Ich greife um mich mit meinen Fluten, ich eile in stolzen Wogen durch die Triften. Ich durchziehe euch, ihr Haiden, – dort kommen die Berge, die Welt ist rund, mir ist jedes Tal die Höhe, die mir zu durchbrausen beliebt, denn eben weil die Welt rund ist. –

Clemens! Ich weiß, daß Du diese Wellen des Vertrauens gerne aufnimmst, und ich weiß, daß bei Dir gut weilen ist, drum wird der Lebensstrom auch nur ganz langsam fließen, solang' er durch Deine Lebensgegenden zieht, aber über meine Neigungen kannst Du nicht disponieren. Weiß ich doch nicht, was mich Dich lieben heißt, ich gehe Dir nach, ohne zu wissen, warum, wenn's nicht der Lebensstrom wäre, der eigenmächtig durch Deine Fluren wallet und sich wohl befindet so, ja, es ist sein selbstherrschender Wille, der sich durch Deine Lebensgebiete drängt, ach und er strömt so voll, so selbstgefühlig in diesem reinen edlen Bett, über Perlen und Goldsand, und die Ufer so blütenreich gratulieren meinem stolzen Wogengang. – Heut' bin ich närrisch, Clemente! – Der Frau Gachet kann ich auch nur im Vorüberströmen günstig sein, *aber sie lieben wie Dich selber*, liebes Flußbett, was fällt Dir ein. – Der Fluß strömt nur Dir freundlich und gutwillig, gegen andre ist er rebellisch und rauh, ich will wohl mit der Gachet umgehen und ein bißchen an ihr nagen mit meinen Wellen, aber mich ihr hingeben, von ihr mich leiten lassen, was fällt Dir ein? – Ich brause vor Zorn, daß einer etwas über mich vermögen soll, was nicht ich selber bin? – Nein, Clemens! Welches Menschenschicksal auch über mich komme, das ist mir so jetzt ganz nicht von Gewicht, aber mich durchreißen, *Ich selber* zu bleiben, das sei meines Lebens Gewinn, *und* sonst gar nichts will ich von allen irdischen Glücksgütern. Gute Nacht für heute.

Eben jetzt bekomme ich Deinen letzten Brief und bin froh, daß Du selbst bekennst, ein wenig übereilt geschrieben zu haben. – Sie hat gar nichts mit mir gesprochen und Deinen Brief mir sehr freundlich in die Hand gedrückt, sie sah mich oft ganz starr an, als wolle sie mir etwas sagen, Du kannst überzeugt sein, daß ich mich ihr nicht zu Füßen und auch nicht um den Hals werfen werde, ich werde alles, was ich von ihrem Geist begreife und erlerne, Deinem Urteil unterwerfen, mein Leben und mein Glaube und die Lust, zu bekennen, was ich will und suche, sind ja Dein, und was meine Sprache nicht auszudrücken vermag, Du mußt's finden in mir, die Dir nicht fremd ist. – Unter allen frohen Stunden bleibt die mir am lebendigsten, wo Du mich zur Lust am Leben angemahnt. Ich begreif' doppelt rasch, ich weiß, wo mir's herkommt, daß ich in den nächsten Lebensmoment schaue als in einen reichen Schatz, der mir wie ein Demant entgegenblitzt und mich begierig macht auf ihn. *Der ungehemmte Lebensatem, von dem das volle Herz getragen wird.*

Vernähme der Mensch besser, was ihm die Sterne zuwinken, so würde er sich im Flug entfalten, und könnt' ich's besser sagen, so sähest Du deutlich und klar, der Sinn kann sich nicht ändern, er dient Dir so willig, um treu bleiben zu dürfen, so kann er keinem andern sich zuwenden wollen, um's besser zu haben.

Adieu, lieber Clemens, Du bist mir den Abschiedskuß noch schuldig.

Deine Bettine.

Wo bleibt denn nun jetzt die Walpurgis und die schönen Lieder der Liebe? – Nicht wahr, jetzt bist Du nicht mehr eifersüchtig auf den Bettelmann!

An Clemens.

Clemente, Du warst bei der de Gachet und nicht zu Hause im Stübchen, und jetzt klagst Du über Deine Einsamkeit, wo Du kaum den Fuß auf die Schwelle gesetzt hast. Und fragst ängstlich, warum ich nicht schreibe. Ei, weil Du nicht da warst. Weil bis zum 19. November keiner wußte, wo Du gewesen bist. Du schreibst mir endlich den schönen langen Brief, den ich nun schon acht Tage mit mir herumtrage, jetzt wirst Du denken, warum ich immer noch nicht antworte! was da dran schuld sein mag? – gar nichts ist schuld, als daß Dein Brief mich ganz betäubt hat, und ich hab' ihn sehr vielmal gelesen und kann ihn nicht behalten, der Inhalt ist mir immer noch fremd. Ja, Du warst bei der de Gachet, dort hast Du an der galvanischen Batterie Dich elektrisch geladen, und nun fährst Du mit feurigen Zungen auf mich los. Soll ich denn wirklich schreiben heute? – Oder soll ich wieder den Posttag versäumen? Denk', es liegt meinem Geist, dem Du die Schöpfung einer neuen Welt zumutest, wie Blei in den Gliedern. Ich mocht' lieber *nicht* schöpfen. Die ästhetischen Briefe von Schiller? – Freilich hab' ich die nicht gelesen, denn ich kann nicht auf Komma und Punkt Achtung geben. Der Großmama hab' ich wohl draus vorgelesen, aber in Gedanken war ich wo anders, aber wo, weiß ich nicht; aber von der Lektüre hab' ich nicht profitiert, denn ich weiß nichts davon. Ist es Krankheit, daß ich so zerstreut bin? Es ist wohl Schwäche in dem geistreichen Kopf, lieber Clemens, dem Du so hohe Würden und Kräfte zuschreibst in Deinem Gedicht. Du schreibst aber von mir nicht, nein, gewiß nicht, ich bin kein solcher Einsamkeitskobold, kein solch Wolkengespenst, noch Schattenriß der Erhabenheiten.

Jetzt wirst Du böse, ich merk's. – Macht es Dich böse, Clemens, daß ich so Dir antworte auf Deinen treusten ernstesten Willen für mich? Von Spanien! – Ach, erst hat mir die de Gachet davon gesprochen, wie wir allein waren an jenem Sonntag, da hab' ich ihr recht glücklich widersprochen, worüber sie sehr erstaunt war; und hab' gesagt, was denken Sie, daß ich hier sollte den Garten verlassen, der mir so lieb ist, und mein Bruder Franz, der mich so lieb hat, wenn ich so weit von dem fort wollte, und mein anderer Bruder Dominikus, der mir Schmetterlinge bringt, wenn sie bald aus der Puppe sich losmachen, die fliegen dann zu Dutzenden im Garten herum auf den Blumen, und mein Bruder George, der vornehmste aller Menschen, und mein Bruder Christian, der eine mathematische Korrespondenz mit mir führt, und mein Bruder Anton, der ist ein Phantast, mit dem dichte ich Fabeln, und mein Bruder Peter liegt in der Familiengruft in der Karmeliterkirche bei Vater und Mutter und noch drei Schwestern, die gewohnt sind, daß ich sie grüße, wenn ich in Frankfurt durch die Mainzer Gasse gehe, wo die Karmeliterkirche steht. – Sie war verwundert über dies große Register unzerreißbarer Vaterlandsbande, sie sprach von einem großen Weltteil, von Oliven und Orangenwäldern, von blauen Fernen, von heißem Mittag und kühlen Abendlüften, und daß Du mitgehen werdest, und dann könne ich ja immer mit Dir sein, und es seien so interessante Menschen dort, viel edler von Geist und Gestalt wie hierzulande. Ich sagte: »Ich will aber nicht immer mit dem Clemens sein, sonst könnten wir einander lästig werden, und mir ist das liebste beim Willkommen, ihm an den Hals springen und beim Abschied ihn vors Tor begleiten.« »Vous êtes un enfant«, hat sie gesagt, »sentez donc combien en voyageant votre âme et votre fantaisie se developeront et puis vous serez avec moi, je vous aimerais, et vous comprendrez, la vie, le monde, la nature tout autrement.« Glaubst Du, das habe mir keinen Eindruck gemacht? – Gewiß hat es mich Überwindung gekostet. Ich sah ihr unter die Augen, plötzlich kam sie mir vor wie ein Seeräuber oder sonst eine edle Spitzbubengattung; sie glaubte schon, sie habe mich gefangen, da kam die Großmama, ich riß mich los, – und jetzt verfolgt mich's, daß sie vielleicht nicht eine Frau, sondern ein Kriegsheld sein könnte, sie sieht so edel aus zu Pferd, so frei, sie bekümmert sich gar um nichts, sie läßt den Gaul dahin sausen, nur der Reitknecht war diesmal mit, das Pferd bäumte, als sie aufstieg, sein Übermut wiegte sie in den Lüften, und fort! – Ich sah ihr durch die alte kalte Domstraße nach. – Und also, ich bleib' hier, und sie reitet nach Spanien, am rauschenden Strom hin zwischen Felsen durch, der Schweiß rinnt ihr vom Gesicht. Was schadet's? – Immer hoch, immer frei, immer stolz; und ich hier in der Mansarde zähle die Dachziegel da drüben und betrachte dem Sperling sein Nest unterm Dach, die dort sieht die Adler über sich wegschweben und kämpft mit dem Lämmergeier, der die einsame Herde beraubt, und ich laufe mit der Gießkanne und begieße die Bohnen.

Ach, was kann ich Großes tun? Auf die Pappel klettern beim Gewitter, daß es auf mich losdonnert und blitzt? – Oder im Winter auf den Schneeflächen mich tummeln; dem Treibeis nachhelfen im Main? –

Clemente, schreib mir solche Briefe nicht von unmöglichen Anlagen in meinem Geist. Ich mein' dann, ob ein Kobold Dich neckt, der Dir das alles weismacht. – O schreib keine Gedichte, worin Du meinen Namen nennst, es ist, als ob Du in die einsame Wüste hineinrufst, ich lausche selber, ob aus der Tiefe meiner Sinne Dir etwas antworte. – Nein, – die Sinne werden müde davon, Du rufst sie an zum Arbeiten, das wollen sie nicht; sie sind eigensinnig. Du willst meine Trägheit überwinden, mich aufreizen, und vor ungeduldigem

Eifer spring' ich von einem Buch zum andern. Ich will nicht mit den Katzen spielen, nein heute nicht, ich will gewiß schreiben – lernen, – nein, es will nicht in mir, es lacht mich inwendig aus und sagt, du lernst ja doch nichts. Ach, wenn Du wüßtest, wie ich mich oft bezwingen möchte, Du würdest sehen, es ist nicht Mangel an Treue. – Ich kann mich keiner Beschäftigung hingeben. Inwendig ruft es: dorthin, und dort ruft's wieder hierher, und hier lockt's, da flüstert's, und hinter mir und vor mir, und in den Lüften gehen Stimmen durcheinander, die mich reizen.

Heut' hab' ich mir vorgenommen, meine Lebensgeschichte zu schreiben. Gleich hier auf dem Blatt will ich anfangen.

Es war einmal ein Kind, das hatte viele Geschwister. – Eine Lulu und eine Meline, die waren jünger, die andern waren alle viel älter. Das Kind hat alle Geschwister zusammengezählt, da waren's dreizehn, und der Peter vierzehn und die Therese und die Marie fünfzehn, sechzehn und dann noch mehr, die hat es aber nicht gekannt, denn sie waren schon tot; es waren gewiß zwanzig Geschwister, vielleicht waren es gar noch mehr. Der Bruder Peter ist gestorben, wie das Kind drei Jahr' alt war, von dem weiß es aber noch sehr viel. Er hatte schwarze Augen, die ein blendend Feuer von sich strahlten, in die hat das Kind oft sich ganz verloren vor tiefem Hineinschauen.

Der Bruder Peter trug das Kind oft auf einen kleinen Turm auf dem Haus, da fütterte der Peter allerlei Gefieder, Tauben und eine Glucke mit jungen Hühnern, da saß das Kind mit ihm, da dichtete er ihm Märchen vor. Das waren Stunden, die glitzern wunderschön aus der frühsten Kindheit herüber. Was fing denn der Peter noch für närrische Dinge mit dem Kind an? – Er war mißwachsen und daher sehr klein, er nahm es am Weihnachtstag mit in die Kirche, das sollte keiner sehen, er nahm einen großen Bärenmuff und hielt ihn vor sich und das Kind, daß man nicht Kopf, nicht Hand sah, nur die vier Beine trappelten immer vorwärts, die Leute wunderten

Bettina. Jugendbildnis von unbekannter Hand

sich über das kuriose Rauchwerk, das allein über die Straße lief.

Einmal hatte der liebe Bruder heimlich im Garten etwas gebaut, dann führt er das Kind hinein. Da ist ein kleiner Hügel aufgeworfen, da hebt er einen Stein auf, da springt auf einmal ein Wasserstrahl empor, ein kleines Weilchen, dann hört's wieder auf. Das hast du alles deinem Schwesterchen zu Gefallen getan, o Bruder Peter! Es liebte dich aber auch sehr. Morgens, wenn es aufwachte, standest du vor seinem Bettchen, und es lachte mit dir, noch ehe es die Augen öffnete. Es lernte an deiner Hand die Stiegen erklettern, immer führte es sich an dir. – Da war's einmal schon spät, eben wollte die Sonne untergehen, er stand an der Wendeltreppe mit dem Kind; die letzten Sonnenstrahlen leuchteten ihm ins Gesicht, er ward so totenblaß, das Kind klammerte sich fest ihm an, laß los, sagte er kaum hörbar und fiel die Treppe hinunter, das Kind hatte aber sein Kleid festgehalten und war mit heruntergefallen. Da trug man den Peter ins Bett, das Kind sah den liebenden Bruder nicht wieder. Auf seine Fragen war die Antwort, der Peter sei begraben; es verstand nicht, was das sei. Noch manchmal sehnte es sich nach dem Bruder und noch manchmal in einem Eckchen saß es abends, wo das Licht nicht bis hin leuchtete, da sah es in der Dämmerung seine dunkeln Augen es anleuchten, oder war das Einbildung? –

Der Vater hatte das Kind sehr lieb, vielleicht lieber als die andern Geschwister, seinem Schmeicheln konnte er nicht widerstehen. Wollte die Mutter etwas vom Vater verlangen, da schickte sie das Kind, und es solle bitten, daß der Vater Ja sage, dann hat er *nie* es abgeschlagen. Nachmittags, wenn der Vater schlief, wo keiner Lärm wagte oder Störung zu machen, das Kind aber lief ins Zimmer, warf sich auf den schlummernden Vater und wälzte sich übermütig hin und her, wickelte sich zu ihm in den weiten Schlafrock und schlief ermüdet auf seiner Brust ein. Er lehnte es sanft beiseite und überließ ihm den Platz; er ward nicht müde der Geduld. Viel Lieblichkeiten erwies er ihm, beim Spazierenfahren ließ er halten auf der Blumenwiese, bis der Strauß groß genug war, das Kind wollte gern *alle* Blumen brechen, das nahm kein Ende, die Nacht brach ein, und den Strauß viel zu groß für seine Händchen, bewahrte ihm der Vater.

Was ging denn noch Schönes vor und webte allerlei Lustiges ihm in den Lebensteppich. Das belebte Leben auf der Straße! Gegenüber im Haus die offne Halle, in der vom Mai bis in den Herbst die Nachbarn kampierten den ganzen Tag, da spielten die Kinder mit dem Mops, und der Papagei auf der Stange plauderte Spitzbub, das wollten wir gern den ganzen Tag hören. Wie glücklich war das Kind mit dem Schlüsselblumenstrauß, den die Milchfrau mitbrachte morgens früh. Ach das Land! – Die Wege hinaus ins Freie! – Die Kinder schiebelten sich lustig den Wall hinunter ins tiefe Gras. Und das Klapperfeld, wo das Gespenst rumorte im bösen Haus, und der Herr Bürgermeister hatte Wache hinpostiert, zehn Mann von innen, und von außen auch zehn an die Türe gelehnt, hat das Gespenst in der Nacht umgeworfen, in der Nacht mit dem Glockenschlag zwölf. Der Doktor Faust habe da gewohnt ganz im Verborgnen und sei erst jetzt gestorben, seitdem rumort es. Da erzählten sich die Leute abends spät noch Wunder vom Doktor Faust, wie er die Bäume konnte blühen machen mitten im Winter und so schnell, daß man zusehen konnte, wie die Blüte herauskam. Das Kind schlief nicht, es erlauschte alles in seinem Bettchen und freute sich der Unmöglichkeiten.

Einmal starb eine vornehme fremde Frau, die in der Stadt krank gelegen hatte an unheilbarem Übel. Sie hatte das Kind oft kommen lassen an ihr Bett und ihm viele Spielsachen gegeben. Ein langgedehnter Grabgesang hallte durch die Straßen, schwarze Männer trugen den Sarg. Da wird die vornehme Frau begraben, hieß es, und man erzählte viel von ihrem schmerzlichen Tod! – Was ist das, Tod? Begraben! Nicht mehr da! – Das Kind kann's nicht begreifen, daß man nicht mehr da sein könne. Und heute noch kann es nicht glauben ans *Nicht mehr sein.* – Nein! Nur wie der Schmetterling aus seinem Sarg hervorbricht, ins Blumenelement, und nicht sich besinnt, nur taumelt lichttrunken, nur freudig schwärmt, so lösen die Kranken, die Müden sich ab vom Leib, so steigen sie auf ins reinere Freiheitsleben, das ist alles, was den Sinnen nicht sichtbar war. Wie die Raupe sich veredelnd umwandelt, so kann's der Mensch auch. – Hätte es doch wieder vergessen können, was das heißt, von der Erde scheiden! – Der nächste Frühling, vom Tod an der Hand geführt, kommt und geleitet ihm die schönste Mutter ins Grab. Da ist Zerstörung im Haus, die Freunde! – Und viele dankbare Tränen fließen. Der Vater kann's nicht ertragen, wohin er sich wendet, muß er die Hände ringen, alles scheuet seinen Schmerz. – Die Geschwister fliehen vor ihm, wo er eintritt, das Kind bleibt, es hält ihn bei der Hand fest, und er läßt sich von ihm führen. Im dunklen Zimmer, von den Straßenlaternen ein wenig erhellt, wo er laut jammert vor dem Bilde der Mutter, da hängt es sich an seinen Hals und hält ihm die Hände vor den Mund, er soll nicht so laut, so jammervoll klagen! – Gesegnetes Haupt, das an seiner seufzenden Brust lag und von seinen Tränen überströmt ihm Linderung gab. – Werde doch auch so gut wie Deine Mutter, sagte in gebrochnem Deutsch der italienische Vater. –

Ach, lieber Clemens, heute kann ich nicht mehr von der Kindheitsgeschichte schreiben. Und es ist ja auch gar nichts, was ich da aufgeschrieben hab', und doch bin ich erschüttert und muß um die Toten weinen. Mein Licht geht gleich aus, es ist so kalt im Zimmer, jetzt spür' ich erst, daß ich mit bloßen Füßen die ganze Zeit am Schreibtisch sitze. Wenn ich wieder schreibe, will ich fortfahren vom Kloster zu erzählen, wo wir bald nach dem Tod der Mutter hingebracht wurden. Adieu Clemens, wenn wir nach Frankfurt kommen, geh ich gleich in die Karmeliterkirche und sehe, wie es da ist, ich hab' Eltern und Geschwister so lange nicht besucht, wenn sie's fühlten, wenn sie sich wunderten, daß ihr Kind sie versäumt.

Deine Bettine.

Lieber Clemens!

Liebe Günderode! Denn, lieber Clemens, ich muß doch gewiß einen haben, bei dem ich Dich verklage, Dir ins Gesicht kann ich's nicht alles sagen, was ich Schlimmes von Dir weiß und aus Deinem Brief heraus sogleich entdeckt habe. Ach, ich möchte gar zu gerne nicht pfiffig sein und lieber gar nichts merken, aber wenn ich's nun einmal gemerkt hab', wie soll ich's machen, es übergehen würde doppelt listig sein. – Also schreib' ich's hier ans Günderödchen, da kannst Du gleich erfahren, wie zwei Mädchen sich über einen listigen Jüngling lustig machen. Also denk' nur, Günderödchen, der Clemens ist eifersüchtig über den Gärtner. – Lies nur diesen Brief von ihm, wo er gleich von vorne herein mir meine Sentimentalität mit den Blumen vorwirft und wirklich die Vergleiche bei den Haaren herbeizieht. Kartoffel, Gelerüb, Rose! – Und dann, ich wär' sentimental, und dann mir Heilmittel eingibt, ein halb Dutzend Paar leinerne Stiefelstrümpf', an denen ich ein halb Dutzend Jahre knottlen soll, um mich zu kurieren, und denk' doch, Günderode, so geht das drei, vier Seiten fort, aber von dem, was ihn eigentlich ärgert, davon weiß er nichts zu sagen, da ist er ganz unschuldig. Mit der gesunden Lotte soll ich umgehen, um von meiner Empfindsamkeit mich zu heilen, schwarze Kreide soll ich ihm schikken und weiße Kreide und von meinen Geschwistern soll ich ihm schreiben, von denen wisse ich nichts zu sagen, wirft er mir vor, – und ich hatte mir doch vorgenommen ihm zu schreiben, daß Lulu ein kaffee- und milchfarbnes seidnes Kleid an hatte, was ihr so sehr schön stand. Vom Ball soll ich ihm erzählen, schreibt er, wie kann ich das? – Wollt' ich mein Liebesabenteuer von jener schönen Ballnacht ihm mitteilen, das wär' ihm wohl gar nicht angenehm. Günderode, davon lasse Dir ja nichts herauslocken, von meiner triumphierenden Heimfahrt erzähle ihm nichts, und wen ich beim Aufgehen der Alba am Wege stehen sah, der mich grüßte, und dem ich meinen Kranz aus dem Wagen zuwarf, das schreib ihm nicht, *das bleibt unter uns Mäderchen!* – Und die Revolutionsgeschichte mit allen ihren Rebellern hier in Offenbach und mit meinen tausendfach facettierten Reflexionen darüber, die meint er, soll ich wieder hervorholen. – Ja, wenn er wüßte, was wir zwei beide, ich und Du, alles schon drüber miteinander gedacht und verhandelt hatten und was wir niedergeschrieben und auch so manches Blatt schon zerrissen haben. O Günderode, damals hatte er auch keine Ruh' und predigte Dir so lange, Du solltest mich davon abbringen, so hatten wir denn beschlossen, im stillen darüber uns allein Rechenschaft zu geben, weil doch diese Weltangelegenheit eine ganz andre lebendige, ins tiefste Denken eingreifende Gewalt ist, weil sie doch ein Richteramt führt über alle heiligen Rechte der Menschheit, weil sie doch in sich selber eine ganz von allen Urgründen der Lebens- und Bildungsstufen aufstrebende Geistesbahn ist. Geschichte studieren! Müllers Schweizer Geschichte! Bon! Aber sie ist vorbei, gedürrte Quetschen, schmackhaft zwar, aber was soll ich mit Backobst! – Was soll ich mit euch – ihr krüppeliges Winterausdauerungsprodukt, bin ich ein Hamster, der beide Backentaschen voll in seine Vorratskammer aufspeichert? – Nein, ich bin eine frank und freie lustige, helle Bergquelle, vom Zufall oft durch Wüsten und Paradiese hinrauschend mit gleicher Lebendigkeit; geht's über Klippen, dann ist er gleich noch einmal so aufgeregt, da stampft er, da gischt er, da dampft und braust gleich seine Lebenskraft heller aus dem lichten Schaum hervor. Nein, ich bin nichts. Aber, wenn einer das sagt, dann bin ich gleich etwas. – Auch fürchtet der Clemens, ich lese alles durcheinander – und macht mir Vorwürfe, er denkt, Romane können mir die seltsamen Gedanken einprägen, und wenn er wüßte, daß keine Romane mir je gefallen können als nur meine eignen! – Gibt es etwas Ärgerlicheres als Liebschaften sich vorerzählen lassen, wo man sich gleich wundert, wie die Schafe, welche auf diesem Romanen-Teppich weiden, nur zu diesem Schwindel kamen, und *der* meint, dazu käme ich. – Noch eine ganz närrische Seite tritt oft wie ein mir unverständliches hebräisches Wort auf den Lehrstuhl, und zwar mit den feierlichsten Gebärden, so daß ich im Anfang ganz ängstlich wurde und mir vergeblich den Kopf zerbrach, was das sein möge. – Von nun an beseitige ich meine Skrupel, weil ich erst jetzt deutlich sehe, daß der liebe, liebste Clemens auch von allerlei ihm selbst nicht recht deutlichen Beweggründen angespornt wird, manches zu wollen, zu fordern, zu beteuern. Das Wort ist *Pflicht*. »Tue Deine Pflicht mit Ernst – das Leben nehme leicht.« – Seh' ich mich um nach meiner Pflicht, so freut mich's recht sehr, daß sie sich aus dem Staub macht vor mir, denn erwischte ich sie, ich würde ihr den Hals herumdrehen! So erpicht bin ich gegen sie. – Nun, ich hoffe, daß ich und meine Pflicht nie zusammen kommen, falls eine sollte auch auf *mein* Los gekommen sein – ich würde sie mit meinem ernsten Blick schon in Schranken halten, daß sie mir nicht über den Hals käme, ich verstehe keinen Spaß hierüber, meine ganze Natur kommt in Aufregung, und Kräfte machen sich in mir auf die Beine, die alles in Grund und Boden trampeln, was sich mir aufsätzig machen will. Also Pflicht, halte dich im Hintergrund, wenn du nicht abgedroschen sein willst. – Meinetwegen geh zum Herrgott und klag', daß du nichts bei mir ausrichten kannst, wenn ich ihm's vorstell', wird er schon Raison annehmen. Heilige Harmonie der Natur, dich wollen sie aus dem Geleis bringen der einzig göttlichen Sphäre, der Freiheit nämlich, und wollen zur zinspflichtigen Pflicht machen alles, bis auf den Adel der Seele sogar, aus dem alles Große entspringt. – Entspringen heißt ja aber schon dem Strang der Pflicht ausweichen, ich aber entspringe ihr nicht, ich wende mich grade um gegen sie, seh' ihr scharf ins feige Angesicht und sage ihr: Weiche zurück vor meinem reinen Instinkt des reinen großen Mächtigen, von dem du dir nichts träumen lässest. – Und denk', Günderode, auch meine Träume greift mir der liebe Clemens an mit seiner Satire, und wenn er doch in unserm Traumbuch läse, wo wir so seltsame wunderliche Sachen und Gedanken schon aufgeschrieben, aus denen Du schon Stoff zu manchem schönen

Gedicht gefunden hast. – Wenn er Deinen Franken in Ägypten läse, ein geträumtes Abenteuer gab dazu den Stoff – aber jetzt werd' ich gleich einmal meine Pflicht überschreiten und werde ein bißchen zum Gärtner gehen, da es die Abendstunde ist, wo er begießt, da hab' ich ihm versprochen zu kommen und zwar nicht aus Pflichtgefühl, sondern aus Lust am lieblichen Geschäft, aus Lust an alle dem frischen Leben, was sich in dem schönen Schmelz der Farben regt, am Wachstum der Knospen und an allem in allem! Und auch zum Kohlbeet werd' ich gehen, was der Clemens für des Gärtners Pflichtniederlassung hält. – Ich werde mich da mit meinem Pflichtstrickstrumpf hinsetzen und etliche Pflichtmaschen stricken, ich werde aus Pflicht gegen meine Bildung in der alten Schweizergeschichte lesen, daß der Teutone keine Stiefelstrümpfe trug, als er noch ein freier Mann war, ich werde also aus Pflichtgefühl am Altar der Freia mein Strickzeug niederlegen und das Gelöbnis ihr tun, nie wieder Stiefelstrümpfe zu stricken, die dem freien deutschen Charakter Fesseln anlegen! –

Soweit meine Mitteilungen an die Günderode, lieber Clemens, über Deinen Brief; ich hab' ihr zwar nicht wörtlich so geschrieben; denn es braucht zwischen uns der Worte nicht so umständlich, und diesmal war sie selbst hier, und wir gingen zusammen spazieren im Boskett, und wir lachten am allervergnüglichsten über Deine Besorgnis um meine Melancholie, hinter der sich doch nur immer die Langeweile verbirgt, da ich die aber gar nicht herberge, da ich wie ein kleiner Spritzteufel oder sogenannter Laubfrosch (Rakete) feurig herumhüpfe, morgens aus dem Bett in den Garten barfuß; denn ich hatte ja wahrhaftig gestern meine Studienbücher liegen lassen. – Dann wieder hinauf, angezogen, dann zur Großmama frühstücken, dann Klavier exerzieren, Generalbaß – Hoffmann kommt, entwickelt kabalistische Mysterien der Musik, die ungeheure Kabale und Schikane ihrer Torsperre; der geniale Hoffmann, der Mann des Ruhmes und der Begeistrung, hebt diese Gesetze mir zulieb' auf, namentlich die der Metrik, die so engherzig sind, daß jedem Volksredner in dieser engen Taille der Atem ausgeht. – Jetzt macht mir's Freude zu komponieren. – Hymnen der Diane, Päane an Dionysos, von Stolberg übersetzt. – Ja, das macht mir Freude, ich klettere als abends aufs Dach von der Waschküche, dort erfind' ich die wunderlichsten Wendungen. Der Himmel rötet sich davon vor tiefem Mitgefühl, und die Sterne drängen sich herbei und lauschen, und Hoffmann lauscht auch, er ist unser nächster Nachbar. Meine Stimme ist durchdringend, wär' mein Geist es auch! – Hoffmann kommt am Morgen in die Stunde, kann meine Melodie halb auswendig, was ich mit Bleistift notiert habe, kann er meist besser als ich – übers Metrum streiten wir zwar nicht; denn er will durchaus, es soll sein, wie ich's ursprünglich singe, Takt und Auftakt kommen in Subordination und dürfen nicht ihre herkömmliche Observanz mehr geltend machen, er sagt, wenn ich mich hineinstudiere, so wird's der Musik eine neue Bahn brechen. Närrischer Kerl! Willst mir schmeicheln, mir Mut machen zum Lernen; weiß ich doch, daß er's mir weismacht, so trägt's doch meine Begeistrung unendlich hoch! Zu Unerhörtem, noch Ungehörtem. Hoffmann machte als ein kraus Gesicht. – Aber denk' doch – bald gewöhnte er sich – nein, er verliebte sich hinein – und letzt, als er in einem Konzert phantasierte auf dem Klavier, hat er alles ineinander geflochten; es war schön, ja so begeisternd schön, ich wußte nicht, was ich hörte, ich konnte meinen Ohren nicht trauen! Es kam mir so deutlich vor, als habe ich das gesungen. Als er am andern Tag in die Stunde kam und fragte, wie sein Spiel mir gefallen habe, sagte ich ihm mein Entzücken, aber doch sei es mir so bekannt vorgekommen, ich hätte beinah' jede Wendung vorausgeahnt, so fremdartig sie auch geklungen habe. »Ja freilich, es sind Ihre eignen Wendungen.« – Gott, ich war ganz beschämt, daß ich so schön gefunden, was ich selber erfunden hatte, er tröstete mich aber! – Er sagte, er habe die Mauer zu übersteigen oft Lust gehabt, allein über einen gelehrten Musiker fallen die andern alten Generalbaßtyrannen wie die Krähen her, rupfen und hacken ihn, aber eine unschuldige Liebhaberkomposition berücksichtigten nicht diese alten Hintersassen des Hochmuts und der Pedanterie. Andre mit gesundem Gefühl Begabte werden diese Lieder schon ihrer Eigentümlichkeit halber gern hören und gern nachsingen. Denn aus fremden Landen komme manches in der gestatteten Harmonienfolge Unerhörtes, und doch errege es selbst das verbildete Ohr zum Genuß, glaubt, es wird am End' dergleichen keinen Widerspruch mehr erleiden, die unschuldige Weisheit muß sich einschwärzen.

Genug vom Generalbaß! Du siehst, lieber Clemens, daß er seinen Platz in meinen verschiednen Interessen behauptet. – In meinen Heften, die ich vor vierzehn Tagen, also zum 1. Mai geheftet habe, und die den ganzen Monat ausdauern sollten, hab' ich schon jetzt kaum Platz, Randglossen zu machen, so hat's Ideen geregnet mit dem Mairegen. – Ich hatte nämlich aus Pedanterie mir meine Hefte numeriert und eingeteilt, auf jeden Tag so viel Seiten, heute in der Geschichte, morgen Musik, übermorgen Ph., ich sag's nicht was, aber Philosophie ist's nicht, die mich übel anriecht auf Hochdeutsch. – Aber es ist das schönste weisheitsvollste Wissen für mich, in dem ich unendliche Aufschlüsse finde von Sonne und Mond und allem, was war und noch sein wird, und hab' ich wollen eine Einrichtung der Ordnung machen und einmal Pflichtgefühl spielen, und alles war in schönster Ordnung und Gelöbnisse, sie nicht zu überschreiten. Aber Mirabeau hat Recht behalten, mein Genie hat diese Ketten gesprengt wie ein Pulverturm, der in die Luft flog und alles untereinander warf, es ist kurios mit anzusehen. Aus den vier Heften ist keins zu unterscheiden, was es behandlen soll, schon auf der dritten, vierten Seite ist's wie unterirdisch Feuer, das sich aus dem Schoß des Wissenschaftlichen hervorwühlt und wie eine Lava alles verschüttet. Das Erdreich, über das solche Lava sich ergießt, soll am fruchtbarsten werden.

Ich hab' schon sehr genug geschrieben! – Doch kann ich's nicht unterlassen, noch alles, was den ganzen Tag mich wie ein Bratapfel auf dem häuslichen Herde dem Feuer aussetzt und gar macht, hier zu notieren. – Auf die Darre bei der Großmama komme ich auch jeden Tag ein paar Stunden, des Unendlichen unendlich viel, was da vorkömmt. – Vorzüglich eine Reise zweier Erdwürmer ihr vorzulesen, welche die Erdschichten untersuchen. Die Großmama schluckt Kohlen, Kalk, Kreide, Kies, Kranitlager hintereinander (fünf K von ungefähr), ich bin immer froh, wenn die guten Herren ins Wirtshaus einkehren, wenn sie die Schnapsflasche herausholen und die Wurst, wenn sie die Nachtmütze überziehen und aufs Ohr sich legen, aber ich kann ja nicht mit ausruhen, ich muß gleich weiter – das ist meine peinlichste Zeit, ich seh' auch die Großmama oft so stupid an, daß sich die Verwunderung darüber auf ihrem Gesicht malt. – Jetzt denk' Dir die Emigrantenangelegenheiten noch alle unter meiner Obhut, alle Wege, wozu einer zu faul ist die Beine aufzuheben, fliege ich im gewaltigen Sturmflug hinab, hinan. Die frühen Morgentauwege, wo ich allemal mit nassem Schuhwerk heimkehre und bringe einen Strauß mit. – Und das ist doch noch nicht alles: Hühner und Hunde der ganzen Nachbarschaft wollen auch sich mit mir abgeben, und Deine Stiefelstrümpfe stellen sich nun gleich einer Heiduckenwache vor die Tür *des Gartens des Lebens*, »wo die wirbelnden Blüten im Winde sich drehen«. – Lied komponiert von Sterkel. Adieu! –

Lieber Clemens!

Dein fliegend Blatt ist mit dem Morgenwind nicht zum Fenster herein-, sondern hinausgeflogen. Eben hatte ich meinen Sitz zum Schreiben zurechtgerückt, so macht der Wind die Tür auf, packt mein Blatt und ab mit zum Fenster hinaus, dahin, von wannen er gekommen war, was kein Mensch weiß, wo das ist, ich seh' ihm nach und entdecke, daß er mit dem Blatt in den Schornstein unseres Nachbars Johann Andree sich retiriert, er konnte in den Suppennapf fallen und dem Herrn Andree aufgetischt werden; um dem zuvorzukommen, sprang ich hinunter, fand das Blatt schon unterwegs nach dem Kanal, es schwebte über dem Wasser, nur ein Wunder konnte es retten, das war eine graue Mütze, die es auffing, die dem Arnim gehörte, der vor mir stand mit einem zweiten Brief in der Hand, den er mir von Dir mitbrachte. Aber warum hast Du auch auf so dünn Papier geschrieben, ätherischer wie die Luft selber, vielleicht weil er das Gewand Deiner Seele ist, der Widerschein Deiner selbst! –

Die beiden Freundinnen sind ein Paar Nebenfacetten Deiner verklärten Einbildung, die hundertfältig facettiert ist, sie strahlt im eignen Glanz, was schön ist zu empfinden, zu genießen, und wer sich in Dir gespiegelt sieht, der muß Dich lieben, weil er eben nicht frei ist von Eigenliebe. Man kann vor anmutigster Schelmerei, die vom Witz zur Rührung sich durchneckt, aus der hinüberspringt zur Seiltanzkunst und da solche Sprünge macht, daß einem Hören und Sehen vergeht, gar nicht dazu kommen, daß man so weit sich mit Dir einließe, Dir ein Gnadengeschenk zu machen mit irgendeinem Pfand der Zärtlichkeit. Einen Kuß zum Beispiel, wie kann man ihn Dir geben, Du hattest Dir ihn schon genommen wie einen Apfel, den man gedankenlos vom Zaun bricht, Du spielst Ball mit zum Zeitvertreib, Du haschst ihn wieder, Du wendest und drehest Dich damit vor dem geblendeten Auge der Geküßten, die nicht begreifen kann, wie dies Pfand der Zärtlichkeit bestimmt war, solche Luftsätze zu machen. Die andern, die zusehen, lassen sich hinreißen von diesem Spiel, sie sind außer sich vor Vergnügen über den göttlichen Clemens, eh' sie sich's versehen, hast Du einen neuen Apfel abgerissen von den Zweigen des Wohlwollens, der Hinneigung und Begeistrung, der alte Apfel rollt in die Ecke und beschämt die, der Du ihn durch Deine Neckerei geraubt hattest. – Clemente, sei nicht böse über diese Charakteristik, sie ist ja nur die spanische Wand Deiner andern *»Torheiten«*, sagte die Günderode. Tiefe *Weisheit* sagte ich, wahre, tiefe Liebe sagte ich, Heiligtum der reinsten, edelsten Freundschaft. Und der Clemens kann in seiner Treue nicht verglichen werden; er faßt die Seele, er legt sich warm wie ein brütender Vogel über sie und schützt sie und streitet für sie und harret geduldig über ihr mit großer Sorge und Vorsicht, aber dann kriecht öfter auch ein Gänschen aus dem Ei, aus dem er einen Schwan auszubrüten hoffte, und das ärgert ihn dann sehr.

Soweit ich und die Günderode über Dich; nur noch eins wollte ich behaupten, daß sie nämlich gewiß auch einen Apfel misse an den herabsenkenden Zweigen ihrer adeligen Seelengüte! – Clemens, wenn Du den geraubt hättest auch zum Spiel nur und hättest ihn nicht bewahrt als ein Geschenk der Göttin Fortuna, so prophezei' ich Dir Schlimmes. – Du weißt, wer ein solches Pfand vernachlässigt, an das diese eigensinnige Göttin oft das Heil ganzer Geschlechter knüpfte, der muß dann einen bösen Dornenpfad wandern, von dessen stacheligen Zweigen er keine süßen Feigen sammeln kann. – Ich fragte die Günderode über dies Pfand und ob sie glaube, daß es in Deiner Seele Gedächtnis gut und edel verwahrt sei – sie ward ein bißchen nachsinnend darüber – dann lächelte sie und zog mich auf ihren Schoß und küßte mich zärtlich! – Ich weiß, daß die Günderode Dir gütig gesinnt ist, sie ist die beste und edelste von uns dreien. Aber natürlich, wenn Du auf dem Tanzplatz herumgaukelst all Deiner seltsamlich verphantasierten Scheingöttinnen, da kann die echte sich nicht herablassen, eine von Dir gewählte Rolle zu übernehmen. – Ach, ich vergesse ganz, Dir noch viel zu erzählen.

Der Arnim kam zu uns ins Stift und fragte, ob man bei dem herrlichen Abend nicht wolle hinaus nach der grünen Burg, so wanderten wir bei Abendschein die stillen Feldwege, ich lief immer voraus, wendete um und sah die beiden vom untergehenden Tag mit einem Nimbus umfangen, schreiten, mehr schweben – optische Wirkung des Lichtes, das seinen Sonnenharnisch abgelegt hatte! – Das Licht, wenn es nicht *thront*, ist mild, einfach, bescheiden, kindlich und wohl gar wie ein Kind zum Spielen geneigt. – So auch der Weltherr-

Achim von Arnim. Ölgemälde von Peter Eduard Ströhling

scher, im Sonnenfeuer seiner Macht durchglüht er alles mit Geistesfeuer, ihm muß werden, was seines Willens ist; aber wenn er sich entkleidet dieser Gewalt, ist er wie ein Kind! – Der Arnim sieht doch königlich aus! – die Günderode auch; der Arnim ist nicht in der Welt zum zweitenmal, die Günderode auch nicht. Die beiden gehen da nebeneinander an diesem schönen, heitern Abend! Aber dort kommt ein Gewitter! Die Winde kehren vor uns den Weg, wir müssen eilen! Wir fangen an zu traben, wir wollen eben in Galopp uns setzen, ergießt das schwarze Gewölk sich über uns, unten blitzt es, die Donner schlagen ihre Wirbel. Wir erreichen einen dichtlaubigen Kastanienbaum, die Regenflut läuft an seinen breiten hängenden Ästen hinab, dicht am Stamm ist's trocken. Der Arnim breitet seinen grünen Mantel um uns, die Günderode hat mit dem Kragen den Kopf geschützt, ich konnte es aber nicht drunter aushalten, ich mußte sehen, was am Himmel passiert. Da zogen die Regenschichten nacheinander vorüber, es war ein Gewühl. Ganz so stell' ich mir das Wetter vor unter der Erde, wenn da ein Postament von Wolken wär', auf dem sie thronte. – Kurz, es war entweder das unterste Naturgestell, was mit dem Gewand ihrer Farben und Schönheitsschmelz verdeckt ist, und sie hatte dies ein bißchen zu hoch geschürzt, oder es war die Kehrseite der Kulissen, hinter die man wirft, was nicht soll an Tag kommen. Aber Nacht und Dunkel kommt ja auch an den Tag; um so heller *der* leuchtet, um so dunkler *sie* uns droht. – Ein Weilchen gefiel mir dies böse Abenteuer. Arnims wunderschöne Jugendnähe elektrisierte mich, ich opponierte dem Gewitter mit allerlei vom Zaun gebrochner Philosophie, die nicht Hand und Füße hatte und nasse Flügel, die ließ sie hängen. – Wir gingen weiter, jetzt, wo der Wind die Wolken ins Gebet nahm, rissen sie aus. Die Günderode wurde ins Bett gesteckt, wir sollten die Nacht dableiben. Wer war froher wie ich. Eine schöne Sommernacht unter einem Dach mit dem Arnim, mit Günderödchen durchplaudert, – doch haben wir uns gezankt. Wir stiegen die Leiter der Begeistrung hinan in unserm Nachtgespräch, eins überhüpfte das andere, oben zankten wir einander, daß wir nicht in ihn verliebt seien, dann zankten wir einander, daß wir kein Vertrauen hätten, und wollten's nicht gestehen, daß wir ihn doch liebten, dann rechtfertigten wir uns, daß wir es nicht täten, weil jede geglaubt hatte, daß die andre ihn liebe, dann versöhnten wir uns, dann wollten wir großmütig einander ihn abtreten, dann zankten wir wieder, daß jede aus Großmut so eigensinnig war, ihn nicht haben zu wollen. Es schien ernst zu werden, denn ich sprang auf und wollte mein Bett von dem ihrigen wegrücken aus lauter Zorn, daß sie den Arnim nicht wollte. Auf einmal hören wir husten und sich tief räuspern. Ach, der Arnim war durch eine dünne Wand nur von uns geschieden, er konnte deutlich alles vernehmen, er mußte es gehört haben, ich sprang ins Bett und deckte mich bis über die Ohren zu. Uns klopfte das Herz wohl eine halbe Stunde, keins muckste mehr die ganze Nacht. – Am andern Morgen früh um sechs Uhr sah ich zum Fenster hinaus den Arnim schon unter den Linden spazierengehen. Jetzt wollten wir doch probieren, ob er uns gehört könne haben. Ich ging ins Nebenzimmer, die Günderode sprach ungefähr dasselbe und ebenso laut wie am Abend. Ich legte mein Ohr an die Wand und hörte teilweis', aber nicht alles; als ich aber sah, daß sein Bett gerade an der Tür stand und daß das Schlüsselloch mit dem Kopfkissen auf gleicher Höhe stand, und daß man da alles deutlich hören konnte – wie zwei marode Schiffer, die eben gescheitert sind an der Sandbank, die sie solange ängstlich umschifft hatten, guckten wir uns an. Wir mußten zum Frühstück! – Wir setzten uns mit dem Rücken gegen die Tür, um ihn nicht gleich sehen zu müssen, was half der eine Augenblick, wir mußten ihm ja doch die Sträußchen abnehmen, die er eben aus dem Feld mitbrachte, Vergißmeinnicht! – Ach, nun war's gewiß, daß er's gehört hatte. Ach, Clemente, es war recht wunderlich! – Das war gewiß so ein Gefühl, was man Verlegenheit nennt! – Ich nahm die Gitarre von Gunda und sang »Das schmerzt mich sehr, das kränket mich, daß ich nicht genug kann lieben Dich«. – Der Arnim gab mir seinen Handschuh und bat, den zerrißnen Daumen zu flicken. – Ich hab's getan, Clemente. Ach, aller Anfang ist schwer, der Handschuh duftete so fein, so vornehm. – Ein grauer Handschuh von Gemsleder, ich habe ihn mit Hexenstichen benäht, er zog ihn gleich an, den linken Handschuh aber ließ er liegen und promenierte mit seinem Stock neben uns. Ich warf seinen vergeßnen Handschuh unter den Tisch, ich dachte, da mag er liegen, wenn er ihn zurückläßt, dann heb' ich ihn zum Andenken auf; denn er geht ja morgen fort. *»Wird nicht wiederkommen, wird nicht wiederkommen, das tut mir weh«* – ich hab' ihm dieses alte Volkslied vorgesungen, es hat ihm sehr gefallen. –

Der Arnim ist fort! – er hat den Handschuh zurückgelassen. Gestern nahm er Abschied, und gestern leuchteten noch die Sterne uns beim Heimgehen, er suchte einen Stern aus, den wir alle drei wollten sehen, wenn wir aus der Ferne aneinander dächten. Ach Gott, ich hab' den Stern vergessen, er hat's so deutlich expliziert, und nun kaum war er fort, wußt' ich's nicht mehr, ich fragte die Günderode, denn sie ist sternkundig, aber die neckt mich und nimmt dies als einen Beweis, daß ich gewiß in ihn verliebt sei! Es ist aber doch nur, weil mir's so leid tut, daß er vielleicht treu und redlich seinen mit uns ausgemachten Stern ansieht, in der Meinung, wir guckten auch, und nun gucken wir beide wie die Hahlgänse daneben. –

Lieber Clemens, gestern nahm Arnim Abschied, und gestern schrieb ich dies nieder, und heut' bin ich wieder ruhig über die Sternengeschichte, denn mein Gewissen würde mich dann ewig geplagt haben, ob ich auch zu rechter Zeit nach dem Stern sehe. Ich würde am End' jeden Tag eine ganze Stunde meinen Kopf haben in die Höhe halten müssen, es wär' eine Pein gewesen, um gleich des Kuckucks zu werden. Ich wollt', Du wärst bei mir, ich hab' Dich doch ganz allein lieb, und so lieb wie mich hast Du niemand anders. – Wenn Du auch noch so sehr meinst, Du müssest über Deine Liebschaften verzweifeln, weil immer keine Gegenliebe dabei herauskommt. Es ist einmal so, die Menschen machen sich nichts aus uns beiden, und wenn wir ihnen ebenso vorkommen, wie sie mir alle zusammen vorkommen, dann ist's ihnen nicht zu verdenken; denn so albern sind sie wohl, daß sie uns ebenso absurd finden, als wir gescheit sind, sie närrisch zu finden. Aber vom Arnim tut mir nichts leid, als daß ich so kalt Abschied von ihm genommen hab', ich fragte ihn lachend, ob es ihn dann gar nicht rühre, daß er nun weggehe, und es war mir doch gar nicht so ums Herz. Ich hätte viel lieber Abschied von ihm genommen wie von Dir, nicht wie von einem Fremden, der mich gar nichts angeht.

Jetzt freut mich's, daß ich so aufrichtig gegen Dich sein kann, und wenn Du an Arnim schreibst, so sage ihm, daß ich ihn noch recht liebhabe, aber nicht so deutlich sage es ihm wie hier in diesem Brief. Ich würde Dir eher geschrieben haben, aber ich bekam erst viel später Deinen Brief von Christian, der auf der grünen Burg den ganzen Tag im Gras liegt und Flöte bläst, und die Leute sagen, die ganze Gegend wär' wie verzaubert von diesen Flöten-Variationen *»Mich fliehen alle Freuden«*, und wenn er aufhört zu blasen, so spitzen sie die Ohren, als ob sie was hörten, das ist die schweigende Stille, die sie hören, das ist ihnen ein so längst entwöhnter Ton, eben weil die Flöte weder bei Tag noch Nacht von seinen Lippen kommt.

Clemens, komm bald, komm ja recht bald, an Benediktchen einen Gruß, und sie soll Dich gehen lassen. – Komm, ich hab' Dir viel zu sagen.

Bettine.

Lieber Clemens!

Ich will gleich anfangen mit dem, was mich zuletzt frappiert in Deinem Brief! – Ich hab' Angst, die Musik wird schlecht zu Deiner Oper. – Warum? – Weil Du eine so enorme Freude daran hast! – Ich kenne Dich ja! – Du läßt Dich gar zu leicht begeistern. Einem Kapellmeister gegenüber, wenn er seine

Musik vorträgt, ist nicht zu spaßen mit fünf Sinnen, sie gehen in die Brüche! Er betrachtet Dich als einen guten Kerl, den er mit Herablassung Straßen führt, welche Dir unbekannt sind, Du kannst da gar keine Autorität haben, Du mußt Dich führen lassen! Die Effekte, die Du nur in Gedanken hörst und Dir natürlich ganz übernatürlich vorstellst bei vollem Orchester, machen Dich in Dankbarkeit hinschmelzen vor dem Kapellmeister, der überrascht von dem Eindruck, den er Dir macht, eine ganz neue Bekanntschaft mit seinem Talent zu machen glaubt, er komponiert drauflos, weil er eine Quelle der Erfindung in sich entdeckt, auf die er früher nicht sich verlassen konnte! – Nun findet er, daß Du trotz Deinen Dichterlaunen ein sehr verständiger, urteilsfähiger junger Mensch bist, Du wirst gelobt als höchst liebenswürdig, die Sängerinnen werden begeistert, sie strengen sich an, wetteifern! Fräulein Petersilie soll die Hauptrolle haben, sie verleugnet den Peter zu Haus und kommt bloß als Silie. Der Name Silie bewegt Dein Dichtergenie zu Explosionen von Begeistrung. – Kurz, es wird ein Wonnemonat, wie noch kein schönerer war, wo Dichtkunst und Tonkunst sich vermählen! –

Hoffmann hat hier ein Duett gemacht, wozu Du mir den Text schon früher gabst: *»Hör', es klagt die Flöte wieder, und die kühlen Brunnen rauschen.«* – Ja, wenn Dein Komponist so arbeitete wie er! – Dazu muß man aber, in eine Einsiedelei verborgen, Blumen und Gras umher, im Schlaf versunken, nach der Ferne lauschen, wo die rauschende Welt endlich auch betäubt ruht. – So ist aber der gute Hoffmann, sein kränklicher, gebrechlicher Körper sondert ihn ab von den Schwelgereien der Musiker, von ihren Weltverhältnissen und Liebeleien! – Durch den Hoffmann hab' ich manches begreifen lernen. Erst war ich als immer verwundert, wie doch ein Mensch so ein traurig Los tragen müsse, der seinen Leib doch nicht verlassen könne, der ihm Schmerzen macht; jetzt weiß ich's aber anders. Der Geist überwindet alles. Und wenn der Geist kämpft, so muß er doch stark dadurch werden. Der Geist kann nicht Wunden erliegen. »Invulnerable«, sagt

Bettina. Pastellgemälde nach einer Aquarellminiatur von unbekannter Hand

Mirabeau. Es kann nur vielleicht ihm versagt sein, sich geltend zu machen! – Aber vielleicht ist der Leib die verschloßne Werkstätte, in der der Geist zur höchsten Stufe der Bildung gelangt; und wenn er erst durchgeläutert und geglüht als vollendetes Kunstwerk seiner selbst, zugleich mit dem Lebenskeim zu einer höheren gewaltigeren Bildung versehen, neue Welten durchdringt – was ist's da, daß in dieser Welt die Krankheit wie ein böser Traum ihn anflog. – Guter Hoffmann! – Ich höre sein Klavier bei offnen Fenstern in die Mondnacht rauschen! Er denkt gewiß, ich lieg' im Bett und hör' ihm zu! –

Gute Nacht, morgen schreib' ich weiter, weil Du einen so langen historischen Brief verlangst. –

Den wollt' ich Dir wohl schreiben, den schönen langen historischen Brief, wenn nur was vorgehen wollte! – Ich hab' zwar gar keine Neigung, daß etwas vorgehen soll, aber doch wie letzt in der Blaufärberei am Kanal Feuer ausbrach, machte mir das ein unendliches Vergnügen; damit stimmte das Volk mit seinem Schauspielertalent überein. – Eine Verzweiflungs- und Jammergeschreikomödie, gewürzt mit den ausgelassensten Scherzen; das Ganze war unwiderstehlich, ich bedauerte, daß es nicht schicklich war mitzuspielen, sondern nur zuzuhören. – Gegenüber vom Feuerbrunsttheater, im freien Feld steht das große Haus, worin Bernards blasende Instrumentisten alle wohnen, die manchmal sich das Pläsier machen, aus allen Fenstern heraus nach den vier Weltgegenden hin ihre Passagen zu exerzieren, diese waren durch die ausschlagenden Flammen in Begeistrung versetzt, – sie bliesen Tusch, wenn ein Stück Dach einfiel oder Mauer! – Was einen doch gleich Lebensübermut durchströmt, wenn die Menschheit nicht so ängstlich am Besitztum klebt! – Wenn man hört Mitleidsquellen rieslen, über das einzige bißchen Habe, was den Armen nun verloren ist – das macht so malade, es steht einem der Verstand still, da doch gewiß jeder genug hätte, wenn jeder wüßte, was er mit dem seinen anfangen soll. – Der Blaufärber hatte die großmütigste Gleichgültigkeit bei diesem Veraschen seiner Einbläuung, und es kamen die närrischsten Witze vor bei der Judenspritze, bei welcher der Blaufärber selber stand und sie fortwährend dirigierte gegen die zwei uralten Linden in seinem Hof, die sein Ururgroßvater, der auch Blaufärber war, gepflanzt hatte, unter denen der Färber seine Hochzeit gehalten. – Wenn ihr mir die erhaltet, sagte er zu den Juden, so schenk' ich euch zwanzig Taler. – Nun wurden die Juden so feurig, lauter arme Lumpen! – Es gab ein Gezänk mit der Polizei, sie wollte auf die unnützen Linden kein Wasser verwendet haben, die Juden schrieen mörderlich, als man ihnen den Schlauch entriß, nach dem Blaufärber; der kam herbei und mußte ihn wieder erobern. *»Was solle die alte Bääm«*, sagt der Herr Bolezei! – Wie, Herr Polizei! – Sie schmähen die alten Linden, das Wahrzeichen von Offenbach? – »Ei, do könnt ganz Offebach abbrenne, und die Wahrzeiche bliebe alleen stehe. Die könnten doch das Maul nicht uftun und erzähle, daß Offebach da gestane hat.« –

Die Linden wurden übrigens gerettet; denn die Juden ließen sich nicht zu nah kommen! – Die Hornisten, Hautboisten, Klarinettisten und Fagottisten schmetterten ihre Passagen dazwischen wie freie Göttersöhne in des Mondes blauem Licht, der über ihrer Wohnung thronte und nichts von seinem Glanz verlor durch die gegenüber aufqualmende Feuersäule, die sich oft vom Rauch nieder mußte drücken lassen! – Der Mond hat Charakter, die Gestirne haben Charakter, der Himmel, der sie trägt wie ein Baum die Äpfel, der ist der Charakterbaum. – Die Menschenseele ist ein kleiner fliegender Samenstaub, der einen guten Boden sucht, um auch Charakter zu werden. – Das Werden! – Das große Werden – *ist und soll sein der einzige Genuß*, sagt die Günderode, *der wird aber nicht, der nicht göttlich wird*, sagt die Günderode auch noch. – Für heut' hab' ich genug geschrieben; nun wünsch' ich, daß morgen wieder was vorfallen möge, einzig, um meinen historischen Brief fortsetzen zu können. –

Heut' ist aber doch nichts vorgefallen, so sehr ich auch getrieben habe und dem Fenster hinausgeguckt, ob nichts kommen wollte. – Vom Feuer war viel die Rede, man besuchte die Großmama, um ihr zu gratulieren, daß ihr der Schreck nichts geschadet habe; sie wurde am End' ärgerlich, wie einer nach dem andern kam, die Fürstin von Ysenburg war zuerst bei ihr gewesen, da war es gleich Mode geworden. – Es ist schlimm, daß die Großmama sich nicht gut verleugnen kann, weil sie nie aus Garten und Haus kommt! – Diese Häuslichkeit hat einen eignen poetischen Schimmer, alles in der höchsten Reinlichkeit und Heimlichkeit erhalten, – zu jeder Stunde, zu jeder Jahreszeit ist nichts vernachlässigt, selbst das aufgeschichtete Brennholz am Gartenspalier ist unter ihrer Aufsicht der Schönheitslehre. – Wenn es im Winter muß verbraucht werden, so läßt sie es immer so abnehmen, daß die Schneedecke soweit wie möglich unverletzt bleibt, bis Tauwetter einfällt, wo sie's abkehren läßt. Im Herbst hat sie ihre Freude dran, wie die roten Blätter der wilden Rebe es mit Purpur zudecken. – Im Frühling regnen die hohen Akazien ihre Blütenblättchen drauf herab, und die Großmutter freut sich sehr daran! – Ach, was willst Du? – Es gibt doch keine edlere Frau wie die Großmutter! – Wer den wunderschönen Blitz ihres Auges verkennt, wenn sie manchmal sinnend mitten im Garten steht und späht nach allen Seiten und geht dann plötzlich hin, um einem Zweig mehr Freiheit zu geben, um eine Ranke zu stützen – und dann so befriedigt in der Dämmerung den Garten verläßt, als habe sie mit der Überzeugung alles gesegnet, daß es fruchten werde. –

Nein, heute ist nichts weiter vorgefallen, was ich historisch nennen könnte, der Tag ist total vorbei! – Und nichts, was nur den Hund hätte zum Bellen gebracht. – Nur eine kleine elegische Szene. Die Großmama hat manchmal einen Verdruß an so einem Federvieh, wenn es in ihre Hausordnung sich nicht fügt, so muß es geschlachtet werden, diesmal traf das traurige Los der Hinrichtung ein impertinentes Huhn, was immer mit großer Geschwindigkeit die Weizenkörner, welche sie für alle streut als Dessert zum Haber, für sich allein erschnappte. Dies Huhn war von Meline in Affektion genommen, gleich als es auskroch, heißt Männewei, von Mannweibchen, weil es lang unentschieden blieb, ob das Tier ein Hahn oder Huhn sei, da es einen so roten, stolzen, doppelten Kamm und einen schönen roten Bart hat, kurz, ich komme grade an der Küche vorbei, wie die taube Agnes auf dem Schemel sitzt, das Huhn zwischen den Knien, das Messer wetzt. – Ich springe hinzu, zieh' den Schemel unter ihr weg, sie fällt auf die Nase, das Huhn unter dem Messer weg flattert mit großem Geschrei durchs Küchenfenster; es war die Zeit, wo die andern Hühner schon alle im Hühnerstall mit ihrem Hahn der goldnen Ruhe genießen, kaum hörten sie aber das Notgeschrei der Henne, als alle loslegten mit Gakkern! Ich war voll Schreck über meine Kühnheit, die Hinrichtung zu verhindern. Ich jagte das Huhn durch den Garten, ganz am End' der Pappelwand fing ich's erst ein, wo sollte ich mit hin, bracht' ich's zurück, so wurde es dennoch abgetan, aber mir schauderte, eine Suppe von diesem Huhn zu essen. – Ich marschierte zum Gärtner im Boskett. – Der nimmt es unter seine Obhut, bis bessere Zeiten kommen. – Wie kann man auch Tiere, die täglich unter uns herumlaufen, uns trauen, einem nicht aus dem Weg gehen, plötzlich, was sie gar nicht gewärtig sind, über sie herfallen und fressen. Die taube Agnes ist sehr erschrocken, daß der Poltergeist die Schawell unter ihr weggezogen hat, sie erzählt noch mehrere Fälle von diesem Spukeding; – einmal war es mit ihrer Haube ausgerissen – sie war aber am Fensterspiegel hängen geblieben. – Diesmal mit der Henne, keiner glaubt ihr das, aber jeder wundert sich, daß es verschwunden ist und nicht wieder erscheint. – Und endlich, meint die Agnes, werden wir's doch einsehen, daß es spukt. Die alte Kordel setzte sich mit dem Rädchen herbei, die Agnes erzählte lauter Geschichten vom Küchenteufel, eine ganz aparte Klasse; wollt' ich auch jetzt sagen, daß *ich* das Huhn weggeschleppt habe, keiner würde es glauben. – Abends beim Sternenschimmer, wo ich den Kopf weit aus unserm Mansardfenster streckte, um recht viele Sterne zu Zeugen meines feierlichen Schwures aufzurufen, tat ich das Gelübde, alles dran zu wagen, wenn ich einen Menschen in Gefahr sehe und wenn auch selbst das Messer schon über seinem Haupte schwebt. – Ein rascher Entschluß vermag viel, aber Zagen ist das Verderben aller Großtaten! Hätt' ich nur einen Augenblick mich besonnen, so lebte jetzt kein Männewei mehr! – Und mit so einem Tier ist's eine besondere Sache, man weiß nicht, ob es ein Jenseits hat, doch lebt es gern, doch hat es mehr mit der Natur zu schaffen wie wir, doch gehört ihm die Welt, jeden Augenblick es drauf verweilt, ja es ist der Mühe wert, ein Leben zu retten, sei es welches es wolle. Ach, die Schwäne fallen mir hier ein, die ihr schneeweiß Gefieder im eignen Blute mußten baden, die Helden der Gironde! –

Schon wieder ist der Abend angerückt, lieber Clemens! – Heute sind keine Ereignisse vorgefallen, nur Nachrichten eingelaufen, die aber vielversprechend sind. – Savigny ist auf dem Trages und erwartet uns zum Diner den Sonntag, wir werden also morgen in die Stadt gehen, diese Nachricht brachte Doktor Ebel als Auftrag von Leonhardi, der uns einen Platz in seinem Wagen anbot. – Ebel ist ein naturforschender Mistfinke, aber die Großmama geht ganz darüber hinweg, daß er immer ein schmutziges Hemd an hat und schwarze Nägel, und tat folgenden, merkwürdigen Ausspruch: »Mein Kind! – Die Reinlichkeit ist zwar die edelste Tugend und ist verschwistert mit der sittlichen Reinheit. Selbst ein lasterhafter Mensch erhebt sich aus seinem Sündenpfuhl, wenn er sich wäscht und ein reines Hemd anlegt, die Würde des Menschen fühlt sich dadurch neu belebt. – Aber – –«, sagte sie und hielt ein, denn der Mistfinke, der einen Augenblick abwesend gewesen war, trat herein und brachte der Großmama allerlei Abfall von der Natur, den sie sollte in ihr Naturalienkabinett aufnehmen. Unter andern ein Stück Leinwand von Asbest, was unverbrennlich sei. – Moose, welche auf der höchsten Spitze der Spitzberge wachsen – purpurrot! St. Pierre und Buffon wurde geholt, um über Schnecken und Muschelsamen, wovon Ebel eine ganze Bonbontüte voll mitgebracht hatte, zu befragen, sie blieben die Antwort schuldig! – Ebel erzählte also, daß dieser, aus dem Grund des Schwarzen Meeres, ihm von einem Freund zur Untersuchung mit vielen Mühen und Unkosten gesendeter Muschelsame die wunderbarsten Erscheinungen enthalte, mit einem Vergrößerungsglas betrachtet, werde man die ausgebildetsten Formen drinnen finden, die so klein seien, daß man sie für Sandkörnchen halte. – Die Großmama war begeistert für diese Merkwürdigkeitstreckelchen, aus denen die Welt zusammengebacken ist, und die Ebel mit Lebensgefahr unter einer Taucherglocke von einem kühnen Taucher wollte erhalten haben, ein Paketchen draus gemacht und mit Noten versehen in ein Kästchen gepackt, worin noch andre Seltenheiten der Art liegen. – Das war nun, was er in der rechten Rocktasche mitgebracht hatte. Nun griff er in die linke Rocktasche. Das erste Päckchen enthielt ein Stück Spinnweb von der Riesenspinne, – er konnte es ordentlich auseinanderfalten, ohne es zu zerreißen, es fiel dabei sehr viel Staub heraus, die Großmama hätte dies Chemisett der Arachne gewiß gern unter ihren tausend Wundern der Welt besessen, allein Ebel wickelte es sorgfältig wieder ein und steckte es in die Westentasche! – Ich glaub', er hat's irgend im Winkel auf dem Boden entdeckt und hat ihm die Reise aus Indien erspart! – Dafür entschädigte er sie mit einem Stück Brot von der Brotbaumfrucht in Otaiti. – Dies war eine große Galanterie, denn bekanntlich ist ihr Liebling unter allen ihren Werken dieser Roman, der auf Otaiti vorgeht; sie war also durch dies Brot so entzückt, daß ihr die Tränen herabrannen! – »O Kinder«, sagte sie, »wieviel Schönes harret noch eurer, wenn ihr euer Interesse an der Natur ausbildet, glaubt mir, nicht allein das, wozu die Natur etwas geschaffen zu haben scheint, hängt mit diesem *Etwas* zusammen und ist darauf angewiesen; nein, es führt alles eine Sprache mit dem Geist. Dieser aber ist wie ein Kind, die große Rednerin Natur spricht nur liebkosende Worte zu ihm, ja sie ahmt sein Lallen nach, nur um ihm sich verständlich zu machen; aber es muß einstens dahin kommen, daß sie die höchste Begeistrung zu ihm ausspreche, und daß er ihr Antwort darauf geben könne.« »Ja«, sagt' ich, »liebe Großmama. Wenn die Natur erst mit dem Menschen spricht, wie Mirabeau zu der Nation, dann werden lauter Freiheitshelden geboren werden!« – Ebel – kreuzigt sich immer vor mir, er ist mehr noch als Hase! – Jede Idee, die ich ausspreche, deucht ihm ein Pistolenschuß, das Geringste, was ich sage, hält er für eine Erbse, die ich ihm mit einem Blaserohr in die Perrücke ziele; – es kommt ihm immer vor, als erschüttre ich das Weltall mit meinen Behauptungen. – Er lauscht manchmal, ob er's nicht krachen hört. – Er guckt nach dem Wetter und behauptet, die Wolken, die da herankommen, seien gewitterhaft von meiner elektrischen Natur zusammengezogen, und er mag durchaus nicht in meiner Nähe verweilen bei schwüler Luft, er fürchtet für sein geschätztes Dasein, das Gewitter könne in ihn einschlagen und seine Seele ungewaschen und ungekämmt vor den Richterstuhl Gottes bringen! – Der Herzog von Gotha war dabei, als er dies einmal sagte, und hatte seine Verwundrung über den gelehrten Naturforscher, er fragte ihn, ob er denn an ein letztes Gericht glaube, ob er an die Hölle glaube? – Da kam es heraus, daß er an noch mehr glaubt; nämlich an einen großen Aktenschrank, worin alle Lebensprozesse aller Menschen drinnen in höchster Ordnung aufgestapelt sind. Dieser Aktenschrank ist sehr leicht beweglich, auf einen Wink fliegt er auf und präsentiert gerade die Akten, die zum Prozeß des Lebensverfloßnen die nötigen überweisenden sind, denn kein Mensch wird verurteilt, er werde denn von der Gerechtigkeit des Richterspruchs überzeugt, – damit er sich die Höllenpein nicht durch den Trost erleichtere, er sei ungerecht verdammt, – »denn Gott kann nicht ungerecht sein«, setzt Ebel hinzu! »O Hirngespinst, o Scheusal, o Gespenst, o Empusa«, sagte der Herzog, und seitdem trägt Ebel den Namen Empusa! Er wird auch nicht mehr maskuliniert, sondern muß weiblich passieren, was ihn ärgert, mich aber auch.

Genug von der Empusa; als sie geflohen war, so wollte die Großmama das Wort für ihn nehmen und meinte, es sei doch gut von ihm, diese Freude ihr zu machen. Ich holte Licht und bat die Großmama so sehr, sie möge doch die Asbestleinwand ins Licht halten. Aber ach, sie brannte ab. – Adieu Leinwand! – Adieu, Ebel, Du bist kein charmanter Ebel mehr! –

Fortsetzung des historischen Briefes

Am Samstag sind wir um neun Uhr nach Frankfurt gefahren! Der erste, der am Kornfeld von Sachsenhausen uns begegnet, war die Empusa; sie hatte sich nicht mehr am Abend in die Stadt getraut, es war Meltau gefallen, und so blieb sie auf der Gerbermühle, damit nicht auf ihm der Meltau sich hafte, der sehr oft die Auszehrung veranlasse. Ich rief dem Kutscher halt, sprang aus dem Wagen, brach mehrere Ähren ab, nahm sie in den Mund und ließ sie blühen; – dann persuadierte ich die Empusa, doch diese Roggenblüte durch den Mund zu streifen und zu essen, als ein ganz sicheres Mittel gegen die Auszehrung. Dies hab' ich im Kloster gelernt. Empusa fraß die Roggenblüte, fühlte sich nun, gesichert gegen den Meltau, ganz munter. – In unserm Haus war alles voll Sonnenschein und erinnerte mich sehr an unsere Kindheit, wo wir uns als in die Galerie versteckten, um dort das kleine Seeschiff zu betrachten und die unzähligen kleinen Wachspüppchen von allen Ordensgeistlichen, vom Papst an bis zu den Bettelmönchen und Nönnchen. – Die Galerie stand offen, ich verweilte dort bei manchem aufgehobenen Kinderspiel aus unserer frühsten Zeit; auch fand ich dort in einem Schrank den schönen Kastorhut der Mutter mit einem blitzenden Band von Stahl und Goldperlen, auf den der Papa als die Johanniswürmchen setzte, wenn er mit uns am Abend im hohen Sommer spazieren fuhr. – Der Kastorhut war mir gar zu lockend;

ich setzte ihn auf, er stand mir schön, ich glich der Mama; denn ihr Bild wurde mir wieder ganz deutlich – und der Papa hatte mich auch lieb vor allen Kindern, ich glaub' wohl, daß ich ohne Sünde den Hut kann behalten. – Ich frage bei Dir an, ob's ein Diebstahl ist, – unterdessen hab' ich ihn zum Günderödchen gebracht, daß sie mir ihn versteckt, bis Du mir schreibst, ob Du erlaubst, daß ich den Hut behalte! – Ich behalt' ihn aber doch! – Abends war bei der Gunda der Tee; da waren allerlei Menschen, die ich noch nicht gesehen hatte, aber auch Link war da, Dein Freund! – Sie erwarteten Heinse, aber der kam nicht, den ich doch so gern gesehen hätte. Ich saß auf einer Schawell an der Türe des Kabinettes, das ganz voll war, – an Günderödchens Seite, so lehnte ich mich an sie, und während ein Doktor Kästner sang: »nicè bella nicè amata«, schlief ich ein; kein Mensch hat's gemerkt. –

Gestern am Sonntag fuhren wir nach dem Trages; – schon um sieben Uhr waren die Wagen vorgefahren, alles, was mitfuhr, hatte sich im Saal versammelt, alles war eingestiegen, und als alles eingestiegen war, da war kein Platz mehr für mich! – Da hieß es, der Leonhardi kommt gleich vorgefahren mit Fr. von Barkhausen, mit denen fährt die Bettine. – Der Leonhardi kam erst gegen zehn Uhr! – Keine Frau von Barkhausen mit; man war unsicher, ob ich allein mit ihm über Feld fahren könne, unterdessen stieg ich ein und sagte: »Fahr zu Kutscher!« Und bald war ich mit meinem Leonhardi in die sommerlichen Felder entflohen. – Jetzt laß Dir erzählen und glaub' es nicht, das kann mich nur überzeugen, daß es Dir zu toll vorkommt; er klappte einen Tisch auf, darauf legte er einen Folianten, den er mitgenommen hatte, einen Krug Geilsheimer Wasser, den er mit einer Schlinge ans Fenster befestigte, plazierte er auch darauf – und nun legte er sich mit beiden Ellbogen auf seinen Tisch und fing an, in der Chronik zu studieren und Exzerpte zu machen. – Nachdem ich eine Weile eine große Warze und eine kleinere Warze auf seinem Backen betrachtet hatte, so fing ich an zu pfeifen. – Das war ihm verdrießlich; er bat mich, stille zu sein; denn er habe da was sehr Ernstes vor und sich es zum Gesetz gemacht, nie Zeit zu verlieren! – Ich schwieg recht gern, aber ich sang in Gedanken und vergaß das Schweigen und sang wieder laut. – Das störte ihn sehr; er machte mir Vorwürfe, daß ich keinen Augenblick Ruhe haben könne! – Als wir an einer Schenke hielten, um die Pferde zu füttern, setzte ich mich auf den Bock und ließ den Leonhardi mit seiner alten Chronik im Wagen! – nur einmal ließ ich halten, weil eine wunderschöne Blume am Wege stand, die wollt' ich pflücken; da machte der Leonhardi einen fürchterlichen Lärm, ich hatte aber meine Blume. O blühte sie doch ewig! – Es ist mir lieb, daß bis jetzt mir noch niemand gesagt hat, wer sie ist, denn dann setzt man gewöhnlich auch hinzu, sie ist ganz gewöhnlich und wächst da und da sehr häufig! – Nun laß Dir nur erzählen, wie schrecklich bös' ich den Leonhardi gemacht hab'; ich wollte nämlich ein bißchen fahren, und ich kann es auch recht gut. Da hat mir der Kutscher die Zügel gegeben; der Leonhardi, der alle Augenblick' aus seiner Chronik herausguckt, sieht das, ruft, ich soll's sein lassen, die Pferde scheuen leicht. Der Kutscher sagt, ich könnte getrost fahren; – ich schnalze mit der Zunge und werfe den Pferden die Zügel ein bißchen auf den Hals, sie werden charmant mutig, und es geht noch einmal so rasch! – Der Leonhardi kriegt Angst schrecklich, die Pferde seien ausgerissen, steckt eilig den Kopf durchs offne Fenster, wirft den Krug, der Pfropfen geht heraus und das Geilsheimer Wasser fließt über die Chronik.

Es mußte gewischt und geduppt werden den ganzen Weg! – Aber jetzt kommt was sehr Lächerliches; er holte einen ganzen Pack alter Zeitungen aus der Tasche, ohne die er nie reist, sagte er, – und nun wurden die nassen Stellen bepflastert; das ging so fort, bis wir in den Wald kamen, wo der Weg zu schlecht ist, um zu lesen oder zu pflastern. – Wir kamen an, wie eben die Krebse auf den Tisch getragen wurden, – ungeheuer große Kerle aus dem Goldweiher. Der Leonhardi zankte noch nachträglich auf mich, daß ich allein am späten Kommen schuld sei – ich hätte alle Augenblick' eine Blume abbrechen wollen, ich hätte das Geschirr an den Pferden in Unordnung gebracht, ich hätte die Pferde wildgemacht. – Es waren mehrere Hakennasen aus Savignys Familie da – es war ein ziemlich heißer Nachmittag, mit verbrannten Nasen kamen wir vom Hahnenkamm zurück; Savigny war über die Maßen freundlich und schloß alle Schleusen seines Paradieses auf und schien dennoch so einsam unter uns allen, als wären wir wie eine Horde Räuber bei ihm eingefallen. Die Zeit kam zum Aufbruch; auf der Heimfahrt war ich nicht in Leonhardis Kutschenverlies eingesperrt, er hatte dagegen appelliert. – Ich schlief im Wagen bis in Hanau, wo die Pferde futterten; da sahen wir Minchen, und da teilte ich ihr Deinen Brief mit, sie freut sich recht, die Heldin Deiner Oper zu sein. Dort kam der Georg gefahren und nahm mich in sein Gig, wo ich durch die kühle Nachtluft sehr erquickt ward. – Heute nachmittag sind wir wieder in Offenbach angekommen; ich wollt', ich wär' gar nicht fortgewesen, so müde bin ich von dieser Reise. – Ich endige meinen historischen Brief, weil es mir grade so ist, als werde nichts heut' vorgehen, woraus ich geschichtlichen Honig saugen könnte. – Günderode, Minchen und Marianne grüßen. – Du kommst wohl diese Messe nicht nach Frankfurt? –

Bettine.

Die Günderode

Vorbemerkung

Bettina widmet ihr 1840 erschienenes Buch *Die Günderode* den Studenten; es ist ein pathetischer Widmungstext, aber er ist mutig, wagt er doch, die verbotenen Burschenschaften zu erwähnen. Die Studenten antworten auf diese Zueignung mit einem Fackelzug. Mit der *Günderode* tritt Bettina aus dem Bereich der Literatur heraus und wird nun von den Intellektuellen des Jungen Deutschland aufgenommen als eine Schriftstellerin der Opposition.[1]

Die Charakterisierung, die Gutzkow von Bettina und Charlotte Stieglitz gibt (deren Selbstmord in der literarischen Öffentlichkeit dieselbe Bedeutung zuerkannt wurde wie den Briefen Rahel Varnhagens und Bettinas), bezeichnet zugleich das Verhältnis von Bettina und Günderrode. »Bettina warf auf das Antlitz zahlloser Frauen den rosigen Abglanz einer freieren Anschauung der Menschen und Dinge, so daß sie wieder etwas Dreistes, Großherziges und Naives zu denken und zu sagen wagten. Charlotte Stieglitz endlich ließ in diese heitern Gemälde einen dunkeln Schlagschatten fallen und zeigte, wie groß die Opfer werden können und müssen, wenn man aus dem gewöhnlichen Kreise des Handelns und Fühlens heraustritt und von dem Baume der modernen Erkenntnis kostet.«[2]

Der »Briefroman« *Die Günderode* geht auf Briefe aus der Zeit von 1804–1806 zurück. Als noch nicht Zwanzigjährige hatte Bettina im Offenbacher Hause ihrer Großmutter Sophie von La Roche die fünf Jahre ältere Schriftstellerin Karoline von Günderrode kennengelernt. Diese lebt seit ihrem neunzehnten Jahr in Frankfurt als Stiftsdame im Cronstettischen adelig

1 Vgl. dazu das Kapitel »Die ›kühne Vorrednerin‹« in: Ingeborg Drewitz, *Bettine von Arnim. Romantik – Revolution – Utopie*. München [2]1979, S. 177 ff.

2 Karl Gutzkow in der Skizze »Rahel, Bettina, die Stieglitz« seines Aufsatzes »Vergangenheit und Gegenwart« (1830–38), in: *Gutzkows Werke*, hrsg. von Reinhold Gensel, Tl. 8, Leipzig/Wien/Stuttgart 1910, S. 102 f.

evangelischen Damenstift – kein Kloster, wohl aber ein »stiller, weltabgewandter Ort zur Verwahrung unverheirateter Töchter aus mittellosen Adelsfamilien«.[3] Seit 1804 veröffentlicht sie Gedichte und Fragmente, unter dem männlichen Pseudonym *Tian.* 1806 nimmt sie sich das Leben, wohl nicht nur weil ihre Liebe zu dem Altertumswissenschaftler Friedrich Creuzer gescheitert war. Anders als Bettina, die ihren eigenen Glücksentwurf eigensinnig durchzusetzen versucht, unterwirft Günderrode sich den Bindungen, in die sie hineingeboren ist: ihres Geschlechtes, ihres Standes, ihrer Armut, aber eben auch: der Kunst. »Sie will ja vereinen, was unvereinbar ist: Von einem Mann geliebt werden und ein Werk hervorbringen, das sich an absoluten Maßstäben orientiert. Ehefrau und Dichterin sein; eine Familie gründen und versorgen und mit eignen kühnen Produktionen in die Öffentlichkeit gehn: unlebbare Wünsche.«[4]

Die Beziehung zwischen den beiden jungen Frauen war von Anfang an asymmetrisch: während Bettina sich mit rückhaltloser Hingabe der Freundin zuwendet, bewahrt diese eine nahezu schmerzhafte Distanz. Das utopische Experiment, eine andere, freie Art der Liebe, die derjenigen der Männer nicht gleicht – Bettina spricht von ihrer »Schwebereligion« – muß daher letztlich scheitern. Günderrode bricht die Beziehung ab, weil Creuzer eine eifersüchtige Aversion den Brentanos gegenüber kultiviert.

In einem großen Brief an Goethes Mutter (s. S. 147–169, aus *Goethes Briefwechsel mit einem Kinde*) gibt sich Bettina Rechenschaft über ihr Verhältnis zu Günderrode und sucht über die Erscheinung der Freundin ins Reine zu kommen. Dieser Text, der die Ambivalenzen romantischer Subjektivität zur Sprache bringt: die Überwältigung der Gegenwart durch die frei schweifende Phantasie, ist ein bedeutendes

3 Christa Wolf, »Der Schatten eines Traumes. Karoline von Günderrode – ein Entwurf«, in: C. W., *Lesen und Schreiben. Neue Sammlung*, Darmstadt/Neuwied [2]1981, S. 233.

4 Christa Wolf (Anm. 3) S. 242.

Stück Trauerarbeit. Bettina erfährt die Entscheidung der Freundin als Verrat, und zugleich fühlt sie ein Schuldbewußtsein in sich entstehen, daß es ihr nicht gelungen ist, die Freundin auf die Seite des Lebens herüberzuziehen.

Bettina. Radierung von Ludwig Emil Grimm, 1809

An die Günderode.

Du weißt, daß der Bostel hier ist, – der läuft mir immer nach und sagt: »Bettine, warum sind Sie so unliebenswürdig?« – Ich frag': »Wie soll ich's machen, um liebenswürdig zu sein?« – »Sein Sie wie Ihre Schwester Loulou, sprechen Sie ruhig mit einem und bezeigen Sie doch nur ein klein wenig Teilnahme an, was man Ihnen sagt, aber wenn man Sie auch aus Mitleid wie ein Mädchen, das schon was bedeutet, behandlen wollt', es ist nicht möglich. Sie haben nicht weniger Unruh' als eine junge Katz', die einer Maus nachläuft; derweil man Ihnen die Ehre antut, mit Ihnen zu sprechen, klettern Sie auf Tisch und Schränken herum, Sie steigen zu den alten Familienporträten und scheinen weit mehr Anteil an deren Gesichter zu nehmen als an uns Lebenden.« – »Ja, Herr von Bostel, das ist bloß, weil die dort so ganz übersehen und vergessen sind, weil kein Mensch mit denen spricht, da geht's mir grade, wie es Ihnen mit mir geht. Aus Mitleid, weil ich übersehen bin, sprechen Sie mit mir jungem Gelbschnabel, und das steckt mich an, daß ich dasselbe Mitleid mit den alten gemalten Perücken haben muß.« – »Aber sagen Sie, sind Sie gescheut? – Wie wollen Sie Mitleid haben mit gemalten Bildern?« – »Ei, Sie haben's ja auch mit mir!« – »Nun ja, aber die Bilder empfinden's doch nicht.« – »Ei, ich empfind's auch nicht.« – »Aber bei Gott, ich bemitleide Sie, – Sie sind auf dem Weg närrisch zu werden.« –

Ich hätt' Dir die Dummheiten nicht erzählt, wenn's nicht einen großen Lärm gegeben hätt', der Clemens wollte das vom guten Bostel nicht haben, sie redeten so heftig hin und her von Schelmufsky und dem Großmogul, und im kleinen Häuschen, wo sie zusammen hingegangen waren, ward es so laut, daß es sich von weitem wie Streit anhörte, ich ging hinunter und wartete, bis der Bostel herauskam, der war ganz erhitzt, ich nahm alles auf mich und bat um Verzeihung, daß ich so unartig gewesen sei, und was weiß ich, was ich alles sagte, bis er endlich versprach, mit dem Clemens nicht mehr bös zu sein, und wenn ich meine Unart eingestehe, so wolle er mir verzeihen. – Ich gestand alles zu, dachte aber doch heimlich, was der vor ein possierlicher Kerl wär'; der Clemens kam dazu, da ward von beiden Seiten die Schuld auf mich geschoben; ich ließ es ohne Widerspruch geschehen und besänftigte beide, sie gaben einander die Hand und mir gute Lehren.

Die Menschen sind gut, ich bin es ihnen von Herzen, aber wie das kommt, daß ich mit niemand sprechen kann? – Das hat nun Gott gewollt, daß ich nur mit Dir zu Haus bin. – Die Manen les' ich immer wieder, sie wecken mich recht zum Nachdenken. Du meinst, daß Dir die Sprache nicht drin gefällt? – Ich glaub', daß große Gedanken, die man zum erstenmal denkt, die sind so überraschend, da scheinen einem die Worte zu nichtig, mit denen man sie aufnimmt, die suchen sich ihren Ausdruck, da ist man als zu zaghaft, einen zu gebrauchen, der noch nicht gebräuchlich ist, aber was liegt doch dran? Ich wollt' immer so reden, wie es nicht statthaft ist, wenn es mir näher dadurch kommt in der Seel', ich glaub' gewiß, Musik muß in der Seele walten, Stimmung ohne Melodie ist nicht fließend zu denken; es muß etwas der Seele so recht Angebornes geben, worin der Gedankenstrom fließt. – Dein Brief ist ganz melodisch zu mir, viel mehr wie Dein Gespräch. *»Wenn Du noch nicht bald wieder zu uns kommst, so schreibe mir wieder, denn ich habe Dich lieb.«* Diese Worte haben einen melodischen Gang, und dann: *»Ich habe die Zeit über recht oft an Dich gedacht, liebe Bettine! Vor einigen Nächten träumte mir, Du seiest gestorben, ich weinte sehr darüber und hatte den ganzen Tag einen traurigen Nachklang davon in meiner Seele.«* Ich auch, liebstes Günderödchen, würde sehr weinen, wenn ich Dich sollt' hier lassen müssen und in eine andre Welt gehen, ich kann mir nicht denken, daß ich irgendwo ohne Dich zu mir selber kommen möcht'. Der musikalische Klang jener Worte äußert sich wie der Pulsschlag Deiner Empfindung, das ist lebendige Liebe, die fühlst Du für mich. Ich bin recht glücklich; ich glaub' auch, daß nichts ohne Musik im Geist bestehen kann, und daß nur *der* Geist sich frei empfindet, dem die Stimmung treu bleibt. – Ich kann's auch noch nicht so deutlich sagen, ich meine, man kann kein Buch lesen, keins verstehen oder seinen Geist aufnehmen, wenn die angeborne Melodie es nicht trägt, ich glaub', das alles müßt' gleich begreiflich oder fühlbar sein, wenn es in seiner Melodie dahinfließt. Ja, weil ich das so denke, so fällt mir ein, ob nicht alles, solang' es nicht melodisch ist, wohl auch noch nicht wahr sein mag. Dein Schelling und Dein Fichte und Dein Kant sind mir ganz unmögliche Kerle. Was hab' ich mir für Mühe geben, und ich bin eigentlich nur davongelaufen hierher, weil ich eine Pause machen wollt'. Repulsion, Attraktion, höchste Potenz. ––

Weißt Du, wie mir's wird? – Dreherig – Schwindel krieg' ich in den Kopf, und dann, weißt Du noch? – Ich schäm' mich, – ja ich schäm' mich, so mit Hacken und Brecheisen in die Sprach' hineinzufahren, um etwas da herauszubohren, und daß ein Mensch, der gesund geboren ist, sich ordentliche Beulen an den Kopf denken muß und allerlei physische Krankheiten dem Geist anbilden. – Glaubst Du, ein Philosoph sei nicht fürchterlich hoffärtig? – Oder wenn er auch einen Gedanken hat, davon wär' er klug? – O nein, so ein Gedanke fällt ihm wie ein Hobelspan von der Drechselbank, davon ist so ein weiser Meister nicht klug. Die Weisheit muß natürlich sein, was braucht sie doch solcher widerlicher Werkzeuge, um in Gang zu kommen, sie ist ja lebendig? – Sie wird sich das nicht gefallen lassen. – Der Mann des Geistes muß die Natur lieben über alles, mit wahrer Lieb', dann blüht er, – dann pflanzt die Natur Geist in ihn. Aber ein Philosoph scheint mir so einer nicht, der ihr am Busen liegt und ihr vertraut und mit allen Kräften ihr geweiht ist. – Mir deucht vielmehr, er geht auf Raub, was er ihr abluchsen kann, das vermanscht er in seine geheime Fabrik, und da hat er seine Not, daß sie nicht stockt, hier ein Rad, dort ein Gewicht, eine Maschine greift in die andere, und da zeigt er den Schülern, wie sein Perpetuum Mobile geht, und schwitzt sehr dabei, und die Schüler staunen das an und werden sehr dumm davon. – Verzeih mir's, daß ich so fabelig Zeug red', Du weißt, ich hab's mit meinem Abscheu nie weiter gebracht, als daß ich erhitzt und schwindelig geworden bin davon, und wenn die großen Gedanken Deines Gesprächs vor mir auftreten, die doch philosophisch sind, so weiß ich wohl, daß nichts Geist ist als nur Philosophie, aber wend's herum und sag': Es ist nichts Philosophie, als nur ewig lebendiger Geist, der sich nicht fangen, nicht beschauen noch überschauen läßt, nur empfinden, der in jedem neu und ideal wirkt, und kurz: der ist wie der Äther über uns. Du kannst ihn auch nicht fassen mit dem Aug', Du kannst Dich nur von ihm überleuchtet, umfangen fühlen, Du kannst von ihm leben, nicht ihn für Dich erzeugen. Ist denn der Schöpfernatur ihr Geist nicht gewaltiger als der Philosoph mit seinem Dreieck, wo er die Schöpfungskraft drin hin und her stößt, was will er doch? – Meint er, diese Gedankenaufführung sei eine unwiderstehliche Art, dem Naturgeist nahzukommen? Ich glaub' einmal nicht, daß die Natur einen solchen, der sich zum Philosophen eingezwickt hat, gut leiden kann. *»Wie ist Natur so hold und gut, die mich am Busen hält.«* – So was lautet wie Spott auf einen Philosophen. Du aber bist ein Dichter, und alles, was Du sagst, ist die Wahrheit und heilig. *»Man kann Geister nicht durch Beschwörung rufen, aber sie können sich dem Geist offenbaren, das Empfängliche kann sie empfangen, dem innern Sinn können sie erscheinen.«* Nun ja! Wenn es auch die ganze heutige Welt nicht faßt, was Du da aussprichst, wie ich gewiß glaub', daß es umsonst der Welt gesagt ist, so bin ich aber der Schüler, dessen ganze Seele strebt, sich das Gehörte zum Eigentum zu machen. – Und aus dieser Lehre wird mein künftig Glück erblühn, nicht weil ich's gelernt hab, aber weil ich's empfind'; es ist ein Keim in mir geworden und wurzelt tief, ja ich muß sagen, es spricht meine Natur aus, oder vielmehr, es ist das heilige Wort »Es werde«, was Du über mich aussprichst. – Ich hab's jetzt jede Nacht gelesen im Bett und empfind' mich nicht mehr allein und für nichts in der Welt;

ich denk', da die Geister sich dem Geist offenbaren können, so möchten sie zu meinem doch sprechen; und was die Welt »überspannte Einbildung« nennt, dem will ich still opfern und gewiß meinen Sinn vor jedem bewahren, was mich unfähig dazu machen könnte, denn ich empfinde in mir ein Gewissen, was mich heimlich warnt, dies und jenes zu meiden. – Und wie ich mit Dir red' heute, da fühl' ich, daß es eine bewußtlose Bewußtheit gebe, das ist Gefühl, und daß der Geist bewußtlos erregt wird. – So wird's wohl sein mit den Geistern. Aber still davon, durch Deinen Geist haucht mich die Natur an, daß ich erwach', wie wenn die Keime zu Blättern werden. – Ach, eben ist ein großer Vogel wider mein Fenster geflogen und hat mich so erschreckt, es ist schon nach Mitternacht, gute Nacht.

Bettine.

An die Günderode.

Du strahlst mich an mit Deinem Geist, Du Muse, und kommst, wo ich am Weg sitze, und streust mir Salz auf mein trocken Brot. – Ich hab' Dich lieb! Pfeif' in der schwarzen Mitternacht vor meinem Fenster, und ich reiß' mich aus meinem mondhellen Traum auf und geh' mit Dir. – Deine Schellingsphilosophie ist mir zwar ein Abgrund, es schwindelt mir, da hinabzusehen, wo ich noch den Hals brechen werd', eh' ich mich zurecht find' in dem finstern Schlund, aber Dir zulieb' will ich durchkriechen auf allen Vieren. – Und die Lüneburger Heid' der Vergangenheit, die kein End' nimmt, mit jedem Schritte breiter wird – Du sagst im Brief, der mir zulieb' so lang geschrieben ist, sie sei mir notwendig zum Nachdenken, zur Selbsterkenntnis zu kommen; ich will nicht widersprechen! – Könntest Du doch die neckenden grausenerregenden Gespenster gewahr werden, die mich in dieser Geschichtseinöde verfolgen und mir den heiligen Weg zum Tempel der Begeistrung vertreten, auf dem Du so ruhig dahinwallest, und mir die Zaubergärten der Phantasie unsicher und unheimlich machen, die Dich in ihre tausendfarbigen Schatten aufnehmen. – Tut der Lehrer den Mund auf, so sehe ich hinein wie in einen unabsehbaren Schlund, der die Mammutsknochen der Vergangenheit ausspeit und allerlei versteinert Zeug, das nicht keimen, nicht blühen mehr will, wo Sonn' und Regen nicht lohnt. – Indes brennt mir der Boden unter den Füßen um die Gegenwart, um die ich mich bewerben möcht', ohne mich grad' erst der Vergangenheit auf den Amboß zu legen und da plattschlagen zu lassen. Du sprichst von meinem Wahrnehmungsvermögen mit Respekt; hab' ich's aus der Vergangenheit empfangen, wie Du meinst – wenn ich Dich nämlich recht versteh', so weiß ich's doch nicht, wie's zuging. – Ist's der Genius, der dort herübergewallt kommt? – Das willst Du mir weismachen! – Feiner Schelm! – Mein Genius, der blonde, dem der Bart noch nicht keimt – sollte aus dem Schimmel herausgewachsen sein wie ein Erdschwamm! – Wahrlich, es gibt Geister, die drehen sich um sich selber wie Sonnen; sie kommen nicht woher und gehen nicht wohin, sie tanzen auf dem Platz, Taumeln ist ihr Vergnügen, der meinige ist ganz berauscht davon, ich lasse mich taumelnd dahintragen. Der Rausch gibt Doppelkraft, er schwingt mich auf, und wenn er mich auch aus Übermut den vier Winden preisgibt, es macht mir nicht Furcht, es macht mich selig, wie sie Ball mit mir spielen, die Geister der Luft! – Und dann komm' ich doch wieder auf gleiche Füße zu stehen, mein Genius setzt mich sanft nieder – das nennst Du schlafen in träger Luft, das nennst Du feige? – Ich bin nicht feige; seine Eingebungen fordern mich auf zum Denken, meinst Du – und daß ich dann lieber schlafe, meinst Du – Ach Gott! – Denken, das hab' ich verschworen, aber wach und feurig im Geist, das bin ich. – Was soll ich denken, wenn meine Augen schauen jene Vergangenheit hinter mir im Dunkeln, wie kann ich sie an den Morgen knüpfen, der mit mir vorwärts eilt? – Das ist die Gegenwart, die mich mit sich fortreißt ins ungewisse Blaue, ja ins Ungewisse; aber ins himmlische, blonde, goldstrahlende Antlitz des Sonnengotts schauen, der die Rosse gewaltig antreibt und weiter nichts. Der Abend fängt mich auf in seinem Schoß, sinnend lieg' ich ein Weilchen, lausch' in die Ferne! Größere Helden deucht mir da auf der vollen Heerstraße der Geschichte, am heutigen Tag ihre mutigen Rosse tummeln zu hören; ja, ich will, ich möcht' hin, das Banner vor ihnen hertragen, wie wollt' ich mich des Lüftchens freun, das drin flattert, wie wollt' ich mich der eignen Locken freun, die getragen im jauchzenden Galopp mich umspielen mit leisem Schlag auf meine Wangen, wie kühn ins Leben hineingejagt, wie rasch hinter ihm drein, über die Heid'! – Wie lustig! Aufwärts, vorwärts, hinab durch den Dampf. – *Der* auf dem Berg winkt, sein Aug' ruht auf mir, seine Trommeln lenken, seine Trompete ruft! – Und dann in der Nacht – vor seinem Zelt! – Und schlaf' fest, denn er, der Zeiten Genius, weckt zur rechten Stund', und im Schutze seines Gefieders schau' ich die Gefilde ihn überwallen, die Völker wecken, sie anglühen mit seinem Feuerblick, daß sie freudig Hochzeit machen mit dem Tod, auf lorbeerumsproßtem Bett – nun, Kamerad, willst Du mit?

Heute hat die Vergangenheit ausgespien, so kurz wie möglich, denn ich saß ihr auf dem Dach, *das assyrische Reich*, von Asser gleich nach dem babylonischen Reich gestiftet; das Wort »gestiftet« macht mir immer Zerstreuung, vom Kloster her noch, wo ich so oft hab' vorlesen müssen, der heilige Bonifazius stiftete den heiligen Orden der Benediktiner, oder der Antonius von Padua oder Franziskus und so weiter, es gemahnt mich an jene Kämpfe, die diese heiligen Feldherrn mit der Legion Teufel zu bestehen hatten, und da denk' ich mir gleich alle Völker, mit denen sie im Kampf waren, gehörnt mit Bocksfüßen, feuerspeiend und pestilenzialischen Gestank verbreitend, den mir die Vergangenheit herüberweht. – Die heiligen Assyrer aber in Kutten, die ihnen das Kämpfen erschweren. – Ich denk', ich denk' – alle Teufel, unterdes Ninus der Eroberer von Mittelasien herüberwitscht, Ninive die Hauptstadt von Assyrien, erbaut, mit Tod abgeht, seinem kriegs- und baulustigen Weib Semiramis noch ein Stück Babylon zu bauen übrig läßt, worauf sie glänzende Feldzüge macht – das alles versäumt über dem Kloster und Waldteufel samt heiligen Ordensmännern. – Durch Winkelzüge und Fragen kriegt' ich's aus dem Lehrer noch heraus, *daß weiter nichts passiert war*. Über der Geschichte der Semiramis hat Vergangenheit so dicken Schimmel wachsen lassen, daß sie noch eben mit dem blauen Aug' der Unsterblichkeit ihres Namens davonkommt, sonst wüßten wir gar nichts. In der Folge beherrschten die Meder Assyrien, es machte sich wieder frei, bis der Babyloner König Nabopolasar (unter welchem ich mir einen Centaur denk', der Silbenfall seines Namens hat etwas Ähnliches mit dem Galopp eines leichten arabischen Renners) es erobert und mit den Persern teilt. – Damit hat die Vergangenheit für heute noch nicht genug, sondern meldet ferner: Die älteste Geschichte der Meder ist unbekannt, Arbazes, ihr Statthalter, befreit durch Überwindung des Sardanapal vom assyrischen Joch im Jahr der Welt 3108, genau gemessen, des Lehrers Phantasie erstreckt sich lediglich aufs Jahr der Welt. Dejozes erbaut Eckbatana (lies Tians Offenbarungen über diese herrliche Stadt). – Astyages (wo kommt der her?) vermählt seine Tochter dem Perserkönig Kambyses, dessen Sohn Cyrus seinen Großvater vom Thron stieß (der also zu lang sitzen geblieben war) –, er vereinigt Medien, Assyrien und Persien und *stiftet* das große medopersische Reich, der Jud' Hirsch vom Geschlecht Esau streckt seine rauhe Hand herein, es in Besitz zu nehmen, er wird's unterjocht halten in seinem alten Sack, bis Du's befreiest, schmeißt Du's ins Ofenloch mit dem alten Papier, so bringst Du mich um einige schwer eroberte Vergangenheit. –

Schreib vom Märchen. –

Schreib dem Clemens nichts von mir, sag' ihm nur nichts von meiner Ausgelassenheit, er meint gleich, ich wär' besessen, er tut mir tausend Fragen, er ist ganz verwundert, daß ich so bin, er forscht, er sucht eine Ursach' und frägt andre Leut', ob ich verliebt sei, wo ich doch nur im heiligen Orden meiner eignen Natur lebe. Zum Beispiel wenn er wüßte, daß ich abends auf dem Dach vom Taubenschlag sitz' und der untergehenden Sonne auf dem Flageolett vorblase, würde er's gutheißen? – Mein arm jung' Leben liegt mir am Herzen, ich kann ihm nichts versagen. – Red' nichts von mir, laß die Leute bei ihrer herzlich schlechten Meinung von mir, es ist meine beste Freud', ich geh' mit meinem Dämon um, der sagt: *Du sollst dich nicht verteidigen.* – Ich tu, was er will, alles andre ist mir einerlei; einmal hab' ich Visionen von ihm, so gut ward's der Psyche nicht, sie sah doch nicht seinen Widerschein; denn es war stockfinstre Nacht um sie, ich aber, wenn ich's im Herzen fühl', so seh' ich's auch, was mich entzückt, warum ich leben mag, himmlisch feucht Leben im Jugendstrahl, vortretend, ein bißchen auf die Seit' geneigt, steht er immer vor mir, nicht den Blick mir grade zuwendend, nein, bescheiden zeigt er sich in meiner Brust, der Gott, dem ich mich einschmeichle, mit süßen Tränen, der mich morgens vom Lager schüttelt, wo's kaum tagt, ich soll mich aufmachen, vielleicht begegne ich ihm bei Tagesanbruch, so eil' ich flüchtig vorwärts, ich fühl' mich schön im Herzen, ich fühl' meine Schönheit, mein Geist ist ein Spiegel, der ist voll himmlischem Reiz – jeder Tautropfen am Weg sagt mir, ich gefalle meinem – ihm, was braucht's mehr, wem sollt' ich noch gefallen wollen außer ihm? – Nein, glaub's doch nur, er ist wirklich! Er schreitet so leicht, er entschwindet mit jedem Tritt, aber er ist gleich wieder da! Wie sich das Licht im Auge spiegelt, mich blendend deckt es sich im Schatten, dann faßt es wieder Licht, dann schwindelt's, es sieht den Strahl verschweben, doch leuchtet der fernerhin wieder auf, das Auge sucht ihn, es hat ihn schon gefunden, dann schließt sich's und sieht innerlich, das ist ein still Genießen. – O, ich weiß alles! – Ich weiß zu lieben, aber nur den Genius. – Keiner darf wissen das Geheimnis, was sich im Feuerkreis um mich schwingt. – Wenn ich so dasteh', still – mit geschlossenen Armen. – Und der Blick, den nennt die Großmama starr – »Mädele, was starrst – sollt' man glauben, Du wärst außer der Welt entrückt.« – Ich fuhr auf – – da lacht sie. – »Gutes Kind, wo bischt? – bischt beim Schutzengel?« – und zieht meine Hand an ihre Brust – »so sagen die Schwaben, wenn einer so in sich verstummt.« – Ich wollt's bejahen und konnt' doch nicht. – Der ruft mir: »Schweig!« – und sollt' ich einen Laut tun? – ? Nein, er sagt: »Schweig!« Das schließt mir den Mund auf ewig. – Ewig, Günderod'. – Du bist der Widerhall nur, durch den mein irdisch Leben den Geist vernimmt, der in mir lebt, sonst hätt' ich's nicht, sonst wüßt' ich's nicht, wenn ich's vor Dir nicht aussprächʼ. – Dem Clemens sag' nichts, als daß ich brav studier', wie's vom Himmel regnet, und daß nichts dabei herauskommt, das sage auch, aber von mir – von uns sag' nichts. Er braucht's nicht zu wissen, daß wir so himmlische Kerle sind, heimlich miteinander, wo er nicht dabei ist und keiner. Schau' auf, Günderod', gleich wird ein himmlischer Tänzer aus den Kulissen hervorschweben. Tanz ist der Schlüssel meiner Ahnungen von der andern Welt. Er weckt die Seel', sie red't irr wie ein Kind, was in Blumenlabyrinthen sich verliert, da schwankt's Kindchen, und die Ärmchen streckt's aus, nach blühenden Zweigen, weil's taumelt, weil's so lang im Kreise sich drehte – schaut's auf, da steht der Mond über ihm und sänftigt den Schwindel – mit angehaltenem, stillem Blick, an dem erholt's sich wieder. – Was meinst Du, was ich Dir da vorschwindel' und muß die Tränen verbeißen. – Ich mein' als, ich könnt' die ganz' Welt auf die Welt bringen mit meinem Mund, wenn der nur sprechen wollt', wie's Gott ihm auf die Zung' legt, aber wenn sie heraus damit soll, dann stockt sie. Aber dabei bleibt's, wir mögen stammeln oder lallen oder auch nur seufzen, wir wollen's einander alles still verborgen abhören, nicht wahr? – wie auf der grünen Burg im Abendrot, wo wir im Feldgraben lagen, da war ich freudig

Bettina. Bleistiftzeichnung von Wilhelm Hensel, 1819

mit der Zung', da war's immer, als wär' einer hinter mir, der mir's einflüstre, Du frugst, was ich mich denn umdreh' so oft? – ich sagt': »Hinter mir tanzt's« – denn ich wollt' nicht sagen: *spricht's*, denn es war mehr so getanzt und flüchtig geschwungen im Kreis, Nymphen, die sich bei der Hand hielten hinter den drei großen Zypressen hervor, schmiegten sich anmutig, die Füßchen zusammen und die Köpfchen, Du guckst mich an und sagtest: »Sei kein Narr!« – haha, ich muß lachen – das war zu spät, freilich bin ich ein Narr! – denn was ich Dir da vorplaudre, das ist eine Weise, nach der wird getanzt hinter mir, und so war unser tiefer Philosophentext in die Luft gesprengt, was war's doch? – von der innerlichen Wahrnehmung und von der Anschauung im Geist, ob die verschieden wären, und wo sie herkämen, aus der Empfindung oder aus dem Gefühl, und wo diese Quellen sich herleiten, ob links ob rechts; das alles wolltest Du da im zunehmenden Dämmerlicht aus mir herauspumpen. Schwernot! – Das war zu arg, ich möcht' Dir *heut'* noch eine Ohrfeig' geben drüber – aber das war grad' mein Himmlischstes, daß Du nicht bös' geworden bist und hast die geschlagne Wange sanft an mich gelehnt und hast gegirrt wie eine Taube und sagtest: »Ja«, wie ich fragte, tut's weh, »aber es tut nichts.« – Hier hab' ich's hingeschrieben; denn wenn so viel unnütz Zeug geschrieben steht, so kann auch geschrieben stehen, daß ich Dir eine Ohrfeig' gab. – Aber die große schöne Versöhnungsstille über uns – die Dämmerung, die immer breiter ward und größer und der Nebelvorhang vor dem Weidengang vom Feldberg herab – und der Feuersaum längs dem ganzen Horizont, wie werd' ich's vergessen? – Erst hingen wir einander im Arm, ganz still, und dann lag ich quer über Deinen Füßen, so dacht' ich, Du schläfst, weil ich Dich hart atmen hörte, und wollt' eben auch einschlafen. – Da fingst Du an zu reden (da hast Du's in Musik gesetzt):

Liebst du das Dunkel
Tauigter Nächte,
Graut dir der Morgen?
Starrst du ins Spätrot,
Seufzest beim Mahle,
Stößest den Becher
Weg von den Lippen,
Liebst du nicht Jagdlust,
Reizet dich Ruhm nicht,
Schlachtengetümmel,
Welken dir Blumen
Schneller am Busen
Als sie sonst welkten,
Drängt sich das Blut dir
Pochend zum Herzen –

Ach, Du stocktest. Das hab' ich meiner Ungeduld zu danken – zu hören, nein, zu fühlen Deinen süßen Wörtertanz, wie er sich mit vollem Busen sanft hinablehnte zu den Wellen, die ihn umfassen wollten und kühlen. – Ich konnt's nicht erwarten, daß Du weiter tanztest Deiner Seele Tanz. – Und da war's vorbei; da macht' ich einen Vers dazwischen, um Dich in Trapp zu bringen, Du sagtest: »Geh, Du Esel« – da war's aus. – Ach, wieviel Melodien hab' ich auf diesen Vers gesungen, alle Stimmungen hat er müssen aufnehmen, heut' noch längs der Gartenwand schlug ich mit einem Stock ans Eisengitter, das dröhnte mir im Herzen wider, als wär's Herzpochen, und sang dazu so kühn, so laut, so schreivoll, als stünd' mein Herz mitten in Flammen und eilte sich mit Pochen über alle Maßen. Weißt Du nicht weiter zu singen, was passiert, wenn sich das Blut pochend zum Herzen drängt? – Oder willst mir's nicht sagen? – Bin ich Dir dazu auch noch zu jung? – Wenn Du das meinst, dann will ich Dir beweisen, daß ich weit drüber hinausgreif', und daß ich mehr weiß als viele, denen das Herz schon gepocht hat wie mir nicht. – Einmal erregt sich das Herzpochen durch Anlächeln – das hab' ich aus eigner Wahrnehmung, gestern abend erst auf der Bank vor der Hoftür, da saß ich – es war elf Uhr, alles schlief, beim Nachbar brannte ein Nachtlämpchen.

Adieu, schlaf recht wohl, denn es ist elf Uhr, alles schläft wieder, ich will wieder mich auf die Bank setzen vor die Hoftür, es ist Vollmond, geht gleich auf, ich will ihn steigen sehen. Gute Nacht.

An die Günderode.

Ich hab' mir's nicht gedacht, daß ich so sein könnt' in diesen schönen Tagen. In Deinem Brief, Zeile für Zeile, lese ich nichts Trauriges und doch macht er mich schwer. – Du redest von Dir, als seist Du anders wie ich, ganz anders, ach und stehst mir doch allein unter allen Menschen gegenüber, und alles, was wir miteinander besprachen, da waren wir nicht eins, Du warst anders gesinnt und ich anders, und doch hast Du mich immer vertreten, ja gewißlich ich bin anders wie Du, ich fühl's auch heut' aus jeder Zeile Deines Briefs, die mir doch so wahr sind und den tiefen Grund Deiner Seele beleuchten. Wie ist doch jeder Mensch ein groß Geheimnis, und bis alles ins Himmlische sich verwandelt, wieviel bleibt da unverstanden. Aber ganz verstanden sein, das deucht mir die wahre alleinige Metamorphose, die einzige Himmelfahrt. – Im Gartenhäuschen, wo wir vorm Jahr um die Zeit uns zum erstenmal gesehen haben – also ein ganz Jahr sind wir schon gut Freund miteinander???!!! – – – Und so könnt' ich fortfahren Zeichen zu machen der Verwunderung, des Stummseins, des Denkens – Seufzens, ja wenn ich ein Zeichen des Schauderns, der Tränen zu machen wüßte, so könnte ich die Blätter voll der merkwürdigsten Gefühle bezeichnen, denen ich keine Namen zu geben weiß. – Das Geißblatt, das da herabschwankt über die Latten, blüht dies Jahr viel üppiger. Weißt Du, das war unser erst Wort, ich sagte zu Dir: »Es war ein recht kalter Winter dies Jahr, der Hahnenfuß hat seine meisten Zweige erfroren, die Laube gibt wenig Schatten«; da sagtest Du: »Die Sonne gibt und die Laube nimmt, was sie nicht fassen kann vom Licht, das muß sie durchlassen zu uns«, und dann sagtest Du, diese Pflanze sei schöner benannt Geißblatt als Hahnenfuß, weil man dabei eine schöne Ziege sich denke, die mit Anmut gewürzige Blumen fresse, und daß die Natur für jedes Geschöpf ein idealisch Leben darbiete. – Und wie die Elemente in ungestörter Wirkung das Leben erzeugen, tragen, nähren und vollenden, so bereite sich im Genuß einer ungestörten Entwickelung abermal ein Element, in dem das Ideal des Geistes blühen, gedeihen und sich vollenden könne. – Und dann sagtest Du, ich solle mich doch weiß kleiden der Natur zulieb, die rund um uns her so herrliche Blumen aufsprieße, dabei ein Kleid tragen zu wollen mit gedruckten Blumen, das sei geschmacklos und man müsse im Einklang leben wollen mit der Natur, sonst könne die Knospe des Menschengeistes nicht aufblühen. – Ich dachte ein Weilchen über Deine Reden, so waren wir beide still – die Antwort war an mir – ich getraute mich gar nicht, Du kamst mir so weisheitsvoll vor, es schien mir Dein Denken wirklich mit der Natur übereinzustimmen, und Dein Geist rage über die Menschen hinaus, wie die Wipfel voll duftiger Blüten im Sonnenschein, im Regen und Wind, Nacht und Tag immerfort streben in die Lüfte. Ja, Du kamst mir vor wie ein hoher Baum, von den Naturgeistern bewohnt und genährt. Und wie ich meine Stimme hörte, die Dir antworten wollte, da schämte ich mich, als sei ihr Ton nicht edel genug für Dich. – Ich konnt's nicht heraussagen, Du wolltst mir helfen und sagtest: »Der Geist strömt in die Empfindung, und die geht aus allem hervor, was die Natur erzeugt, der Mensch habe Ehrfurcht vor der Natur, weil sie die Mutter ist, die den Geist nährt mit dem, was sie ihm zu empfinden gibt.« – Wie sehr hab' ich an Dich gedacht und Deine Worte, und an Deine schwarzen Augenwimpern, die Dein blau Aug' decken, wie ich Dich gesehen hatt' zum allerersten mal, und Dein freundlich Mienenspiel und Deine Hand, die mein Haar streichelte. Ich schrieb auf: Heut' hab' ich die Günderode gesehen, es war ein Geschenk von Gott. – Heut' lese ich das wieder, und ich möcht' Dir alles zulieb tun, und sag mir's lieber nicht, wenn

Du mit andern Menschen auch gut bist. Das heißt: sei mit andern, was Du willst, nur laß das uns nichts angehen. Wir müssen uns miteinander abschließen, in der Natur, da müssen wir Hand in Hand gehen und miteinander sprechen nicht von Dingen, sondern eine große Sprache. Mit dem Lernen wird's nichts, ich kann's nicht brauchen, was soll ich lernen, was andere schon wissen, das geht ja doch nicht verloren, aber das, was grad' nur uns zulieb geschieht, das möcht' ich nicht versäumen, mit Dir auch zu erleben, und dann möcht' ich auch mit Dir all das überflüssige Weltzeugs abstreifen, denn eigentlich ist doch nur alles comme il faut eine himmelschreiende Ungerechtigkeit gegen die große Stimme der Poesie in uns, die weist die Seele auf alles Rechte an. Einmal ist mir die Höflichkeit zuwider, die sich immer neigt vor andern und doch keinen Verkehr mit einem hat, als ob das unhöflich wär', dem auszuweichen, der einem nichts angeht; – wär' die Natur so verkehrt, so intrigant und unsinnig wie die Menschen sind, es könnte kein Erdapfel reifen, viel weniger denn ein Baum blühen, alles ist die reine Folge der Großmut in der Natur, jede Kornähre, die den Samen doppelt spendet, gibt Zeugnis. Engherzigkeit wird nimmer ihren Samen spalten zum Licht, sie verkeimt. Jetzt fang' ich an zu fühlen, zu was ich da bin. Alle Morgen bet' ich, wenn ich aufwache: »Lieber Gott, warum bin ich geboren«, und jetzt weiß ich's, – darum, daß ich nicht so unsinnig sein soll, wie die andern sind, daß ich den reinen Pfad wandle, in meinem Herzen bezeichnet, für was hätt' ihn der Finger Gottes mir eingeprägt und meine fünf Sinne in die Schule genommen, daß ein jeder ihn buchstabieren lerne, wenn es nicht wär' diesen Weg zu bekennen. – Ja, man muß dem Menschen Weisheit zumuten und sie ihm als den einfachen Weg der Natur vorschreiben, aber das Verleugnen eines großen mächtigen Weltsinnes in uns ist immer Folge unseres Sittenlebens mit andern, das hängt sich einem an, daß man keinen freien Atemzug mehr tun kann, nicht groß denken, nicht groß fühlen aus lauter Höflichkeit und Sittlichkeit. Groß handeln, das dank' einem der Teufel, das müßte von selbst geschehen, wenn alles natürlich im Leben zuging'. Es ist eine Schande, was die Menschen alles mit dem Namen Großmut belegen, als ob nicht ein rasches selbsttätiges Leben immer das als elektrisches Feuer ausströmen müsse, was man große Handlung nennt. –

Das mühselige Menschengeschlecht plappert wie die Elstern, es versteht nicht das Stöhnen der Liebe, das muß ich sagen, weil die Nachtigallen so süß stöhnen über mir. Vier Nachtigallen sind's, auch im vorigen Jahr waren's vier. Ja, lieben werd' ich wohl nie, ich müßt' mich vor den Nachtigallen schämen, daß ich's nicht könnt' wie die. – Wie hauchen sie doch ihre Seel' in die Kunst der Wollust, in die Musik – und in einen Ton hinein, so rein, so unschuldig – so wahr und tief – was keine Menschenseele weder durch die Stimme noch durch das Instrument hervorbringen kann. Warum doch der Mensch erst singen lernen muß, während die Nachtigall es so rein, so ganz ohne Fehl versteht, tief ins Herz zu singen, ich hab' noch gar keinen Gesang gehört von Menschen, der mich so berührt wie die Nachtigall – eben dacht' ich, weil ich ihnen so tief zuhör', ob sie mir wohl auch zuhören wollten, wie sie eine Pause machten, kaum heb' ich die Stimm', da schmettern sie alle vier zusammen los, als wollten sie sagen, lasse uns unser Reich. Arien, Operngesänge sind wie lauter falsche Tendenzen der sittlichen Welt, es ist die Deklamation einer falschen Begeisterung. Doch ist der Mensch hingerissen von erhabner Musik, warum nur, wenn er nicht selbst erhaben ist? – Ja, es ist doch ein geheimer Wille in der Seele groß zu sein. Das erquickt wie Tau, den eignen Genius die Ursprache führen zu hören, – nicht wahr? – O wir möchten auch so sein wie diese Töne, die rasch ihrem Ziele zuschreiten, ohne zu wanken. Da umfassen sie die Fülle, und dann, in jedem Rhythmus ein tief Geheimnis innerlicher Gestaltung, aber der Mensch nicht. Gewiß, Melodien sind gottgeschaffne Wesen, die in sich fortleben, jeder Gedanke aus der Seele hervor lebendig, der Mensch erzeugt die Gedanken nicht, sie erzeugen den Menschen. – Ach! Ach! Ach! – Da fällt mir ein

Lindenblütchen auf die Nas' – und da regnet's ein bißchen; was schreib' ich doch hier dumm Zeug hin, und kann's kaum mehr lesen, jetzt dämmert's schon stark – wie schön doch die Natur ihren Schleier ausbreitet – so licht, so durchsichtig – jetzt fangen die Pflanzenseelen an umherzuschweifen, und die Orangen im Boskett. Und der Lindenduft – es kommt Well' auf Well' herüber geströmt – es wird schon dunkel – Nachtigallen werden so eifrig – sie schmettern recht in die Mondstille, – ach, wir wollen was recht Großes tun – wir wollen nicht umsonst zusammengetroffen haben in dieser Welt – laß uns eine Religion stiften für die Menschheit, bei der's ihr wieder wohl wird – ein Sein mit Gott – Dein Mahomet hat's mit ein paar Ritt' in den Himmel auch zuwege gebracht. – Ein bißchen Spazierenreiten in den Himmel.

An die Günderode.

Ich schreib' nicht den Ball ab, ich freu' mich recht drauf, ich bin jetzt schon vier Wochen recht vergnügt hier und will auch durchaus noch bei der Großmama bleiben, bis die Tante aus dem Bad kömmt, wir haben uns gar sehr ineinander gewöhnt, die Großmama und ich, ich hab' sie um Erlaubnis gefragt, ob es ihr nicht unlieb sei, wenn ich auf den Ball gehe. Sie sagt': »Nein, gut Mäuschen, hast lang genug hier ausgehalten, wann kommst du wieder? – Denn du wirst doch wohl den andern Tag in Fr. bleiben?« – Ich sagte, ich wolle noch in der Nacht wieder herauskommen, denn ich sah ihr an, daß sie fürchtete, ich möchte in der Stadt bleiben, und das könnt' leicht kommen, daß die Brüder mich dann nicht wieder herauslassen, und ich will doch nicht eher fort, bis die Großmama selber will und nicht mehr allein ist, richte es also mit Tonie und Marie so ein, daß die zusammen fahren und ich mit dem George seinem Gig herausfahren kann, denn ich fürcht' mich nicht vor der Nachtluft, das weißt Du ja, daß das ein Gesetz ist in unserer schwebenden Religion. – Und Dein fürchterlich Gebrummel, davor fürcht' ich mich gar nicht, denn ich weiß doch, daß es Dir grad' so gefällt, und mach' dem Clemens weis, was Du willst, aber sag' ihm nichts wieder aus meinen Briefen; wer's ihm gesagt hat, daß ich Dir so lange Briefe schreib', das war der St. Clair, dem hast Du ein Stück aus meinem längsten Brief gezeigt und abgeschrieben, wenn er ihm nur nicht auch vom Inhalt gesprochen oder ihm gar mitgeteilt hat, dann weiß ich gewiß, daß mich der Clemens lang ansehen wird und wird mit Fragen hintenherum kommen, ich weiß gewiß, er wird allerlei Kuriosigkeiten fragen und so lang über mich hinausfahren ins Kreuz mit Segensprüchen, um mich von der Behexung loszumachen. Wie ich Dir sag', mit dem Clemens führ' ich ein ganz ander Leben, es ist ein ander Register, das da aufgezogen ist, wenn ich an ihn schreib', es hat gar denselben Ton nicht, wie mit Dir.

Es ist noch nicht aus mit der Musik, es sind noch keine erstarrten Grillen. Ich bin aufrichtig, und die einzige Tugend der Wahrheit geht durch mein Nervensystem, alles ist in ihr aneinandergereiht wie's menschliche häusliche Leben in meinem Geist. Wenn ich Dir den großen Einfluß, den die Musik auf mich hat, zu verschiedenen Malen mitgeteilt hab', so kannst Du denken, daß ich dabei nicht stehenblieb, allein wenn man Wege betritt, die noch zu keinem Ziel geführt haben, wo alles noch wüste ist, noch keine Lösung hat, noch selber mir nicht einleuchtet, was kann ich da viel sprechen? – Die Bekanntschaft mit dem innern Leben einer Musik wird von den Virtuosen ganz auf eine Weise gemacht, die bloß auf Auseinandersetzung ihrer einzelnen Teile geht, und sie wissen sich recht viel mit ihrer gelehrten Unterhaltung darüber; sie wirbelt mir auch nicht wie ein blauer Dunst durch den Kopf –, mir geht noch zugleich ein romantisch oder geistig Bild dabei auf, das eine gibt mir Stimmungen, das andere wohl Offenbarungen –, erst gestern wurde im Boskett unter verschiedener neuer Musik, die mich gar nicht anregte, eine Symphonie aufgeführt von Friedrich II. Gleich vorne steigt er mit klirrenden Sporen in Steifstiefeln mutig auf, von allen

Seiten her tönt's ihm wieder, er müsse keck über die schüchterne Menschheit weggaloppieren, und bald macht er sich kein Gewissen mehr draus; nur die einzige Muse, die Tonkunst, tritt ihm fest entgegen, sein Roß hat ihn in die einsamste Öde getragen, fern von den Menschen, die er wie eine Koppel Hunde mit einem Pfiff lenkt. Hier sinkt er vor der einzig Übermächtigen nieder, hier bekennt er die weite Leere seines Gemüts, hier will er Balsam auf alle Wunden gelegt haben, ungeduldig und zärtlich, demutsvoll küßt er die Spuren ihres Wandels, und mit Vertrauen beugt das gekrönte Haupt sich unter ihrem Segen. – Gereinigt, getröstet, wie wenn nichts geschehen wär' mit ihm, kehrt er aus diesem Flötenadagio wieder zu den Seinigen in das brillante Geklirre der Violinen und Hoboen zurück. – Ich aber spür's, was die Kunst für Weisheit übt. Wo keine Hand hinreicht, wo keine Lippe sich öffnet, kein Gedanke sich hinwagt, da tritt sie als Priesterin auf, und das Herz bricht vor ihr, legt flehend seine Bekenntnisse dar, will jedes Fehls sich zeihen, will ganz im Busen ihr aufgenommen sein. Ja, Musik – sie schrotet Gold und Stahl, kein Helm sitzt so fest auf dem Haupt, und kein Harnisch auf der Brust, sie dringt durch, und es gelobet sich *ihr* der König wie der Vasall.

Wie aber ist's mit der Symphonie von Beethoven, die gleich drauf folgte? – Willst Du mit hinüber unter jenes Ölwalds gleiche Stämme mit Laub wie Samt, schwimmend im Wind, der Wellen schlägt in ihren grünen Schleiern und sanft auf flockigem Rasen den einsam lautlosen Tritt Dir umflüstert? – Komm! – Schau die Sonne im Feuerpanzer ihre Pfeilstrahlen vom Bogen strömend ins ewige Blau. – Bald vom Wechsel der Wogen getragen, schwankt unter Dir das unendliche Meer. Der Wind fährt daher zwischen türmenden Wellen – bahnt Weg silbernen Göttern, die aufrauschend sich umschlingen mit Dir, nach himmlischen Rhythmen Dir aus der Brust geboren. So nah' ist alles verwandt Dir. – Doch ohne End' wechselnd dies Meer, fährt es dahin, in seiner Launenverzükkung durchschlüpft Färbung auf Färbung sein Wellenspiel, fesselt Dein Schauen – durchdringt Deine Sinne, schmachtend und dann feurig, lächelnd, weinend, blendend und verhüllt wieder – so rasch vorüber streift's wie von geliebten Augen der Begeistrung Blick; kannst ihn nicht fassen, nicht lassen von ihm. – – Rein von Gewölk der Himmel, sein Hauch sanft jagt vor sich her Wellchen – unzählige – eins ums andere, und sterben am Ufer alle mit leisem Geseufz. – Ach! – süßer Moment herrschend über der Leidenschaften Meer! – Da stockt Dein Atem und möchtest halten – ganz und immer, was jeden Augenblick ohne Aufhören Dir alles entschwindet. –

Was ist's, die Seele im Meer der Musik? – fühlt sie Schmerzen? – Hat sie Wonnen, die wunderbar Bewegliche? – Kein Gedanke mag ihr folgen – fühlt sie mit durch Rückwirkung alle Regungen? – Liebt sie, wenn wir lieben? – Schmeichelt's ihrem Schäumen, wenn unsre Tränen hinein sich mischen? – O ich möcht' hinein mich werfen in die smaragdnen Lagunen, über die leise hingetragen durchs ungeheure Meer bis zu seiner Höhe, uns zwei verwandte Seelen harmonisch der Kahn wiegt bis zum letzten Ton – und dann – dieselbe Luftstille, dieselbe Himmelsreinheit, derselbe Atem, süß – unberührt – dasselbe Sonnenlicht im Geist – trunken von süßem Schwanken der Töne, die durch den Busen wühlen. Doch bald erhebt sich's! Der große Geist des Erschaffens – Du hörst im Brausen seine Stimme, der alles sich schmiegt, veratmen – dann hebt im Schauer Deiner Brust ihr Hauch sich wieder – und jetzt – gewaltig – in unermüdlichem Steigen und Sinken strömt sie schäumend den Winden entgegen, die dröhnen – in Abgrund sich wühlend – sie zurück. – Ja, das ist Beethovens Meer der Musik, von Himmel zu Himmel steigen die Töne und kühner, je öfter hinab sie wieder strömen, und fühlst hoch über diesem Doppelschall Dich geborgen auf freiem Fels, umkreist von jenen wütenden Orkanen, jenen Wogen, die ohne Ende Dir ans Herz steigen und ohne Ende zurückgeworfen, ohne Aufhören wiederkehren mit erneuter Macht, Dich umschmettern, einander überwogend, und doch sich wieder teilend im Sonnenozean der Harmonie. Und endlich die sehnenden Stimmen all, tummelnd in fröhlicher Verwirrung des Jauchzens der Wehmut und der tausend Gefühle, die von seiner Meisterhand ein einzig leises Zeichen – alle zugleich einstimmen: »Jetzt ist's genug!« –

Ach, wie ist's doch da in der Brust? – Ja, gesteh! – Ist sie nicht das Meer, die Musik? – Und er, der Beethoven, ist er es nicht, der ihm gebietet? – Und fühlst nicht auch hier: das Göttliche, was den Geist des Erschaffens gibt, sei die ungebändigte Leidenschaft? – Und glaubst nicht, daß Gottes Geist sei nur lauter Leidenschaft? – Was ist Leidenschaft, als erhöhtes Leben durchs Gefühl, das Göttliche sei Dir nah, Du könnest es erreichen, Du könnest zusammenströmen mit ihm? – Was ist Dein Glück, Dein Seelenleben als Leidenschaft, und wie erhöht sich Deines Wirkens Kraft, welche Offenbarungen tun sich auf in Deiner Brust, von denen Du vorher noch nicht geträumt hattest? Was ist Dir zu schwer? – Welches Deiner Glieder würde sich nicht regen in ihrem Dienst, – wo bleibt Dein Durst, Dein Hunger? – Siehst Du wohl, da fängst Du schon an von der Luft zu leben; leicht wie ein Vogel übersteigst Du Unersteigliches, und in die Ferne hinüber sendest Du Deiner Unsterblichkeit Flammen, und sie entzünden Ewiges, und es weiht sich Deinem Dienst, ergießt sich auch in Leidenschaftsströmen, in den großen Ozean, über dem die ewigen Sterne Dir leuchten und die Nacht in ihrem Glanz erbleicht und die Morgenröten freudig aufwachen. – Ja drum! – der Irrtum der Kirchenväter, Gott sei die Weisheit, hat gar manchen Anstoß gegeben; denn *Gott ist die Leidenschaft*. – Groß, allumfassend im Busen, der alles Leben spiegelt wie der Ozean, und alle Leidenschaft ergießt sich in ihn wie Lebensströme. Und sie alle umfassend ist Leidenschaft die höchste Ruhe.

Jetzt will ich Dir was sagen: ich will nicht mehr haben, daß Du voll Angst seufzest um mein Nichtstun! Ich weiß wohl – und wenn ich's beim Licht betracht', so konnt' ich meine Zeit besser zubringen, als sie zu dem verdammen, was mein Herz nicht erfüllt, so hätt' ich mir selbst mehr gewonnen, und meine Liebe zum Besten, zum Höchsten hätt' die Ungerechtigkeit nicht zur Stütze gehabt, ich weiß wohl, daß ich im Eifer allem, was mir nicht unmittelbar Lebensnahrung war, unrecht getan hab'. Ich hab' mich immer im voraus gewaffnet, da ich nicht wußt', ob es Streit geben werde; ich hab' hundertmal die Wahrheit selbst über die Klinge springen lassen, wenn ich sagte, dieses oder jenes rege meinen Geist nicht an, denn alles regt ihn an, ja alles, und ich fühle Deinen Beruf, mich zu leiten, mich zu lehren mit einer innern Stimme zusammentönend, die mich eben mahnt wie Du; aber der Drang, mich meiner Leidenschaft zu überlassen, ist so mächtig in mir, daß ich glaub', eine so starke Stimme überwinden zu wollen ist Unsinn! Nicht möglich, – nein, nicht möglich ist mir's, auf irgend etwas auch nur mehr achtzugeben als nur im Vorüberschiffen, so, wie man die Ufer kommen und schwinden sieht; – mein Blick fängt sie auf und fasset sie scharf, daß ich sie fest mir einpräge, aber im innern Gefühl nur vorüberstreifend. Das Weiterziehen liegt mir im Herzen, das Abschiednehmen, wo ich kaum anlange, liegt schon im Willkomm; und das geringste, was meine Fahrt belangt, sei's nur ein Schiffsseil teeren, tu ich mit mehr Genuß, als an jenen Ufern der Kunst und des Wissens mich aufhalten; sollte ihr Sand auch lauter Gold sein, ihre Felsen Diamant und ihr Tau Perlen. – Und wo will ich hin? – auf die Insel, wo's Äpfel und Birn' gibt, hätt' ich bald gesagt. – Aber ja freilich – dorthin, wo's Moos duftet, wo's Blüten regnet, wo die Himmelslüfte sprechen, wo der Sommerwind die Äste schüttelt, wo die Wälder die Nacht in ihren Schatten hüten, daß sie sich gefangen gibt, solange der Tag weilt, wo auf blühender Wiese die Adler niederfahren und holen die Jünglinge hinan zum Allvater, daß er ihnen kose einen Augenblick und wieder sie entlasse zum Spiel am Bach. – Wo die Bienenscharen von Dichterlippen und in seinen blumensprossenden Tritten Honig sammeln, und wo Geister lichte Berggipfel umtanzen, wo die Seele sich aufschließt leis' wie eine Knospe und des Geistes

Strahlen in ihrem Kelch eingebettet, wie die goldnen Staubfäden in der Rose, ihr Leben entwicklen und auch beenden. Dort will ich hin, das liegt mir im Sinn, nichts wie Blütenmeer, Duft einatmen, Birn' speisen und reife Trauben und süße Pfirsich' geteilt mit mir von Doppellippen, ich *die* Hälfte, und die *er*, der heute noch am Scheideweg meiner harrte, als die Sonne hinunter war. Was ist's? – Es wird mich schon erziehen, Tränen wird's geben, das weiß ich, aber auch Lust, so ist's immer, wo Schönheit reifen soll, und das ist alles, was ich verlang' vom Schicksal, es soll mich scheiden vom Schlechten, es soll keine Sünde in mir dulden, – in meinen unaufhörlichen Träumen nur möcht' ich eine Vollendung empfinden – der Liebe, der Schönheit – das ist mein Ziel, und mein Geist strebt eine Natur da herauszufinden, in dem ich dem Schönen fortwährend begegne. Das ist's und nichts anders. Und alles, was ich erfahre von der Kunst, von Poesie und Wissen, das schlägt an wie Echo in den unbekannten Tiefen meiner Brust, da erschreck' ich, daß es *doch* wohl wahr sein möge, was manchmal nur wie Traum in mir wogt, da toben alle Pulse vor Hoffnung, es sei ein Doppelleben, was wirklich auch Doppelliebe kann haben, und daß, wenn ich heiß mich sehne, verstanden zu sein, daß ich dann verstanden sei, wo? – wie – ach, was weiß ich's! – Vom Nebel, der dort flattert, vom Wind in der Ferne, vom letzten Lichtstreif, wenn die Nachtkuppel schon sich senkt über mir – kurz, ich weiß nicht, alles, was ich anseh', das müßte Geist haben, liebenden Geist – wahrlich, sonst tut mir's unrecht. Welche Wege übernehme ich doch? – Welche Gefahren besteh' ich im Geist? – – Da schwimm' ich im Dunkel in uferlosen Fluten, eine Woge stürzt mich auf die andre, aber ich vertrau', und eine Stimme in mir, daß ich dem Genius zulieb so kühn bin! – O das lebendige Feuer, und trotz den Stürmen halt' ich die Palme hoch und eile dem leisen Schein des Morgenrots entgegen, weil das er selber ist. –

Gott sei die Poesie, hab' ich in meinem letzten Brief gesagt, und die Weisheit, sagen die Kirchenväter, ich hab's geleugnet und gesagt, Gott sei die Leidenschaft, die Weisheit, die kommt ihm zugut', das Leidenschaftsall zu bestehen, aber sie ist nicht er selber; meine Gründe: was sollte Gott mit aller Weisheit, wenn er sie nicht anbringen kann! Wenn aus allem, was geschaffen ist, sich Neues erzeugt, wenn keine Gewalt, keine Kraft überflüssig ist, sondern grad' um ihrer höchsten Entwickelung willen sich ewig selbst anregend steigern muß, so kann die Weisheit Gottes nicht selbst die Händ' in den Schoß legen wollen. – Himmel und Erde regieren, wo Sonn' und Mond und alle Stern' schon für die Ewigkeit angepappt sind, das kann der Weisheit kein Reiz sein; sich in Menschenangelegenheit mischen, ihre Gebete erhören, die alle verkehrt sind, das muß bei himmlischer Hofhaltung doch wohl von selber gehen. Sollte Gott sich des Dings selber annehmen – es wäre unweise – denn der Hauch Gottes überwiegt alles geistige Wehen der Menschheit, so würde diese denn nimmer der eignen Weisheit Keim lösen können in sich. Unser Geist ist feuermächtig, er soll sich selbst anfachen; wir haben die Leidenschaft, sie soll im Geistesfeuer gen Himmel steigen zum ewigen Erzeuger, in seiner Leidenschaften Glut mit allem übergehen; nicht umsonst steigt in der Leidenschaft der mächtige Geist der Unsterblichkeit auf, jeder Hauch, jeder Blick soll ewig währen, das sagt eine innere Stimme. Alles, was mich entzückt in der Natur, dem schwör' ich ewige Treue, der Lüfte Liebkosungen, wie könnt' ich ihnen den heißen Atem weigern, der heiß nur ist, um in der Lüfte Liebe sich zu kühlen. Die klaren schwankenden Wässer, wie sollt' ich ihnen nicht vertrauen, die mich tragen, ruhig gebettet, auf ewig regem Leben, wie die Liebe das Geliebte trägt, und die sanfte weiche Erde, wie sollten die Sinne ihr sich abwenden, die keine Regung ungeboren lässet, jeden Keim in die Lüfte trägt und Flügel gibt, heimlich in die Wiege alles Geschaffnen, die der Geist mächtig zum Himmel einst entfalte, wenn er gereift ist durch ihre Spende – sie, die himmlische Erde – auf der frohlockend sich alles Leben tummelt und alles trägt im Busen und über ihm – die sie auf sich herumtrapplen läßt,

Bettina. Bleistiftzeichnung von Ludwig Emil Grimm, um 1809

all die Lebendigen – und gibt ihnen die Milch ihrer Kräuter und Früchte, die in so großer Fülle aus dem Busen ihr springen – ja, wie sollt' ich nicht mit heißer Liebe sie lieben, die Doppelliebige? – Und dann – das Licht, das niedersteigt ins Dunkel einsam drin zu spielen; – und der Einsamkeit Odem einbläset und der Erde Kräfte nährt und tränkt, die dann den Geist umspielen, daß er im verschlossenen Dunkel seiner selbst des Lichtes Leidenschaft für ihn sich erinnere und auch ihm zuwachse sich mit ihm zu küssen. Wenn Ihr alle dichtet von jenen Wahrheiten, so mächtig, so selbstlebend, daß sie dem Dichter den Busen bewegen, daß er ihr Element werde, und sie ewig ausspreche, o, so lasset sie für mich geboren sein, daß ich ihnen traue, daß ich mich ihnen hingebe und sie genieße, für was drängten sie sich ewig in Euren Geist, für was rührten sie Eure Lippen, die Ihr sie aussprecht, wenn sie nicht wahrhaft lebendig Leben wären, das durch Euch wiedergeboren soll werden in die Sinne der Menschen. Nun, meine Sinne sind fruchtbarer Acker, sie haben Euren Samen aufgenommen, o denket, daß nichts von Euch geahnet war, nichts, was Ihr nur in den Wolken gelesen, was mir nicht lebendig geworden. Das ist's! – Und was wollt' ich doch sagen? – Ach, wie weit hab' ich mich verlaufen, und wollte doch nur sagen von dem Gott, und daß er nicht die Weisheit könne sein, sondern die Leidenschaft, die der Weisheit bedürfe, um kühn und tapfer zustande zu bringen, was in ihr gärt. – Wie sag' ich Dir's doch, wenn Du's nicht von selbst verstehst, wenn Du nicht verstehst, daß alles Wesen durch Leidenschaft ausgesprochen sein wolle, ja, selbst die Ruhe nichts anders sei, als nur Leidenschaft, daß der Mensch nur mit einem Götterbusen geschaffen sei, in dem die Leidenschaften ihren Herd haben, dem Göttlichen ewig lebendige Glut zu opfern. – Wenn Du nicht dazu ja sagst, wie kann ich's Dir abdringen. – Drum komm und lasse uns Weisheit sammeln, um unserer Leidenschaften Glut damit zu schüren. –

Daß Gott die Weisheit sei, das haben wir protestiert, aber daß Weisheit und Tapferkeit ineinander verliebt seien –

aber nicht die der Kirchenväter – das ist *unsere* Lehre; sie sind der Herd, auf dem die Leidenschaften flammen, ohne sie kann Leidenschaft nicht atmen. – Und wenn es keine brennenden Leidenschaften zwischen der Kraft und dem Geist gäbe, wo sollt' ihr Feuer herkommen? Denn um nichts ist wieder nichts – sie würden sich schlafen legen und absterben, die Kräfte und der Geist – aber der heiße Trieb ineinander zu schwelgen, einander zu besitzen, die schüren das Lebensfeuer in ihnen, da ist fortwährend innerlich Bewegen zueinander. Gefühl in jeder Regung, sie sei empfunden von der andern – das ist das innere lebendige Leben, und alles andre ist nicht lebendig in uns. Für was würde man sich vor sich selber schämen, wär' nicht diese innerliche Liebesdespotin, die das Gefühl zur Rechenschaft forderte, daß man einem inneren Mächtigen die Treue gebrochen oder einer Schwäche sich hingegeben vor dem Geliebten. Was ist das Gewissen anders als der Minnehof des Geistes mit den Sinnen – wo sie sich einander hingeben, und Opfer, Heldentaten für einander tun, und innerlichen Minnesold empfangen. Und dann jene Stimme, die jegliche Stimmung prüft; je tiefer und weiter sich dies Leben ausbildet, je fester gründet sie die Ansprüche und Berechtigungen, je leichter verletzbar. Ach ich sag' Dir, es liegt ein Adel, ein steigernder Trieb in der Seele, der auf die Außenseite des Lebens zurückstrahlt, alles aus leidenschaftlicher Berührung der Sinne mit dem Geist; wenn Du schreitest, wenn Du Dich wendest, wenn Du die Stimme erhebst – was auch des geringsten nur, Dich einen Augenblick aus der Gegenwart (Einwirkung) jener Lebensregungen entfernt, fühlst Du nicht Vorwürfe? – ein Stocken, eine Ohnmacht in Dir? – Schlägt nicht Dein Herz in Pein, als müsse es rückkehren? – dahin, wo die Sinne sich geliebt wähnen vom Geist, sich zärtlich umarmen mit ihm. – Ach, ich muß solchen Unsinn reden – mit Tränen, denn ich bin so tiefbewegt von etwas, wie soll ich Dir das sagen? – Der edle Mensch ein Tummelplatz von Leidenschaften, lauter Kräfte, die aufstreben ins Leben durch die Liebe untereinander! – Die regt jene auf, zärtlich oder feurig, alle mitsamt glühen füreinander durch den Geist, und da glüht's, und da sprüht's, und da scheint endlich der Alletagstag so nüchtern hinein und reißt die Feuer auseinander, und löscht die Brände und macht den Alltagsmenschen aus einem; das ist Eure Not um mich, und diese Schicksale schweben mir in der Brust indessen und fordern Antwort jeden Augenblick. Auch da gibt's Streit, Versöhnung, heimlich Glückspenden, und dies alles ist wie der laue Abendwind, der von selbst herübergeklettert kommt, ich hör' ihn schleichen, sacht' an mich heran, und mir am Herzen flattern, und dann bin ich schmerzzerrissen; von was? – Ich kann's nicht sagen; – mein Herz – zu schwach ist's. – Daß es geliebt wär' von einer höhern Macht, süß begehrend! es kann's nicht tragen. – Den Geist außer mir, in der Luftwelle oder im Mondglanz, oder sonst – spricht der mit mir, das ertrag' ich nicht – dann bitt' ich, laß mich schlafen – Dir im Schoß. Denn ich kann ihm nicht ins Antlitz schauen, und sag' ihm, ich wolle sterben, er soll mich zudecken – mit grünen Zweigen, er, der neben mir steht, oder über mir, und mich ansieht so still. Was ist Vernichtendes in der Liebe? – Daß ich sag', ich wolle sterben? – Denn ich hab' nichts anders in der Seel' als diese Sprache; denn meine Hände können nicht hinlangen. Wollt' ich in die Luft reichen? – Nein, ich darf nicht, er verschwindet, und mein Blick, der sieht nur auf, wenn's Nacht ist, nicht bei hellem Tag. – Aber in der Nacht im Finstern, da geh' ich ihm entgegen, da treibt mich's oft eilig in die dunkeln Laubgänge, und ganz am End', da seh' ich, wie wenn ich überzeugt sein dürfte, er sei es. – Nicht freudig, nicht traurig – tiefe Stille in mir, manchmal schlägt's Herz bang, dann seh' ich den Schatten vor ihm herstreifen über den Rasen. Dann ruf' ich mich auf: laß mich doch denken können! – Und sammle meine Sinne, und immer so vorwärts schreit' ich, eilig, und immer näher, dann, am Baum leg' ich mich nieder auf die Wurzeln, die küss' ich, diese Wurzeln – es sind die Füße des Dichtergeistes über mir. – Aber ich muß schlafen gehen, zu müde bin ich, – schon zweimal eingeschlafen während dem Schreiben.

Heut' seh' ich, daß ich Dir von nichts geschrieben hab', was Du mich frägst, und bin aus Mangel an Logik ins Geschwärm geraten. Und doch wollt' ich Dir nur sagen, ich studier' noch Geschichte fort, nur wollt' ich Dir keine trocknen Auszüge mehr davon in meinen Briefen machen, dafür zeichne ich Landkarten und hab' andre Spekulationen, so studier' ich die Woche zweimal mit Hoffmann Musik, nicht mehr Generalbaß, er meint, ich werd' den von selbst in mich kriegen, ich soll lieber meine Melodien aufschreiben, auf die er einen Wert legt und mir gern zuhört, wenn ich abends sing', auch hat er mehrere Gänge mir abgehört und sie aufgeschrieben, und letzt hat er im Konzert phantasiert bloß auf Thema, die er von mir erlauschte, drum, es war mir auch so wunderlich, es stand mir die ganze Musik so spöttisch gegenüber, ich wußt' gar nicht, was ich dazu sagen sollt', ich hatte es nicht erraten, am Morgen frug er, wie mir's gefallen hätt', ich sagt', es sei mir gewesen, als müsse ich ihm immer voranlaufen, und wisse schon alles, wie's kommen werde; es sei gewesen, als haben seine Phantasien einen Verstand, den ich begreife. – »Ja, das war, weil es Ihre eignen Wege waren, die Sie gegangen sind«; und seitdem will er, daß ich aufschreiben lerne, das ist mir viel schwerer als alles andre, kein Gedanke hält eine Minute fest, und gelingt mir's an einem Ende, ihn zu fassen, dann reißt er mitten entzwei, und ich kann das andre nicht dazu finden, so wie es anfänglich aus meinem Geist hervorgegangen war, dann find' ich wohl ein ander End', aber weil es nicht das erste war, was von selbst aus meinen Sinnen hervorgegangen, dann bin ich unruhig, als sei es falsch, und den Takt zu finden, das ist mir ganz unmöglich – der Hoffmann will mir oft Taktteile zusammenrücken, das kann ich nicht wollen, oft geb' ich's zu, dann will's mein Gefühl wieder anders, der Hoffmann hat eine unsägliche Geduld mit mir und meint, dies alles werd' sich finden, sowie ich erst gewohnt sei, aufzuschreiben, da werde ich der Sache schon

Meister werden; wenn er mir das sagt, das macht mich ganz traurig – ich mag nicht Meister werden, ich will mich bemeistern lassen von diesen Musikfluten, von denen ich nicht weiß, ob sie Wert haben können für ein ander Ohr, das schadet nicht, sie reden mit mir und sagen mir volle Lebensakkorde, die ich erkenne als eins mich machend mit der Natur, das ist's, was mich hindert. Es ist mir, als wolle ich in Weissagungen pfuschen. – – Ja, es wird schwer gehen mit dem Lernen. Und doch! – ich hab' den Willen und tue das mögliche in dieser Einöde von Talentlosigkeit; – und von dem Geist, der Leben in mir ist, da muß ich Abschied nehmen, wenn ich lernen will, da sag' ich mir, es sei nur auf Zeiten, er werde wiederkehren der Geist, und dann fühl' ich mich reif zum Abschied und sterb', wenn ich lernen will.

Jetzt will ich Dir auch noch auf Deine letzte Frage antworten von der gemeinen Frau, das war kurz ehe ich von Frankfurt hier herauskam, da war ich allein von dem Bockenheimer Tor aus dem Garten, wo die Tonie wohnt, hereingegangen in die Stadt. Da begegnete mir eine Frau, der war das Band aufgegangen am Schuh, und sie konnte sich nicht bücken, denn sie ging mit einem Kinde und seufzte sehr unter ihrer Last, ich ließ sie ihren Fuß auf mein Knie stellen, um das Schuhband ihr zuzubinden, dann aber führte ich sie nach ihrer Wohnung, weil sie so sehr jammerte über Schmerzen, es war schon dämmerig, als wir in die Stadt kamen, da begegnete mir eben auch die Frau Euler, welche unser beider böser Dämon zu sein scheint, ich machte ihr eine tiefe Verbeugung zu meinem Pläsier, und schleppte die Frau weiter, die fing aber an, mir bang zu machen, denn sie seufzte so schwer und ward so blaß und der Schweiß trat ihr auf die Stirn, da kam der gute Doktor Neville, dem übergab ich die Frau, und als ich auf den Roßmarkt kam, da begegnete mir der Moritz, der sagte: »Ach, wie blaß sehen Sie aus, es fehlt Ihnen was.« »Ich habe so großen Hunger«, sagte ich – und es war auch wahr, die Angst mit der Frau hatte mir Hunger gemacht, der Moritz griff in die Tasche, die hatte er voll getrockneter Oliven, die esse ich gern, er leerte seine Tasche in meinen Handschuh aus, den ich ausgezogen hatte, um sie hineinzufüllen, da führt der Kuckuck die Lotte vorbei; der Moritz ging, die Lotte kam an mich heran und fragte: »Wie kannst du nur auf offner Straße mit dem Moritz Hand in Hand stehen?« Das ärgerte mich, ich ging ins Stift zu Dir herein, wo ich meine Oliven speiste und die Kerne alle in eine Reihe legte aufs Fensterbrett, Du standst neben mir und warst ganz still versunken in die Dämmerung, und endlich sagtest Du: »Warum bist du heute so schweigsam?« Ich sagte: »Ich esse meine Oliven, das beschäftigt mich, aber Du bist doch auch stille, warum bist Du still?« – »Es gibt ein Verstummen der Seele«, sagtest Du, »wo alles tot ist in der Brust.« – »Ist es so in Dir?« fragte ich – Du schwiegst eine Weile, dann sagtest Du: »Es ist grade so in mir wie da draußen im Garten, die Dämmerung liegt auf meiner Seele wie auf jenen Büschen, sie ist farblos, aber sie erkennt sich, – aber sie ist farblos«, sagtest Du noch einmal, und dies letzte Mal so klanglos auch, daß ich Dich im Nachtschimmer ansah, verwundert und verschüchtert, denn ich traute mich nicht mehr zu reden, ich sann auf Worte, wie ich mit Dir anheben sollt'; ich suchte in weiten Kreisen umher, nichts schien mir geeignet, diese Stille zu unterbrechen, die immer tiefer und tiefer sich wurzelte und mir wie einen Schlummer durch den Kopf strömte, dem ich nicht mehr widerstand – ich legte mich träumend auf die Fensterbank mit dem Kopf, und so, wer weiß, wieviel Zeit verging, da kam Licht ins Zimmer, und als ich aufsah, da standst Du über mir gebeugt und sahst auf mich, und als ich Dich fragend ansah, da gabst Du zur Antwort: – »Ja, ich fühle oft wie eine Lücke hier in der Brust, die kann ich nicht berühren, sie schmerzt«; ich sagte: »Kann ich sie nicht ausfüllen, diese Lücke?« – »Auch das würde schmerzen«, sagtest Du; da reicht' ich Dir die Hand und ging, und lang verfolgte mich Dein Blick, der so still war und so innerlich und doch nur wie über mir hinstreifte. O ich hatte Dich im Heimgehen so lieb, ich schlang meine Arme um Dich so fest in Gedanken, ich dacht', ich wollte Dich tragen auf meinen Armen ans End' der Welt und dort Dich an einen schönen moosreichen Platz niedersetzen, da wollt' ich Dir dienen und nichts Dich berühren lassen, was Dir wehtun könne; ja, so war's in meinem kindischen Herzen, mit Gewalt wollt' ich Dich fröhlich machen und dachte einen Augenblick, es solle mir gelingen, aber ich weiß wohl, daß mir so was nicht gelingen kann, und daß es nur Verwechslen ist von meinen Sinnen, die wie Kinder Fernes und Nahes nicht unterscheiden können, die auch meinen, sie können den Mond herablangen mit der Hand und können den Spielkamerad damit trösten, wenn er stumm und traurig ist. – Als ich nach Hause kam, da waren alle beim Tee versammelt, und ich war stumm, weil ich an Dich dachte, und setzte mich auf einen Schemel am Ofen, und da ging ich tief in mein Herz hinein, wie ich doch ein inneres Leben aus meinem Geist wecken wolle, das Dich ein bißchen beruhre, da Du mir bisher alles allein gegeben hast, und ich hab' nie die Stimme in meiner Brust können vor Dir laut werden lassen; da dacht' ich, wenn ich fern von Dir wär', da würd' ich in Briefen wohl eher zu mir selber kommen, weil das vielfältige, ja das tausendfältige Getümmel in mir mich verstummen macht, daß ich nicht zu Wort komme vor mir selber. – Und ich erinnerte mich, daß, wie wir einmal von den Monologen des Schleiermacher sprachen, die mir nicht gefielen, so warst Du andrer Meinung und sagtest zu mir: »Und wenn er auch nur das einzige Wort gesagt hätte: der Mensch solle alles Innerliche ans Tageslicht fördern, was ihm im Geist innewohne, damit er sich selber kennenlerne, so wär' Schleiermacher ewig göttlich und der erste größte Geist.« – Da dacht' ich, wenn ich von Dir fern wär', da würd' ich in Briefen wohl Dir die ganze Tiefe meiner Natur offenbaren können – Dir und mir; und ganz in ihrer ungestörten Wahrheit, wie ich sie vielleicht noch nicht kenne, und wenn ich will, daß Du mich liebst, wie soll ich das anders anfangen als mit meinem innersten Selbst, – sonst hab' ich gar nichts anders, – und von Stund' an ging ich mir nach wie einem Geist, den ich Dir ins Netz locken wollt'. Am Abend hatte mir der Franz noch ein paar freundliche, aber doch mahnende Worte darüber gesagt, daß ich mit dem Moritz auf der Straße gestanden hatte und geplaudert; – die Lotte hatte es der Schwägerin gesagt; – ich antwortete ihm nicht darauf, denn verteidigen schien mir nicht passend, wie denn das meiner Seele ohnedem nicht einverleibt ist, daß ich solche Irrtümer aufklären möchte, und am Ende schien mir der Moritz doch wert, daß man freundlich mit ihm Hand in Hand stehe, obschon er mir bei jener Vermahnung sehr schwarz gemacht wurde, er begegnete mir am andern Morgen auf dem Vorplatz, und ich sah mich um, ob niemand mich erspähen könne, und zog ihn in die Ecke, wo die Wendeltreppe hinaufführt zu meinem Zimmer, da küßte ich ihn auf seinen Mund, zwei- dreimal, und daß er meine Tränen auf seinem Gesicht fühlte, denn er wischte sie mit der Hand ab, und sagte, »Was ist das? – was fehlt dir, Kind, was ist dir?« Ich riß mich los und sprang hinauf auf die Altan' hinter die Bohnen – und war sehr schnell oben, daß er's nicht sah, er glaubte mich in meinem Zimmer und kam herauf und klopfte an, und weil er keine Antwort bekam, so machte er leise auf und weilte einen Augenblick im Zimmer, als er herauskam, sah er nach der Altan', mir war recht bang, er würde mein weiß' Kleid erblicken, denn das schimmerte durch das dünne Bohnenlaub. Ich weiß nicht, ob er mich sah und mein Verbergen achtete, aber ich glaub's, und das gefiel mir so wohl von ihm; als ich ins Zimmer kam, fand ich auf meinem Tisch im Kabinett am Bett ein Fläschchen in zierlichem Brasilienholz mit Rosenöl; – am Abend auf dem Ball bei seiner Mutter sprach er nichts zu mir – wie sonst – aber er kam in meine Nähe, und weil das Fläschchen so süß duftete hinter dem Strauß von Aschenkraut und Rosen, da lächelte er mich an, und ich lächelte mit, aber ich fühlte, daß gleich mir die Tränen kommen wollten, ich mußte mich abwenden, er merkte es und ging zurück und stellte sich unter die andern, er mußte auch tanzen mit den Prinzessinnen und hatte viel Geschäfte und mußte eine Weile mit dem König von Preußen sprechen, aber ich sah doch, daß er mich im Aug' behielt den ganzen Abend, und selbst während er mit dem König sprach, sah er herüber, sehr ernsthaft immer, ich war heimlich vergnügt, aber doch hätt' ich jeden Augenblick weinen mögen, als wir weggingen, flüsterte er mir ins Ohr: »Du gleichst der Sophie.« Was war das alles, was mir durch die Seele ging? – ich weiß es nicht. Am andern Tag, wo ich nicht wie gewöhnlich zu Dir kam, da hatte Moritz am Morgen seinen Gärtner geschickt mit einem Wagen voll schöner seltner Blumen, die stellte er ohne mein Wissen hinter der Bohnenwand auf – und als ich sie sah, war ich erst gar erschrocken und verstand nicht, wie die Blumen daher gekommen waren, aber bald verstand ich, er müßte mich doch wohl gesehen haben hinter der Bohnenwand am vorigen Tag. – – Ach, ich war während dieser Stunden so wunderlich bewegt gewesen: von Dir, von Kränkungen, von Mitleid, daß er verleumdet war; von seinem feinen Wesen zu mir, und dann, daß er mir gesagt hatte so leise: »Du gleichst der Sophie«, die ihm doch gestorben war, – daß ich nicht mehr wußte, was ich wollte. Am Nachmittag kam Christian Schlosser, vom Neville geschickt, der der Frau beigestanden hatte bei der Geburt von einem kleinen Mädchen, denn das war gleich in der Stunde auf die Welt gekommen, der ließ mich fragen, ob ich nicht wolle zur armen Frau kommen, die sei sehr krank und auch das Kindchen, und ich solle es aus der Tauf' heben, der Christian Schlosser wolle mit Taufzeuge sein, ich ging mit, da war der Pfarrer, der taufte das Kind, und die Frau war sehr krank, wie der Pfarrer weg war, so nahm die Wartfrau das Kindchen auf den Arm und sagte: »Es wird gleich sterben«, da war mir so bang, ich hatte niemals jemand sterben sehen, und die kranke Frau im Bett weinte so sehr ums Kind, die Hebamme sagte, eben stirbt's; und schüttelte es, da war's plötzlich tot. – Ach, wie ich nach Hause kam, war ich so traurig – der Franz sagte: »Du siehst seit einiger Zeit so blaß aus, deine Gesundheit scheint mir gar nicht fest«, und als am Abend wieder das Gespräch auf den Moritz kam, wobei er gar nicht geschont wurde, da schrieb ich an die Großmama, sie solle mich vom

Franz zu sich begehren nach Offenbach. Das war allen recht und mir auch, so war ich ihrer Meinung nach dem Moritz aus dem Weg geschafft, und ich meiner Meinung nach brauchte doch nichts Böses von ihm zu hören, denn ich will nichts Böses von ihm hören, nein, nimmermehr will ich was Böses von ihm hören. Aber hier in Offenbach war ich gleich wieder ruhig, und da ward mir mein Gelübde gleich wieder klar, das ich an jenem Abend vor Deiner Tür noch aussprach, als Du so kalt warst und so traurig, – daß ich eine Gabe Dir wollt' geben von meiner Seele, daß ich mein Innerstes wollt' Dir zu Lieb' zu Tage fördern, weil Du das so hochschätzest wie jener Schleiermacher. Und da hab' ich in meinem Innersten Wege geschritten und bin dahin geraten, wo Du jetzt stockst und willst nicht weiter und fürchtest Dich, mich anzuhören; denn ich hab's wohl gemerkt an Deinem Brief, Du fürchtest Dich vor meinen Abwegen. O fürcht' Dich nicht, ich gab Dir treulich wie's Echo, was widerhallte aus mir. Ach! –

Ich bin jetzt glücklich, sei Du's auch! – Schöne Träume hab' ich, und das ist ein Zeichen, daß die Götter mit mir zufrieden sind. – Im Herzen ist mir's, wenn ich erwache am Morgen, als ob ich von Dichterlippen geküßt sei, ja merk' Dir's, von Dichterlippen. Nein, ich fürchte mich nicht mehr vor der Zukunft! – Ich weiß, durch was ich sie mir zum Freund mache, ja ich weiß es. Ich will auch wie die Großmama einen Ewigkeitspreis mit meinem Leben schließen, nicht wie Du gesagt hast, jung sterben. Viel wissen, viel lernen, sagtest Du, und dann jung sterben, warum sagst Du das? – Mit jedem Schritt im Leben begegnet Dir einer, der was zu fordern hat an Dich, wie willst Du sie alle befriedigen? – Ja sage, willst Du einen ungespeist von Dir lassen, der von Deinen Brosamen fordert? – Nein, das willst Du nicht! – Drum lebe mit mir, ich hab' jeden Tag an Dich zu fordern. Ach! – wo sollt' ich hin, wenn Du nicht mehr wärst? – Ja dann, gewiß vom Glück wollt' ich die Spur nimmer suchen. Hingehen wollt' ich mich lassen, ohne zu fragen nach mir, denn nur um Deinetwillen frag' ich nach mir, und ich will alles tun, was Du willst. – Nur um Deinetwillen leb' ich – hörst Du's? – Mir ist so bang – Du bist groß, ich weiß es – nicht Du bist's – nein so laut will ich Dich nicht anreden – nein, Du bist's nicht, Du bist ein sanftes Kind, und weil's den Schmerz nicht tragen kann, so verleugnet es ihn ganz und gar – das weiß ich, so hast Du Dir gar manchen Verlust verschleiert. Aber in Deiner Nähe, in Deiner Geistesatmosphäre deucht mir die Welt groß; Du nicht – fürchte Dich nicht, – aber weil alles Leben so rein ist in Dir, jede Spur so einfach von Dir aufgenommen, da muß der Geist wohl Platz gewinnen, sich auszudehnen und groß zu werden. – Verzeih mir's heut', ein Spiegel ist vor meinen Augen, als hätte einer den Schleier vor ihm weggezogen, und so traurig ist mir's, lauter Gewölk seh' ich im Spiegel, und klagende Winde – als müßt' ich ewig weinen, weil ich an Dich denk' – ich war draus heut' abend am Main, da rauschte das Schilf so wunderlich – und weil ich in der Einsamkeit immer mit Dir allein bin, da fragte ich Dich in meinem Geist. »Was ist das? Redet das Schilf mit *Dir*?« hab' ich gefragt. Denn ich will Dir's gestehen, denn ich möchte nicht so angeredet sein, so klagvoll, so jammervoll, ich wollt's von mir wegschieben! – Ach Günderode, so traurig bin ich, war das nicht feige von mir, daß ich die Klagen der Natur abwenden wollt' von mir, und schob's auf Dich – als hätte sie mit Dir geredet wie sie so wehmutsvoll aufschrie im Schilf. – Ich will ja doch gern alles mit Dir teilen, es ist mir Genuß, großer Genuß, Deine Schmerzen auf mich zu nehmen, ich bin stark, ich bin hart, ich spür's nicht so leicht, mir sind Tränen zu ertragen, und dann sprießt die Hoffnung so leicht in mir auf, als könnt' wieder alles werden und besser noch, als was die Seele verlangt. – Verlaß Dich auf mich! – Wenn's Dich ergreift – als woll' es Dich in den Abgrund stoßen, ich werde Dich begleiten überall hin – kein Weg ist mir zu düster – wenn Dein Aug' das Licht scheut, wenn es so traurig ist. – Ich bin gern im Dunkel, liebe Günderode – ich bin da nicht allein, ich bin voll von Neuem, was in der Seele Tag schaffet – grade im Dunkel, da steigt mir der lichte hellglänzende Friede auf. –

O verzweifle an mir nicht, denn ich war in meinen Briefen auf einsamen Wegen gegangen, ja, zu sehr als such' ich nur mich selbst, das wollt' ich doch nicht, ich wollte Dich suchen, ich wollt' vertraut mit Dir werden, nur um mit Dir die Lebensquellen zu trinken, die da rieseln in unserm Weg. – Ich fühl's wohl an Deinem Brief, Du willst Dich mir entziehen – das kann ich nicht zugeben, die Feder kann ich nicht niederlegen – ich denk', Du müssest aus der Wand springen ganz geharnischt wie die Minerva und müßtest mir schwören, meiner Freundschaft schwören, die nichts ist als nur in Dir – Du wollest fortan im blauen Äther schwimmen, große Schritte tun, wie sie, behelmt im Sonnenlicht wie sie, und nicht mehr im Schatten traurig weilen. Adieu, ich geh' zu Bett, ich geh' von Dir, obschon ich könnt' die ganze Nacht warten auf Dich, daß Du Dich mir zeigst, schön wie Du bist und im Frieden und Freiheit atmend, wie's Deinem Geist geziemt, der das Beste, das Schönste vermag. Eine Ruhestätte Dir auf Erden, das sei Dir meine Brust. – Gute Nacht! – Sei mir gut – ein weniges nur. –
[. . .]

An die Günderode.

Warum Du aufs Landgut grade gehst, wie wir im besten Verkehr sind, das begreif' ich nicht, es war schon als hätt' ich Wurzel gefaßt in diesem schönen Briefleben, wie die Erdbeeren beim Erröten fühlt' ich einen aromatischen Duft in mir, wenn ich mich heiß geschrieben hatte, Du bist immer unterwegs, ich begreif' nicht, wo Du Zeit hernimmst zu allem! – Dies schöne Gedicht! – Wann hast Du's geschrieben? – Es dreht sich im Tanz und spielt sich selbst dazu auf – so leicht, als ob sich's so nur aus Deiner Brust atme ohne Anstoß. – Dein Gedicht, was Du in der klanglosen Stunde geschrieben, ist doch klangreich, es schöpft die Töne aus der Brust und stimmt sie zu Melodien. – Doch weile ich lieber bei dem ersteren, denn das hast Du doch später gemacht, nicht wahr? Und fühlst auch wie ich, daß die Schmerzen im Geist immer mit auf die Pein der Langeweile gegründet sind. – Denn nehm's, wie Du willst; bräche das Leben sich mit einmal eine neue Bahn und wär' sie auch noch so uneben und holprig, die Verzweiflung hätt' ein Ende. Denn alles Schmerzgefühl, alle Sehnsucht kommt doch nur daher, weil die grade Bahn des Lebens gehemmt ist. – Besinn' Dich doch auf unsere Reiseabenteuer, die wir den Winter miteinander durchmachten, keiner von uns hatte eine trübe Minute den ganzen Winter nicht, Deine Sehnsucht ins Innere von Asien hinein brachte uns immer unter die wilden Tiere, Tiger und Löwen und Elefanten haben uns Schabernack gespielt. Was haben wir für Sonnenhitz' ausgestanden mitten im Eis; erst später merkte ich, wie sehr wir uns in dies Leben vertieft hatten, da alle Leute diesen Winter als einen der kältesten durchgehustet haben. Weißt Du, am Neujahrstag kam ich zu Dir! Alle Räder pfiffen an den vielen Staatswagen, die gepuderten Kutscher mit den rotgefrornen Gesichtern! – Da kam ich zu Dir in die Stube herein und sagte: Gott, es ist so heiß hier in Asien, daß wir nur so hinschmachten, und drauß' vor der Tür in Frankfurt, da hängen dem Kutscher die Eiszapfen am Knebelbart. – Was haben wir gelacht, Günderode; – und haben unter Zimmetbäumen eine Tasse Schokolade getrunken, die wir in Deinem Öfchen kochten mit wohlriechendem Sandelholz; und da kam ein Salamander ins Feuer und färbte sich da in allerlei Farben und warf die Schokoladenkanne um, und wir melkten die weiße Elefantin, die ihr Junges in unserer Nähe säugte, und machten Elefantenbutter, ich wollt' als immer Löwenbutter machen, das littest Du nicht, denn Du warst sehr vorsichtig, Du meintest, es sei zuviel Gefahr dabei, die Löwin könne mir einmal wild werden über dem Melken. – Und die Erlebnisse am Ganges und Indus. Die schönen Knaben, die uns da begegneten, wo wir uns versteckten und sahen sie vorübergehen und sich waschen in den heiligen Fluten und Gebete tun, da sagtest Du, es müssen wohl Tempelknaben sein, wir müssen nach dem Tempel hier in der Gegend suchen. Da führte eine Allee von großen Tulipanen hin, die hab' ich entdeckt, wir brachten stundenlang hin mit der Bewundrung der Blumen, und da waren Goldfruchtbäume und Trauben und Melonen, alles das wuchs in schönster Fülle rund um die Säulen der Tempel, zu denen wir fremde Völkerstämme hinwallen sahen, da sagtest Du einen Hymnus her, den hätten sie gesungen beim Sonnenaufgang: Ätherwüste! – So fing Dein Hymnus an, und ich machte eine Melodie drauf, die ließest Du Dir vorsingen zur Zither von mir, – und Du hörtest zu, so still, als wär' es indischer Tempelgesang; abends im Mondschein, das war unsre beste Zeit, wo wir phantasierten und hielten uns einander bei den Händen, wenn wir die Berge hinanstiegen, und ruhten unter Dattelbäumen aus, Du machtest immer die Reiseroute, weil Du die Kenntnisse des Landes hattest, und da stiegen wir auf einen Berg, der hieß Bogdo, von da aus, sagtest Du, könne man alle Gebirgsketten übersehen, da eilte ich mich voranzukommen, um zuerst oben zu sein, und da schrie ich Dir entgegen, ich sähe das rote Korallenmeer mit der Todespforte. Da hatte ich mich aber geirrt, denn Du bewiesest mir, daß man es von da aus nicht sehen könne, da es an der Grenze von Afrika liege, und der Bogdo liege in der Mitte von Hochasien. – Wir waren doch so glücklich, wie schwärmte mein Kopf von brennenden Farben der Blütenwelt, wie waren wir entzückt vom Duft, der uns umwallte! – Das dauerte den ganzen Winter, und kein Mensch wußte, daß wir in einer südlichen Welt lebten, wir gingen grade in den Gärten von Damaskus spazieren, ganz entzückt von dem Blumenparadies und trunken von ihrem Duft, da kam der alte Herr von Hohenfeld und brachte Dir das erste Veilchen, was er auf seinem Spaziergang im Stadtgraben gefunden hatte. Ach, da verließen wir Damaskus und ließen uns von Hohenfeld hinausführen, wo er das Veilchen gefunden hatte, und suchten noch mehrere; und von da an war der Zauber aufgehoben, und wir lachten recht, daß uns das Veilchen so schnell aus Asien herübergezaubert hatte nach Frankfurt auf die alten Festungswälle, denn wir gingen von nun an in den schönen Frühlingstagen jeden Mittag hinaus – und machten uns Kränze, die standen Dir so schön, so war die geringste Wirklichkeit schon wieder ein Paradies für uns. Sieben Spaziergänge haben wir so gemacht, Günderode, ich hab' mir sie gezählt, sie kamen mir wie das Köstlichste im Leben vor. Du saßest immer unter der großen Eiche und bedauertest Deinen arabischen Renner, daß Du den nicht mit aus Asien herübergebracht hattest; während ich am Abhang niederkletterte, wo Du immer Furcht hattest, daß ich hinunterfalle; am Neujahrstag war ich wirklich da hinuntergekollert, ich war mit George da spazierengegangen, es war Glatteis, ich glitt aus und er den Augenblick, ohne sich zu besinnen, mir nach, da faßte er mich und hielt sich mit der andern Hand an einer Wurzel fest. Er war ganz blaß und wankte, denn er konnte schwer das Gleichgewicht halten. Oben sagte er: »Jetzt wären wir beide zerschmettert, hätte Gott mir nicht beigestanden, denn ich hätte mich Dir nachgestürzt.« – Ich war bis dahin gar nicht erschrocken gewesen, denn ich bin so faselig und merk' nie Gefahr. – Aber das erschütterte mich, daß des Bruders Leben an dem meinen hing wie an einem Haar, und daß es Gott nicht reißen ließ. – Wie Geschwister doch aneinanderhängen wie Glieder eines Leibes, eins stürzt dem andern nach in den Abgrund; eins rettet das andere. Möge ich's doch nie vergessen, daß Vater und Mutter mir den Bruder geschenkt haben. –

Was wollt' ich Dir doch sagen! – Ja, daß damals mir zuerst der Gedanke kam, wie das Leben nur als Notbehelf vernutzt werde. Ich dachte, daß wir Gedanken haben, so rasch, und daß die Zeit hinten nachkommt und mag nichts erfüllen, und daß die Melancholie allein aus dieser Quelle des Lebensdranges fließt, der sich nirgend ergießen kann. – Die Welt muß voll dessen sein, was unser Leben entwickelt, kämen die Taten und überflügelten unsere Sehnsucht, daß wir nicht immer ans Herz schlagen müßten über den trägen Lebensgang, – nicht wahr, Du fühlst es auch – das wär' die wahre

Gesundheit, und wir würden dann scheiden lernen von dem, was wir lieben, und würden lernen die Welt bauen, und das würde die Tiefen der Seele beglücken. So müßte es sein, denn es ist viel Arbeit in der Welt, mir zum wenigsten deucht nichts am rechten Platz. – Und was ich niemand sage wie nur Dir, ich mein' immer, ich müsse die ganze Welt umwenden, ja, ich sage Dir, es liegt mir so nah, daß ich oft in Träumen mich nach dem Szepter umsehe, wo Gott den für mich hingelegt hat, und würde gewiß die Verwirrung lichten. Nur ein einzig Ding, am rechten Ende angefaßt, zieht eine Menge andere nach sich, die von selbst dann ins rechte Geschick kommen würden. Die Menschen lernen dann allmählich auch das Rechte denken, wenn sie erst eine Weile das Rechte haben tun müssen. Denn ich sage nur immer so: konnten sie so fest in der Unnatur sich einwurzeln, wieviel fester und kräftiger dann im Boden, der ihre höhere Natur erzieht? Sollt' ich irren? – Menschengeist horcht auf Göttergebot in der eignen Stimme; *horcht auf jene heilige Urphilosophie, die ohne Lehre als Offenbarung jedem sich gibt, der mit reinem Willen zur Wahrheit betet.* – Das hast Du selber gesagt, es sind Deine eignen Worte. Wie oft hab' ich doch einsam um Wahrheit gefleht! – Und wie unermeßlich ist doch Vollendung über die Sterne hinauf, – und die Zeit darf nicht mehr sein, da, wo wir sie gegenwärtig fühlen. – O bessere Tage, wo seid ihr? O kommt uns entgegen, laßt nicht immer nur harren auf euch, daß nicht auch wir nur wie Schattenbilder an euch vorübergehen. Lasset euch dienen, ihr Tage, die ihr den Geist der Liebe sollt hinüberschiffen; still und heimlich euch landen helfen und den Genius aufnehmen, lehren die Menschen, daß sie ihn nimmer verschmähen, der in allem allein nur darf gelten! – So red' ich das Morgenlicht an, das mich weckt, und denke dabei Deiner und meiner. – Was sind Freundschaftsbande? – Was ist Zusammenleben und Austausch der Gedanken, wenn der dritte nicht niedersteigt, der Göttliche – der herab sich läßt, um das Leben genesen zu machen? – Ach – so deutlich steht es geschrieben in meiner Brust! – Gefaßt und besonnen muß der Geist sein, – das weiß ich – und das Herz ist oft ein ungeduldiger Kranker, aber der Geist wird auch alles für es aufbieten, und eine Höhe muß es geben, wo grade durch den Geist es mit allem Leiden versöhnt werde. – Das denke, wenn es zu hart Dich bedroht, lasse Dir nicht schwindeln und denk', daß Begeistrung immer das höchste Erdenschicksal ist, und daß die aus dem Schmerz sich erzeuge, wie aus der Freude. – Und mag's kommen, wie's will, so sollen zu Helden wir uns bilden, mit der Freude wie mit dem Schmerz unsre Freiheit erkaufen. – O kommt mir das Feld der Schicksale doch vor wie der Blumengarten Gottes, wo jede Knospe in ihren eigentümlichen Farben sich erschließt, der weise Gärtner gibt Schatten den einen und Kühle und harten Boden, den andern Sonne und fruchtbare Erde, so wie jedes bedarf zum Blühen. – Und das Blühen ist ja die Erfüllung aller Sehnsucht. Drum lasse uns das Leben lieben, weil es uns zu dieser Blüte bringt, und denken, die Wolke über uns schütte sich aus, den Staub von uns abzuwaschen, und daß dann die Sonne aufs neue uns anglänzt.

Ich bin traurig – ich kann nicht von Dir los – Dein Lied schmerzt mich – ja es weckt Melodien – aber so schmerzliche – daß ich in ihrem Gesang den Widerhall Deines Wehs empfinde und mich schäme, daß ich so heiter war diese Zeit über, an jedem Weg mir Blumen sammelte und Dir zuwarf in Scherz und Übermut, und das war schlecht lieben gelernt von mir, wo ich doch herausgezogen war, um dieser Schule mich ganz zu widmen.

Was werd' ich dem Clemens sagen, wenn er auf meine Bildung zu sprechen kommt? – Ich freu' mich sehr auf den Clemens, das wird mich für Dein Fortlaufen trösten, ich mag gar nicht dran denken, daß Du mit so viel Menschen umgehen kannst, mit denen ich kein ungescheut' Wort zu sprechen vermag. – Wie ist mir doch Hören und Sehen verkürzt durch Dein Weggehen! – Gestern abend noch blies mir die hundertjährige Cousine das Licht aus, ich solle nicht die ganze Nacht durch schreiben, meinte sie, oder sie wolle es der Großmama sagen, daß ich meine Gesundheit verderbe, ich hatte einen Schachteldeckel vors Licht gestellt, daß sie's nicht sehen sollt' durchs Schlüsselloch, aber sie bemerkte den Widerschein; – ich sagte: »Sie alte Hundertjährige, was will Sie mit mir auf der Welt, Sie kann doch unmöglich noch einmal hundert Jahr' leben, dann gehen wir zusammen.« – »Nein, wenn Du's so machst, dann kannst Du mir nit e mal Quartier bestellen, ich überleb' Dich hundertmal.« Ich mußt' mir's gefallen lassen, das Licht war aus, ich nahm sie aber dafür auf den Arm und trug sie mitsamt ihrem Laternchen hinunter auf ihren Ledersessel. Sie schrie erst, ich werde sie die Treppe herunterwerfen, aber mitten in der Todesgefahr war sie vor Angst ganz still, unten auf dem Sessel wollte sie anfangen zu zanken, ich nahm aber ihr Federbett und warf's ihr auf den Kopf und lief fort. – Jetzt kommt sie gewiß nicht wieder. – Obschon ich müde war, hätt' gern noch geschrieben, was ich jetzt nicht mehr weiß, heut' schwärmt mir's nur vor Augen und Ohren, daß Du nicht mehr auf Deinem alten Plätzchen meine Briefe bekommen sollst. Die Großmama hatte gestern einen Anfall von Schwindel, ich mag nicht nach Frankfurt verlangen, und auch mag ich nicht hin, was soll ich dort, wenn Deine Haiden, Deine Holzhausen, Deine Nees Dich in Beschlag nehmen! – Ich glaubte, ja wahrhaftig, ich glaubte, ich wär' Dir lieber wie die andern und es wär' Dir Ernst mit unsrer religiösen Weltumwälzung, wie's auch mir ist, und so war's auch recht von Gott angeordnet, daß wir beide nicht beisammen und doch so nah waren, daß jeden Tag unsere Briefe sich erreichten, so kam es doch zu Papier, sonst hätten wir's verschwätzt. Was hilft's! – Übermorgen gehst Du bis Würzburg, das liegt außer der Welt, und läßt mich hier auf dem Dach vom Taubenschlag schmachten. – Wenn Du gut sein willst, so komm morgen früh um sieben Uhr auf die Gerbermühl'; hierher komme nicht, weil die Großmama unwohl ist, da ich jetzt immer in ihrem Vorzimmer bin, aber bis morgen um zehn Uhr, wo ich erst zu ihr gehe, kann ich mit Dir sein, um sechs Uhr geh' ich auf die Gerbermühl', der George läßt Dich hinfahren, ich hab's ihm geschrieben. Hinter der Mühl' in dem langen Heckengang auf dem Stein am Kreuz wollen wir uns ein bißchen hinsetzen zusammen, Du kannst nach der Stadt zurückfahren, Du kannst auch das Kabriolett zurückschicken und zu Wasser heimfahren, das wär' mir lieber, damit Du nicht ängstlich sein sollst, ums Kabriolett halten zu lassen, solang' mir beliebt. Ach, am Sonntag hab' ich auch eine Wasserfahrt gemacht mit Jeannot und Dorwille auf Bernhards Nachen hinter dem Schiff mit der Harmonie, alles war in Scherz und Liebesreden begriffen, wenn die Musik pausierte, ich aber hatte keinen Anteil dran, der Gärtner saß am Steuer, dem wollt' ich nicht Leid tun, er hatte schöne feine Hemdärmel und mein Schnupftuch um den Hals geknüpft.

An die Günderode.

Ich war heut' drauß' bei der Großmama, sie war allein, den ganzen Nachmittag, und wir sprachen erst von Dir, die Großmama war einen Augenblick beschäftigt, so lief ich in den Garten, um ihn nach langer Zeit wiederzusehen, aber wie war ich da erschrocken, wie ich auf die Hoftreppe kam, ich erkannte den Garten nicht wieder; denke! – Die hohe schwankende Pappelwand, die himmelansteigenden Treppen, die ich alle wie oft hinangestiegen bin, um der Sonne nachzusehen, um die Gewitter zu begrüßen, durchgeschnitten! – Zwei Drittel davon in grader Linie abgesägt! – Ich wußte nicht, wie mir geschah, und alles will ich gern begreifen und lernen, was soll mir das schaden, aber diese Pappeln, die Zeugen meiner frühsten Spielstunden, die mich als Kind von drei Jahren mit ihren Blüten beregneten, in die ich hinaufstaunte, als ob ihre Höhe in den Himmel reiche. Ach was soll ich dazu sagen, daß die als Stumpfe mit wenig Ästen noch versehen nebeneinander stehen, gemeinsamen Schimpf und Leid tragend. Ach ihr Baumseelen, wer konnte euch das tun? – Nun ziehen alle frühen Kindheitsmorgen an mir vorüber, wo ich ihre Wipfel von weitem im Gold glänzen sah, und daß sie mir winkten, ich soll mich eilen und kommen, und wie hab' ich oft ihre jungen Blättchen betrachtet und keins abgebrochen je! – Ach, es schneidet mir ins Herz – es war, als könnten sie nicht mehr sprechen, als sei ihnen die Zunge genommen; denn sie können ja nicht mehr rauschen. So war ihr Stummsein eine bittere, bittere Klage zu mir, die ich ewig mit mir herumtragen werde und keinem sagen als nur Dir. Du weißt, wie Du oft sagtest, wenn wir da gingen, daß ihr Rauschen mitspreche, und wie sie uns absonderten von der ganzen Welt, und wie sie einen Dom über uns bauten, und gegenüber die hohe Rosenhecke, die über die Wand vom Boskett hereinschwankte, die steht jetzt auch ohne Schutz, und die Nachtigallen, die das heilige Dunkel gewohnt waren, wie wird's da sein, wenn die im Frühjahr wiederkommen! – Ach, ich bin betrübt darüber. – Die Kindertage, wo ich dort mit dem reinlichen Kies spielte und mit rosenfarbnen Steinchen und schwarzen und gelben bunte Reihen um ihre Stämme legte! – Und konnte so versteckt hinüberklettern ins Boskett, wie kann einem doch das Paradies, wo die Seele all' ihren Zauber einpflanzt, so jämmerlich zerstört werden? – Aber bedaure Du mich nur nicht; denn hör' nur, – als ich zurückkam zur Großmutter – sah ich blaß und zerstört aus, und sie sah wohl die Spuren von meinen Tränen. – Sie sah mich an ein Weilchen – und sagte: »Du warst im Garten?« – Da reichte sie mir die Hand. – Was sollt' ich sagen? – Ich schwieg und sie auch. – Sie sagte: »Ich werd' wohl nicht mehr lang' leben!« – Ich wagte nichts zu sagen – aber bald darauf machte sie das Nebenzimmer auf, von wo man nach dem Garten sieht, und sagte: »Das Rauschen im Abendwind war meine Freude, ich werd's nicht mehr wieder hören, ich hätt' mir's lassen gefallen, wenn ich unter ihrem Rauschen am letzten Abend wär' eingeschlafen! Sie hätten mir diesen feierlichen Dienst geleistet, die lieben Freunde, die ich jeden Tag besuchte, die ich mit großer Freude hoch über mir sah; – du hast sie auch geliebt, es war dein liebster Aufenthalt – ich hab' dich oft vom Fenster sehen in ihrem Wipfel abends steigen, und glaubtest, es säh' es niemand – nimm meinen Segen, liebes Kind, ich hab' an Dich gedacht, wie man sie trotz der schmerzlichen Verletzung meiner Gefühle verstümmelte.« – Ich wagte nicht zu fragen, wer die Schuld trüge; denn das wär' zu kränkend für die Großmama gewesen, und ich wußte auch gleich, daß nur aus grausenhaftem Philistersinn solche Untat geschehen konnt'; denn der ahnt nicht die tiefsten Wunden, der hält alles für Empfindelei, was mit den geheimsten geistigen Bedürfnissen zusammenhängt; – wie könnte der eine wahrhafte Liebe denken zu einem leblosen Ding; denn so nennt der Philister die Pflanzen, die Bäume, die ganze Natur, – wie könnte *der* ahnen, daß ein höchst geistiger Umgang mit ihren schönen untadeligen Erzeugnissen stattfinden könne? – Ein Wechseltausch von Empfindungen, der eine reine Leidenschaft zu ihr nährt und beglückt, – wie könnte dem je begreiflich werden, daß ein innerliches Dasein sich in sie überträgt, und daß, während die ganze Welt vergeblich unter Mitgeschöpfen herumschwärmt, von Liebe, von Freundschaft faselt, der beglückte Besitzer eines Baumes, der vor seiner Tür steht, in ihm den Freund gefunden hat. –

Die alte hundertjährige Bas' kam mir vor der Tür auch damit entgegen: »Ist's nicht barbarisch? – Und daß die Großmama stillschweigt dazu, – wärst du nur hier gewesen, es wär' nicht geschehen.« –

Ich bin noch einmal in den Garten gegangen, wie es dunkel war; denn am Tag hingehen schien mir beleidigend für die edlen Bäume; – ich hab' Abschied genommen vom Garten, ich mag nicht wieder hineingehen. – Ich hab' auch den Gärtner besucht im Boskett, der sagte mir, es habe ihn sehr betrübt, daß diese Bäume abgehauen wären, er habe so manches sich immer gedacht dabei, jetzt könne er nichts mehr von ihnen sehen und hätt' auch die Lust verloren, die Rosenhecke zu pflegen. – »Nun!« – sagte ich, »aber in Gedanken können wir immer alles sehen, was wir lieb haben?« – Das gab er zu. – »So gebt doch auch die Rosenhecke nicht auf, je höher sie wächst, je mehr könnt' Ihr Euch dabei denken, daß im Gedächtnis alles Schöne fortblüht.« – Das bewilligte er mir, und er meinte, ich solle gewiß nicht klagen, daß er sie versäumt hätte, wenn ich wieder käm'. – Im Gärtner liegt wahres Genie zu einem solchen Umgang mit seiner Umgebung in der Natur. –

Noch kurz, eh' ich mit Dir bekannt war, hab' ich manchmal oben in dem Baumwipfel meine Stimmungen über die Naturerscheinungen aufgezeichnet; so kindisch und unvermögend mich auszusprechen, ich hab' sie in einer Mappe aufgehoben, da schreib' ich Dir eines auf zur Gedächtnisfeier.

Vor zwei Jahren geschrieben am Ostermontag.

O himmlisch Grün, das unter Eis und Schnee in brauner Hülle sich barg und jetzt dein glühend Haupt im Antlitz der Sonne krönt.

Geliebter Baum! Könnt' ich umwandeln doch in dein sanft rauschend Laub jene flüsternde Sprossen, die mit glänzendem Finger die Muse bricht, himmlischer Glorie voll, die Stirn zu umflechten dem Liebling, der mit Helm und Speer oder bogengerüstet, wo viel goldne Pfeile dahinfliegen, oder Rosse jagend oder mit leichtem Fuß zwölfmal umrennend das Ziel oder aufleuchtend mit der Flamme des Lieds, um sie wirbt.

O Baum, dich umdrängt heute der Bienen Schar, sie ziehen dem Duft nach der honigregnenden Blüte, sie sammeln ihren befruchtenden Staub und versummen die Tagesglut in deiner Krone kühlem Rauschen. Aber dann würd' in deinem Schatten ruhn, der König ist am Mahle des Geists, und nähren würde deine Wurzel die Flut, die den eignen Gott im Busen ihm begeistert, zu allerobernden Triumph.

Begegne dir nichts, was dich beleidigt, o Baum! Den keiner der Unsterblichen umwandelt. Ich zwar träume den Frühling in deinem Schatten, und mir deucht von Unnennbarem widerhallen zu hören rings die Wälder und die Hügel.

An die Günderode.

Heut' morgen wach' ich auf vom Rufen der Italiener, die Parapluies feiltragen, die wahre Lockstimme für mich, – unwiderstehlich, ich denk' gleich, der Italiener mag Regen wittern; denn sonst gehn sie nicht so früh herum, ich lass' die Liesbet den Mann heraufholen und lauf' zur Meline – die liegt noch im Bett, – ob wir nicht einen Parapluie wollen kaufen, mitzunehmen nach Marburg? Die Meline kriegt einen Schrecken – sie glaubt, ich hab's Fieber, daß ich nach einem Parapluie frag', unterdessen war il signor Pagliaruggi vor der Tür, und ein grünseidner Regenschirm gekauft, den ich auch gleich probieren wollt', so ging ich vors Tor in die Mess' am Main, und so blieb ich bei den Klickerfässern stehen und kauft' an dreißig Klicker, einer schöner wie der andre, von Achat und Marmor und Kristall, damit ging ich hinunter am Main, wo die Steinergeschirrleut' halten, und besuchte die in ihren strohernen Hütten und die Esel, die mit herzlichem Geschrei mich begrüßten, und die kleinen Hemdlosen, die da herumlaufen und klettern – und teilt' ihnen meine Klicker aus, sie hatten keine Taschen, weil sie nackend laufen, so mußt' ich ihnen meine Handschuh' geben, daß sie die Klicker konnten aufheben, die banden sie sich mit Bindfaden um den Leib fest, das war kaum geschehen, so rief mich ein Schiffer an, ob ich nicht wollt' überfahren. – Ich frag': »Es wird wohl regnen?« – »Nun, was schad's, Sie haben ja ein Wetterdach bei sich.« Wie ich drüben war, so denk' ich, ich will nach Oberrat gehen zur Großmama ihrer Milchfrau und da Milch trinken, wie ich an der Milchfrau ihr Haus komm', so sagen die Leut', alleweil' ist die Annemarie fort mit der Milch nach der Gerbermühl', wie ich auf die Gerbermühl' komm', so läuft mir die Annemarie schon fort nach Offenbach mit der Milch, ich sag', ich will mit ihr gehen, sie hat ihre zwanzig Gemüskörb' auf dem Kopf und ihre Milchkann' am Arm, und so schlendert der groß' Gemüsturm und ich als hintereinander durch die Hecken, sagt die Annemarie: »Es fängt schon an zu trepele, es werd gleich e dichtiger Schitel komme, warte Se, ich will Ihne ans von dene klene Körbercher gebe, des könne Se uf den Kop setze, do kommt Ihne ken Rege an.« – Nun fällt mir ein, daß ich doch das Wetterdach, den Parapluie mitgenommen hab', wo ist der geblieben? Entweder ich muß ihn haben bei den nackigen Büberchen lassen stehen, oder ich hab' ihn im Schiff liegen lassen, beides ist gleich möglich, ich konnt' ihn also die Wasserprob' nicht halten lassen; so setzt' ich der Milchfrau ihr rundes Gemüskörbchen mit Blumenkohl auf den Kopf. Sie sagt: »Sie sehn so schön drunter aus wie die schönst Pariser Madam.« – Es war recht lustig, es begegneten mir allerlei Leut', die dachten, ich wollt' balancieren lernen, der Regen hatte bald wieder aufgehört, so war ich ohne dran zu denken bis Offenbach gelaufen, an der Kastanienallee nahm ich den Korb ab. In der Stadt war recht Sonntagswetter, alles voll Sonnenschein, und in der Domstraß' lag auf jeder Haustrepp' vor der Tür ein Jolie mit dem blauseidnen Halsband, alle Jolies kennen mich, sie kamen an mich herangebellt, und da kamen die Spitze auch, und Bommer, und endlich auch dem Anton Andree seine englische Dogge mit siebzehn Jungen, die schon ziemlich herzhaft bellen. Die Milchfrau blieb ein paarmal stehen, um das Springen und Toben der Hunde zu sehen und auch aus Furcht, sie möchten ihr den Gemüsturm aus der Balance bringen. »Ei«, sagte sie, »der türkisch Kaiser kann nicht schöner begrüßt werden, die bleiben ja in einem Vivatrufen.« – So klingelten wir an der Haustür, die Cousine meldete, daß die Großmama noch schlief', in den Garten wollt' ich nicht gehen, ich blieb vor der Tür stehen bei den Hunden, da kam mein guter Herr Arenswald vorbei, er nahm den Hut ab, ich sagte ihm nicht, daß er ihn wieder aufsetzen solle; denn ich hatte gesehen, daß ein Loch drin war, und wollte diese Wissenschaft gern vor ihm verbergen. Er erzählte mir, er habe diesen Sommer eine Reise nach der Schweiz gemacht, weil er seinem Drang, die Natur dort zu betrachten, nicht habe widerstehen können, er bereue es auch gar nicht, obschon es ihm viel gekostet, ja, er *glaube*, es sei sein letzter Heller draufgegangen, ich war etwas beschämt und wollte ihm bei dieser vertrauten Mitteilung nicht grad' ins Gesicht sehen, meine Augen fielen auf seine Stiefel, da präsentierte sich ganz ungerufen der kleine Schelm, sein großer Zehe, welchen Arenswald durchaus nicht bei der Audienz dulden wollte; denn er drückte ihn unter den Absatz vom andern Stiefel, der leider wie ein schlechtgeschloßner Laden vom Wind auffuhr, wo sollt' ich meine Augen hinrichten? – Ich sah auf seinen Bauch, da fehlten alle Knöpfe und die Weste war mit Haarnadeln zugeklemmt, wo er die mag her erwischt haben; denn er trägt einen Caligula, welches bekanntlich die höchste geniale Verwirrung im Haarsystem ist, wozu man weder Pomade, noch Kamm, noch Haarnadel braucht, sondern nur Staub und Stroh, damit die Schwalben und Sperlinge immer Material für ihre Bauten da finden. Unterdes erzahlte er mir, es sei ihm in der Schweiz was Sonderbares geschehen, man habe ihm nämlich erzählt, daß es in waldigen Berggegenden eine Art Schnecken gäb', die sehr schmecken, und daß es auf dem Weg von Luzern irgendwohin auf einem Berg sehr viel solcher schmeckender Schnecken gibt, er habe solche auch in Masse im Wald angetroffen und einen so starken Appetit danach bekommen, daß er ihrer mehrere gegessen und ganz satt davon geworden sei, als er ins Wirtshaus zurückkam, verbat er sich sein Mittagessen, weil er zu viel von den so gut schmeckenden Schnecken gefunden, und habe sie mit so großem Appetit verzehrt, daß er unmöglich noch was genießen könne. »Wie?« – sagte der Wirt, »Sie haben die schmeckenden Schnecken gegessen?« – »Nun ja, warum nicht, sagten Sie nicht selbst, daß die Schnecken sehr wohlschmecken, und daß die Leute gewaltig danach her sind, sie zu sammeln?« – »Ja, ›*sehr schmecken*‹ hab' ich gesagt, aber nicht: *wohl! – Schmecken* heißt bei uns *stinken*, und die Leute sammeln sie für die Gerber, um das Leder einzuschmieren.« – »So hab' ich also dieses Gerbermittel gespeist und mich sehr wohl dabei befunden«, erzählte Herr Arenswald, während ich sehr errötet in die Luft guckte; denn es war kein andrer

Platz da, ohne auf eine grobe Sünde des gänzlichen Mangels zu stoßen. – Die Schneckenmahlzeit mag nun wahr sein oder auch erfunden, um mir auf eine feine Art verstehen zu geben, daß ihn der Hunger dazu gezwungen. Die Cousine rief mich herein, und Arenswald nahm, wie bei hohen Potentaten, rückwärtsgehend Abschied von mir, woraus ich schloß, daß es von hinten auch nicht besser mit ihm bestellt sein möge. Also erst die Begrüßung bei meinem Einzug, der Jubel war türkisch-kaiserlich nach der Milchfrau, der Gemüskorb mit Blumenkohl war meine Kron', den Baldachin, den Parapluie, hatt' ich im Schiff gelassen, die erst' Audienz war auch mit allen kaiserlichen Ehrenbezeugungen vor sich gegangen, unterwegs hatt' ich großmütige Geschenke gemacht an die nackigen Büberchen, Arenswalds Audienz war auch eine untertänigste Ansherzlegung des menschlichen Elends. Was will ich mehr? – Immer hat's mir im Sinn gelegen, ich werde noch zu hohen Würden steigen. –

Ich werd' auch geruhen, des schmeckenden Schneckenfressers außerordentliche Verdienste um die Selbsterhaltung zu belohnen, durch den Jud Hirsch, der morgen nach Offenbach geht; wenn mir's nur nicht bis morgen aus den Gedanken kommt wie der Parapluie, ein Fehler, den ich mit allen hohen Häuptern gemein hab'. – Die Großmama war mir sehr freundlich, wir sprachen von Dir, sie will, daß Du sie besuchst, wenn Du zurückkehrst. Ich sagte ihr, daß ich, wenn sie es erlaube, nach Marburg gehen werde mit der Meline, diese kleine Ehrfurchtsbezeugung, um ihre Einwilligung zu bitten, schmeichelte ihr sehr, sie gab mir ihren besten Segen dazu, nannte mich »Tochter ihrer Max, Kindele, Mädele«, ringelte mein Haar, während sie sprach, erzählte im schwäbischen Dialekt, was sie nur in heiterer Weichherzigkeit tut und einem Ehrfurcht mit ihrer Liebenswürdigkeit einflößt, ihr Bezeigen war mir auffallend, da ich vor vier Tagen sie so tief verletzt, beinah' erbittert fand über die Schmach, die ihrem gütigen Herzen widerfahren war. – Sie zeigte mir ein Wappen in Glas gemalt in einem prächtigen

Sophie von La Roche

silbernen Rahmen mit goldnem Eichelkranz, worum in griechischer Sprache geschrieben steht: *Alles aus Liebe, sonst geht die Welt unter*, es ist dem Großpapa von der Stadt Trier geschenkt worden, weil er als Kanzler in trierischen Diensten sich gegen den Kurfürsten weigerte, eine Abgabe, die er zu drückend fand, dem Bauernstand aufzulegen; als er kein Gehör fand, nahm er lieber seinen Abschied, als seinen Namen unter eine unbillige Forderung zu schreiben; so kamen ihm die Bauern mit Bürgerkronen entgegen in allen Orten, wo er durchkam, und in Speier hatten sie sein Haus von innen und außen geschmückt und illuminiert zu seinem Empfang. Die Großmama erzählte noch so viel vom Stadionischen Haus, worin sie so lang mit dem Großpapa lebte, wenn ich's nur alles behalten hätt', doch vergeß ich die Beschreibung ihrer Wasserfahrten nicht auf dem See von Lilien, wo immer ein Nachen vorausfuhr, um in dem Wald von Wasserpflanzen eine Wasserstraß' mit der Sense zu mähen, wie da von beiden Seiten die Schilfe und Blumen über den Kahn herfielen und die Schmetterlinge – und alles weiß sie noch, als wenn es heut' geschehen wär'. –

Der Pappeln wollt' ich nicht gedenken, die jammervolle Person des Arenswald, der so munter und grün über sein Elend hinaussteigt ins Freie, hatte mich aus den Angeln der Empfindsamkeit gehoben, ich will wetten, jetzt, wo er Waldschnecken fressen kann, daß er noch viel mehr wagt, und wenn er nur so viel hat, daß er seine Beine reisefertig kriegt, so muß das andre mit und muß allerlei andre Dinge noch dazu fressen lernen. Die Großmama fing aber von selbst von den Bäumen an, bei Gelegenheit des Wappens, sie erzählte, der Spruch sei wirklich Ersatz dem Großvater geworden, und er habe oft bei der Einschränkung, in der er später leben mußte, gesagt: »Besser konnt' ich mir's nicht wünschen.« – Das Wappen hing über seinem Schreibtisch, und da er bei Bauer und Bürger in großem Ansehen stand, so kamen sie oft zu ihm in schwierigen Angelegenheiten, da hat er denn durch den Spruch vom Wappen manchen zur Gerechtigkeit oder zur Nachsicht bewogen, er sei dadurch so im Ansehen gestiegen, daß sein Urteil mehr wirkte wie alles Rechtsverfahren, und mancher, der dem Buchstaben des Gesetzes nach sich durchfechten konnte, hat, um nicht das Urteil des Großvaters gegen sich zu haben, sich verglichen, und der Kurfürst hat sich auch wieder mit ihm versöhnt und ihm vollkommen recht gegeben, aber der Großvater schlug seine Anstellung aus, die der Kurfürst ihm wieder anbot; er sagte: »Hat mir Gott das Hemd ausgezogen und gefällt's ihm, mich schon auf Erden nackt und bloß herumlaufen zu sehen, so will ich mir keine Staatslivree als Feigenblatt für den menschlichen Ehrgeiz vorhalten, dem Herrn Kurfürst steh' ich zu Diensten in allen gerechten Dingen, so wie mich Gott geschaffen hat, und der sich nicht vor ihm zu schämen braucht; ich mag nicht aus meinem Paradies heraus, denn ich mag mich mit keinem Feigenblatt inkommodieren, ich bin der unverschämteste Kerl von der Welt, und der Kurfürst ist die sittsamste Jungfer, die unter den geistlichen Würden zu treffen ist, er will keinen seiner Freunde nackt und bloß herumlaufen oder vor sein Angesicht kommen lassen; aber mir gefällt es besser, ganz nackend mit seinen Mummenschanzen herumzuspringen, denn da hab' ich den Vorteil, daß sie sich selbst nicht mehr kennen; denn sie wissen so wenig, was das ist, ein Mensch sein, daß einer, der ohne Bemäntlung ihnen die Natur eines Menschen, wie sie vor Gott bestehen kann, darstellt, ihnen natürlich zeigen muß, daß sie selber Mißgeburten sind.« – In dieser Art hat der Großpapa auf des Kurfürsten Anträge geantwortet. – Die Großmama besitzt noch eine Korrespondenz, wo mehrere Briefe von des Kurfürsten eigner Hand dabei sind, mit den Abschriften vom Großvater; – der Großvater hatte ein Buch gegen das Mönchswesen geschrieben, was gar viel Aufsehen in damaliger Zeit machte, ins Französische übersetzt wurde, das hat mir die Großmama geschenkt; es war die erste Veranlassung zur Unzufriedenheit zwischen dem Kurfürsten und ihm, weil darin so viel Skandal der Mönche aufgedeckt ist, und war auch die erste Veranlassung zur

Versöhnung; denn der Kurfürst gibt ihm in einem Brief sehr recht und sagt: »Wir werden diesem Ungeziefer, das mich mehr plagt als den armen Lazarus, dem ich mich gar sehr vergleiche, seine Schwären, noch eine Umwälzung in unserer Religion zu verdanken haben, es vergehet keine Woch', daß nicht verdrießliche Berichte dieser unflätigen Mönche einlaufen, der Mantel der christlichen Kirche, unter dem sie alle eingekeilt stehen wie ein Ballen Stockfische, reicht nicht mehr zu, ihren Unflat zu bedecken.« – Schreibt der Großvater hierauf einen wunderschönen Brief über Religion und Politik, den ich nicht behalten hab', worin mir aber jedes Wort wie Gold klang, – er sagt: in einem großen Herzen müsse die Politik bloß aus der Religion hervorgehen oder sie müßten vielmehr ganz dasselbe sein, ein tätiger Mensch, der seine Zeit anwende, zu was sie ihm verliehen sei, habe sie nicht übrig, sie in verschiednes zu teilen, so müsse denn seine Religion als vollkommner Weltbürger in ihm ans Licht treten – usw. – Dieser Brief ist so herrlich, so seelenrein, so über alles erhaben, wonach kleinliche Menschen zielen, aber auch so lebendig, daß ich glauben muß, aus einem lebendigen Herzen entspringt alle Philosophie, aber mit Fleisch und Bein und klopfendem Herzen fürs Gute, die sich ewig regt und das irdische Weltleben reinigt, gesund macht wie ein Strom frischer gewürzreicher Luft; – das tut doch die Philosophie nicht, die aufs Dreieck sich stützt, zwischen Attraktion und Repulsion und höchster Potenz einen gefährlichen Tanz hält, die dem gesunden Menschenverstand die Rippen einstoßen und er als Invalidenkrüppel sich endlich zurückziehen muß. Und einmal ist doch die natürliche Geschichte unseres Lebens auch unsere Aufgabe, und ich denke, daß wenn der Scharfsinn sich von Hoffart unbeleibter Spekulation losmachte und sich ganz auf den Zustand der sinnlichen Tagsgeschichte wendete: dann müßte kein Gedanke so tief oder so erhaben sein, der nicht im irdischen Treiben sich Platz verschaffte und in sittlichem Sinn sich bekräftigt und aufwächst. – So wie der Großvater möcht' ich sein, dem alle Menschen gleich waren, Fürsten und Bauern gleichmäßig auf den Verstand anredete und nur allein durch diesen mit ihnen zurechtkam, dem nie eine Sache gleichgültig war, als läge sie außer seinem Kreis; er sagte: »Was ich mit meinem Verstand beurteilen kann, das gehört unter meine Gewalt, unter mein Richteramt, und ich muß laut und öffentlich entscheiden, wenn ich mich vor Gott verantworten will, daß er mir den Verstand dazu gegeben, wer seine Pfund benützt, dem wird noch mehr dazu, und er wird Herr über alles gesetzt.« – Ja, das bin ich überzeugt, aber ich glaub' nicht, daß die Philosophen dies Ziel erreichen werden, ich glaub' eher, daß man auf dem Großvater seine Weise die tiefste Philosophie erwerbe, nämlich den Frieden, die Vereinigung der tiefsten geistigen Erkenntnis mit dem tätigen Leben. –

Der Großvater schrieb noch in einem andern Brief an den Kurfürst über den Mißbrauch der vielen Feiertage und Verehrung der Heiligen, er wollte, daß eine reinere Grundlage eine verbesserte Religion sei. – Statt so viel Heiligengeschichten und Wundertaten und Reliquien, alle Großtaten der Menschen zu verehren, ihre edlen Zwecke, ihre Opfer, ihre Irrungen auf der Kanzel begreiflich zu machen, sie nicht in falschem, sondern im wahren Sinn auszulegen, kurz die Geschichte und die Bedürfnisse der Menschheit als einen Gegenstand notwendiger Betrachtung dem Volk deutlich zu machen, sei besser, als sie alle Sonntagnachmittag' mit Brüderschaften verbringen, wo sie sinnlose Gebetverslein und sonst Unsinn ableierten; und schlägt dem Kurfürst vor, statt all dieses mattherzige zeitversündigende Wesen unter seinen Schutz zu nehmen, so soll er doch lieber eine Brüderschaft stiften, wo den Menschen der Verstand geweckt werde, statt sie zu Idioten zu bilden durch sinnlose Übungen; da könne er ihnen mit besserem Gewissen Ablaß der Sünden versprechen; denn die Dummheit könne Gott weder in dieser noch in der andern Welt brauchen; aber Gott sei ein besserer Haushalter wie der Kurfürst, der lasse den gesunden Geist in keinem zugrunde gehen, aber in jener Welt könne nichts leben als der

Geist, das übrige bleibe und gehöre zur Petrefaktion der Erde. –

Es ist eine einfache edle Korrespondenz, wo der Großpapa seinen Charakter nicht *einmal* verleugnet, der Kurfürst schreibt schön und edel, und schon das ist ein Verdienst, daß er ein Wohlgefallen an so tüchtigen Wahrheiten findet; – man hielt ihn wegen seinem dicken Leib für gar nicht besonders geistbeweglich. – Ich frug die Großmama, ob der Großvater denn Einfluß gehabt habe auf ihn. – Sie sagte: »Mein Kind, die geringste Luft hat ja Einfluß auf die menschliche Seele! Warum sollte der reine uneigennützige Geist deines Großvaters keinen Einfluß auf den Kurfürst gehabt haben, der eben noch durch die Anerkenntnis des ganzen Landes auf einer so hohen Stufe stand, so daß der Kurfürst gegen sein eignes ungerechtes Verfahren es zugestehen mußte.« – Schon dies beweist auch, daß im Kurfürsten eine edle Grundlage war, es war auch gar nichts Geringes, was der Großvater aufopferte. – Er hatte in hohem Ansehen und Würden gestanden, hatte fünf Kinder, die noch so jung waren, und er vertauschte alles mit einer kleinen Hütte in Speier, wo er am Wasser ein kleines Gärtchen pflegte und in der Beschäftigung mit diesem sich gar glücklich fühlte, der Großvater war auch ein besonderer Liebhaber von dunkelroten Nelken, ich habe mich sehr gefreut, weil ich eine Ähnlichkeit mit ihm hab'. Ich war zwei Jahr', als er starb. Er hatte einen Stock mit goldnem Knopf und ließ mich mit dem Stockband spielen, ich erinnere mich noch deutlich, wie er mich anlächelte und seine großen schwarzen Augen mich verwunderten, daß ich darüber den Stock fallen ließ und ihn anstarrte, das war das erste- und letztemal, wo ich ihn sah, – denn noch an demselben Abend ward er vom Schlag gerührt. Von diesen Erzählungen der Großmama ward mein Gedächtnis so lebhaft geweckt, daß ich glaubte, mich aller seiner Gesichtszüge deutlich zu erinnern, er trug einen zimmetfarbigen Samtrock, und sogar auf einen kleinen dreieckigen Hut mit goldnen Borten besinn' ich mich, den er vom Kopf nahm und mir aufsetzte und mich damit vor den Spiegel trug, daran hatte ich niemals gedacht, und jetzt weiß ich diesen Umstand ganz genau. – Ist das nicht wie eine Geistererscheinung? – Und mag die Liebe nicht Geister beschwören können? – Denn in jenem Augenblick war ich so begeistert und voll Liebe für ihn, daß ich meinte, ich müsse einen Geisterumgang durch die Kraft meiner Einbildung möglich machen können, worin mir der Großpapa alles Gute, was mir wach würde, im Kopf einflüstern werde, und ich glaub' es auch; sollte denn das Wirken so wahrhafter Gesinnung mit dem Tode für uns aufhören müssen? Ich sagte dies der Großmama, die antwortete: »Der Geist deines Großvaters regiert mich ja jetzt noch, wie hätte ich den Schmerz meiner lieben Bäume sobald verwinden können, wenn ich mich nicht seiner Lehren erinnert hätte; darum hab' ich ja das Wappen der Stadt Trier hervorgesucht und diese Briefe des Kurfürsten. Und besonders diesen, wo der Kurfürst ihn wegen seinem Unrecht um Verzeihung bittet und dein Großvater so wahrhaft großmütig und doch heiter antwortet. Denn er schrieb dem Kurfürsten, er werde nie vergessen, daß er der Gründer seines Glückes sei, er habe ihm hierdurch Gelegenheit gegeben, sich selber in seiner Gesinnung zu erproben, und da er sich glücklich durchgekämpft habe, so fühle er sich jetzt wohl und in besonderer Glücksstimmung.« Sie sagte: Dies bewege sie zur Nachsicht gegen die, welche sie beleidigt haben, – es komme drauf an, wie hoch eine Beleidigung aufgenommen werde; man solle keine stärkere Schuld dadurch auf andre wälzen, Verzeihung sei Aufheben der Schuld, und Gott sei versöhnlich durch menschliche Großmut. – Der Großvater habe gesagt: »Was dir geschieht, das rechne für garnichts!« Keine Rüge gilt etwas, sie sei denn zum Besten dessen, den man straft, sonst ist jede Strafe unnütze Rache, nur um den elenden Sünder noch elender zu machen und nützlose Rache sei eine viel ärgere Sünde am Verbrecher, der dem Menschen heiliger sein müsse, insofern er so gut seiner Gnade anheimgegeben sei wie der Gnade Gottes, und Gott sei versöhnlich aus menschlicher Großmut, so müsse man aus Liebe die Welt nicht untergehen lassen und allen verzeihen, wozu der Spruch auf dem Wappen auffordere. Und sie tue es ihrem Laroche zulieb', daß sie ohne Bitterkeit es ertrage. Die Bäume seien dies Jahr abgehauen, sie selber werde gewiß sie nur kurze Zeit noch vermissen und wolle durch den Verdruß, den sie dabei beweise, keine spätere Reue veranlassen; denn sie wolle, daß alle Menschen glücklich seien und am meisten die Ihrigen, für die sie so viele Opfer schon gebracht. – Vom Großvater erzählte sie mir noch, das ganze Land habe ihm Unterstützung angeboten und er habe auf einem großen Fuß leben können, wenn er gewollt hätte, doch all diese Bezeichnungen, die mit so viel Adel der Seele verbunden waren und von so reiner Gesinnung ausgingen, habe er ausgeschlagen von den Reichen, aber von seinen Bauern, denen er noch vieles geholfen, habe er angenommen, was ihm nötig war, denn, sagte er: »Das Scherflein der Witwe muß man nicht verschmähen.« – Sie hat mir noch manches zu erzählen versprochen von ihm, als ich so feurig danach war, so werd' ich nächstens wieder zu ihr kommen. – Das Wappen wollt' sie mir aufheben und mir vor ihrem Tod noch schenken, ich hätte lieber den Briefwechsel gehabt. – Ich glaub', zu so etwas hätt' ich Verstand, es einzuleiten und zu bereichern für den Druck, da wollt' ich wohl noch viel hinzufügen, mir kommt immer nur der Verstand, wenn ich von andern angeregt werd', von selbst fällt mir nichts ein, aber wenn ich von andern großes Lebendiges wahrnehme, so fällt mir gleich alles dazu ein, als sei ich aus dem Traum geweckt, vielleicht könnt' ich hierdurch dem Clemens ein Genüge leisten, der mich zu so manchem aufgefordert hat, was mich ganz tot läßt. Erfinden kann ich gar nichts. Aber ich weiß gewiß, wenn ich diese Briefe des Großpapa durchläse, es würde mir alles einleuchten, was dazu gehört, ich weiß noch so viel von ihm, und die Großmama würde mir noch manches erzählen, ich hab' sie noch nie ordentlich ausgefragt, und besonders hab' ich mich immer gescheut, sie über ihre religiösen Ansichten zu fragen, weil ich fürchtete, sie zu beleidigen, aber bei diesem Gespräch sagte sie von selbst: »Siehst du mein Kind, so trägt die goldne Au der Vergangenheit die Ähren, ohne welche so mancher an Geistesnahrung Hunger sterben müßte, und rund um uns, wo die Sonne ihren Lauf öffnet und wo sie ihn schließt, wo sie mit sengendem Strahl die Fluren brennt und wo sie lange ihr freundlich Antlitz verbirgt, allenthalben keimen Blumen, deren vereinter Strauß uns ein Andenken ist an die Kindheit unseres Geschlechts. So gehört die Vergangenheit zum Tag des Lebens. Sie ist die Wurzel des meinen. Dein Großvater war guter Mensch und guter Staatsbürger, er hat als solcher auf Fürsten und Untertanen gewirkt und auch bis heute noch auf seine Frau. Eine Vergangenheit ist also nicht für das wahre Gute, es wirkt ohne Ende, es kommt aus dem Geist, wie dein Großvater sagte, und alles andre, was vergänglich ist, das ist auch geistlos.« –

Es war Mittag, ich wär' gern den ganzen Tag bei der Großmama geblieben, wenn man in Frankfurt gewußt hätte, wo ich war. – An der Gerbermühl' begegnete mir Clemente mit meinem verlornen Parapluie, er war gleich hinter mir übergefahren und hatte ihn vom Schiffmann mitgenommen, war aber bei Willemers geblieben, jetzt fuhren wir zusammen im Sonnenschein unter aufgespanntem Baldachin auf dem Main zurück. Der Clemens geht morgen nach Mainz, er besucht Euch am End'. – Beim Primas gestern große Parade, alle altadeligen Flaggen wehten. – Über die fünf Ellen langen Schleppen mußten die Herren mit hocherhobnen Beinen hinaussteigen, der Primas führte mich ins Kabinett, wo die Blumen stehen, und ließ zwei Sträuße binden für mich und die Meline, dies war als eine hohe Auszeichnung bemerkt worden, man hatte großen Respekt, der sich noch sehr steigerte, als mir der Primas beim Abschied ein Paket gab, sehr sauber in Papier eingesiegelt. Alle glaubten, es sei ein fürstlich Präsent, vielleicht ein Schnupftabaksdosen-Kabinettstück. Kein Mensch bedachte, daß der Primas zu witzig ist, um mir eine solche Albernheit anzutun. Nur wunderte man sich, daß ich mein Geschenk so ohne Umstände, ohne mich zu bedanken, unter den Arm geklemmt habe; ich hatte tausend Spaß, die vielen Glossen zu hören und konnte am End' vor Vergnügen über die Neugierde nicht umhin, im Vorzimmer zu tanzen, während mich alles umringte mit Bitten, es zu öffnen, wozu ich mich nicht bewegen ließ, sonst wär' der Spaß aus gewesen. Besonders quälte die Neugierde den Moritz im grünen Samtrock, der den ganzen Abend alle Spiegel mit der eignen Bewundrung seiner Person besetzt hielt. So wie er die Überreichung dieses mystischen Pakets gewahr ward, lief er mir nach, dem hätt' ich's aber grad' nicht gesagt, im Paket war nichts, als was Du wohl schon denken kannst, ein paar alte Judenjournale und die Drusenfamilie für die Großmama; ich soll's lesen, was mir eine harte Nuß ist. – Sagt' ich's, so würde man den Primas wohl eher für einen Narren halten, daß er auf mein Urteil einen Wert legt, als mich für gescheit genug, dieser Auszeichnung Ehre zu machen, so mag's denn die Leut' mir im Respekt halten; wüßten sie, es sei nur Papier und keine Dose, hielten sie mich zum Narren gehalten vom Primas.

Heut' nacht fiel mir ein, daß ich meinen Kanarienvogel dem Bernhards-Gärtner geben will, der hebt ihn gewiß gut auf und macht ihm Freud', dann weiß er doch, daß er wieder was von mir erfährt, es waren doch liebe Tage, wo er mich pfropfen lehrte, Du weißt noch gar nicht alles, was ich da lernte, vom Fortpflanzen der Orangenbäume mit einem Blatt von Nelken – und dann will ich ihm auch meine Granatbäume schicken und den Orangenbaum und den großen Myrtenbaum, er gibt sich gewiß Müh', daß er den zum Blühen bringt, ich hab' so immer fürchten müssen, daß sie verdarben im Winter. – Das eine tut mir auch leid, daß ich von der Großmama weg muß, weil sie sich's in den Kopf gesetzt hat, sie werde nicht mehr lang leben wegen den Bäumen, sie sagt, sie wolle nicht erleben, diese Bäume, die sie so lange Jahre gepflegt habe, im nächsten Jahr im Ofen knattern zu hören. – Jetzt möcht' ich gern noch so viel von ihr wissen, ich schäm' mich, daß ich die ganze Zeit so leichtsinnig war, was hätte sie mir alles von der Mama erzählen können, von der ich so wenig weiß, als bloß daß sie angebetet war. – Die Großmama sagte: »Sei versichert, hätte die Venus-Urania noch ein Kind gehabt außer dem Amor, so mußte es das Ebenbild deiner Mutter sein.« – Manchmal zweifle ich, ob ich noch nach Marburg mitgehen soll, meinst Du nicht auch, es wär besser, ich blieb' hier – es ist doch auch schön, wenn ich noch das letzte Lebensjahr der Großmama recht freundlich mit ihr zubrächt', mich durstet nach dem Segen alter Leute, seitdem ich vom Tod weiß, so deucht mir die letzte Lebenszeit eines Menschen etwas Heiliges, und wie ich als Kind so gern Spielsachen, Dinge, die ich liebte, in die Erde vergraben hab', so möcht' ich auch meine Geheimnisse, mein Sehnen, meine Gedanken und Ahnungen gern in die Brust legen von Menschen, die keine Forderungen mehr ans Irdische haben und bald unter der Erde sein werden, schreib mir doch darüber! Auf der andern Seite reizen mich die Briefe vom Christian auch sehr, er freut sich drauf, daß ich ein halb Jahr mit ihm zusammen sein werd', wir sind zusammen in unserer Kindheit gewesen und seitdem nicht wieder, er verspricht mir so viel von meinem Dortsein und was und wie er mir alles lehren will, les' die beiden Briefe von ihm an mich und schreib mir, was Du willst, das will ich tun. – Adieu und schreib recht bald.

Es ist hier alles beschäftigt mit dem Empfang von Bonaparte, es wird ein großer Triumphbogen erbaut auf dem Rabenstein, wo der Galgen gestanden hat. –

An die Günderode.

Die Frankfurter haben mir geschrieben und haben mich schon ausgepelzt mit allerlei verwunderlichen Prophezeiungen. – Erstens: ich soll mir häusliche Tugenden angewöhnen. Zweitens: wo ich einen Mann hernehmen will, wenn ich Hebräisch lern'? – So was ekelt einem Mann, schreibt der lieb', gut' Engels-Franz, als wie die spartanische Suppe; an einen solchen Herd wird sich keiner niederlassen wollen und eine Schüssel Mathematik, von einem alten schwarzen Juden assaisonniert, sei auch nicht appetitlich, darauf soll ich mir keine Gäste einladen, und der Generalbaß als Dessert, das sei so gut, wie eingemachter Teufels-Dr. – Das wär' eine schöne häusliche Tafel usw. und man spotte meiner allgemein, daß die Lulu eher geheiratet habe, und dann meint er ganz gutherzig, daß, wenn ich ebensoviel häusliche Tugenden geäußert hätte, ich gewiß auch einen Mann bekommen haben würde. – Ich schrieb ihm, er soll nur immer mitspotten, denn es sei jetzt nicht mehr Zeit mich zu ändern; und der ganz' Jud' sei nur in meine Tagsordnung einrangiert, um mich vor dem Mottenfraß der Häuslichkeit zu bewahren, und ich hätt' gemerkt, daß man in einer glücklichen Häuslichkeit sonntags immer die Dachziegel gegenüber vom Nachbar zähle; was mir so fürchterliche Langeweile mache, daß ich lieber nicht heiraten will. – Ich hab' aber auch dem Doktor einen ironischen Lügenbrief wieder mit Lügen beantwortet und dem Clausner auch einen. Und es sind auch allerlei Anspielungen, recht liebliche auf Dich, die ich mit charmantem Humor beantwortet hab'. So kommst Du zuletzt an die Reih'.

Dem Clemens hab' ich alles übermacht. – Deine eigne Sorge um meine Ausschweifungen im Lernen, die lasse sich legen. Der Wind zaust mich und schüttelt mir alles aus dem Kopf. – Wenn du meinst, ich könnt' was dafür, daß ich nichts kann, da tust Du mir unrecht. Es ist nicht möglich, meine Lerngedanken zusammenzubringen, sie hüpfen wie die Frösche auf einem grünen Anger herum. Meinst Du, ich mach' mir keine Vorwürfe? – Meinst Du, ich raffel' mich nicht alle Tage zusammen? – mit dem festen Vorsatz es durchzunehmen, bis es mir ganz geläufig ist? – Aber weißt Du, was mich zerstreut? – Daß ich's allemal schon weiß, noch eh' es der Lehrer mir ganz auseinandergesetzt hat, nun muß ich warten, bis er fertiggekaut hat, da nehmen unterdes meine Gedanken Reißaus, und dann ist es nachher nicht, daß ich es nicht gelernt hab', sondern ich hab's nur gar nicht gehört, was er gesagt hat; mit dem Hofmann in Offenbach war's eine andre Sach', er lehrte so problematisch, er ließ mir hundert interessante Fragen, die er freilich oft unbeantwortet ließ, die oft zu ganz fremden Dingen führten, aber dies regte mich an, immer darauf zurückzukehren. Ich will mich damit nicht entschuldigen, ich weiß, daß es ein Fehler, eine Schwäche, eine Krankheit ist; ich geb's auch nicht auf, sie zu bekämpfen, und sollt' ich bis an meines Lebens End' damit zu tun haben, ich geb's nicht auf, das fort zu lernen, was mir einmal Begierde, ja ich kann wohl sagen, Leidenschaft erregt hat. – Generalbaß! – Wenn Du ahnen könntest, welches Ideal mir in diesem Wort vor den Sinnen schwebt, und welchen alten Manschettenkerl mir die Lehrer vorführen und behaupten, das sei er, Du würdest mich bedauern, daß ich den Genius unter dieser Gestalt sollte wieder erkennen müssen. Nein, er ist es nicht. Die ganze Welt ist eben Philistertum, so haben sie nicht eher geruht, bis sie auch das Wissen dahingezerrt haben. Wär' es frei behandelt mit Genie, dann wär' sein Beginnen kindlich, nicht aberwitzig mit lauter Gebot und Verbot, die sich nicht legitimieren: Das darfst Du nicht, das mußt du – warum? – weil's die Regel ist. – Nun aber! – ich fühl's, das soll mich nicht abhalten, und ich werde tun nach Kräften, und das andre wird der Gott meinen mangelnden Kräften zugut' halten, und auch mußt Du etwas auf einen bestimmten Naturtrieb rechnen, der mich mit Gewalt zu andern Gedanken reizt, einen Vorteil hab' ich davon, meine großen Anlagen werden jetzt sehr in Zweifel gezogen oder vielmehr mir gänzlich abgeleugnet, und meine Genialität gilt für Hoffart, und mein Charakter für einen Schußbartel, dem man alle Dummheiten zutrauen kann, ohne ihm eine zum Vorwurf machen zu können. Da fühl' ich mich sehr bequem in meiner Haut, und es ist mir noch einmal so behaglich unter den Menschen; – niemand denkt zwar dran, daß ich nie Prätension an jene hohe Eigenschaften machte, von denen man erwartete, daß sie aus dem Ei kriechen würden, und daß es nur unser lieber Posaunenengel war, der all diese Dinge über mich hinter meinem Rücken in die Welt hinein trompetete, und man gibt mir die Schuld, daß ich ein eingebildeter, aufgeblasner Kerl wär', der meine, seine Phantasie regne Gold; aber das kränkt mich gar nicht, und beschämt mich auch nicht und es steckt mich vielmehr an, daß ich allerliebst dumm sein kann und mich mitfreue, wenn sie mich auslachen, und da lacht man als weiter. –

Du fragst nach Savigny. Der ist eben wie immer. Die höchste Güte leuchtet aus ihm, die höchste Großmut, die größte Nachsicht, die reinste Absicht in allem, das edelste Vertrauen zu dem Willen und Respekt vor der individuellen Natur. Nein, ich glaub' nicht, daß es ein edleres Verhältnismaß gibt. Das stört mich also gar nicht, daß er mich hundertmal hoffärtig nennt, und daß er über meine Albernheiten lacht, und daß er mir noch größere zutraut, und daß er keinen Glauben an meinen gesunden Menschenverstand hat, er tut das alles mit so liebenswürdiger Ironie, er ist so gutmütig dabei, so willenlos einem zu stören, so verzeihend; ei, ich wüßt' nicht, wie ich mir's besser wünschen könnte, als so angenehm verbannt zu sein, und ich komme mir vor wie ein Schauspieler, der sich unter einem Charakter beliebt gemacht hat, und der diesen nun immer beibehält, weil er sich selbst drin gefällt. Der Clemens klagt zwar und meint, er habe immer keine Antwort von ihm erhalten auf all sein Vertrauen und habe sich immer zurückgestoßen gefühlt – und der Savigny ließe gleichsam das Tretrad der Studiermaschine so lang' aus Höflichkeit stehen, bis einer ausgeredet habe, er habe sich oft geärgert, daß, wenn er zu ihm ins Zimmer kam, um ihm was warm mitzuteilen, so habe er keine Antwort, nur Gehör erlangt, und kaum sei er draus gewesen, so rumpelte die Studiermaschine wieder im alten Gleis. – Da hat aber der Clemens unrecht. Erstens ist Savignys Anteil am Leben außer seiner wissenschaftlichen Sphäre nur ein geliehener, und vielleicht bloß gutmütig; und dann ist es ein Irrtum vom Clemens, der meint, er müsse ihm Mitteilungen machen, da er sie ihm nicht honoriert, oder sich

Friedrich Karl von Savigny

ihm mitteilen will, wo Savigny einer anderen Ansicht über ihn zugetan ist. – Mir fällt's gar nicht ein, ihm etwas der Art sagen zu wollen, mir ist's ganz recht, daß er mir die Fehler und Albernheiten, die in mir nun einmal vorausgesetzt werden, noch als erträglich anrechnet. – »Was willst du wieder für eine Dummheit vorbringen«, sagen sie oft, oder: »Ich bitt' dich, schwätz' nicht so extravagant«, oder: »Wie kannst du denn so was sagen, die Leute verstehn dich nicht.« – Und es fallen mir dann auch immer die Extravaganzen ein, und ich sag' sie immer nur, um's zu hören, wie ich ausgezankt werd'. – Da siehst Du also, es geht mir pläsierlich; und eifersüchtig darfst Du nicht sein, kein Mensch teilt dies Vertrauen, dies tiefere zu Dir, – drum aber, bin ich auch eifersüchtig auf Dich und oft auch bang, denn nicht allein die Menschen sind mir im Weg, ich fürchte auch jeden Zufall, jede Laune von Dir, jede Zerstreuung, ich möchte Dich immer heiter wissen. Wenn Du Kopfschmerzen hattest, so seh' ich mich noch nach ihnen um, wie nach frechen Gewalten, die ich noch auf dem Rückzug verfolgen möcht'. – Wenn einer mir schreibt, Du seist still, oder man habe Dich nicht gesehen, oder man glaube, Du seist nicht in der Stadt, das alles kümmert mich, so leichtsinnig ich bin, und so bald ich drauf vergesse, so kommt mir die Idee leicht wieder und steigert meine traurigen Gedanken über Dich, denn die hab' ich als oft, das ist wahr.

Mein Lehrer in der Mathematik ist mein alter Herbstjud'. Morgens an meiner Tür in einem schwarzen Kleid, weißem Kragen und der Bart spiegelglatt, stand er an meiner Tür und fragte um Erlaubnis, mich zu besuchen, ich freute mich über ihn, er sieht soviel edler aus als die andern Menschen, mit denen man täglich verkehrt, die man in großen Versammlungen sieht; ich hab' im Schauspielhaus mich oft vergeblich nach einem erhabnen Gesicht umgesehen. Er setzte sich auch gleich in anständiger Bequemlichkeit an den Tisch, den Arm drauf legend, merkte meine Verwundrung über seine Angenehmheit, lächelte mich an und sah aus wie ein Fürst, – ich fragte: »Wo sind Sie denn so lang' gewesen?« – »Nun!«

sagte er, »was reden Sie doch so fremd, bin ich nicht noch der Alte? – heiß' ich nicht mehr: Lieber Jud'?« – Ich mußt' ihm die Hand reichen, ich sagte, ja! – Hättest Du nur die ironische Miene gesehen in dem erhabnen Gesicht und das milde herablassende Lächeln zu mir; – er sagte: »Nicht aus jedem Mund gefällt einem das *Ihr* oder *Du*, mit dem der Jude sich muß anreden lassen, aber Ihrem lasse ich's nicht gern abgewöhnen.« – Dir hätte der Mann so viel Freud' gemacht, Günderod', er erzählte nur Gewöhnliches aus seinem Leben, von seinen siebzehn Enkeln, wie die sich gefreut haben, ihn wieder zu sehen; ich frug nach allen, wie alt sie sind, wie sie aussehen; da sind ihm doch die fünf, die Vater und Mutter verloren haben, die liebsten, von denen sagte er: »Der älteste, der gleicht mir, man erkennt ihn schon von weitem für meinen Enkel – und der zweite? – Der schlägt ganz nach mir, der hat für nichts Sinn wie für die Mathematik und hält sich so apart.« – »Wie ist denn der dritte, gleicht der Euch auch?« – »Der ist noch ein klein Jüngelchen, aber er verleugnet den Großvater nicht, und die Töchter sind schon so hilfreich, die eine ist dreizehn und die andre elf Jahr', aber sie sorgen fürs Haus und für die Kleidung.« – Das waren alles gewöhnliche Reden, aber wie erfüllt von Herzlichkeit – ganz wie die Natur, mit Enthusiasmus Sorg' und Plage tragend. – Er war früher bloß Lehrer der Mathematik und lehrte in Gießen, in Marburg die Studenten, und in der Ferienzeit ging er nach Haus zu den Seinen. – Zwei Söhne und eine Tochter verheiratet; seine Tochter starb, nachdem sie ihren Mann begraben hatte, den sie sehr liebte, und ließ die fünf Kinder zurück. – Der alte Ephraim konnt' keinen andern Erwerbszweig ergreifen, sie zu ernähren, als an den er von Jugend gewohnt war, der seine Leidenschaft ist – worüber er so manches Schmerzliche hat vergessen, sagte er, – so ist er denn auf dem Heimweg in den Ferien in den nächsten Orten herumgeschlendert und hat alte Kleider eingehandelt, um die seinen Enkeln mitzubringen, denn sie neu zu kleiden, dazu wollte sein Erwerb nicht hinreichen. Nach und nach hat sich der Handel erweitert, alte Hochzeitskleider aus dem vorigen Jahrhundert, verlegne altmodische Spitzen, die die Kaufleute nicht mehr absetzen, verhandelt er jetzt nach Polen, so war er diesmal in Leipzig – und hat ein sehr gut Geschäft gemacht, – Du hörst, ich hab' einen ganz kaufmännischen Stil. – Ich möcht' mit dem Alten Kompanie machen und die Enkel ernähren helfen, weil aber das doch Schwierigkeit hat, so hab' ich einstweilen mathematische Stunde bei ihm, das macht' ich ganz kurz, ich sagt' ihm: »Da komm nur die Woch' auch zweimal zu mir, denn ich muß Mathematik lernen«, er lachte und wollt's nicht glauben, ich holte ihm aber meine mathematischen Bücher hervor, die Christian mir hier gelassen, und mein Heft, was ich bei dem Christian geschrieben, das gefiel ihm sehr, denn es war meist alles vom Christian diktiert, der wohl der scharfsinnigste Mensch von der Welt ist. – Jetzt hab' ich schon drei Stunden ausgehalten und auch allemal seine Aufgaben richtig gemacht, denn ich hab' Respekt vor dem Alten, ich möcht' um alles nicht ihm die Idee geben, als sei ich ein flatterhafter Schußbartel, wie mich die andern nennen, woran mir gar nichts liegt, aber an ihm liegt mir, weil er so ganz ohne Überspannung doch nicht an meinem Ernst zweifelt, weil er eine so schöne Liebe zu seiner Wissenschaft hat, daß er die für gering achten muß, die das nicht mitfühlen. Und meine Du, was Du willst; aber Du wirst mir recht geben, daß unter solchem Druck, unter so erniedrigenden Bedingungen der Adel des Lebens, so frei und untadelhaft bewahrt, daß sie nicht einmal durch das niedrigste Geschäft sich gebeugt fühlt, für eine hohe Seele spricht; daß sie um so mehr Recht hat auf unsere feierliche Achtung, als sie vielleicht dem Äußeren nach der Mißdeutung, der Verachtung ausgesetzt ist; er nannte mich gestern sein liebes Töchterchen und legte mir die Hand auf den Kopf, wie er wegging; ich hielt so still, er strich mir über die Wangen und sagte: »Ja so!« – Das hieß so viel: nun in dir ruht der Menschenkeim. – Er kommt zwischen drei und fünf, da wird's schon dämmerig, wenn er geht, ich führte ihn durch den Garten und zeigte ihm den Turm, von wo ich die

Lande überseh'. – »Da kann kein Mensch hinauf wie ich, denn seht, die Leiter ist zerbrochen«, sagt' ich, – und ich hab' ihm vorgetragen, wie mir's geht mit dem Generalbaß, er sagt', das wär', weil ich nicht alles zu gleicher Zeit überschaue, warum meine Begriffe stockten; und manches, woran Menschen ihr Lebenlang kauten, das müsse von andern in einem Blick erfaßt werden, sonst ging' Zeit und Müh' verloren; ich sagte, mir sei bang, so werde es mir auch ergehen. »Ich hab' doch in meinem Leben noch keine kleine Eichel gesehen, der bang war, es werde kein Baum aus ihr wachsen«, gab er zur Antwort; und dabei legte er mir wieder die Hand auf den Kopf und sagte so freundlich: »Jetzt haben wir die Eichel in die Erde gelegt und gedeckt, und jetzt wollen wir sie ruhig liegen lassen und sehen, was Sonne und Regen tut.« – Du glaubst gar nicht, wie fabelig mich der Mann macht, zu den andern darf ich nicht von ihm sprechen, das kannst Du wohl denken, denn sonst würde meine Andacht mir für Verrücktheit ausgelegt werden; aber die Patriarchenwürde strahlt mich an aus ihm, und ich spreche der ganzen Welt Hohn, daß solche einfache große und heilige Charaktere nicht Platz finden unter ihren Lappalien, und überhaupt geh' ich nach Vornehmheit, und diese hat der Mann; und seh' doch nur einen auftreten in der menschlichen Gesellschaft, ob nicht aller mühselig erzwickter Rang ihn so des gesunden Verstandes beraubt, daß er nur als Narr sich selbst genug zu tun glaubt. – Weise sein kann keiner, der der Narrheit eine höhere Überzeugung opfert, denn aller Verstand deucht mir ein Spiel von Aberwitz, wenn der heiligen Weisheit nicht alle Opfer gebracht sind. Das meine ich so: wenn nicht alle äußeren Vorteile, Würden und Ruhm, nichts gelten vor dem inneren Ruf zum Göttlichen. Ich bin noch jung, mir kommt es wohl noch einmal, daß mich das Schicksal frägt, – und da werde ich des alten Handelsjuden Ephraim gedenken. – O pfui, wer seinen Umgang wollte richten nach dem äußeren Rang, von Vorurteilen sich wollte Fesseln lassen anlegen; und mit denen prangen! – Der einzige Stolz, den ich habe, der ist frei sein von ihnen, – und der schon auf andern Wegen seinen Vorteil sucht als in der heiligen Überzeugung seines Gewissens, der ist nicht mein Geselle. – Aber der Jude, der gibt mir keinen Anstoß, der ist frei von allem. –

Adieu. Bettine.

Noch eins setz' ich hier hin: alles, was Dir geschieht, soll Dein Geistesleben befördern, – so, auf die Weise begreif' meinen Umgang mit dem Juden.

Ausführlicher Briefbericht an die Frau Rat Goethe, den Bettina 1835 in »Goethes Briefwechsel mit einem Kinde« veröffentlicht hatte

An Goethes Mutter.

[...]

Über die Günderode ist mir am Rhein unmöglich zu schreiben, ich bin nicht so empfindlich, aber ich bin hier am Platz nicht weit genug von dem Gegenstand ab, um ihn ganz zu übersehen; – gestern war ich da unten, wo sie lag; die Weiden sind so gewachsen, daß sie den Ort ganz zudecken, und wie ich mir so dachte, wie sie voll Verzweiflung hier herlief und so rasch das gewaltige Messer sich in die Brust stieß, und wie das tagelang in ihr gekocht hatte, und ich, die so nah mit ihr stand, jetzt an demselben Ort, gehe hin und her an demselben Ufer, in süßem Überlegen meines Glückes, und alles und das Geringste, was mir begegnet, scheint mir mit zu dem Reichtum meiner Seligkeit zu gehören; da bin ich wohl nicht geeignet, jetzt alles zu ordnen und den einfachen Faden unseres Freundeslebens, von dem ich doch nur alles anspinnen könnte, zu verfolgen. – Nein, es kränkt mich, und ich mache ihr Vorwürfe, wie ich ihr damals in Träumen machte, daß sie die schöne Erde verlassen hat; sie hätt' noch lernen müssen, daß die Natur Geist und Seele hat und mit dem Menschen verkehrt und sich seiner und seines Geschickes annimmt, und daß Lebensverheißungen in den Lüften uns umwehen; ja, sie hat's bös' mit mir gemacht, sie ist mir geflüchtet, grade wie ich mit ihr teilen wollte alle Genüsse. Sie war so zaghaft; eine junge Stiftsdame, die sich fürchtete, das Tischgebet laut herzusagen; sie sagte mir oft, daß sie sich fürchtete, weil die Reihe an ihr war; sie wollte vor den Stiftsdamen das »Benedicite« nicht laut hersagen; unser Zusammenleben war schön, es war die erste Epoche, in der ich mich

Karoline von Günderrode

gewahr ward; – sie hatte mich zuerst aufgesucht in Offenbach, sie nahm mich bei der Hand und forderte, ich solle sie in der Stadt besuchen; nachher waren wir alle Tage beisammen, bei ihr lernte ich die ersten Bücher mit Verstand lesen, sie wollte mich Geschichte lehren, sie merkte aber bald, daß ich zu sehr mit der Gegenwart beschäftigt war, als daß mich die Vergangenheit hätte lange fesseln können; – wie gern ging ich zu ihr! Ich konnte sie keinen Tag mehr missen, ich lief alle Nachmittag' zu ihr; wenn ich an die Tür des Stifts kam, da sah ich durch das Schlüsselloch bis nach ihrer Tür, bis mir aufgetan ward; – ihre kleine Wohnung war ebner Erde nach dem Garten; vor dem Fenster stand eine Silberpappel, auf die kletterte ich während dem Vorlesen; bei jedem Kapitel erstieg ich einen höheren Ast und las von oben herunter; – sie stand am Fenster und hörte zu und sprach zu mir hinauf, und dann und wann sagte sie: Bettine, fall' nicht; jetzt weiß ich erst, wie glücklich ich in der damaligen Zeit war, denn weil alles, auch das Geringste, sich als Erinnerung von Genuß in mich geprägt hat; – sie war so sanft und weich in allen Zügen wie eine Blondine. Sie hatte braunes Haar, aber blaue Augen, die waren gedeckt mit langen Augenwimpern; wenn sie lachte, so war es nicht laut, es war vielmehr ein sanftes gedämpftes Girren, in dem sich Lust und Heiterkeit sehr vernehmlich aussprach; – sie ging nicht, sie wandelte, wenn man verstehen will, was ich damit auszusprechen meine; – ihr Kleid war ein Gewand, was sie in schmeichelnden Falten umgab, das kam von ihren weichen Bewegungen her; – ihr Wuchs war hoch, ihre Gestalt war zu fließend, als daß man es mit dem Wort schlank ausdrücken könnte; sie war schüchtern-freundlich und viel zu willenlos, als daß sie in der Gesellschaft sich bemerkbar gemacht hätte. Einmal aß sie bei dem Fürst Primas mit allen Stiftsdamen zu Mittag; sie war im schwarzen Ordenskleid mit langer Schleppe und weißem Kragen mit dem Ordenskreuz; da machte jemand die Bemerkung, sie sähe aus wie eine Scheingestalt unter den andern Damen, als ob sie ein Geist sei, der eben in der Luft zerfließen werde. – Sie las mir ihre Gedichte vor und freute sich meines Beifalls, als wenn ich ein großes Publikum wär'; ich war aber auch voll lebendiger Begierde, es anzuhören; nicht als ob ich mit dem Verstand das Gehörte gefaßt habe, – es war vielmehr ein mir unbekanntes Element, und die weichen Verse wirkten auf mich wie der Wohllaut einer fremden Sprache, die einem schmeichelt, ohne daß man sie übersetzen kann. – Wir lasen zusammen den »Werther« und sprachen viel über den Selbstmord; sie sagte: »Recht viel lernen, recht viel fassen mit dem Geist und dann früh sterben; ich mag's nicht erleben, daß mich die Jugend verläßt.« Wir lasen vom Jupiter Olymp des Phidias, daß die Griechen von dem sagten, der Sterbliche sei um das Herrlichste betrogen, der die Erde verlasse, ohne ihn gesehen zu haben. Die Günderode sagte, wir müssen ihn sehen, wir wollen nicht zu den Unseligen gehören, die so die Erde verlassen. Wir machten ein Reiseprojekt, wir erdachten unsre Wege und Abenteuer, wir schrieben alles auf, wir malten alles aus, unsre Einbildung war so geschäftig, daß wir's in der Wirklichkeit nicht besser hätten erleben können; oft lasen wir in dem erfundenen Reisejournal und freuten uns der allerliebsten Abenteuer, die wir drin erlebt hatten, und die Erfindung wurde gleichsam zur Erinnerung, deren Beziehungen sich noch in der Gegenwart fortsetzten. Von dem, was sich in der Wirklichkeit ereignete, machten wir uns keine Mitteilungen; das Reich, in dem wir zusammentrafen, senkte sich herab wie eine Wolke, die sich öffnete, um uns in ein verborgenes Paradies aufzunehmen; da war alles neu, überraschend, aber passend für Geist und Herz; und so vergingen die Tage. Sie wollte mir Philosophie lehren, was sie mir mitteilte, verlangte sie von mir aufgefaßt und dann auf meine Art schriftlich wiedergegeben; die Aufsätze, die ich ihr hierüber brachte, las sie mit Staunen; es war nie auch eine entfernte Ahnung von dem, was sie mir mitgeteilt hatte; ich behauptete im Gegenteil, so hätt' ich es verstanden; – sie nannte diese Aufsätze Offenbarungen, gehöht durch die süßesten Farben einer entzückten Imagination; sie sammelte sie sorgfältig, sie schrieb mir einmal: »Jetzt verstehst Du nicht, wie tief diese

Eingänge in das Bergwerk des Geistes führen, aber einst wird es Dir sehr wichtig sein, denn der Mensch geht oft öde Straßen; je mehr er Anlage hat durchzudringen, je schauerlicher ist die Einsamkeit seiner Wege, je endloser die Wüste. Wenn Du aber gewahr wirst, wie tief Du Dich hier in den Brunnen des Denkens niedergelassen hast, und wie Du da unten ein neues Morgenrot findest und mit Lust wieder heraufkömmst und von Deiner tieferen Welt sprichst, dann wird Dich's trösten, denn die Welt wird nie mit Dir zusammenhängen, Du wirst keinen andern Ausweg haben, als zurück durch diesen Brunnen in den Zaubergarten Deiner Phantasie; es ist aber keine Phantasie, es ist eine Wahrheit, die sich nur in ihr spiegelt. Der Genius benutzt die Phantasie, um unter ihren Formen das Göttliche, was der Menschengeist in seiner idealen Erscheinung nicht fassen könnte, mitzuteilen oder einzuflößen, ja Du wirst keinen andern Weg des Genusses in Deinem Leben haben, als den sich die Kinder versprechen von Zauberhöhlen, von tiefen Brunnen; wenn man durch sie gekommen, so findet man blühende Gärten, Wunderfrüchte, kristallne Paläste, wo eine noch unbegriffne Musik erschallt und die Sonne mit ihren Strahlen Brücken baut, auf denen man festen Fußes in ihr Zentrum spazieren kann; – das alles wird sich Dir in diesen Blättern zu einem Schlüssel bilden, mit dem Du vielleicht tief versunkene Reiche wieder aufschließen kannst, drum verliere mir nichts und wehre auch nicht solchen Reiz, der Dich zum Schreiben treibt, sondern lerne mit Schmerzen denken, ohne welche nie der Genius in den Geist geboren wird; – wenn er erst in Dich eingefleischt ist, dann wirst Du Dich der Begeistrung freuen, wie der Tänzer sich der Musik freut.«

Mit solchen wunderbaren Lehren hat die Günderode die Unmündigkeit meines Geistes genährt. Ich war damals bei der Großmutter in Offenbach, um auf vier Wochen wegen meiner schwankenden Gesundheit die Landluft zu genießen; auf welche Weise berührten mich denn solche Briefe? – Verstand ich ihren Inhalt? – Hatte ich einen Begriff von dem, was ich geschrieben hatte? Nein; ich wußte mir so wenig den Text meiner schriftlichen Begeistrungen auszulegen, als sich der Komponist den Text seiner Erfindungen begreiflich machen kann; er wirft sich in ein Element, was höher ist als er; es trägt ihn, es nährt ihn, seine Nahrung wird Inspiration, sie reizt, sie beglückt, ohne daß man sie sinnlich auszulegen vermöchte, obschon die Fähigkeiten durch sie gesteigert, der Geist gereinigt, die Seele gerührt wird. So war es auch zwischen mir und der Freundin: die Melodien entströmten meiner gereizten Phantasie, sie lauschte und fühlte unendlichen Genuß dabei und bewahrte, was, wenn es mir geblieben wär', nur störend auf mich gewirkt haben würde; – sie nannte mich oft die Sibylle, die ihre Weissagungen nicht bewahren dürfe; ihre Aufforderungen reizten mich, und doch hatte ich eine Art Furcht; mein Geist war kühn, und mein Herz war zaghaft; ja, ich hatte ein wahres Ringen in mir; – ich wollte schreiben, ich sah in ein unermeßliches Dunkel, ich mußte mich auch äußerlich vom Licht entfernen; am liebsten war mir, wenn ich die Fenster verhing und doch durchsah, daß draußen die Sonne schien; ein Blumenstrauß, dessen Farben sich durch die Dämmerung stahlen, der konnte mich fesseln und von der innern Angst befreien, so daß ich mich vergaß, während ich in die schattigflammenden Blumenkelche sah und Duft und Farbe und Formen gleichsam ein Ganzes bildeten; Wahrheiten hab' ich da erfahren, von denen ich ausging in meinen Träumereien, und die mir plötzlich den gebundenen Geist lösten, daß ich ruhig und gelassen das, was mir ahndete, fassen und aussprechen konnte; – indem ich den Blumenstrauß, der nur durch eine Spalte im Fensterladen erleuchtet war, betrachtete, erkannte ich die Schönheit der Farbe, das Übermächtige der Schönheit; die Farbe war selbst ein Geist, der mich anredete wie der Duft und die Form der Blumen; – das erste, was ich durch sie vernahm, war, daß alles in den Naturgebilden durch das Göttliche erzeugt sei, daß Schönheit der göttliche Geist sei im Mutterschoß der Natur erzeugt; daß die Schönheit größer sei wie der Mensch, daß aber die Erkenntnis allein die Schönheit des freien Menschengeistes sei, die höher ist als alle leibliche Schönheit. – O, ich brauchte mich hier nur in den Brunnen niederzulassen, so könnte ich vielleicht wieder sagen alles, was ich durch die Gespräche mit der Farbe und den Formen und dem Duft des Blumenstraußes erfuhr; ich könnte auch noch mehr sagen, was wunderlich und wunderbar genug klingt; ich müßte fürchten, es würde nicht geglaubt oder für Wahnsinn und Unsinn geachtet; – warum soll ich's aber hier verhehlen? Der's lesen wird, dem wird es einleuchten, er hat oft die wunderbaren Phänomene des Lichtes beobachtet, wie sie durch Farbe und zufällige oder besondere Formen neue Erscheinungen bildeten. – So war's in meiner Seele damals, so ist es auch jetzt. Das große und scharfe Auge des Geistes war vom innern Lichtstrahl gefangen genommen, es mußte ihn einsaugen, ohne sich durch selbstische Reflexion davon ablösen zu können; der Freund weiß ja, was dieses Gebanntsein im Blick auf einen Lichtstrahl – Farbengeist – für Zauberei hervorbringt, und er weiß auch, daß der Schein hier kein Schein ist, sondern Wahrheit. –

Trat ich aus dieser innern Anschauung hervor, so war ich geblendet; ich sah Träume, ich ging ihren Verhältnissen nach, das machte im gewöhnlichen Leben keinen Unterschied, in dies paßte ich ohne Anstoß, weil ich mich in ihm nicht bewegte; aber ohne Scheu sag' ich es meinem Herrn, der den Segen hier über sein Kind sprechen möge: ich hatte eine innre Welt und geheime Fähigkeiten, Sinne, mit denen ich in ihr lebte; mein Auge sah deutlich große Erscheinungen, so wie ich es zumachte; – ich sah die Himmelskugel, sie drehte sich vor mir in unermeßlicher Größe um, so daß ich ihre Grenze nicht sah, aber doch eine Empfindung von ihrer Rundung hatte; das Sternenheer zog auf dunklem Grund an mir vorüber, die Sterne tanzten in reinen geistigen Figuren, die ich als Geist begriff; es stellten sich Monumente auf von Säulen und Gestalten, hinter denen die Sterne wegzogen; die Sterne tauchten unter in einem Meer von Farben; es blühten Blumen auf, sie wuchsen empor bis in die Höhe; ferne goldne Schatten deckten sie vor einem höheren weißen Licht, und so zog in dieser Innenwelt eine Erscheinung nach der anderen herauf; dabei fühlten meine Ohren ein feines silbernes Klingen, allmählich wurde es ein Schall, der größer war und gewaltiger, je länger ich ihm lauschte, ich freute mich, denn es stärkte mich, es stärkte meinen Geist, diesen großen Ton in meinem Gehör zu beherbergen; öffnete ich die Augen, so war alles nichts, so war alles ruhig, und ich empfand keine Störung, nur konnte ich die sogenannte wirkliche Welt, in der die andern Menschen sich auch zu befinden behaupten, nicht mehr von dieser Traum- oder Phantasiewelt unterscheiden; ich wußte nicht, welche Wachen oder Schlafen war, ja zuletzt glaubte ich immer mehr, daß ich das gewöhnliche Leben nur träume, und ich muß es noch heute unentschieden lassen und werde nach Jahren noch daran zweifeln; dieses Schweben und Fliegen war mir gar zu gewiß; ich war innerlich stolz darauf und freute mich dieses Bewußtseins; ein einziger elastischer Druck mit der Spitze der Fußzehen – und ich war in Lüften; ich schwebte leise und anmutig zwei, drei Fuß über der Erde, aber ich berührte sie gleich wieder und flog wieder auf – und schwebte auf die Seite, von da wieder zurück; so tanzte ich im Garten im Mondschein hin und her, zu meinem unaussprechlichen Vergnügen; ich schwebte über die Treppen herab oder herauf, zuweilen hob ich mich zur Höhe der niedern Baumäste und schwirrte zwischen den Zweigen dahin; morgens erwachte ich in meinem Bett mit dem Bewußtsein, daß ich fliegen könne, am Tag aber vergaß ich's. – Ich schrieb an die Günderode, ich weiß nicht was, sie kam heraus nach Offenbach, sah mich zweifelhaft an, tat befremdende Fragen über mein Befinden, ich sah im Spiegel: schwärzer waren die Augen wie je, die Züge hatten sich unendlich verfeinert, die Nase so schmal und fein, der Mund geschwungen, eine äußerst weiße Farbe; ich freute mich und sah mit Genuß meine Gestalt, die Günderode sagte, ich sollte nicht so lang mehr allein bleiben, und nahm mich mit in die Stadt; da waren wenige Tage verflossen, so hatte ich das Fieber; ich legte mich zu Bett und schlief und weiß auch nichts, als daß ich nur schlief: endlich erwachte ich und es war am vierzehnten Tag, nachdem ich mich gelegt hatte; indem ich die Augen öffnet', sah ich ihre schwanke Gestalt im Zimmer auf- und abgehen und die Hände ringen; »aber Günderode«, sagt' ich, »warum weinst Du?« »Gott sei ewig gelobt«, sagte sie, und kam an mein Bett, »bist Du endlich wieder wach, bist Du endlich wieder ins Bewußtsein gekommen?« – Von der Zeit an wollte sie mich nichts Philosophisches lesen lassen, und auch keine Aufsätze sollte ich mehr machen; sie war fest überzeugt, meine Krankheit sei davon hergekommen; ich hatte großes Wohlgefallen an meiner Gestalt, die Blässe, die von meiner Krankheit zurückgeblieben war, gefiel mir unendlich; meine Züge erschienen mir sehr bedeutend, die großgewordenen Augen herrschten, und die anderen Gesichtsteile verhielten sich geistig leidend; ich fragte die Günderode, ob nicht darin schon die ersten Spuren einer Verklärung sich zeigten.

Hier hab' ich abgebrochen und hab' viele Tage nicht geschrieben; es stieg so ernst und schwer herauf, der Schmerz ließ sich nicht vom Denken bemeistern; ich bin noch jung, ich kann's nicht durchsetzen, das Ungeheure. Unterdessen hat man den Herbst eingetan, der Most wurde vom laubbekränzten Winzervolk unter Jubelgesang die Berge herabgefahren und getragen, und sie gingen mit der Schalmei voran und tanzten. O du – der du dieses liest, du hast keinen Mantel so weich, um die verwundete Seele drin einzuhüllen. Was bist du mir schuldig? – Dem ich Opfer bringe wie dies, daß ich dich die Hand in die Wunden legen lasse. – Wie kannst du mir vergelten? – Du wirst mir nimmer vergelten; du wirst mich nicht locken und an dich ziehen, und weil ich kein Obdach in der Liebe habe, wirst du mich nicht herbergen, und der Sehnsucht wirst du keine Linderung gewähren; ich weiß es schon im voraus, ich werd' allein sein mit mir selber, wie ich heut' allein stand am Ufer bei den düstern Weiden, wo die Todesschauer noch wehen über den Platz, da kein Gras mehr wächst; dort hat sie den schönen Leib verwundet grad' an der Stelle, wo sie's gelernt hatte, daß man da das Herz am sichersten trifft; o Jesus Maria! –

Du! Mein Herr! – Du! – Flammender Genius über mir! Ich hab' geweint; nicht über sie, die ich verloren habe, die wie warme frühlingbrütende Lüfte mich umgab; die mich schützte, die mich begeisterte, die mir die Höhe meiner eignen Natur als Ziel vertraute; ich hab' geweint um mich, mit mir; hart muß ich werden wie Stahl, gegen mich, gegen das eigne Herz; ich darf es nicht beklagen, daß ich nicht geliebt werde, ich muß streng sein gegen dies leidenschaftliche Herz; es hat kein Recht zu fordern, nein, es hat kein Recht; – Du bist mild und lächelst mir, und Deine kühle Hand mildert die Glut meiner Wangen, das soll mir genügen.

Gestern waren wir im laubbekränzten Nachen den Rhein hinabgefahren, um die hundertfältige Feier des Weinfestes an beiden Bergufern mitanzusehen; auf unserem Schiff waren lustige Leute, sie schrieben weinbegeisterte Lieder und Sprüche, steckten sie in die geleerten Flaschen und ließen diese unter währendem Schießen den Rhein hinabschwimmen; auf allen Ruinen waren große Tannen aufgepflanzt, die bei einbrechender Dämmerung angezündet wurden; auf dem Mäuseturm, mitten im stolzen Rhein ragten zwei mächtige Tannen empor, ihre flammenden durchbrannten Äste fielen herab in die zischende Flut, von allen Seiten donnerten sie und warfen Raketen, und schöne Sträußer von Leuchtkugeln stiegen jungfräulich in die Lüfte und auf den Nachen sang man Lieder, und im Vorbeifahren warf man sich Kränze zu und Trauben; da wir nach Hause kamen, so war's spät, aber der Mond leuchtete hell; ich sah zum Fenster hinaus und hörte noch jenseits das Toben und Jauchzen der Heimkehrenden, und diesseits, nach der Seite, wo sie tot am Ufer gelegen hatte, war alles still, ich dacht', da ist keiner mehr, der nach ihr frägt, und ich ging hin, nicht ohne Grausen, nein, mir war bang, wie ich von weitem die Nebel über den Weidenbüschen wogen sah, da wär' ich bald wieder umgekehrt, es war mir, als sei sie es selbst, die da schwebte und wogte und sich ausdehnte; ich ging hin, aber ich betete unterwegs, daß mich Gott doch schützen möge; – schützen? – Vor was? Vor einem Geist, dessen Herz voll liebendem Willen gewesen war gegen mich im Leben; und nun er des irdischen Leibs entledigt ist, soll ich ihn fürchtend fliehen? – Ach, sie hat vielleicht einen beßren Teil ihres geistigen Vermögens auf mich vererbt seit ihrem Tod. Vererben doch die Voreltern auf ihre Nachkommen, warum nicht die Freunde? – Ich weiß nicht, wie weh mir ist! – Sie, die freundlich Klare, hat meinen Geist vielleicht beschenkt. Wie ich von ihrem Grab zurückkam, da fand ich Leute, die nach ihrer Kuh suchten, die sich verlaufen hatte, ich ging mit ihnen; sie ahndeten gleich, daß ich von dort her kam, sie wußten viel von der Günderode zu erzählen, die oft freundlich bei ihnen eingesprochen und ihnen Almosen gegeben hatte; sie sagten, sooft sie dort vorbeigehen, beten sie ein Vaterunser; ich hab' auch dort gebetet zu und um ihre Seele und hab' mich vom Mondlicht reinwaschen lassen und hab' es ihr laut gesagt, daß ich mich nach ihr sehne, nach jenen Stunden, in denen wir Gefühl und Gedanken harmlos gegeneinander austauschten.

Sie erzählte mir wenig von ihren sonstigen Angelegenheiten, ich wußte nicht, in welchen Verbindungen sie noch außer mir war; sie hatte mir zwar von Daub in Heidelberg gesprochen und auch von Creuzer, aber ich wußte von keinem, ob er ihr lieber sei als der andre; einmal hatte ich von andern davon gehört, ich glaubte es nicht, einmal kam sie mir freudig entgegen und sagte: »Gestern hab' ich einen Chirurg gesprochen, der hat mir gesagt, daß es sehr leicht ist, sich umzubringen«, sie öffnete hastig ihr Kleid und zeigte mir unter der schönen Brust den Fleck; ihre Augen funkelten freudig; ich starrte sie an, es ward mir zum erstenmal unheimlich, ich fragte: »Nun! – Und was soll ich denn tun, wenn Du tot bist? –« »O«, sagte sie, »dann ist Dir nichts mehr an mir gelegen, bis dahin sind wir nicht mehr so eng verbunden, ich werd' mich erst mit Dir entzweien.« – Ich wendete mich nach dem Fenster, um meine Tränen, mein vor Zorn klopfendes Herz zu verbergen, sie hatte sich nach dem andern Fenster gewendet und schwieg; – ich sah sie von der Seite an, ihr Auge war gen Himmel gewendet, aber der Strahl war gebrochen, als ob sich sein ganzes Feuer nach innen gewendet habe; – nachdem ich sie eine Weile beobachtet hatte, konnt' ich mich nicht mehr fassen, – ich brach in lautes Schreien aus, ich fiel ihr um den Hals und riß sie nieder auf den Sitz und setzte mich auf ihre Knie und weinte viel Tränen und küßte sie zum *erstenmal* an ihrem Mund und riß ihr das Kleid auf und küßte sie an die Stelle, wo sie gelernt hatte, das Herz treffen; und ich bat mit schmerzlichen Tränen, daß sie sich meiner erbarme, fiel ihr wieder um den Hals und küßte ihre Hände, die waren kalt und zitterten, ihre Lippen zuckten, sie war ganz kalt, starr und totenblaß und konnte die Stimme nicht erheben; sie sagte leise: »Bettine, brich mir das Herz nicht«; – ach, da wollte ich mich aufreißen und wollte ihr nicht wehtun; ich lächelte und weinte und schluchzte laut, ihr schien immer banger zu werden, sie legte sich aufs Sofa; da wollt' ich scherzen und wollte ihr beweisen, daß ich alles für Scherz nehme; da sprachen wir von ihrem Testament; sie vermachte einem jeden etwas; mir vermachte sie einen kleinen Apoll unter einer Glasglocke, dem sie einen Lorbeerkranz umgehängt hatte; ich schrieb alles auf; im Nachhausegehen machte ich mir Vorwürfe, daß ich so aufgeregt gewesen war; ich fühlte, daß es doch nur Scherz gewesen war oder auch Phantasie, *die in ein Reich gehört, welches nicht in der Wirklichkeit seine Wahrheit behauptet*; ich fühlte, daß ich Unrecht gehabt hatte und nicht sie, die ja oft auf diese Weise mit mir gesprochen hatte. Am andern Tag führte ich ihr einen jungen französischen Husarenoffizier zu mit hoher Bärenmütze; es war der Wilhelm von Türkheim, der schönste aller Jünglinge, das wahre Kind voll Anmut und Scherz; er war unvermutet gekommen; ich sagte: »Da hab' ich Dir einen Liebhaber gebracht, der soll Dir das Leben wieder lieb machen.« Er vertrieb uns allen die Melancholie; wir scherzten und machten Verse, und da der schöne Wilhelm die schönsten gemacht zu haben behauptete, so wollte die Günderode, ich sollte ihm den Lorbeerkranz schenken; ich wollte mein Erbteil nicht geschmälert wissen, doch mußt' ich ihm endlich die Hälfte des Kranzes lassen; so hab' ich denn nur die eine Hälfte. Einmal kam ich zu ihr, da zeigte sie mir einen Dolch mit silbernem Griff, den sie auf der Messe gekauft hatte, sie freute sich über den schönen Stahl und über seine Schärfe; ich nahm das Messer in die Hand und probte es am Finger, da floß gleich Blut, sie erschrak, ich sagte: »O Günderode, du bist so zaghaft und kannst kein Blut sehen und gehest immer mit einer Idee um, die den höchsten Mut voraussetzt, ich hab' noch das Bewußtsein, daß ich eher vermögend wär', etwas zu wagen, obschon ich mich nie umbringen würde; aber mich und dich in einer Gefahr zu verteidigen, dazu hab' ich Mut; und wenn ich jetzt mit dem Messer auf dich eindringe – siehst du, wie du dich fürchtest?« – Sie zog sich ängstlich zurück; der alte Zorn regte sich wieder in mir unter der Decke des glühendsten Mutwills; ich ging immer ernstlicher auf sie ein, sie lief in ihr Schlafzimmer hinter einen ledernen Sessel, um sich zu sichern; ich stach in den Sessel, ich riß ihn mit vielen Stichen in Stücke, das Roßhaar flog hier und dahin in der Stube, sie stand flehend hinter dem Sessel und bat, ihr nichts zu tun; – ich sagte: »Eh' ich dulde, daß du dich umbringst, tu' ich's lieber selbst.« »Mein armer Stuhl!« rief sie. »Ja was, dein Stuhl, der soll den Dolch stumpf machen.« Ich gab ihm ohne Barmherzigkeit Stich auf Stich, das ganze Zimmer wurde eine Staubwolke, so warf ich den Dolch weit in die Stube, daß er prasselnd unter das Sofa fuhr; ich nahm sie bei der Hand und führte sie in den Garten in die Weinlaube, ich riß die jungen Weinreben ab und warf sie ihr vor die Füße; ich trat darauf und sagte: »So mißhandelst du unsre Freundschaft.« – Ich zeigte ihr die Vögel auf den Zweigen, und daß wir wie jene, spielend, aber treu gegeneinander bisher zusammengelebt hätten. Ich sagte: »Du kannst sicher auf mich bauen, es ist keine Stunde in der Nacht, die, wenn du mir deinen Willen kund tust, mich nur einen Augenblick besinnen machte; – komm vor mein Fenster und pfeif um Mitternacht, und ich geh' ohne Vorbereitung mit dir um die Welt. Und was ich für mich nicht wagte, das wag' ich für dich; – aber du? – Was berechtigt dich mich aufzugeben? – Wie kannst du solche Treue verraten, und versprich mir, daß du nicht mehr deine zaghafte Natur hinter so grausenhaft prahlerische Ideen verschanzen willst.« – Ich sah sie an, sie war beschämt und senkte den Kopf und sah auf die Seite und war blaß; wir waren beide still, lange Zeit. »Günderode«, sagte ich, »wenn es ernst ist, dann gib mir ein Zeichen«; – sie nickte. Sie reiste ins Rheingau; von dort aus schrieb sie mir ein paarmal, wenig Zeilen; – ich hab' sie verloren, sonst würde ich sie hier einschalten. Einmal schrieb sie: »Ist man allein am Rhein, so wird man ganz traurig, aber mit mehreren zusammen, da sind grade die schauerlichsten Plätze am lustaufreizendsten: mir aber ist doch lieb, den weiten gedehnten Purpurhimmel am Abend allein zu begrüßen, da dichte ich im Wandeln an einem Märchen, das will ich Dir vorlesen; ich bin jeden Abend begierig, wie es weiter geht, es wird manchmal recht schaurig, und dann taucht es wieder auf.« Da sie wieder zurückkam und ich das Märchen lesen wollte, sagte sie: »Es ist so traurig geworden, daß ich's nicht lesen kann; ich darf nichts mehr davon hören, ich kann es nicht mehr weiter schreiben: ich werde krank davon.« Sie legte sich zu Bett und blieb mehrere Tage liegen, der Dolch lag an ihrem Bett; ich achtete nicht darauf, die Nachtlampe stand dabei, ich kam herein: »Bettine, mir ist vor drei Wochen eine Schwester gestorben; sie war jünger als ich, du hast sie nie gesehen; sie starb an der schnellen Auszehrung.« – »Warum sagst du mir dies heute erst«, fragte ich. – »Nun, was könnte dich dies interessieren? Du hast sie nicht gekannt, ich muß so was allein tragen«, sagte sie mit trocknen Augen. Mir war dies doch etwas sonderbar, mir jungen Natur waren alle Geschwister so lieb, daß ich glaubte, ich würde verzweifeln müssen, wenn einer stürbe, und daß ich mein Leben für jeden gelassen hätte. Sie fuhr fort:

»Nun denk'! Vor drei Nächten ist mir dies
erschienen; ich lag im Bett und die Nachtlampe b
jenem Tisch; sie kam herein in weißem Gewand,
und blieb an dem Tisch stehen; sie wendete den K
mir, senkte ihn und sah mich an; erst war ich ersch
aber bald war ich ganz ruhig, ich setzte mich im Bett a
mich zu überzeugen, daß ich nicht schlafe. Ich sah sie a
und es war, als ob sie etwas bejahend nickte; sie nahm
den Dolch, hob ihn gen Himmel mit der rechten Hand, al
sie mir ihn zeigen wolle, legte ihn wieder sanft und klang
nieder; dann nahm sie die Nachtlampe, hob sie auch in d
Höhe und zeigte sie mir, und als ob sie mir bezeichnen wolle, daß ich sie verstehe, nickte sie sanft, führte die Lampe zu ihren Lippen und hauchte sie aus; denk' nur«, sagte sie voll Schauder, »ausgeblasen; – im Dunkel hatte mein Auge noch das Gefühl von ihrer Gestalt; da hat mich plötzlich eine Angst befallen, die ärger sein muß, als wenn man mit dem Tod ringt; ja, denn ich wär' lieber gestorben, als noch länger diese Angst zu tragen.«

Ich war gekommen, um Abschied zu nehmen, weil ich mit Savigny nach Marburg reisen wollte, aber nun wollte ich bei ihr bleiben. »Reise nur fort«, sagte sie, »denn ich reise auch übermorgen wieder ins Rheingau.« – So ging ich denn weg. – »Bettine«, rief sie mir in der Tür zu, »behalt diese Geschichte, sie ist doch merkwürdig!« Das waren ihre letzten Worte. In Marburg schrieb ich ihr oft ins Rheingau von meinem wunderlichen Leben; – ich wohnte einen ganzen Winter am Berg dicht unter dem alten Schloß, der Garten war mit der Festungsmauer umgeben, aus den Fenstern hatt' ich eine weite Aussicht über die Stadt und das reich bebaute Hessenland; überall ragten die gotischen Türme aus den Schneedekken hervor; aus meinem Schlafzimmer ging ich in den Berggarten, ich kletterte über die Festungsmauer und stieg durch die verödeten Gärten; – wo sich die Pförtchen nicht aufzwingen ließen, da brach ich durch die Hecken, – da saß ich auf der Steintreppe, die Sonne schmolz den Schnee zu meinen Füßen,

Garten umgab, war eine Turmwarte, eine zerbrochne Leiter stand drin; – dicht bei uns war eingebrochen worden, man konnte den Spitzbuben nicht auf die Spur kommen, man glaubte, sie versteckten sich auf jenem Turm; ich hatte ihn bei Tag in Augenschein genommen und erkannt, daß es für einen starken Mann unmöglich war, an dieser morschen, beinah' stufenlosen himmelhohen Leiter hinaufzuklimmen; ich versuchte es, gleitete aber wieder herunter, nachdem ich eine Strecke hinaufgekommen war; in der Nacht, nachdem ich schon eine Weile im Bett gelegen hatte und Meline schlief, ließ es mir keine Ruhe; ich warf ein Überkleid um, stieg zum Fenster hinaus und ging an dem alten Marburger Schloß vorbei, da guckte der Kurfürst Philipp mit der Elisabeth lachend zum Fenster heraus; ich hatte diese Steingruppe, die beide Arm in Arm sich weit aus dem Fenster lehnen, als wollten sie ihre Lande übersehen, schon oft bei Tage betrachtet, aber jetzt bei Nacht fürchtete ich mich so davor, daß ich in hohen Sprüngen davoneilte in den Turm; dort ergriff ich eine Leiterstange und half mir, Gott weiß wie, daran hinauf; was mir bei Tage nicht möglich war, gelang mir bei Nacht in der schwebenden Angst meines Herzens; wie ich beinah' oben war, machte ich Halt; ich überlegte, wie die Spitzbuben wirklich oben sein könnten und da mich überfallen und von der Warte hinunterstürzen; da hing ich und wußte nicht hinunter oder herauf, aber die frische Luft, die ich witterte, lockte mich nach oben – wie war mir da, wie ich plötzlich durch Schnee und Mondlicht die weitverbreitete Natur überschaute, allein und gesichert, das große Heer der Sterne über mir! – So ist es nach dem Tod, die freiheitstrebende Seele, der der Leib am angstvollsten lastet, im Augenblick, da sie ihn abwerfen will; sie siegt endlich und ist der Angst erledigt; – da hatte ich bloß das Gefühl, allein zu sein, da war kein Gegenstand, der mir näher war als meine Einsamkeit, und alles mußte vor dieser Beseligung zusammensinken; – ich schrieb der Günderode, daß wieder einmal mein ganzes Glück von der Laune dieser Grille abhänge; ich schrieb ihr jeden Tag, was ich auf der freien Warte mache und denke, ich setzte mich auf die Brustmauer und hing die Beine hinab. – Sie wollte immer mehr von diesen Turmbegeistrungen, sie sagte: »Es ist mein Labsal, du sprichst wie ein auferstandner Prophet!« – Wie ich ihr aber schrieb, daß ich auf der Mauer, die kaum zwei Fuß breit war, im Kreis herumlaufe und lustig nach den Sternen sehe, und daß mir zwar am Anfang geschwindelt habe, daß ich jetzt aber ganz keck und wie am Boden mich da oben befinde – da schrieb sie: »Um Gottes willen falle nicht, ich hab's noch nicht herauskriegen können, ob du das Spiel böser oder guter Dämonen bist.« – »Falle nicht«, schrieb sie mir wieder, »obschon es mir wohltätig war, deine Stimme von oben herab über den Tod zu vernehmen, so fürchtete ich nichts mehr, als daß du elend und *unwillkürlich* zerschmettert ins Grab stürzest«; – ihre Vermahnungen aber erregten mir keine Furcht und keinen Schwindel, im Gegenteil war ich tollkühn; ich wußte Bescheid, ich hatte die triumphierende Überzeugung, daß ich von Geistern geschützt sei. Das Seltsame war, daß ich's oft vergaß, daß es mich oft mitten aus dem Schlaf weckte und ich noch in unbestimmter Nachtzeit hineilte, daß ich auf dem Hinweg immer Angst hatte und auf der Leiter, jeden Abend wie den ersten, daß ich oben allemal die Beseligung einer von schwerem Druck befreiten Brust empfand; – oben, wenn Schnee lag, schrieb ich der Günderode ihren Namen hinein und: »Jesus nazarenus rex judaeorum« als schützenden Talisman darüber, da war mir, als sei sie gesichert gegen böse Eingebungen.

Jetzt kam Creuzer nach Marburg, um Savigny zu besuchen. Häßlich wie er war, war es zugleich unbegreiflich, daß er ein Weib interessieren könne; ich hörte, daß er von der Günderode sprach, in Ausdrücken, als ob er ein Recht an ihre Liebe habe; ich hatte in meinem von allem äußeren Einfluß abgeschiednen Verhältnis zu ihr früher nichts davon geahndet und war im Augenblick aufs heftigste eifersüchtig; er nahm in meiner Gegenwart ein kleines Kind auf den Schoß und sagte: »Wie heißt du?« – »Sophie.« »Nun, du sollst, solange ich hier bin, Karoline heißen; Karoline gib mir einen Kuß.« Da ward ich zornig, ich riß ihm das Kind vom Schoß und trug es hinaus, fort durch den Garten auf den Turm; da oben stellte ich es in den Schnee neben ihren Namen und legte mich mit dem glühenden Gesicht hinein und weinte laut und das Kind weinte mit, und da ich herunter kam, begegnete mir Creuzer; ich sagte: »Weg aus meinem Weg, fort.« Der Philolog konnte sich einbilden, daß Ganymed ihm die Schale des Jupiters reichen werde. – Es war in der Neujahrsnacht; ich saß auf meiner Warte und schaute in die Tiefe; alles war so still – kein Laut bis in die weiteste Ferne, und ich war betrübt um die Günderode, die mir keine Antwort gab; die Stadt lag unter mir, auf einmal schlug es Mitternacht, – da stürmte es herauf, die Trommeln rührten sich, die Posthörner schmetterten, sie lösten ihre Flinten, sie jauchzten, die Studentenlieder tönten von allen Seiten, es stieg der Jubellärm, daß er mich beinah' wie ein Meer umbrauste; – das vergesse ich nie, aber sagen kann ich auch nicht, wie mir so wunderlich war da oben auf schwindelnder Höhe, und wie es allmählich wieder still ward und ich mich ganz allein empfand. Ich ging zurück und schrieb an die Günderode; vielleicht finde ich den Brief noch unter meinen Papieren, dann will ich ihn beilegen; ich weiß, daß ich ihr die heißesten Bitten tat, mir zu antworten; ich schrieb ihr von diesen Studentenliedern, wie die gen Himmel geschallt hätten und mir das tiefste Herz aufgeregt; ja, ich legte meinen Kopf auf ihre Füße und bat um Antwort und wartete mit heißer Sehnsucht acht Tage, aber nie erhielt ich eine Antwort; ich war blind, ich war taub, ich ahndete nichts. Noch zwei Monate gingen vorüber – da war ich wieder in Frankfurt – ich lief ins Stift, machte die Tür auf: siehe da stand sie und sah mich an; kalt, wie es schien; »Günderod'«, rief ich, »darf ich hereinkommen?« – Sie schwieg und wendete sich ab; »Günderod', sag' nur ein Wort und ich lieg' an deinem Herzen.« »Nein«, sagte sie, »komme nicht näher, kehre wieder um, wir müssen uns doch trennen.« – »Was heißt das?« – »So viel, daß wir uns ineinander geirrt haben, und daß wir nicht zusammengehören.« – Ach, ich wendete um! Ach, erste Verzweiflung, erster grausamer Schlag, so empfindlich für ein junges Herz! Ich, die nichts kannte wie die Unterwerfung, die Hingebung in dieser Liebe, mußte so zurückgewiesen werden. – Ich lief nach Haus zur Meline, ich bat sie mitzugehen zur Günderode, zu sehen, was ihr fehle, sie zu bewegen, mir einen Augenblick ihr Angesicht zu gönnen; ich dachte, wenn ich sie nur einmal ins Auge fassen könne, dann wolle ich sie zwingen; ich lief über die Straße, vor der Zimmertür blieb ich stehen, ich ließ die Meline allein zu ihr eintreten, ich wartete, ich zitterte und rang die Hände in dem kleinen engen Gang, der mich so oft zu ihr geführt hatte; – die Meline kam heraus mit verweinten Augen, sie zog mich schweigend mit sich fort; – einen Augenblick hatte mich der Schmerz übermannt, aber gleich stand ich wieder auf den Füßen; nun! dacht' ich, wenn das Schicksal mir nicht schmeicheln will, so wollen wir Ball mit ihm spielen; ich war heiter, ich war lustig, ich war überreizt, aber in Nächten weinte ich im Schlaf. – Am zweiten Tag ging ich des Wegs, wo ihre Wohnung war, da sah ich die Wohnung von Goethes Mutter, die ich nicht näher kannte und nie besucht hatte; ich trat ein. »Frau Rat«, sagte ich, »ich will Ihre Bekanntschaft machen, mir ist eine Freundin in der Stiftsdame Günderode verloren gegangen, und die sollen Sie mir ersetzen.« – »Wir wollen's versuchen«, sagte sie, und so kam ich alle Tage und setzte mich auf den Schemel und ließ mir von ihrem Sohn erzählen und schrieb's alles auf und schickte es der Günderode; – wie sie in's Rheingau ging, sendete sie mir die Papiere zurück; die Magd, die sie mir brachte, sagte, es habe der Stiftsdame heftig das Herz geklopft, da sie ihr die Papiere gegeben, und auf ihre Frage, was sie bestellen solle, habe sie geantwortet: »Nichts.« –

Es vergingen vierzehn Tage, da kam Fritz Schlosser; er bat mich um ein paar Zeilen an die Günderode, weil er ins Rheingau reisen werde und wolle gern ihre Bekanntschaft machen. Ich sagte, daß ich mit ihr brouilliert sei, ich bäte ihn aber, von mir zu sprechen und achtzugeben, was es für einen Eindruck auf sie mache. – »Wann gehen Sie hin«, sagte ich, »morgen?« – »Nein, in acht Tagen.« – »O, gehen Sie morgen, sonst treffen Sie sie nicht mehr; – am Rhein ist's so melancholisch«, sagte ich scherzend, »da könnte sie sich ein Leid's antun«; – Schlosser sah mich ängstlich an. »Ja, ja«, sagte ich mutwillig, »sie stürzt sich ins Wasser oder ersticht sich aus bloßer Laune.« – »Freveln Sie nicht«, sagte Schlosser, und nun frevelte ich erst recht: »Geben Sie acht, Schlosser, Sie finden sie nicht mehr, wenn Sie nach alter Gewohnheit zögern, und ich sage Ihnen, gehen Sie heute lieber wie morgen und retten Sie sie von unzeitiger melancholischer Laune«; – und im Scherz beschrieb ich sie, wie sie sich umbringen werde, im roten Kleid, mit aufgelöstem Schnürband, dicht unter der Brust die Wunde; das nannte man tollen Übermut von mir, es war aber bewußtloser Überreiz, indem ich die Wahrheit vollkommen genau beschrieb. – Am andern Tag kam Franz und sagte: »Mädchen, wir wollen ins Rheingau gehen, da kannst du die Günderode besuchen.« – »Wann?« fragte ich. – »Morgen«, sagte er; – ach, ich packte mit Übereile ein, ich konnte kaum erwarten, daß wir gingen; alles, was ich begegnete, schob ich hastig aus dem Weg, aber es vergingen mehrere Tage, und es ward die Reise immer verschoben; endlich, da war meine Lust zur Reise in tiefe Trauer verwandelt, und ich wär' lieber zurückgeblieben. – Da wir in Geisenheim ankamen, wo wir übernachteten, lag ich im Fenster und sah ins mondbespiegelte Wasser; meine Schwägerin Toni saß am Fenster; die Magd, die den Tisch deckte, sagte: »Gestern hat sich auch eine junge schöne Dame, die schon sechs Wochen hier sich aufhielt, bei Winckel umgebracht; sie ging am Rhein spazieren ganz lang, dann lief sie nach Hause, holte ein Handtuch; am Abend suchte man sie vergebens; am andern Morgen fand man sie am Ufer unter Weidenbüschen, sie hatte das Handtuch voll Steine gesammelt und sich um den Hals gebunden, wahrscheinlich, weil sie sich in den Rhein versenken wollte, aber da sie sich ins Herz stach, fiel sie rückwärts, und so fand sie ein Bauer am Rhein liegen unter den Weiden an einem Ort, wo es am tiefsten ist. Er riß ihr den Dolch aus dem Herzen und schleuderte ihn voll Abscheu weit in den Rhein, die Schiffer sahen ihn fliegen – da kamen sie herbei und trugen sie in die Stadt.« – Ich hatte im Anfang nicht zugehört, aber zuletzt hört' ich's mit an und rief: »Das ist die Günderode!« Man redete mir's aus und sagte, es sei wohl eine andre, da so viel Frankfurter im Rheingau wären. Ich ließ mir's gefallen und dachte: grade, was man prophezeie, sei gewöhnlich nicht wahr. – In der Nacht träumte mir, sie käme mir auf einem mit Kränzen geschmückten Nachen entgegen, um sich mit mir zu versöhnen; ich sprang aus dem Bett in des Bruders Zimmer und rief: »Es ist alles nicht wahr, eben hat mir's lebhaft geträumt!« »Ach«, sagte der Bruder, »baue nicht auf Träume!« – Ich träumte noch einmal, ich sei eilig in einem Kahn über den Rhein gefahren, um sie zu suchen; da war das Wasser trüb und schilfig, die Luft war dunkel, und es war sehr kalt; – ich landete an einem sumpfigen Ufer, da war ein Haus mit feuchten Mauern, aus dem schwebte sie hervor und sah mich ängstlich an und deutete mir, daß sie nicht sprechen könne; – ich lief wieder zum Schlafzimmer der Geschwister und rief: »Nein, es ist gewiß wahr; denn mir hat geträumt, daß ich sie gesehen habe, und ich hab' gefragt: ›Günderode, warum hast Du mir dies getan?‹ Da hat sie geschwiegen, hat den Kopf gesenkt und hat sich, traurig, nicht verantworten können.« – Nun überlegte ich im Bett alles und besann mich, daß sie mir früher gesagt hatte, sie wolle sich erst mit mir entzweien, eh' sie diesen Entschluß ausführen werde; nun war mir unsre Trennung erklärt; auch daß sie mir ein Zeichen geben werde, wenn ihr Entschluß reif sei; – das war also die Geschichte von ihrer toten Schwester, die sie mir ein halb Jahr früher mitteilte; da war der Entschluß schon gefaßt. – O, ihr großen Seelen, dieses Lamm in seiner Unschuld, dieses junge zaghafte Herz, welche ungeheure Gewalt hat es bewogen, so zu handeln? – Am andern Morgen fuhren wir bei früher Zeit auf dem Rhein weiter; – Franz hatte befohlen, daß das Schiff jenseits sich halten solle, um zu vermeiden, daß wir dem Platz zu nahe kämen, aber dort stand der Fritz Schlosser am Ufer, und der Bauer, der sie gefunden, zeigte ihm, wo der Kopf gelegen hatte und die Füße und daß das Gras noch niederliege, – und der Schiffer lenkte unwillkürlich dorthin, und Franz, bewußtlos, sprach im Schiff alles dem Bauer nach, was er in der Ferne verstehen konnte, und da mußt' ich denn mit anhören die schauderhaften Bruchstücke der Erzählung vom roten Kleid, das aufgeschnürt war, und der Dolch, den ich so gut kannte, und das Tuch mit Steinen um ihren Hals und die breite Wunde; – aber ich weinte nicht, ich schwieg. – Da kam der Bruder zu mir und sagte: »Sei stark, Mädchen.« – Wir landeten in Rüdesheim; überall erzählte man sich die Geschichte; ich lief in Windesschnelle an allen vorüber, den Ostein hinauf, eine halbe Stunde bergan, ohne auszuruhen; – oben war mir der Atem vergangen, mein Kopf brannte, ich war den andern weit vorausgeeilt. – Da lag der herrliche Rhein mit seinem smaragdnen Schmuck der Inseln; da sah ich die Ströme von allen Seiten dem Rhein zufließen und die reichen friedlichen Städte an beiden Ufern und die gesegneten Gelände an beiden Seiten; da fragte ich mich, ob mich die Zeit über diesen Verlust beschwichtigen werde, und da war auch der Entschluß gefaßt, kühn mich über den Jammer hinauszuschwingen; denn es schien mir unwürdig, Jammer zu äußern, den ich einstens beherrschen könne.

Goethes Briefwechsel mit einem Kinde

Vorbemerkung

Goethes Briefwechsel mit einem Kinde, Bettinas erstes Buch, 1835 erschienen, macht sie mit einem Schlage als Schriftstellerin berühmt, obwohl die Meinungen und Wertungen in der zeitgenössischen Rezeption extrem auseinandergehen,[1] »enthusiastischen Haß auf der einen, enthusiastische Liebe und Bewunderung auf der anderen Seite«[2] erregen. Jacob Grimm entdeckt in der »unmittelbaren Poesie« von Bettinas Briefen den Ursprung vieler Sonette Goethes.[3] Das Buch muß die geistige Situation der Zeit auf eine intuitive Weise getroffen haben, das Bedürfnis, aus der Lethargie der Restaurationsepoche herauszukommen. Für Gutzkow ist es Ausdruck einer Spannung, wie sie sich in revolutionären Phasen dem Leben der Gesellschaft mitteilt. Bettinas Buch habe, so urteilt er, etwas wie eine »Genialisierung des Herzens« bewirkt.[4]

Nachdem es 1806, kurz vor dem Selbstmord der Günderrode, wohl auf Betreiben Friedrich Creuzers zu einer endgültigen Entzweiung zwischen dieser und Bettina kommt, »wählt«[5] sich Bettina eine neue Freundin, Goethes Mutter, die Frau Rat. Von ihr läßt sie sich nun die Geschichte von Goethes Kindheit und Jugend berichten und verbringt wohl täglich mehrere Stunden damit, der alten Frau zuzuhören. 1807 ist es ihr möglich, den von ihr zunehmend verehrten Goethe persönlich kennenzulernen. Sie besucht ihn in Weimar; von da an schreibt sie ihm. Für Goethe ist diese Bekanntschaft insofern außerordentlich nützlich, als Bettina

1 Vgl. die Dokumente in: WB Bd. 2, S. 728–741.
2 Theodor Mundt, zit. nach: WB Bd. 2, S. 736.
3 Gustav Konrad hält es für gesichert, daß an den Sonetten I, IV, VII, VIII, IX und X Bettina ihren Anteil hat; vgl. dazu WB Bd. 2, S. 721.
4 Gutzkow, »Rahel, Bettina, die Stieglitz«, (s. S. 71, Anm. 2), S. 105.
5 Im originalen Abschiedsbrief Bettinas an Günderrode vom Juni 1806 heißt es: »Ich habe mir statt Deiner die Rätin Goethe zur Freundin gewählt« (SW Bd. 7, S. 344).

damit beschäftigt ist, die von der Frau Rat erzählten Geschichten aufzuschreiben.[6] So übernimmt er für den ersten Teil von *Dichtung und Wahrheit* einiges aus ihren Aufzeichnungen fast wörtlich. Nach einem Streit, den Bettina mit Christiane Goethe in Weimar hat, bricht die Beziehung 1811 ab. Bis zum Tod Goethes versucht Bettina jedoch, wenn auch vergeblich, das alte vertraute Verhältnis wiederherzustellen.

Der Goethebriefwechsel ist nach dem gleichen Prinzip wie die später entstandene *Günderode* konzipiert. Die Briefe Bettinas an Goethe sind Anlaß für Reflexion und Selbstbespiegelung. Als reale Person tritt Goethe in den Hintergrund; indem sie ihn zum Gott verklärt, wird er zur Projektionsfläche für ihre der Umwelt fremd erscheinenden Wünsche und Sehnsüchte. Bettina bedarf dieses Gottes in Menschengestalt, der so weit entfernt ist, den sie sich jedoch mit ihren Briefen so nahe holen kann, wie sie nur immer will. Sie braucht die Erhöhung des anderen, um die eigene Person zu erhöhen; sich am fremden Ich abzuarbeiten bedeutet gleichzeitig den Versuch, des eigenen Ichs habhaft zu werden. Dieser Zusammenhang ist Bettina sicherlich bewußt gewesen. Einem Zeitgenossen gegenüber soll sie geäußert haben: »So außerordentlich war ich gar nicht in Goethe verliebt; ich mußte nur jemand haben, an dem ich meine Gedanken usw. auslassen konnte.«[7]

Goethes Briefwechsel mit einem Kinde ist dreiteilig angelegt: Bettinas Briefwechsel mit Goethes Mutter, dann der mit

6 Goethe schreibt an Bettina (25. 10. 1810) nach dem Tod seiner Mutter: »Ich will Dir nämlich bekennen, daß ich im Begriff bin meine Bekenntnisse zu schreiben, daraus mag nun ein Roman oder eine Geschichte werden, das läßt sich nicht voraussehn; aber in jedem Fall bedarf ich Deiner Beihilfe. Meine gute Mutter ist abgeschieden und so manche andre, die mir das Vergangne wieder hervorrufen könnten, das ich meistens vergessen habe. [. . .] Setze Dich also nur gleich hin und schreibe nieder, was sich auf mich und die Meinen bezieht, und Du wirst mich dadurch sehr erfreuen und verbinden« (SW Bd. 4, S. 217).

7 *Briefwechsel des Freiherrn Karl Hartwig Gregor von Meusebach mit Jacob und Wilhelm Grimm*, hrsg. von Camillus Wendeler, Heilbronn 1880, S. 406.

Goethe (in sich wiederum dreigeteilt) und schließlich Bettinas »Tagebuch«. Anhand der hier ausgewählten Texte, in denen Bettina ihre Empfindungen zum Tiroler Freiheitskampf von 1809/10 schildert, wird neben dem erwähnten Prinzip eine andere Dimension ihrer Briefe sichtbar. Genauso wie ihr Drang, schreibend, reflektierend zum eigenen Ich zu gelangen, ist ihre über reine Anteilnahme hinausgehende Begeisterung für den Unabhängigkeitskrieg der Tiroler zu spüren. Sie hat den brennenden Wunsch, *handelnd* in die Geschichte einzugreifen, die Möglichkeiten dazu sind allerdings für eine Frau im 19. Jahrhundert weniger als gering. Dringend versucht sie, auch Goethe mit ihrer Emphase zu infizieren. Der schreibt aber lieber, will man der Bearbeitung des Briefwechsels hierin folgen, weiter an den *Wahlverwandtschaften* und hat kein größeres Interesse am heroischen Kampf Tirols um Freiheit und Unabhängigkeit.
Erstaunlich distanzlos, Bettinas Haltung Friedrich Wilhelm IV. von Preußen gegenüber vorwegnehmend, ist der tiefe Glaube an eine wirkliche Berufung des Königs. Diese geradezu religiös-mystische Haltung zum Königtum hat sie nie verloren, was in den »Königsbüchern« deutlich wird (s. S. 215–218). Einer wirklich analytischen und systematischen Erarbeitung von politischen Zusammenhängen hat sie sich immer entzogen.
Die Texte zu Goethes Kindheit sind dem originalen Briefwechsel Bettinas und Goethes entnommen. Bettina erzählt die fremde Lebensgeschichte, die ihr durch Goethes Mutter vermittelt ist, ganz ohne Abstand, sich das andere Leben gleichsam einverleibend. In der Beschreibung, der Konstituierung von Bedeutung im Leben des anderen, werden die Grenzen des Ichs fließend, die fremde Geschichte wird zur eigenen, das Ich versinkt im Du und taucht als erhöhtes wieder daraus hervor. Auch hier wird das Prinzip der Vergöttlichung des anderen zur Mythisierung der eigenen Existenz deutlich: »Mein Leben, was war's anders als ein tiefer Spiegel des Deinigen« (S. 207).

Bettina-Bildnis. Bleistiftzeichnung von Wilhelm Hensel, um 1833

An Goethe.

München, 3. März 1809.

Heut' bricht der volle Tag mit seinen Neuigkeiten in meine Einsamkeit herein, wie ein schwer beladener Frachtwagen auf einer leichten Brücke einbricht, die nur für harmlose Spaziergänger gebaut war. Da hilft nichts, man muß Hand anlegen und helfen, alles in Gang bringen; auf allen Gassen schreit man Krieg, die Bibliothekardiener rennen umher, um ausgeliehene Manuskripte und Bücher wieder einzufordern, denn alles wird eingepackt. Hamberger, ein zweiter Herkules – denn wie jener die Stallungen der zwanzigtausend Rinder, so mistet *er* die Bibliothek von achtzigtausend Bänden aus und jammert, daß alle geschehene Arbeit umsonst ist. Auch die Galerie soll eingepackt werden; kurz, die schönen Künste sind in der ärgsten Konsternation. Opern und Musik ist Valet gesagt, der erlauchte Liebhaber der Prima Donna zieht zu Felde; die Akademie steckt Trauerampeln aus und bedeckt ihr Antlitz, bis der Sturm vorbei, und so wär' alles in stiller müder Erwartung des Feindes, der vielleicht gar nicht kommt. Ich bin auch in Gärung, und auch in revolutionärer. – Die Tiroler, mit denen halt' ich's, das kannst Du denken. Ach, ich bin's müde, des Nachbars Flöte oben in der Dachkammer bis in die späte Nacht ihr Stückchen blasen zu hören, die Trommel und die Trompete, die machen das Herz frisch.

Ach, hätt' ich ein Wämslein, Hosen und Hut, ich lief hinüber zu den gradnasigen, gradherzigen Tirolern und ließ ihre schöne grüne Standarte im Winde klatschen.

Zur List hab' ich große Anlage, wenn ich nur erst drüben wär', ich könnte ihnen gewiß Dienste leisten. Mein Geld ist all fort, ein guter Kerl, ein Mediziner, hat eine List erfunden, es den gefangnen Tirolern, die sehr hart gehalten sind, zuzustecken. Das Gitter vom Gefängnis geht auf einen öden Platz am Wasser, den ganzen Tag waren böse Buben da versammelt, die mit Kot nach ihnen warfen, am Abend gingen wir hin, unterdessen einer neben der Schildwache ausrief: »Ach, was ist das für ein Rauch in der Ferne«, und indem diese sich nach dem Rauch umsah, zeigte der andere den Gefangenen das blinkende Goldstück, wie er es in Papier einwickelte und dann mit Kot eine Kugel draus machte. »Jetzt paß Achtung«, rief er, und warf's dem Tiroler zu, so gelang es mehrmals; die Schildwache freute sich, daß die bösen Jungen so gut treffen konnten.

Du kennst vielleicht oder erinnerst Dich doch gesehen zu haben einen Grafen Stadion, Domherr und kaiserlicher Gesandter, von seinen Freunden der *schwarze Fritz* genannt, er ist mein einziger Freund hier, die Abende, die er frei hat, bringt er gern bei mir zu, da liest er die Zeitung, schreibt Depeschen, hört mir zu, wenn ich was erzähle, wir sprechen auch oft von Dir; ein Mann von kluger freier Einsicht, von edlem Wesen. Er teilt mir aus seiner Herzens- und Lebensgeschichte merkwürdige Dinge mit, er hat viel aufgeopfert, aber nichts dabei verloren, im Gegenteil ist sein Charakter hierdurch frei geworden von der Steifheit, die doch immer mehr oder weniger den Platz freiwilliger Grazie einnimmt, sobald man mit der Welt in einer nicht unwichtigen Verbindung ist, wo man sich zum Teil auch künstlich verwenden muß; er ist so ganz einfach wie ein Kind und gibt meinen Launen in meiner Einsamkeit manche Wendung. Sonntags holt er mich ab in seinem Wagen und liest mir in der königlichen Kapelle die Messe; die Kirche ist meistens ganz leer, außer ein paar alten Leuten. Die stille einsame Kirche ist mir sehr erfreulich, und daß der liebe Freund, von dem ich so manches weiß, was in seinem Herzen bewahrt ist, mir die Hostie erhebt und den Kelch – das freut mich. Ach, ich wollt', ich wüßte ihm auf irgendeine Art ersetzt, was ihm genommen ist.

Ach, daß das Entsagen dem Begehren die Wage hält! – Endlich wird doch der Geist, der durch Schmerzen geläutert ist, über das Alltagsleben hinaus zum Himmel tanzen.

Und was wär' Weisheit, wenn sie nicht Gewalt brauchte, um sich allein geltend zu machen? – Jedes Entsagen will sie ja lindernd ersetzen, und sie schmeichelt Dir alle Vorteile ihres Besitzes auf, während Du weinst um das, was sie Dir versagt.

Und wie kann uns das Ewige gelingen, als nur wenn wir das Zeitliche dran setzen?

Alles seh' ich ein und möchte alle Weisheit dem ersten besten Ablaßkrämer verhandeln um Absolution für alle Liebesintrigen, die ich mit Dir noch zu haben gedenke.

11. März.

Ach, wenn mich die Liebe nicht hellsehend machte, so wär' ich elend, ich seh' die gefrornen Blumen an den Fensterscheiben, den Sonnenstrahl, der sie allmählich schmilzt, und denke mir alles in Deiner Stube, wie Du auf- und niederwandelst, diese gefrornen Landschaften mit Tannenwäldchen und diese Blumenstöcke sinnend betrachtest. – Da erkenne ich so deutlich Deine Züge, und es wird so wahr, daß ich Dich sehen kann; unterdessen geht die Trommel hier unter dem Fenster von allen Straßen her und ruft die Truppen zusammen.

15. März.

Staatsangelegenheiten vertraut man mir nicht, aber Herzensangelegenheiten, – gestern abend kam noch der liebe katholische Priester, das Gespräch war ein träumerisch Gelispel früherer Zeiten; ein feines Geweb', das ein sanfter Hauch wiegt in stiller Luft. »Das Herz erlebt auch einen Sommer«, sagte er, »wir können es dieser heißen Jahreszeit nicht vorenthalten und Gott weiß, daß der Geist reifen muß wie der goldne Weizen, ehe die Sichel ihn schneidet.«

20. März.

Ich bin begierig, über Liebe sprechen zu hören, die ganze Welt spricht zwar drüber, und in Romanen ist genug ausgebrütet, aber nichts, was ich gern hören will. Als Beweis meiner Aufrichtigkeit bekenne ich Dir: auch im »Wilhelm Meister« geht mir's so, die meisten Menschen ängstigen mich drin, wie wenn ich ein bös' Gewissen hätte, da ist es einem nicht geheuer innerlich und äußerlich, – ich möchte zum Wilhelm Meister sagen: Komm, flüchte Dich mit mir jenseits der Alpen zu den Tirolern, dort wollen wir unser Schwert wetzen und das Lumpenpack von Komödianten vergessen, und alle Deine Liebsten müssen denn mit ihren Prätensionen und höheren Gefühlen eine Weile darben; wenn wir wiederkommen, so wird die Schminke auf ihren Wangen erbleicht sein, und die flornen Gewande und die feinen Empfindungen werden vor Deinem sonneverbrannten Marsantlitz erschaudern. Ja, wenn etwas noch aus Dir werden soll, so mußt Du Deinen Enthusiasmus an den Krieg setzen, glaub' mir, die Mignon wär' nicht aus dieser schönen Welt geflüchtet, in der sie ja doch ihr Liebstes zurücklassen mußte, sie hätte gewiß alle Mühseligkeiten des Kriegs mit ausgehalten und auf den rauhen Alpen in den Winterhöhlen übernachtet bei karger Kost, das Freiheitsfeuer hätte auch in ihrem Busen gezündet und frisches, gesünderes Blut durch ihre Adern geleitet. – Ach, willst Du diesem Kind zulieb' nicht alle diese Menschen zuhauf verlassen? – Die Melancholie erfaßt Dich, weil keine Welt da ist, in der Du handeln kannst. – Wenn Du Dich nicht fürchtest vor Menschenblut: – hier unter den Tirolern kannst Du handeln für ein Recht, das ebensogut aus reiner Natur entsprungen ist, wie die Liebe im Herzen der Mignon. – Du bist's, Meister, der den Keim dieses zarten Lebens erstickt unter all dem Unkraut, was Dich überwächst. Sag', was sind sie alle gegen den Ernst der Zeit, wo die Wahrheit in ihrer reinen Urgestalt emporsteigt und dem Verderben, was die Lüge angerichtet hat, Trotz bietet? –

O, es ist eine himmlische Wohltat Gottes, an der wir alle gesunden könnten, eine solche Revolution: er läßt abermals und abermals die Seele der Freiheit wieder neugeboren werden.

Siehst Du, Meister, wenn Du heute in der sternhellen kalten Nacht Deine Mignon aus ihrem Bettchen holst, in dem sie gestern mit Tränen um Dich eingeschlafen war; Du sagst ihr: »Sei hurtig und gehe mit, ich will allein mit Dir in die Fremde ziehen«; o, sie wird's verstehen, es wird ihr nicht unglaublich vorkommen, Du tust, was sie längst von Dir verlangte, und was Du unbegreiflich unterlassen hast. Du wirst ihr ein Glück schenken, daß sie Deine harten Mühen teilen darf; bei Nacht auf gefahrvollen Wegen, wo jeder Schritt täuscht, da wird ihr Scharfblick, ihre kühne Zuversicht Dich sicher leiten hinüber zum kriegbedrängten Volk; und wenn sie sieht, daß Du Deine Brust den Pfeilen bietest, wird sie nicht zagen, es wird sie nicht kränken wie die Pfeile des schmeichelnden Sirenenvolks; sie wird rasch heranreifen zu dem kühnen Vertrauen, mit einzuklingen in die Harmonie der Freiheitsbegeisterung. Und wenn Du auch im Vordertreffen stürzen mußt, was hat sie verloren? – Was könnte ihr diesen schönen Tod ersetzen, an Deiner Seite vielleicht? – Beide Arm in Arm verschränkt, lägt Ihr unter der kühlen gesunden Erde, und mächtige Eichen beschatteten Euer Grab; sag', wär's nicht besser, als daß Du bald ihr feines Gebild den anatomischen Händen des Abbé überlassen mußt, daß er ein künstliches Wachs hineinspritze?

Ach, ich muß klagen, Goethe, über alle Schmerzen früherer Zeit, die Du mir angetan, ich fühl' mich jetzt so hilflos, so unverstanden wie damals die Mignon. – Da draußen ist heute ein Lärm, und doch geschieht nichts, sie haben arme Tiroler gefangen eingebracht, armes Taglöhnervolk, was sich in den Wäldern versteckt hatte; ich hör' hier oben das wahnsinnige Toben, ich habe Läden und Vorhänge zugemacht, ich kann's nicht mit ansehen, der Tag ist auch schon im Scheiden, ich bin allein, kein Mensch, der wie ich menschlich fühlte. Die festen sicheren, in sich einheimischen Naturen, die den Geist der *Treue* und Freiheit mit der reineren Luft ihrer Berge einatmen, die müssen sich durch die kotigen Straßen schleifen lassen von einem biertrunkenen Volk, und keiner tut diesem

Einhalt, keiner wehrt seinen Mißhandlungen; man läßt sie sich versündigen an den höheren Gefühlen der Menschheit. – Teufel! – Wenn ich Herrscher wär', hier wollt' ich ihnen zeigen, daß sie Sklaven sind, es sollte mir keiner wagen, sich am Ebenbild Gottes zu vergreifen.

Ich meine immer, der Kronprinz müsse anders empfinden, menschlicher, die Leute wollen ihn nicht loben, sie sagen: er sei eigensinnig und launig, ich habe Zutrauen zu ihm, er pflegt den Garten, den er als Kind hatte, noch jetzt mit Sorgfalt, begießt die Blumen, die in seinen Zimmern blühen, selbst, macht Gedichte, holperig, aber voll Begeisterung, das alles sagt mir gut für ihn.

Was wohl ein solcher für Gedanken hat, der jeden Gedanken realisieren könnte? – Ein Fürst, dessen Geist das ganze Land erhellen soll? – Er müßte verharren im Gebet sein Leben lang, der angewiesen ist, in tausend andern zu leben, zu handeln.

Ja, ob ein Königssohn wohl den heiligen Geist in sich erweckt, daß *der* regiere statt seiner? – Der Stadion seufzt und sagt: »Das Beste ist, daß, wie die Würfel auch fallen, der Weg zum Himmel immer unversperrt bleibt für König und Untertan.«

25. März.

Ich habe keinen Mut und keinen Witz, ach, hätt' ich doch einen Freund, der nächtlich mit mir über die Berge ging.

Die Tiroler liegen in dieser Kälte mit Weib und Kind zwischen den Felsen, und ihr begeisterter Atem durchwärmt die ganze Atmosphäre. Wenn ich den Stadion frage, ob der Herzog Karl sie auch gewiß nicht verlassen werde, dann faltet er die Hände und sagt: »Ich will's nicht erleben.«

[...]

An Goethe.

10. April.

Die Sonne geht mir launig auf, beleuchtet mir manches Verborgne, blendet mich wieder. Mit schweren Wolken abwechselnd zieht sie über mir hin, bald stürmisch Wetter, dann wieder Ruh'.

Es ebnet sich nach und nach, und auf dem glatten Spiegel, hell und glühend, steht immer wieder des liebsten Mannes Bildnis, wankt nicht, warum vor andern nur *Du*? – Warum nach allen immer wieder *Du*? Und doch bin ich Dir werter mit all der Liebe in der Brust? – – frag' ich Dich? – Nein, ich weiß recht gut, daß Du doch nichts antwortest, – und wenn ich auch sagte: »Lieber, geliebter einziger Mann.«

Was hab' ich alles erlebt in diesen Tagen, was mir das Herz gebrochen, ich möchte meinen Kopf an Deinen Hals verstekken, ich möchte meine Arme um Dich schlingen und die böse Zeit verschlafen.

Was hat mich alles gekränkt, – nichts hab' ich gehabt in Kopf und Herzen, als nur immer das mächtige Schicksal, das dort in den Gebirgen rast.

Warum soll ich aber weinen um die, die ihr Leben mit so freudiger Begeisterung ausgehaucht haben? – Was erbarmt mich denn so? – Hier ist kein Mitleid zu haben als nur mit mir, daß ich mich so anstrengen muß, es auszuhalten.

Will ich Dir alles schreiben, so verträume ich die Zeit – die Zeit, die auf glühenden Sohlen durchs Tirol wandert; so bittere Betrübnis hat mich durchdrungen, daß ich's nicht wage, die Papiere, die in jenen Stunden geschrieben sind, an Dich abzuschicken.

19. April.

Ich bin hellsehend, Goethe, – ich seh' das vergoßne Blut der Tiroler triumphierend in den Busen der Gottheit zurückströmen. Die hohen gewaltigen Eichen, die Wohnungen der

Menschen, die grünen Matten, die glücklichen Herden, der geliebte gepflegte Reichtum des Heldenvolks, die den Opfertod in den Flammen fanden, das alles seh' ich verklärt mit ihnen gen Himmel fahren, bis auf den treuen Hund, der, seinen Herrn beschützend, den Tod verachtet wie er.

Der Hund, der keinen Witz hat, nur Instinkt, und heiter in jedem Geschick das Rechte tut. – Ach, hätte der Mensch nur so viel Witz, den eignen Instinkt nicht zu verleugnen.

20. April.

In all diesen Tagen der Unruh', glaub's Goethe, vergeht keiner, den ich nicht mit dem Gedanken an Dich beschließe, ich bin so gewohnt, Deinen Namen zu nennen, nachts, eh' ich einschlafe, Dir alle Hoffnung ans Herz zu legen, und alle Bitten und Fragen in die Zukunft.

Da liegen sie um mich her, die Papiere mit der Geschichte des Tags und den Träumen der Nacht, lauter Verwirrung, Unmut, Sehnsucht und Seufzer der Ohnmacht; ich mag Dir in dieser Zeit, die sich so geltend macht, nichts von meinem bedürftigen Herzen mitteilen, nur ein paar kleine Zufälle, die mich beschäftigen, schrieb ich Dir auf, damit ich nicht verleugne vor Dir, daß ein höheres Geschick auch mir Winke gab, obschon ich zu unmündig mich fühle, ihm zu folgen.

Im März war's, da leitete mir der Graf M. . ., bei dessen Familie ich hier wohne, eine wunderliche Geschichte ein, die artig ausging. Der Hofmeister seines Sohnes gibt ihn bei der Polizei an, er sei österreichisch gesinnt und man habe an seinem Tisch die Gesundheit des Kaisers getrunken, er schiebt alles auf mich, und nun bittet er mich, daß ich auf diese Lüge eingehe, da es ihm sehr nachteilig sein könne, mir aber höchstens einen kleinen Verweis zuziehen werde, sehr willkommen war mir's, ihm einen Dienst leisten zu können, ich willige mit Vergnügen ein; in einer Gesellschaft wird mir der Polizeipräsident vorgestellt, unter dem Vorwand meine Bekanntschaft machen zu wollen, ich komme ihm zuvor und schütte ihm mein ganzes Herz aus, meine Begeisterung für die Tiroler und daß ich aus Sehnsucht alle Tage auf den Schneckenturm steige mit dem Fernrohr, daß man heute aber eine Schildwache hingepflanzt habe, die mich nicht hinaufgelassen; gerührt über mein Zutrauen, küßt er mir die Hand und verspricht mir, die Schildwache wegzubeordern, – es war keine List von mir, denn ich hätte wirklich nicht gewußt, mich anders zu benehmen, indessen ist durch dieses Verfahren der Freund weiß gebrannt und ich nicht schwarz.

Ein paar Tage später, in der Karwoche, indem ich abends in der Dämmerung in meinem Zimmer allein war, treten zwei Tiroler bei mir ein, ich bin verwundert, aber nicht erschrokken. – Der eine nimmt mich bei der Hand und sagt: »Wir wissen, daß du den Tirolern gut bist und wollen dich um eine Gefälligkeit bitten«; es waren Papiere an Stadion und mündliche Aufträge, sie sagten mir noch, es würde gewiß ein Augenblick kommen, da ich ihnen Dienste leisten könne, es war mir so wunderlich, ich glaubte, es könne eine List sein, mich auszuforschen, doch war ich kurz gefaßt und sagte: »Ihr mögt mich nun betrügen oder nicht, so werd' ich tun, was ihr von mir verlangt«; der Tiroler sieht mich an und sagt: »Ich bin Leibhusar des Königs, kein Mensch hat Arges gegen mich, und doch hab' ich nichts im Sinn als nur, wie ich meinen Leuten helfen will, nun hast du mich in Händen und wirst nicht fürchten, daß ein Tiroler auch ein Verräter sein könne.«

Wie die Tiroler weg waren, war ich wie betäubt, mein Herz schlug hoch vor Entzücken, daß sie mir dies Zutrauen geschenkt haben; am andern Tag war Karfreitag, da holte mich der Stadion ab, um mir eine stille Messe zu lesen. Ich gab ihm meine Depeschen und erzählte ihm alles, äußerte ihm voll Beschämung die große Sehnsucht, daß ich fort möchte zu den Tirolern; Stadion sagt, ich soll mich auf *ihn* verlassen, er wolle einen Stutzen auf den Rücken nehmen und ins Tirol gehen, und alles, was ich möchte, das wolle er für mich ausrichten, es sei die letzte Messe, die er mir lesen werde, denn in wenig Tagen sei seine Abreise bestimmt. Ach Gott, es fiel mir

Kronprinz Ludwig von Bayern

schwer aufs Herz, daß ich so bald den lieben Freund verlieren sollte.

Nach der Messe ging ich aufs Chor, Winter ließ die Lamentation singen, ich warf ein Chorhemd über und sang mit, unterdessen kam der Kronprinz mit seinem Bruder, das Kruzifix lag an der Erde, das beide Brüder küßten, nachher umarmten sie sich; sie waren bis an den Tag entzweit gewesen über einen Hofmeister, den der Kronprinz, weil er ihn für untauglich hielt, von seinem Bruder entfernt hatte; sie versöhnten sich also hier in der Kirche miteinander, und mir machte es große Freude, zuzusehen. Bopp, ein alter Klaviermeister des Kronprinzen, der auch mir Unterricht gibt, begleitete mich nach Hause, er zeigte mir ein Sonett, was der Kronprinz an diesem Morgen gedichtet hatte; schon daß er diesen Herzensdrang empfindet, bei Ereignissen, die ihn näher angehen, zu dichten, spricht fur eine tiefere Seele; in ihm waltet gewiß das Naturrecht vor, dann wird er auch die Tiroler nicht mißhandeln lassen; ja, ich hab' eine gute Zuversicht zu ihm; der alte Bopp erzählt mir alles, was meinen Enthusiasmus noch steigern kann. Am dritten Feiertag holte er mich ab in den englischen Garten, um die Anrede des Kronprinzen an seine versammelten Truppen, mit denen er seinen ersten Feldzug machen wird, anzuhören; ich konnte nichts Zusammenhängendes verstehen, aber was ich hörte, war mir nicht recht, er spricht von ihrer Tapferkeit, ihrer Ausdauer und Treue, von den abtrünnigen, verräterischen Tirolern, daß er sie, vereint mit ihnen, zum Gehorsam zurückführen werde, und daß er seine eigne Ehre mit der ihrigen verflechte und verpfände usw. Wie ich nach Hause komme, wühlt das alles in mir, ich sehe schon im Geist, wie der Kronprinz, seinen Generalen überlassen, alles tut, wogegen sein Herz spricht, und dann ist's um ihn geschehen. So ein bayrischer General ist ein wahrer Rumpelbaß, aus ihm hervor brummt nichts als Bayerns Ehrgeiz; das ist die grobe, rauhe Stimme, mit der er alle besseren Gefühle übertönt.

Das alles wogte in meinem Herzen, da ich von dieser öffentlichen Rede zurückkam, und daß kein Mensch in der Welt einem Herrscher die Wahrheit sagt, im Gegenteil nur Schmeichler ihnen immerdar recht geben, und je tiefer sich ein solcher irrt, je gewaltiger ist in jenen die Furcht, er möge an ihrer Übereinstimmung zweifeln; sie haben nie das Wohl der Menschheit, sie haben nur immer die Gunst des Herrn im Auge. Ich mußte also einen verzweifelten Schritt tun, um den Tumult der eignen Lebensgeister zu beschwichtigen, und ich bitte Dich im voraus um Verzeihung, wenn Du es nicht gutheißen solltest.

Erst nachdem ich dem Kronprinzen meine Liebe zu ihm, meine Begeisterung für seinen Genius, Gott weiß in welchen Schwingungen, ans Herz getrieben habe, vertraue ich ihm meine Anschauung von dem Tirolervolk, das sich die Heldenkrone erwirbt, meine Zuversicht, er werde Milde und Schonung da verbreiten, wo seine Leute jetzt nur rohe Wut und Rachgierde walten lassen, ich frage ihn, ob der Name »Herzog von Tirol« nicht herrlicher klinge, als die Namen der *vier* Könige, die ihre Macht vereint haben, um diese Helden zu würgen? Und es möge nun ausgehen wie es wolle, so hoffe ich, daß er sich von jenen den Beinamen *der Menschliche* erwerben werde; dies ungefähr ist der Inhalt eines vier Seiten langen Briefs, den ich, nachdem ich ihn in heftigster Wallung geschrieben (da ich denn auch nicht davor stehen kann, was alles noch mit untergelaufen), mit der größten Kaltblütigkeit siegelte und ganz getrost in des Klaviermeisters Hände gab, mit der Bedeutung: es seien wichtige Sachen über die Tiroler, die dem Kronprinz von großem Nutzen sein würden. –

Wie gern macht man sich wichtig, mein Bopp purzelte fast die Stiegen herab, vor übergroßer Eile dem Kronprinzen den interessanten Brief zu überbringen, und wie leichtsinnig bin ich, ich vergaß alles. Ich ging zu Winter, Psalmen singen, zu Tieck, zu Jacobi, nirgends stimmt man mit mir ein, ja alles fürchtet sich, und wenn sie wüßten, was ich angerichtet habe, sie würden mir aus Furcht das Haus verbieten, da seh' ich denn ganz ironisch drein und denke: seid ihr nur bayrisch und französisch, ich und der Kronprinz wir sind deutsch und tirolisch, oder er läßt mich ins Gefängnis setzen, dann bin ich mit einem Male frei und selbständig, dann wird mein Mut schon wachsen, und wenn man mich wieder losläßt, dann geh' ich über zu den Tirolern und begegne dem Kronprinzen im Feld, und trotze ihm ab, was er so mir nicht zugesteht.

O Goethe, wenn ich sollte ins Tirol wandern und zur rechten Zeit kommen, daß ich den Heldentod sterbe! Es muß doch ein ander Wesen sein, es muß doch eine Belohnung sein für solche lorbeergekrönten Häupter; der glänzende Triumph im Augenblick des Übergangs ist ja Zeugnis genug, daß die Begeisterung, die der Heldentod uns einflößt, nur Widerschein himmlischer Glorie ist. – Wenn ich sterbe, ich freue mich schon darauf, so gaukle ich als Schmetterling aus dem Sarg meines Leibes hervor, und dann treffe ich Dich in dieser herrlichen Sommerzeit unter Blumen, wenn ein Schmetterling Dich unter Blumen vorzieht und lieber auf Deiner Stirn sich niederläßt und auf Deinen Lippen als auf den blühenden Rosen umher, dann glaube sicher, es ist mein Geist, der auf dem Tiroler Schlachtfeld freigemacht ist von irdischen Banden, daß er hin kann, wo die Liebe ihn ruft.

Ja, wenn alles wahr würde, was ich schon in der Phantasie erlebt habe, wenn alle glanzvollen Ereignisse meines innern Lebens auch im äußern sich spiegelten, dann hättest Du schon große und gewaltige Dinge von Deinem Kind erfahren, ich kann Dir nicht sagen, was ich träumend schon getan habe, wie das Blut in mir tobt, daß ich wohl sagen kann, ich hab' eine Sehnsucht, es zu verspritzen.

Mein alter Klaviermeister kam zurück, zitternd und bleich: »Was hat in den Papieren gestanden, die Sie mir für den Kronprinzen anvertrauten«, sagte er, »wenn es mich nur nicht auf ewig unglücklich macht, der Kronprinz schien aufgeregt, ja erzürnt während dem Lesen, und wie er mich gewahr wurde, hieß er mich gehen, ohne wie sonst mir auch nur ein gnädiges

Wort zu sagen.« – Ich mußte lachen, der Klaviermeister wurde immer ängstlicher, ich immer lustiger, ich freute mich schon auf meine Gefangenschaft, und wie ich da in der Einsamkeit meinen philosophischen Gedanken nachhängen würde, ich dachte: dann fängt mein Geschick doch einmal an, Leben zu gewinnen, es muß doch einmal was draus entstehen; aber so kam es wieder nicht, ein einzigmal sah ich den Kronprinz im Theater, er winkte mir freundlich; nun gut: acht Tage hatte ich meinen Stadion nicht gesehen, am 10. April, wo ich die gewisse Nachricht erhielt, er sei in der Nacht abgereist, da war ich doch sehr betrübt, daß ich ihn sollte zum letztenmal gesehen haben, es war mir eine wunderliche Bedeutung, daß er am Karfreitag seine letzte Messe gelesen hatte; – die vielen zurückgehaltenen und verleugneten Gefühle brachen endlich in Tränen aus. In der Einsamkeit, da lernt man kennen, was man will, und was einem versagt wird. Ich fand keine Lage für mein ringendes Herz, müde geworden vom Weinen, schlief ich ein, bist Du schon eingeschlafen, müde vom Weinen? – Männer weinen wohl so nicht? – Du hast wohl nie geweint, daß die Seufzer noch selbst im Schlaf die Brust beschweren. So schluchzend im Traum hör' ich meinen Namen rufen; es war dunkel, bei dem schwachen Dämmerschein der Laternen von der Straße erkenne ich einen Mann neben mir in fremder Soldatenkleidung, Säbel, Patrontasche, schwarzes Haar, sonst würde ich glauben, den schwarzen Fritz zu erkennen. – »Nein, du irrst nicht, es ist der schwarze Fritz, der Abschied von dir nimmt, mein Wagen steht an der Tür, ich gehe eben als Soldat zur österreichischen Armee, und was deine Freunde, die Tiroler, anbelangt, so sollst du mir keine Vorwürfe machen oder du siehst mich nie wieder, denn ich gebe dir mein Ehrenwort, ich werde nicht erleben, daß man sie verrate, es geht gewiß alles gut, eben war ich beim Kronprinzen, der hat mit mir die Gesundheit der Tiroler getrunken und dem Napoleon ein Pereat gebracht, er hat mich bei der Hand gefaßt und gesagt: ›Erinnern Sie sich dran, daß im Jahr Neune im April, während der Tiroler Revolution, der Kronprinz von Bayern dem Napoleon widersagt hat‹, und so hat er sein Glas mit mir angestoßen, daß der Fuß zerschellte«; ich sagte zu Stadion: »Nun bin ich allein und hab' keinen Freund mehr«, er lächelte und sagte: »Du schreibst an Goethe, schreib ihm auch von mir, daß der katholische Priester auf dem Tiroler Schlachtfeld sich Lorbeern holen will«, ich sagte: »Nun werde ich keine Messe so bald mehr hören«; – »und ich werde so bald auch keine mehr lesen«, sagte er. Da stieß er sein Gewehr auf und reichte mir die Hand zum Abschied. Den werd' ich gewiß nicht wiedersehen. Kaum war er fort, klopfte es schon wieder, der alte Bopp kommt herein, es war finster im Zimmer, an seiner Stimme erkenne ich, daß er freudig ist, er reicht mir feierlich ein zerbrochnes Glas und sagt: »Das schickt Ihnen der Kronprinz und läßt Ihnen sagen, daß er die Gesundheit derjenigen daraus getrunken hat, die Sie protegieren, und hier schickt er Ihnen seine Kokarde als Ehrenpfand, daß er Ihnen sein Wort lösen werde, jeder Ungerechtigkeit, jeder Grausamkeit zu steuern.« – Ich war froh, herzlich froh, daß ich nicht kleinlich und zaghaft gewesen war, dem Zutrauen zu folgen, was der Kronprinz und alles, ja auch selbst das Widersprechendste, was ich von ihm erfahren habe, mir einflößte; es war sehr freundlich von ihm, daß er mich so grüßen ließ, und daß er nicht meine Voreiligkeit von sich wies; ich werd' es ihm nicht vergessen, mag ich auch noch manches Verkehrte von ihm hören; denn unter allen, die ihn beurteilen, hat gewiß keiner ein so gutes Herz als er, der es sich ganz ruhig gefallen läßt. Ich weiß auch, daß er eine feierliche Hochachtung vor Dir hat und nicht wie andere Prinzen, die nur im Vorüberstreifen einen solchen Geist berühren wie Du, nein, es geht ihm von Herzen, wenn er Dich einmal sieht und Dir sagt, daß er sich's zum größten Glück schätze.

Ich habe noch viel auf dem Herzen, denn ich habe Dich allein, dem ich's mitteilen kann. Jeder Augenblick erregt mich aufs neue, es ist als ob das Schicksal dicht vor meiner Türe seinen Markt aufgeschlagen hätte; so wie ich den Kopf hinausstecke, bietet es Plunder, Verrat und Falschheit feil, außer die Tiroler, deren Siegesjubel durch alle Verleumdung und Erbitterung der Feinde durchklingt, aus deren frisch vergoßnem Blut schon neue Frühlingsblumen sprießen und die Jünglinge frisch jeden Morgen von den nebelverhüllten Felszacken dem gewissen Sieg entgegentanzen.

Adieu, Adieu, auf meine Liebe weise ich Dich an, die hier in diesen Blättern nur im Vorüberstreifen den Staub ihrer üppigen Blüte aus den vollen Kelchen schüttelt.

Bettine.

[...]

An Goethe.

18. Mai.

Der Kronprinz von Bayern ist die angenehmste unbefangenste Jugend, ist so edler Natur, daß ihn Betrug nie verletzt, so wie den gehörnten Siegfried nie die Lanzenstiche verletzten. Er ist eine Blüte, auf welcher der Morgentau noch ruht, er schwimmt noch in seiner eignen Atmosphäre, das heißt: seine besten Kräfte sind noch in ihm. Wenn es so fort ginge und daß keine bösen Mächte seine Meister würden? – Wie gut hatten's doch jene Ritter, die von geneigten Feen mit kräftigen Talismanen versehen wurden, wenn sie zwischen feurigen Drachen und ungeschlachten Riesen nach dem tanzenden Wasser des Lebens oder nach goldnen Liebesäpfeln ausgesandt waren und eine in Marmor verwünschte Prinzessin, so rot wie Blut, so weiß wie Schnee, schön wie das ausgespannte Himmelszelt über dem Frühlingsgarten, als ihrer Erlösung Lohn ihnen zuteil wurde. – Jetzt ist die Aufgabe anders: die unbewachten Apfelbäume hängen ihre fruchtbeladenen Zweige über den Weg, und Liebchen lauscht hinter der Hecke, um den Ritter selbst zu fangen, und diesem allem soll er entgehen und sein Herz der Tugend weihen, die keine Jugend hat, sondern eine gräuliche Larve, so daß man vor ihr Reißaus nehmen möchte; *la belle et la bête, la bête* ist die Tugend und *la belle* ist die Jugend, die sich von ihr soll fressen lassen; da ist's denn kein Wunder, wenn die Jugend vor der Tugend Reißaus nimmt, und man kann ohne geheime parteiliche Wünsche nicht Zeuge von diesem Wettrennen sein. – Armer Kronprinz! Ich bin ihm gut, weil er mit so schönem Willen hinübergeht zu meinen Tirolern, und wenn er auch nichts tut, als der Grausamkeit wehrt, ich verlasse mich auf ihn.

Gestern bin ich zum erstenmal wieder eine Strecke weit ins Freie gelaufen, mit einem kapriziösen Liebhaber der Wissenschaften und Künste, mit einem sehr guten gehorsamen Kinde seiner eignen Launen, eine warme lebendige Natur, breit und schmal, wie Du ihn willst, dreht sich schwindellos über einem Abgrund herum, steigt mit Vergnügen auf die kahlen Spitzen der Alpen, um nach Belieben in den Ozean oder ins Mittelländische Meer zu speien, macht übrigens wenig Lärm. Wenn Du ihn je siehst und nach dieser Beschreibung erkennst, so ruf ihn nur Rumohr, ich vermute, er wird sich nach Dir umsehen. – Mit diesem also hat meine unbefangne Jugend gewagt, sich das Ziel einer anderthalb Stunden weiten Reise zu setzen, der Ort unserer Wallfahrt heißt Harlachingen, auf französisch Arlequin. Ein heißer Nachmittag, recht um melancholische Blicke in Brand zu stecken.

Wir verlassen den grünen Teppich, schreiten über einen schmalen Balken auf die andere Seite des Ufers, wandern zwischen Weiden, Mühlen, Bächen weiter; – wie nimmt sich da ein Bauer in roter Jacke aus, gelehnt an den hohen Stamm des edlen *populus alba*, dessen feine Äste mit kaum entsproßnen Blättern einen sanften grünen Schleier, gleichsam ein Frühlingsnetz niederspinnen, in welchem sich die tausend Käfer und sonstige Bestien fangen, scherzen und ganz lieblich haushalten. Jetzt! Warum nicht? – Da unter dem Baum ist genugsam Platz, seinen Gedanken Audienz zu geben, der launige Naturliebhaber läßt sich da nieder, das Dolce farniente summt ihm ein Wiegenliedchen in die Ohren, die Augenlider sinken, Rumohr schläft. Natur hält Wache, lispelt, flüstert, lallt, zwitschert. – Das tut ihm so gut; träumend senkt er sein Haupt auf die Brust; jetzt möcht' ich dich fragen, Rumohr, was ich nie fragen mag, wenn du wach bist. Wie kommt's, daß du ein so großes Erbarmen hast und freundlich bist mit allen Tieren und dich nicht kümmerst um das gewaltige Geschick jenes Bergvolks? Vor wenig Wochen, wie das Eis brach und der Fluß überschwoll, da setztest Du alles dran, eine Katze aus der Wassersnot zu retten. Vorgestern hast du einen totgeschlagnen Hund, der am Wege lag, mit eignen Händen eine Grube gemacht und mit Erde bedeckt, obschon Du in seidnen Strümpfen warst und einen Klaque in Händen hattest. Heute morgen hast du mit Tränen geklagt, daß die Nachbarn ein Schwalbennest zerstörten trotz deinen Bitten und Einreden. Warum gefällt dir's nicht, deine Langeweile, deine melancholische Laune zu verkaufen um einen Stutzen, du bist so leicht und schlank wie eine Birke, du könntest Sätze tun über die Abgründe, von einem Fels zum andern, aber faul bist du und furchtbar krank an Neutralität. – Da steh' ich allein auf der Wiese, Rumohr schnarcht, daß die Blumen erzittern, und ich denk' an die Sturmglocke, deren Geläut so fürchterlich in den Ohren der Feinde erklingt, und auf deren Ruf alle mit Trommeln und Pfeifen ausziehen, ob auch die Stürme brausen, ob Nacht oder Tag, – und Rumohr, im Schatten eines jungbelaubten Baumes, eingewiegt von scherzenden Lüftchen und singenden Mückchen, schläft fest; was geht den Edelmann das Schicksal derer an, denen keine Strapaze zu hart, kein Marsch zu weit ist, die nur fragen: »Wo ist der Feind? – Dran, dran, für Gott, unsern lieben Kaiser und Vaterland!!« – Das muß ich Dir sagen, wenn ich je einen Kaiser, einen Landesherrn lieben könnte, so wär's im Augenblick, wo ein solches Volk im Enthusiasmus sein Blut für ihn verspritzt; ja, dann wollt' ich auch rufen: »Wer mir meinen Kaiser nehmen will, der muß mich erst totschlagen«, aber so sag' ich mit dem Apostel:

»Ein jeder ist geboren, König zu sein und Priester der eignen göttlichen Natur, wie Rumohr.«

Die Isar ist ein wunderlicher Fluß. Pfeilschnell stürzen die jungen Quellen von den Bergklippen herab, sammeln sich unten im felsigen Bett in einen reißenden Strom. Wie ein schäumender Drache mit aufgesperrtem Rachen braust er hüben und drüben, über hervorragende Felsstücke verschlingend her, seine grünen dunklen Wellen brechen sich tausendfach am Gestein, und schäumend jagen sie hinab, sie seufzen, sie lallen, sie stöhnen, sie brausen gewaltig. Die Möven fliegen zu Tausenden über den Wassersturz und netzen die Spitzen ihrer scharfen Flügel; – und in so karger Gegend, schauderhaft anzusehen, ein schmaler Steg von zwei Brettern, eine Viertelstunde lang, schräg in die Länge des Flusses. – Nun, wir gingen, keine Gefahr ahnend, drüber hin, die Wellen brachen sich in schwindelnder Eile auf dem Wehr unter dem zitternden Steg. Außer daß die Bretter mit meiner Leichtigkeit hin- und herschwankten und Rumohrs Fuß zweimal durchbrach, waren wir schon ziemlich weit gekommen, ein dicker Bürger mit der Verdienstmedaille auf der Brust kam von der andern Seite, keiner hatte den andern bemerkt, aneinander vorbeizukommen war nicht, einer mußte umdrehen. Rumohr sagt: »Wir müssen erst erfahren, für was er die Medaille hat, darauf soll's ankommen, wer umkehrt.« Wahrhaftig, ich fürchtete mich, mir war schon schwindlig, hätten wir umkehren müssen, so war ich voran, während die losen Bretter unter meinen Füßen schwankten. Wir erkundigten uns ehrerbietigst nach der Ursache seines Verdienstes: – er hatte einen Dieb gefangen. Rumohr sagte: »Dies Verdienst weiß ich nicht zu schätzen, denn ich bin kein Dieb, also bitt' ich umzukehren«, der verwunderte dicke Mann ließ sich mit Rumohrs Beihilfe umkehren und machte den Weg zurück.

Unter einem Kastanienbaum ließ ich mich nieder, träumend grub ich mit einem Reis in die Erde. Rumohr jagt mit Stock und Hut die Maikäfer auseinander, die wie viele Flintenkugeln uns umschwirrten beim Nachhausegehen in der Dämmerung. – Nah an der Stadt auf einem grünen Platz am Ufer steht die Statue des heiligen Johann von Nepomuk, der Wassergott; vier Laternen werfen einen frommen Glanz auf ihn, die Leute knien da nacheinander hin, verrichten ihr Gebet, stört keiner den andern, gehen ab und zu. Die Mondsichel stand oben; – in der Ferne hörten wir Pauken und Trompeten, Signal der Freude über die Rückkunft des Königs; er war geflohen vor einer Handvoll waghalsiger Tiroler, die wollten ihn gefangen haben, warum ließ er sich nicht fangen, da war er mitten unter Helden, keine bessere Gesellschaft für einen König; umsonst wär's nicht gewesen, der Jubel würde nicht gering gewesen sein, von Angesicht zu Angesicht hätte er vielleicht bessere Geschäfte gemacht, er ist gut, der König, der muß sich auch fügen ins eiserne Geschick der falschen Politik. – Die Stadt war illuminiert, als wir hineinkamen, und mein Herz war bei dem allen schwer, sehr schwer, wollte gern mit jenen Felssteinen in die Tiefe hinabrollen, denn weil ich alles geschehen lassen muß. Heut' haben wir den 18. Mai, die Bäume blühen, was wird noch alles vorgehen, bis die Früchte reifen. Vorgestern glühte der Himmel über jenen Alpen, nicht vom Feuer der untertauchenden Sonne, nein, vom Mordbrand; da kamen sie in den Flammen um, die Mütter mit den Säuglingen, hier lag alles im schweigenden Frieden der Nacht, und der Tau tränkte die Kräuter, und dort verkohlte die Flamme den mit Heldenblut getränkten Boden.

Ich stand die halbe Nacht auf dem Turm im Hofgarten und betrachtete den roten Schein und wußte nicht, was ich davon denken sollte, und konnte nicht beten, weil es doch nichts hilft, und weil ein göttlich Geschick größer ist als alle Not, und allen Jammer aufwiegt. –

Ach, wenn sehnsüchtiger Jammer beten ist, warum hat *dann* Gott mein heißes Gebet nicht erhört? – Warum hat er mir nicht einen Führer geschickt, der mich die Wege hinübergeleitet hätte? – Ich zittere zwar vor Furcht und Schrecken über allen Gräuel, den man nimmer ahnen könnte, wenn er nicht geschehen wär', aber die Stimme aus meinem Herzen hinüber zu ihnen übertäubt alles. Das Schloß der blinden Tannenberge haben sie verräterisch abgebrannt; Schwatz, Greise, Kinder, Heiligtümer; ach, was soll ich Dir schreiben, was ich nimmermehr selbst wissen möchte, und doch haben die Bayern selbst jubelnd sich dessen gerühmt, so was muß man tragen lernen mit kaltem Blut und muß denken, daß Unsterblichkeit ein ewiger Lohn ist, der alles Geschick überbietet. –

Der König fuhr, da wir eben in die Stadt kamen, durch die erleuchteten Straßen, das Volk jauchzte, und Freudentränen rollten über die Wangen der harten Nation; ich warf ihm auch Kußhände zu, und ich gönn' ihm, daß er geliebt ist. – Adieu, hab' Dein treues Kind lieb, sag' ihm bald ein paar Worte.

Bettine.

Bettina. Bleistiftzeichnung von Ludwig Emil Grimm: »Landshut, 1809 ad viv«

An Goethe.

Am 22. Mai.

Heute morgen zu meiner Überraschung erhielt ich Deinen Brief. Ich war gar nicht mehr gefaßt darauf, schon die ganze Zeit schreibe ich meine Blätter als ein verzweifelter Liebhaber, der sie dem Sturmwind preisgibt, ob *der* sie etwa hintrage zu dem Freund, in den mein krankes Herz Vertrauen hat. So hat mich denn mein guter Genius nicht verlassen! Er durchsauset die Lüfte auf einem schlechten Postklepper, und am Morgen einer Nacht voll weinender Träume erblick' ich erwachend das blaue Kuvert auf meiner grünen Decke.

So tretet denn, ihr steilen Berge, ihr schroffen Felswände, ihr kecken, racheglühenden Schützen, ihr verwüsteten Tale und rauchenden Wohnungen bescheiden zurück in den Hintergrund und überlaßt mich einer ungemessenen Freude, die elektrische Kette, die den Funken von *ihm* bis zu mir leitet, zu berühren, und unzähligemal nehm' ich ihn in mich auf, Schlag auf Schlag, diesen Funken der Lust. – Ein großes Herz, hoch über den Schrecken der Zeit, neigt sich herab zu meinem Herzen. Wie der silberne Faden sich niederschlängelt ins Tal zwischen hinabgrünenden Matten und blühenden Büschen (denn wir haben ja Mai), sich unten sammelt und im Spiegel mir mein Bild zeigt, so leiten Deine freundlichen Worte hinab zu mir das schöne Bewußtsein, aufbewahrt zu sein im Heiligtum Deiner Erinnerungen, Deiner Gefühle; so wag' ich's zu glauben, da dieser Glaube mir den Frieden gibt. –

O, lieber Freund, während Du Dich abwendest vor dem Unheil trüber Zeit, in einsamer Höhe Geschicke bildest und mit scharfen Sinnen sie lenkest, daß sie ihrem Glück nicht entgehen, denn sicher ist dies schöne Buch, welches Du Dir zum Trost über alles Traurige erfindest, ein Schatz köstlicher Genüsse, wo Du in feinen Organisationen und großen Anlagen der Charaktere Stimmungen einleitest und Gefühle, die beseligen, wo Du mit freundlichem Hauch die Blume des

Glücks erweckst und in geheimnisvoll glühenden Farben erblühen machst, was unser Geist entbehrt. – Ja, Goethe, während diesem hat es sich ganz anders in mir gestaltet. – Du erinnerst Dich wohl noch, daß die Gegend, das Klima meiner Gedanken und Empfindungen, heiter waren, ein freundlicher Spielplatz, wo sich bunte Schmetterlinge zu Herden über Blumen schaukelten, und wie Dein Kind spielte unter ihnen, so leichtsinnig wie sie selber, und Dich, den einzigen Priester dieser schönen Natur, mutwillig umjauchzte, manchmal auch tiefbewegt allen Reiz beglückter Liebe in sich sammelnd zu Deinen Füßen in Begeisterung überströmte. Jetzt ist es anders in mir, düstere Hallen, die prophetische Monumente gewaltiger Todeshelden umschließen, sind der Mittelpunkt meiner schweren Ahnungen; der weiche Mondesstrahl, der goldnen Birke Duft dringen da nicht ein, aber wohl Träume, die mir das Herz zerreißen, die mir im Kopf glühen, daß alle Adern pochen. Ich liege an der Erde am verödeten Ort und muß die Namen ausrufen dieser Helden, deren schauerliches Geschick mich verwundet; ich seh' ihre Häupter mit Siegeslorbeern geschmückt, stolz und mächtig unter dem Beil niederrollen auf das Schafott. Ach Gott, ach Gott, welch lauter Schrei der Verzweiflung durchfährt mich bei diesen einbilderischen Träumen. Warum muß ich verzagen, da noch nichts verloren ist? – Ich hab' ein Fieber, so glüht mir der Kopf. Auf dem tonnenförmigen Gipfel des Kofels, Speckbachers Horst, der schlaflos, keiner Speise bedürfend, mit besserer Hoffnung beflügelt, leicht wie ein Vogel schwebt über dem Augenblick, da es Zeit ist. Auf dem Brenner, wo Hofers unwandelbarer Gleichmut die Geschicke lenkt, die Totenopfer der Treue anordnet. Am Berge Ischel, wo der Kapuziner den weißen Stecken in der Hand, alles erratend und vorbeugend, sich allen voranwagend, an der Spitze des Landvolks, siegbewußt über die Saaten niederjagt ins Tal. Da seh' ich auch mich unter diesen, die kurze grün und weiße Standarte schwingend, weit voran auf steilstem Gipfel, und der Sieg brennt mir in den Gliedern, und da kommt der böse Traum und haut mit geschwungener Axt mir die feste Hand ab, die niederstürzt mitsamt der Fahne in den Abgrund, dann ist alles so öde und stumm, die Finsternis bricht ein und alles verschwunden, nur ich allein auf der Felswand ohne Fahne, ohne Hand, verzeih's, daß ich so rase, aber so ist's.

Heute morgen noch mein letzter Traum, da trat einer zu mir auf dem Schlachtfeld, sanft von Gesicht, von gemessenem Wesen, als wär' es Hofer; der sagte mitten unter Leichen stehend zu mir: *Die starben alle mit großer Freudigkeit.* In demselben Augenblick erwachte ich unter Tränen, da lag Dein Brief auf dem Bett.

Ach, vereine Dich doch mit mir, Ihrer zu gedenken, die da hinstürzen ohne Namen, kindliche Herzen ohne Fehl, lustig geschmückt wie zur Hochzeit mit goldnen Sträußern, die Mützen geziert mit Schwungfedern der Auerhähne und mit Gemsbärten, das Zeichen tollkühner Schützen. Ja! Gedenke ihrer; es ist des Dichters Ruhm, daß er den Helden die Unsterblichkeit sichere!

[...]

An Goethe.

Die Welt wird mir manchmal zu eng. Was mich drückt? Es ist der Waffenstillstand, der Friede mit allen schauerlichen Folgen, mit aller verruchten Verräterei der Politik. Die Gänse, die mit ihrem Geschrei das Kapitol einst retteten, lassen sich ihr Recht nicht streitig machen, sie allein führen das Wort.

Aber Du, freundlicher Goethe! Sonnenschein! Der auch mitten im Winter auf den beschneiten Höhen liegt und in mein Zimmer guckt. – Ich hab' mir des Nachbars Dach, das morgens von der Sonne beschienen ist, als ein Zeichen von Dir gesetzt.

Ohne Dich wär' ich vielleicht so traurig geworden als ein Blindgeborner, der von den Himmelslichtern keinen Begriff hat. Du klarer Brunnen, in dem der Mond sich spiegelt, da man die Sterne mit hohler Hand zum Trinken schöpft; Du Dichter, Freier der Natur, der, ihr Bild in der Brust, uns arme Sklavenkinder es anbeten lehrt.

Daß ich Dir schreibe, ist so sonderbar, als wenn eine Lippe zur andern spräche. Höre, ich habe Dir was zu sagen, ja ich hole zu weit aus, da sich doch alles von selbst versteht, und was sollte die andere Lippe darauf antworten? Im Bewußtsein meiner Liebe, meiner innigsten Verwandtschaft zu Dir schweigst Du. – Ach, wie konnte doch Ottilie früher sterben wollen? – O, ich frage Dich: ist es nicht auch Buße, Glück zu tragen, Glück zu genießen? – O Goethe, konntest Du keinen erschaffen, der sie gerettet hätte? – Du bist herrlich, aber grausam, daß Du dies Leben sich selbst vernichten läßt; nachdem nun einmal das Unglück hereingebrochen war, da mußtest Du decken, wie die Erde deckt, und wie sie neu über den Gräbern erblüht, so mußten höhere Gefühle und Gesinnungen aus dem Erlebten erblühen, und nicht durfte der unreife jünglinghafte Mann so entwurzelt weggeschleudert werden, und was hilft mich aller Geist und alles Gefühl in Ottiliens Tagebuch? Nicht kindlich ist's, daß sie den Geliebten verläßt und nicht von ihm die Entfaltung ihres Geschicks erwartet, nicht weiblich ist's, daß sie nicht bloß sein Geschick beratet; und nicht mütterlich, da sie ahnen muß die jungen Keime alle, deren Wurzeln mit den ihrigen verwebt sind, daß sie ihrer nicht achtet und alles mit sich zugrunde richtet.

Es gibt eine Grenze zwischen einem Reich, was aus der Notwendigkeit entsteht, und jenem höheren, was der freie Geist anbaut; in die Notwendigkeit sind wir geboren, wir finden uns zuerst in ihr, aber zu jenem freien werden wir erhoben. Wie die Flügel den Vogel in die Lüfte tragen, der unbefiedert vorher ins Nest gebannt war, so trägt jener Geist unser Glück stolz und unabhängig in die Freiheit; hart an diese Grenze führst Du Deine Lieben, kein Wunder! Wir alle, die wir denken und lieben, harren an dieser Grenze unserer Erlösung; ja die ganze Welt kommt mir vor wie am Strand versammelt und einer Überfahrt harrend durch alle Vorurteile, böse Begierden und Laster hindurch zum Land, da einer himmlischen Freiheit gepflegt werde. Wir tun unrecht zu glauben, dazu müsse der Leib abgelegt werden, um in den Himmel zu kommen. Wahrhaftig! Wie die ganze Natur von Ewigkeit zu Ewigkeit sich vorbereitet, ebenso bereitet sich der Himmel vor, in sich selbsten, in der Erkenntnis eines keimenden geistigen Lebens, dem man alle seine Kräfte widmet, bis es sich von selbst in die Freiheit gebäre, dies ist unsere Aufgabe, unsere geistige Organisation, es kommt drauf an, daß sie sich belebe, daß der Geist Natur werde, damit dann *wieder* ein Geist, ein weissagender sich aus dieser entfalte. Der Dichter (Du, Goethe) muß zuerst dies neue Leben entfalten, er hebt die Schwingen und schwebt über den Sehnenden und lockt sie und zeigt ihnen, wie man über dem Boden der Vorurteile sich erhalten könne; aber ach! Deine Muse ist eine Sappho, statt dem Genius zu folgen, hat sie sich hinabgestürzt.

[...]

Aus dem originalen Briefwechsel zwischen Bettina und Goethe

Bettina an Goethe.

––– und somit begreifst Du mich, wenn ich Dir erzähle, daß das Wochenbett Deiner Mutter blaugewürfelte Vorhänge hatte, worin sie Dich zur Welt brachte; sie war damals achtzehn Jahr' alt und ein Jahr verheiratet. Drei Tage bedachtest Du Dich, eh' Du ans Weltlicht kamst, und machtest der Mutter schwere Stunden; aus Zorn, daß Dich die Not aus dem eingebornen Wohnort trieb und durch die Mißhandlung der Amme kamst Du ganz schwarz und ohne Lebenszeichen; sie legten Dich in einen sogenannten Fleischarden mit Main und bäheten Dir die Herzgrube, ganz an Deinem Leben verzweifelnd. Deine Großmutter stand hinter dem Bett, als Du zuerst die Augen aufschlugst, rief sie hervor: »Rätin! er lebt!« »Da erwachte mein mütterliches Herz und lebte seitdem in fortwährender Begeisterung bis zu dieser Stunde«, sagte sie mir in ihrem fünfundsiebzigsten Jahre. Dein Großvater, der der Stadt ein herrlicher Bürger und damals Syndikus war, wendete stets Zufall und Unfall zum Wohl der Stadt an, und so wurde auch Deine schwere Geburt die Veranlassung, daß die Stadt einen Accoucheur für die Armen einsetzte; »schon in der Wiege war er den Menschen eine Wohltat« sagte die Mutter. Sie legte Dich an ihre Brust, allein Du warst nicht zum Saugen zu bringen. Da wurde Dir eine Amme gegeben, »an dieser hat er mit rechtem Appetit und Behagen getrunken; da es sich nun fand« – sagte sie –, »daß ich keine Milch hatte, so merkten wir bald, daß er gescheiter gewesen war wie wir alle, da er nicht an mir trinken wollte«.

Siehst Du, nun bist Du einmal geboren, nun kann ich schon immer ein wenig pausieren, nun bist Du einmal da, ein jeder Augenblick ist mir lieb genug, um dabei zu verweilen; ich mag den zweiten nicht herbeirufen, daß er mich vom ersten wegdränge; – wo Du bist ist Lieb und Güte, wo Du bist Natur. – Jetzt wart' ich's erst ab, daß Du mir wieder schreibst »Nun erzähl' weiter«, dann werd' ich erst fragen: »Nun, wo sind wir denn geblieben?« – und dann werd' ich Dir erzählen von Deinen Großeltern, von Deinen Träumen, Schönheit, Stolz, Liebe pp. Amen.

Rätin, er lebt! das Wort ging mir immer durch Mark und Bein, sooft die Mutter es im erhöhten Freudenton vortrug. »Das Schwert der Gefahr hängt oft an einem Haar, aber der Segen einer Ewigkeit liegt oft in einem Blick der Gnade«, kann man bei Deiner Geburt wohl sagen.

Bettine.

[...]

Bettina an Goethe.

Die Himmel dehnen sich soweit vor mir, alle Berge, die ich je mit stillem Blick maß, heben sich so unermeßlich, die Ebenen, die erhaben mit dem glühenden Rand der aufgehenden Sonne begrenzt waren, sie haben keine Grenzen mehr; in die Ewigkeit hinein. Will denn sein Leben so viel Raum haben?

Von seiner Kindheit; wie er schon mit neun Wochen ängstliche Träume gehabt, wie er allerlei sonderbare Gesichter geschnitten, und wenn er aufgewacht, in ein sehr betrübtes Weinen zerfallen, oft auch sehr heftig geschrien hat; so daß ihm der Atem entging und die Eltern für sein Leben besorgt waren; sie schafften eine Schelle an; wenn sie merkten, daß er im Schlaf unruhig ward, schellten und rasselten sie heftig durcheinander, damit er bei dem Aufwachen gleich den Traum vergessen möge. Als ihn einst die Tante auf dem Arm hatte, fiel er plötzlich auf ihr Gesicht mit dem seinigen und geriet dadurch so außer sich, daß ihm der Vater stets Luft einblasen mußte, damit er nur nicht ersticke. – »Diese kleinen Zufälle würde ich vergessen haben in einem Zeitraum von

Bettina mit dem Modell des von ihr entworfenen Goethe-Denkmals. Radierung von Ludwig Emil Grimm

sechzig Jahren«, sagte die Mutter, »wenn nicht sein fortwährendes Leben mir dies alles geheiligt hätte; denn soll ich die Vorsehung nicht anbeten, wenn ich bedenke, daß ein Leben damals von einem Lufthauch abhing, das sich jetzt in tausend Herzen befestigt hat, und mir ist es nun gar das einzige, denn Du kannst wohl denken, Bettine, daß Weltbegebenheiten mich nicht sehr anfechten, daß Gesellschaften mich nicht erfüllen hier in meiner Einsamkeit, wo ich die Tage nacheinander zähle und keiner vergeht, daß ich nicht Vergnügen oder Behagen empfunden hätte, hier denk' ich auch meines Sohnes und alles ist mir wie Gold.« – Er spielte nicht gern mit kleinen Kindern, sie mußten denn sehr schön sein. In einer Gesellschaft fing er plötzlich an zu weinen; da man ihn nach der Ursache fragte, schrie er: »Das schwarze Kind kann ich nicht leiden, das soll hinaus«; er hörte auch nicht auf, bis er nach Hause kam, wo ihn die Mutter befragte über die Unart, er konnte sich nicht trösten über des Kindes Häßlichkeit. Damals war er drei Jahr' alt. – Die Bettine, welche auf einem Schemel zu Füßen der Frau Rat saß, machte ihre eignen Glossen darüber und drückte der Mutter Knie ans Herz.

Zu der kleinen Schwester Cornelie hatte er, da sie noch in der Wiege lag, schon die zärtlichste Zuneigung, er steckte heimlich Brot in die Tasche und stopfte es dem Kinde in den Mund, wenn es schrie, wollte man es wieder nehmen, so ward er gewaltig zornig, kletterte an den Leuten hinauf und raufte ihnen die Haare aus; er war überhaupt vielmehr zum Zürnen wie zum Weinen zu bringen. – Die Küche im Haus ging auf die Straße, an einem Sonntagmorgen, da alles in der Kirche war, geriet der kleine Wolfgang hinein, erwischte ein Geschirr und warf's zum Fenster hinaus; das Rappeln freute ihn gar sehr, die Nachbarn hatten auch ihre Freude daran, nun warf er in größter Eil' alles, was er langen konnte, hinaus, wie er bald fertig war, kam die Mutter dazu und lachte mit. –

Er war so schön, daß ihn seine Wärterin nicht wohl durch eine volkreiche Straße tragen konnte, weil alle Menschen sich herandrängten, ihn zu sehen; auch begehrten Frauen, die gesegneten Leibes waren, ihn zu sehen; jedoch ist in seiner Vaterstadt keine Spur von Ähnlichkeit mit ihm zu bemerken.

Kein Spielwerk konnte ihn mehr fesseln als das Zahlbrett seines Vaters, auf dem er bayrische Halbgulden stundenlang hin und her zählte. Damals war er sieben Jahr' alt. – Sonderbar fiel es der Mutter auf, daß er bei dem Tod seines jüngern Bruders Jacob, der sein Spielkamerad war, keine Träne vergoß, er schien vielmehr eine Art Ärger über die Klagen der Eltern und Geschwister zu haben. Da die Mutter nun acht Tage nachher den Trotzigen fragte, ob er den Bruder nicht lieb gehabt habe, lief er in seine Kammer, brachte unter dem Bett hervor eine Menge Papiere, die mit Lektionen und Geschichtchen beschrieben waren, er sagte, daß er dies alles gemacht habe, um es dem Bruder zu lehren. –

Nun, lieber Goethe, muß ich bekennen, daß mir das Herz zusammenpreßt, wenn ich Dir diese Dinge hintereinander hinschreibe, die mit tausend Gedanken zusammenhängen, die ich Dir dennoch weder deutlich machen noch erzählen kann, denn Du liebst Dich nicht wie ich, und Dir muß dies wohl unbedeutend scheinen, während ich keinen Atemzug von Dir verlieren möchte. – Laß mich Dir noch erzählen, daß Dein Großvater einen Birnbaum in seinem kleinen Garten vor dem Bockenheimer Tor am Tage Deiner Geburt pflanzte; der Baum ist sehr groß geworden, von seinen Früchten, die köstlich sind, habe ich gegessen, und Du – würdest mich auslachen, wenn ich Dir alles sagen wollte. Daß vieles sich nicht verwindet, wenn's einmal empfunden ist, daß es immer wiederkehrt, ist nicht traurig; aber daß die Ufer ewig unerreichbar bleiben, das schärft den Schmerz – wenn mir Deine Liebe zu meiner Mutter durchklingt, und ich seh' so das Ganze, die Zurückhaltung, das Verbrausen der Jugend auf tausend Wegen –, es muß sich ja doch einmal lösen – mein Leben, was war's anders als ein tiefer Spiegel des Deinigen. Wenn die Stunden der Nacht nacheinander schlagen: wer trägt die Kunde davon hinab, wer treibt das Rad der Zeit unter der Erde, wenn nicht liebende Ahndung, die alles mit sich fortzieht; und so war ich Dir nachgekommen ans Licht, und so werd' ich Dir nachziehen ins Dunkel. – Mein lieber Freund, der mich nimmermehr verkennt, sieh, ich löse mir das Rätsel auf mancherlei schöne Weise, aber: frag' nicht, was es ist, und laß das Herz gewähren, sag' ich mir hundertmal.

Ich seh' um mich emporwachsen Pflanzen seltner Art, sie haben Stacheln und haben Duft, ich mag keine berühren, ich mag keine missen. Wer sich ins Leben hereinwagt, der kann sich nur wieder durcharbeiten in die Freiheit; und ich weiß, daß ich Dich einst noch festhalten werde und mit Dir sein und in Dir sein, das ist das Ziel meiner Wünsche, das ist mein Glaube.

Leb' wohl, sei gesund und laß Dir ein einheimischer Gedanke sein, daß Du mich wiedersehen wollest. Vieles möcht' ich vor Dir aussprechen.

Am 12. November.

Bettine.

Bettina an Goethe.

Mein teurer Freund!

Ich kenne Dich nicht! nein, ich kenne Dich nicht! ich kann Deine Worte mißverstehen, ich kann mir Sorgen um Dich machen: da Du doch Freiheit hast über aller Sklaverei, da doch Dein Antlitz nie vom Unglück überschattet war, keine Wolke hat sich je an Deine Stirn gelagert, kein Sturm, kein Ungewitter, ein Maischauer mag wohl von Deinen Augen niedergeregnet sein; – und ich kann Furcht haben? bei dem edelsten Gastfreunde des Glücks? – Die wahre Liebe hat kein Bekümmernis, ich habe mir oft vorgenommen, daß ich Dich viel zu heilig halten will als elende Angst um Dich zu hegen, und Du in mir nur Freude und Trost hervorbringen sollst. – Sei es, wie es mag: hab' ich Dich auch nicht, hab' ich Dich doch. – Nicht wahr, meine Briefe, sie sagen Dir die Wahrheit? Da hast Du mich. – Und ich? – weissagend verfolge ich die Züge Deiner Feder, die Hand, die mir gnädig ist, hat sie geführt, das Auge, das mir wohlwill, hat sie übersehen, und der Geist, der so vieles, so verschiedenes umfängt, hat sich eine Minute lang ausschließlich zu mir gewendet. – Da hab' ich Dich – soll ich Dir einen Kommentar hierzu machen? – ein Augenblick ist ein schicklicherer Raum für den Aufenthalt eines Gottes als eine halbe Stunde – der Augenblick, den Du mir schenkst, ist mir seliger als das ganze Leben.

Heute, am vierundzwanzigsten, habe ich die Duetten erhalten, mit den wenigen Zeilen von Dir, die mich aufs Gradewohl irreführten, es war mir, als könntest Du krank sein pp., aber wenn auch! für Dich ist nicht zu fürchten, nicht zu zittern. Weh mir! wenn ich Dir nicht freudig folgen kann, wenn meine Liebe den Weg nicht findet, der Dir immer so nah ist, wie mein Herz dem Deinigen ist und war.

Schön wie ein Engel warst Du, bist Du und bleibst Du; so waren auch in Deiner frühesten Jugend aller Augen auf Dich gerichtet. Einmal stand jemand am Fenster bei Deiner Mutter, da Du eben über die Straße herkamst mit mehrern andern Knaben; sie bemerkten, daß Du sehr gravitätisch einherschrittest, und hielten Dir vor, daß Du Dich mit Deinem Gradehalten sehr sonderbar von den andern Knaben auszeichnetest. – »Mit diesem mache ich den Anfang«, sagtest Du, »und später werd' ich mich mit noch allerlei auszeichnen.« »Und das ist auch wahr geworden«, sagte die Mutter.

Einmal zur Herbstlese, wo denn in Frankfurt am Abend in allen Gärten Feuerwerke abbrennen und von allen Seiten Raketen aufsteigen, bemerkte man in den entferntesten Feldern, wo sich die Festlichkeit nicht hin erstreckt hatte, viele Irrlichter, die hin und her hüpften, bald auseinander, bald wieder eng zusammen, endlich fingen sie gar an, figurierte Tänze aufzuführen, wenn man nun näher drauflos kam, verlosch ein Irrlicht nach dem andern, manche taten noch große Sätze und verschwanden, andere blieben mitten in der Luft und verloschen dann plötzlich, andere setzten sich auf Hekken und Bäume, weg waren sie, die Leute fanden nichts, gingen wieder zurück, gleich fing der Tanz von vorne an; ein Lichtlein nach dem andern stellte sich wieder ein und tanzte um die halbe Stadt herum. Was war's? – Goethe, der mit vielen Kameraden, die sich Lichter auf die Hüte gesteckt hatten, da draußen herumtanzte.

Das war Deiner Mutter eine der liebsten Anekdoten, sie konnte noch manches dazu erzählen, wie Du nach solchen Streichen immer lustig nach Hause kamst und hundert Abenteuer gehabt pp. Deiner Mutter war gut zuhören! –

»In seiner Kleidung war er nun ganz entsetzlich eigen; ich mußte ihm täglich drei Toiletten besorgen, auf einen Stuhl hing ich einen Überrock, lange Beinkleider, ordinäre Weste, stellte ein Paar Stiefel dazu, auf den zweiten einen Frack, seidne Strümpfe, die er schon angehabt hatte, Schuhe pp., auf den dritten kam alles vom Feinsten nebst Degen und Haarbeutel; das erste zog er im Hause an, das zweite wenn er zu täglichen Bekannten ging, das dritte zum Gala pp. Kam ich nun am andern Tage hinein, da hatte ich Ordnung zu stiften, da standen die Stiefel auf den feinen Manschetten und Halskrausen, die Schuhe standen gegen Osten und Westen, ein Stück lag da, das andere dort. Da schüttelte ich den Staub aus den Kleidern, legte frische Wäsche hin, brachte alles wieder ins Gleis. Wie ich nun so eine Weste nehme und sie am offnen Fenster recht herzhaft in die Luft schwinge, fahren mir plötzlich eine Menge kleiner Steine ins Gesicht; darüber fing ich an zu fluchen; er kam hinzu, ich zanke ihn aus, die Steine hätten mir ja ein Auge aus dem Kopf schlagen können; – »nun, es hat Ihr ja kein Aug' ausgeschlagen, wo sind denn die Steine, ich muß sie wieder haben, helf' Sie mir sie wieder suchen«, sagte er; nun muß er sie wohl von seinem Schatz bekommen haben, denn er bekümmerte sich gar nur um die Steine, es waren ordinäre Kieselsteinchen und Sand; daß er den nicht mehr zusammenlesen konnte, war ihm ärgerlich, alles, was noch da war, wickelte er sorgfältig in ein Papier und trug's fort. Den Tag vorher war er in Offenbach gewesen, da war ein Wirtshaus zur Rose, die Tochter hieß das schöne Gretchen; er hatte sie sehr gern; das war die erste, von der ich weiß, daß er sie lieb hatte.«

Alter, bist Du bös', daß die Mutter mir dies alles erzählt hat? Diese Geschichte habe ich nun ganz ungemein lieb, Deine Mutter hat sie mir wohl zwanzigmal erzählt. Manchmal setzte sie hinzu, daß die Sonne ins Fenster geschienen habe, daß Du rot geworden seist, daß Du die aufgesammelten Steinchen fest ans Herz gehalten und damit fortmarschiert, ohne auch nur eine Entschuldigung gemacht zu haben, daß sie ihr ins Gesicht geflogen. Siehst Du, was die alles gemerkt hat, was die die Mutterfreuden herzig und herzhaft genossen hat. Denn so klein die Begebenheit schien, war es ihr doch eine Quelle von freudiger Betrachtung über Deine Raschheit, funkelnde Augen, pochend Herz, rote Wangen pp. – es ergötzte sie ja noch in ihrer späten Zeit. – Diese und die folgende Geschichte haben mir den lebhaftesten Eindruck gemacht, ich sah Dich in beiden vor mir, in vollem Glanz Deiner Jugend. An einem hellen Wintertag, an dem Deine Mutter Gäste hatte, machtest Du ihr den Vorschlag, mit den Fremden an den Main zu fahren. »Mutter, Sie hat mich ja doch noch nicht Schlittschuh laufen sehen, und das Wetter ist heut' so schön« p. »Ich zog meinen karmosinroten Pelz an, der einen langen Schlepp hatte und vorn herunter mit goldnen Spangen zugemacht war, und so fahren wir denn hinaus; da schleift mein Sohn herum wie ein Pfeil zwischen den andern durch, die Luft hatte ihm die Backen rot gemacht, und der Puder war aus seinen braunen Haaren geflogen, wie er nun den karmosinroten Pelz sieht, kommt er herbei an die Kutsch' und lacht mich ganz freundlich an. – »Nun was willst du?« sag' ich. »Ei Mutter, Sie hat ja doch nicht kalt in Wagen, geb' Sie mir Ihren Sammetrock.« – »Du wirst ihn doch nit gar anziehen wollen?« – »Freilich will ich ihn anziehen.« – Ich zieh' halt mein prächtig warme Rock aus, er zieht ihn an, schlägt die Schleppe über den Arm, und da fährt er hin wie ein Göttersohn auf dem Eis; Bettine, wenn du ihn gesehen hättest!! – So was Schönes gibt's nicht mehr, ich klatschte in die Hände vor Lust! Mein Lebtag' seh' ich noch, wie er den einen Brückenbogen hinaus und den andern wieder hereinlief, und wie da der Wind ihm den Schlepp lang hinten nachtrug.« –

Nun bei dieser Geschichte kann ich wieder sagen, was ich Dir in Töplitz sagte: daß es mich immer durchglüht, wenn ich an Deine Jugend denke; ja es durchglüht mich auch, und ich habe einen ewigen Genuß an Deiner Schönheit; wenn in etwas die Kraft ganz sich ausgebildet hat, die mir zugegeben ist, so ist es in dieser lebhaften Empfindung Deiner Herrlichkeit. – Wie freut es einen, den Baum vor der Haustür, den man seit der Kindheit kennt, im Frühjahr wieder grünen und Blüten gewinnen zu sehen; – wie freut es mich, da Du mir ewig blühst, wenn zuzeiten Deine Blüten eine innigere höhere Farbe ausstrahlen und ich in lebhafter Erinnerung mein Gesicht in die Kelche hineinsenke und sie ganz einatme. –

Am 28. November.

Bettine.

›Königsbücher‹

Vorbemerkung

Als politische Schriftstellerin tritt Bettina erstmals 1843 an die Öffentlichkeit mit dem ersten Band des die Widmung bereits im Titel enthaltenden *Dies Buch gehört dem König*, dessen Adressat Friedrich Wilhelm IV. von Preußen ist. Die 1844 begonnene Arbeit am sogenannten »Armenbuch« gibt sie noch im gleichen Jahr aufgrund des Drucks der politischen Verhältnisse wieder auf (vgl. S. 255). Erst 1852 erscheinen die *Gespräche mit Dämonen. Des Königsbuches zweiter Band*.

Im Gegensatz zu zahlreichen Vertretern der frühromantischen Bewegung, die sich wie Clemens Brentano, August Wilhelm und Friedrich Schlegel der politischen Reaktion annähern bzw. sich in einen mystischen Katholizismus zurückziehen, radikalisiert sich Bettinas politischer Standpunkt mit den Jahren. Schon in ihren frühen Briefen setzt sie sich für die Judenemanzipation ein und formuliert mit ihrem Engagement für die Tiroler (in *Goethes Briefwechsel mit einem Kinde*) die Notwendigkeit politischen Handelns. Unterbrochen ist ihre direkte Anteilnahme in den Ehejahren mit Arnim – immerhin ist sie Mutter von sieben Kindern. Nach dem Tod Arnims beginnt die Epoche der schriftstellerischen, aber auch der sozialen und politischen Arbeit: Während der großen Choleraepidemie des Sommers 1831 pflegt sie Kranke in Berlin. Sie verschafft sich einen Eindruck über das Elend der Armen im Berliner »Vogtland«, sie tritt für politisch Verfolgte ein. Als die Brüder Grimm 1837 aus politischen Gründen aus dem Staatsdienst entlassen werden, ist sie es, die unermüdlich für deren Rehabilitierung eintritt. 1839 wendet sie sich deshalb mit der sogenannten »Großen Epistel«, einem langen Brief, direkt an den Kronprinzen Friedrich Wilhelm, der in den Kreisen der politischen Opposition als liberaler Anwärter auf den Thron gilt. Ihre Bemühungen haben tatsächlich Erfolg; als Friedrich Wilhelm nach

dem Tod seines Vaters zum König gekrönt wird, beruft er die Grimms nach Berlin.
Doch die Hoffnungen auf Änderung der politischen Verhältnisse werden enttäuscht; als Regent ist Friedrich Wilhelm IV. nicht weniger reaktionär als sein Vater. Bettina jedoch weigert sich, ihn als Verantwortlichen für die politische Mißwirtschaft zu sehen. Zwar ist sie, wie Varnhagen in seinem Tagebuch notiert, »außer sich über die Wirtschaft die hier beginnt, [...] sie will Konstitution, Preßfreiheit, Vernunft und Licht«.[1] Diese Kritik ändert jedoch nichts an ihrem unbedingten Glauben an die wahre Berufung des Königs. Sie geht vielmehr davon aus, daß die ministeriale Beraterschar des Königs, seine »Kamarilla«, die eigentliche Verantwortung für die miserable Situation trägt. So entsteht der erste Band des Königsbuches mit dem Ziel, »den König zu retten«. In fiktiven Dialogen der Frau Rat Goethe formuliert sie ihre Kritik an den Verhältnissen und entwickelt ihre Idee vom Volkskönigtum. Volkskönigtum meint bei ihr eine völlige Verschmelzung von Volks- und Königswillen; der Herrscher wird als Vollstrecker des Volkswillens gedacht. Dieser Gedanke Bettinas entspringt der mystisch-religiös inspirierten Vorstellung, daß der König aufgrund einer höheren, göttlichen Wahl der »Genius« des Volkes sei. Im Begleitbrief zum »Königsbuch« an Friedrich Wilhelm IV. schreibt sie:

»Dem Volk Genius sein, es umfassend stärken und erleuchten zur kühnen Tat, das ist des Königs Beruf, aber er achte der falschen Politik nicht, die Steine in den Brunnen wirft, um den Widerschein zu trüben einer höheren Erleuchtung. [...] Der Genius nur kann Fürst sein! Und unser König – wollte der unumschränkter Genius sein! Stieg' das Ideal der Zeiten in seinem Geist uns auf! All dies ist mir durch den Kopf gegangen, als ich mein Buch schrieb.«[2]

1 Karl August Varnhagen von Ense, *Briefe*, hrsg. von Ludmilla Assing, Bd. 1, Leipzig 1865, S. 242.
2 SW Bd. 6, S. 11.

Diese Gedanken erinnern an Fichte, der 1812 im *System der Rechtslehre* formuliert: »Die Aufgabe, das Recht zu konstituieren, welche jetzt auf die zurückgeführt worden ist, den Gerechtesten seiner Zeit und seiner Nation zum Herrscher derselben zu machen, ist durch menschliche Freiheit nicht zu lösen. Es ist darum eine Aufgabe an die *göttliche Weltregierung.* [...] Irgend einmal wird und muß einer kommen, der als der Gerechteste seines Volkes der Herrscher desselben ist.«[3]

Bettinas »Königsbuch« beinhaltet keine Sozial- oder Verfassungstheorie, sondern ganz pragmatische Forderungen an den preußischen Staat: ihr geht es um Meinungsfreiheit, die Lösung aus kirchlicher Bevormundung, Toleranz und Religionsfreiheit, Judenemanzipation und Bildung für das ganze Volk, damit es mündig werde.

In der »Sokratie der Frau Rat« entwickelt sie ein sozialpsychologisches Erklärungsmodell für das Verbrechen, das auch heute noch Aktualität besitzt. Ihre zentrale These ist, daß das Verbrechen erst durch soziale Not hervorgerufen werde und somit der Staat, der sich der Fürsorge für die Unterprivilegierten verweigere, der eigentliche Verbrecher sei. – Dem ersten Band ist eine Dokumentation über die Zustände im »Vogtland«, einer Armenkolonie vor den Toren Berlins, beigefügt, um deutlich zu machen, in welchen Verhältnissen die Menschen in dieser Zeit des sozialen Umbruchs, die wir heute mit dem Stichwort »industrielle Revolution« kennzeichnen, gezwungen waren zu leben.

Der zweite Band des »Königsbuches«, die *Gespräche mit Dämonen*, erscheint erst 1852, als letztes Werk Bettinas. Auch nach der Erfahrung der gescheiterten Revolution von 1848 hält sie an ihrem Glauben an Friedrich Wilhelm IV. fest und ist überzeugt, daß ein positives Einwirken auf den Monarchen den Umschlag der Verhältnisse bewirken könne.

3 Johann Gottlieb Fichte, *Das System der Rechtslehre*, in: J. G. F., *Ausgewählte politische Schriften*, hrsg. von Zwi Batscha/Richard Saage, Frankfurt a. M. 1977, S. 341.

Wie im ersten Band des »Königsbuches« ersinnt sie fiktive Gespräche: Aus der Überlegung, daß der König immer nur von den falschen Beratern umgeben sei, entspringt der Ruf nach einem guten Dämon, der ihn uneigennützig im Volksinteresse beeinflussen soll. Der Dämon soll die kranke Beziehung zwischen Herrscher und Volk wieder heilen, um zu einer utopischen Einheit von Königswillen und Volkswillen zu gelangen. Der Dämon nähert sich dem König im Schlaf:

»Ein König hört alles nur wie im Traum! Schlafend dringt die Wahrheit heller ihm ins Ohr als wachend, wo ein Markt voll Untertanentreue und Tugendideale sich ihm feilbietet.«[4]

Der hier abgedruckte Abschnitt aus diesem »Dialog« liest sich als geschichtsphilosophische Parabel: Die Einheit zwischen Herrschern und Beherrschten läßt sich nur dann wiederherstellen, wenn sich die Menschen vom Sündenfall des Brudermords befreien.

4 SW Bd. 7, S. 70.

Dies Buch gehört dem König

Sokratie der Frau Rat

(Bruchstück. Die Verbrecher)

Pfarrer. Ihre Ansicht gehört zu den Unmöglichkeiten, die ganze Welt, das moralische Gefühl der Menge opponiert. Vox populi! – sie ist der Widerhall der Gottesstimme. Wer Recht und Gerechtigkeit handhabt, muß auf sie halten.

Fr. Rat. Gar nicht in Abred', Herr Pfarrer! Aber ein Vorsänger muß sein, wenn wir eine neue Kirchenmelodie bei der Gemeinde wollen einführen, und die wird sich doch nicht sträuben gegen eine neue Weise, die man ihr auf der Orgel angibt? –

Pfarrer. Hier wär' das aber eine fremde Tonart, die nicht in unserm Gehör liegt, die Gemeinde kann nur übereinstimmen in einer Melodie, die allen gleich faßlich ist. Ihre Ansichten, wenn wir bei dem Gleichnis der Musik bleiben, sind nicht aufs natürliche Gehör berechnet, es mag sein, daß mit einem steigenden Stadium der Bildung wir noch dazu kommen, aber bis dahin kann es nicht verteidigt werden.

Fr. Rat. Das große Menschengesetz: *Was du willst, daß sie dir tun, das tue ihnen auch*, bedarf kein steigendes Stadium. – Ich frag', ob einer zulässig finde, daß man ihm den Kopf abschlage für ein Verbrechen, was er begangen hat? – Da dicht vor dir steht der Beichtstuhl, in den hast du oft schon mit großer Angst dich eingeklemmt und bist mit erleichtertem Herzen wieder herausgekommen. Entweder deine Reu' und Leid war affektierte Feigheit, oder du hast bekennt vor dir selber, daß du der größte Sünder bist, du hast aber keineswegs die Zuversicht verloren, dich zu bessern, und deine Hoffnung ist, daß dir Frist dazu gewährt sei. Nun, mein lieber Adamssohn, gönne deinem Nebenmenschen diese Frist auch. – Abwägen kannst du sein Vergehen nicht, das kann nur Gott (aber dem ist's zu langweilig), also kannst auch du keinem das Todesurteil zusprechen. –

Pfarrer. Da ist schon ein Stein des Anstoßes. Wie soll ich von der Kanzel herab dem Volk diese gegen alles Glaubensfundament laufende Behauptung insinuieren, es sei Gott zu langweilig, die christliche Gerechtigkeit zu handhaben? –

Fr. Rat. Sie werden doch nicht daran glauben, daß Gott wie ein Krämer die Sünden abwägt.

Pfarrer. Er wird daraus kein langweilig Geschäft machen, er braucht nicht Maß und Gewicht, seine Weisheit wägt mit einem Blick. Warum soll der Gerechte zweiflen am göttlichen Schiedsrichteramt, es ist der gewaltigste Beweis für die Fortdauer unserer Seele. Darum muß ja der Leib wieder zu Staub und Asche werden, aus denen er geschaffen war, um Strafe und Lohn zu empfangen. »So wie es uns Gesetz ist, daß wir sterben«, sagt Paulus, »so werden wir auch nachher vor Gericht stehen.«

Fr. Rat. Ich kann Ihnen nicht Zeit gönnen, diese Nichtigkeiten vorzubringen. Mein Kopf glüht mir vor Eifer, Ihnen den Ihrigen zurechtzusetzen. Und hören Sie mich an. – Die Veredlung der Menschheit geht oft an ihrer Sittenverbesserung zugrund. Dazu gehört die Sündentaxe. Der wägende Richter, den Sie auf den Wolkenthron sich denken, steht auf dem Markt und läßt den scharfen Schliff seines Richtbeils im Sonnenlicht blitzen. Der Staat hat seine religiös-moralischen Anlagen, seine Abgrenzung erlaubter Begriffe, die Entwicklung unserer Seelenkräfte auf der Tenne, er drischt wechselweis drauf los, und gewinnet eine unreine Saat der Moral, der Gottheitslehre und verpfuschter Gesetze. Der Staat säet sie aus und ist allein verantwortlich für die Verbrechen, die daraus erwachsen. Das Beil in der eisernen Faust auf dem Markt zückt gegen ihn die Schneide. Und dies Beil ist die öffentliche Meinung, die mündig geworden ist und ihn verdammt.

Bürgermeister. Das müßte doch wahrlich mit dem bösen Feind zugehn, wenn der Staat die Schuld der Verbrechen tragen müßte gegen seine eignen Gesetze.

Die Frau Rat Goethe

Fr. Rat. Mit dem geht es auch zu! – Hatt' ich doch anfangs gehofft, daß Sie meiner Meinung sein würden! Aber leider, Sie stoßen mitsamt dem Herrn Pfarrer in die blecherne Kindertrompet' der Vox populi, mir zum ärgsten Ohrenverdruß.

Pfarrer. Warum würdigen Sie herab Gesetze, an denen die Menschheit ihre Gerechtigkeit entwickelt, mit der Gewissensberuhigung, nicht mehr gewagt zu haben, als sie vor Gott rechtfertigen kann, mit der Beglaubigung des Buches, was zu ihrem Wegweiser auf christlicher Lebensbahn ihr geschenkt ist, mit der Bibel ganz übereinstimmend? –

Fr. Rat. Das Buch, seitdem es mit Druckerschwärze auf alte Lumpen abgedruckt ist, was vorher mit reiner Naturschrift in den unschuldigen Busen der Menschheit geprägt war, scheint mir Verfälschungen in sich zu herbergen, welches früher, da es nur mit dem innern Geistesaug' gelesen wurde, nicht möglich war. Die Wahrheit, verfälscht, ist eine gründliche Lüge, so wie der reine Ton, verstimmt, eine totale Disharmonie ist. – Sie vergleichen die Vox populi der Kirchenmelodie, in welche Sie als Hirte einstimmen. Ich hätte mir zwar nie erwartet, daß *der* keine höhere Harmonie fasse als das bedachtlose Blöken der Herde. Mit solchem Blöken recht behalten wollen gegen alle sanfteren Melodien des Herzens, spricht weder für einen musikalischen Begriff, noch kann es dem widersprechen. – Sie sagen, der Beweis unserer Fortdauer läge in Gottes Abwägung unserer Verdienste und Schuld, ich ließ' mir's gefallen, wenn Sie nur eine viel näher liegende Folgerung nicht außer acht ließen. – Daß man um so weniger das Recht habe, den Menschen aus der Lebenswerkstätte zu drängen, eben weil das ewige Gericht vor der Tür auf ihn wartet. – Man sollte meinen, ihr hättet das ewige Gericht nur erfunden, um den armen Sünder durch das eurige hineinzustoßen. – Ist denn die Tat das Verderbliche, oder die Anlage zum Verbrechen, – die Neigung, der wilde Trieb, der Instinkt? – Das Verbrechen ohne den bestimmten Trieb ist ein Werk des Zufalls, der Umstände, des Fatums. Weil dies und jenes zufällig sich so ereignet, ereignet sich das Verbrechen auch. Nun! – dies am Menschenleben strafen, ist Unsinn; ist es aber gar innere Anlage, geheimer eingeborner Trieb, unwiderstehlicher Reiz, wie vermag da des Ungebildeten, Ungehüteten Willenlosigkeit diesen Reiz in sich selbst zu bekämpfen? – Naturen, die sich selbst kreuzigen und segnen vor der Missetat und in sich hinein das Nichtverbrechen als Unschuld anerkennen – was aber nur leerer Raum ihres Daseins ist –, kommen nie zur Besinnung über sich und also nicht zur Rechtfertigung gegen die Sünde, die notwendig ist, um den Menschen vollkommen zu machen. Und ob daher der Sünder nicht auf einer Stufe stehe, die einer höheren Entwicklung näher liege, das ist die Frage.

PFARRER. Sie meinen, man müsse sündigen, um das Beßre in sich zu entwicklen. Die Sünde wär' demnach eine Gnade Gottes, ohne sie würden wir den alten Adam nicht ausziehen? –

FR. RAT. Darauf antworte ich nicht, aber ich erinnere Sie an die Frage, die Sie dem unmündigen Täufling tun: Widersachst du dem Teufel? – Darauf antwortet der Mündige für ihn: ›Ich widersache‹ – so auch der Staat sagt gut für den noch unmündigen Erdenbürger! – Welche Verpflichtung legt dies ihm auf? – Zweitens, der Staat verurteilt den Verbrecher! Zu was führt diese Sünde – wenn nicht zur Einsicht: Sünder und Richter stehen im engen Verband. Beide müssen einander auf die höhere Stufe heben. Wahre Menschenliebe ist die innigste Selbstliebe; sie vergilt sich selber reichlich, sie kann den Sünder nicht verachten, weil das Heil auch des Gerechten aus ihm ersprießt. – Weiter: – War des Verbrechers Anrecht und Bedürfnis nicht, dem Staat einverleibt zu sein mit seinen Befähigungen, mit seinen Regungen und Tendenzen? – Und wer hat die Schuld, daß er's nicht wurde? – Frage ich aber, wieviel Schmerzen, unverschuldete, dem verwilderten Täufling des Staates noch mußten durch den vergütet werden, dann müßtet ihr bald einsehen, daß, wenn ihr ihm die Hände unter die Füße legtet, ihr hättet ihm nimmer genug getan. So ist der Verbrecher immer die Sündenschuld des Staates. Könnt ihr die Wurzel dieses Unheils vielleicht erspähen, da werdet ihr sehen, daß die Verstockung einer ganzen Welt diesem Verbrechen vorausgeht.

Pfarrer. Sie sprechen weissagend, aber nicht begreiflich!

Fr. Rat. Lassen Sie mich immer weissagen wie Tiresias, für Ihre nahliegende Ansichten ganz blind, um für die tiefliegenden Wahrheiten den Scharfblick zu bewahren. Ich werde später auf Ihre Gründe eingehen, wenn ich nur erst die Irrquellen mir selber bezeichnet habe, den Giftkelch, den man daraus braut und dem Volke aufdringt; und dann, wenn dieses Gift sich auswirft, nicht in sich es bekämpft, von wo es ausging, sondern an dem Auswurf des Giftes sich rächen will, während der Staat grade an diesem zur eignen Erkenntnis kommen konnte und so als Wiedertäufer dem Teufel widersachen, wobei ihn der Verbrecher aus der Sündentaufe heben könnte! – Und wie Sie sagen, würde dann der Täufling durch diese Gottesgnade den alten Adam ausziehen! – –

Pfarrer. Für diese Begriffe bin ich zu schwach! – Wenn ich auch zugeben soll, daß der Staat ursprünglich zu manchem Übel der Anlaß war, so liegt doch in jedem einzelnen die Gewissensstimme, die ihn vor dem Bösen warnt.

Fr. Rat. Wie rechtfertigt denn der Staat, daß er diese Gewissensstimme gänzlich verleugnet? – Besteht er nicht auch aus einzelnen, die zusammen in ein Horn blasen? und wie kommt's denn, daß in diesen Hütern und Vertretern des Rechten niemals sich diese Stimme geltend macht? –

Pfarrer. Sie behaupten das, aber dazu gehört eine lange Reihe von Beweisen und keine Voraussetzung, sondern Gründe.

Fr. Rat. Die Sie mir immer widersprechen würden. – Denn Sie sind für die Ferne blind und glauben an eine maskierte Gegenwart. Nun will ich hier eine Reihe von Fragen tun, nicht für Sie, sondern für mich!

Lebt der Staat in gesunder Ehe mit dem Volk, hat er das wahre Vertrauen, die reine Treue, die Aufopferung, die Aufrichtigkeit für es, da er nur Sklavengeist von ihm verlangt? –

Ist der Staat dem Volk ein treuer Vater, entwickelt er seine Kräfte, respektiert er seine natürlichen Anlagen, betätigt er seine Energie, sichert er ihm sein Recht der Freiheit und freut sich seiner Stärke, oder rügt er vielmehr an ihm seine Entwicklung ins Freie, Große, Göttliche? – Ist er ihm eine liebende Mutter, die mit Geduld in seine Irren sich schickt, die, im Entsagen geübt, als glückliches Schoßkind es pflegt und ihm den Vaterlandsboden erwärmt? Oder vernachlässigt die Mutter das Kind um ihrer Lüste willen? – Was ist der Staat dem Volke? Ein herrischer Sklavenhändler, der Tauschhandel mit ihm treibt, und darum den Knechtsinn ihm einquält; der Machtsprüche verhängt über es und sein darbendes, angefochtnes, tausendfach geärgertes Herz in den Sumpf versenkt frömmlender Moral, der über seinem aufstrebenden Geist den Sargdeckel zuschlägt oder auch mit dem Halsband eines Hundes die Kehle ihm zuschnürt.

BÜRGERMEISTER. Sie bescheiden den Staat vor Gericht, statt über den Verbrecher zu entscheiden.

FR. RAT. Weil's unmöglich ist, ohne den Staat anzuklagen. Der Verbrecher selbst ist das Opfer! – Die Vox populi zeugt gegen den Staat, der das Volksherz vergiftet und seinen Geist verfinstert gegen den Verbrecher. Er lehrt ihm Wiedervergeltung! O Staatsklugheit, dein Begriff alles Werdens und Gedeihens ist gar niedrig, und nicht zu rechtfertigen vor dem strengen Gott mit der Wag'! – Wie soll die Volksstimme gelten, wo noch kein öffentlicher Geist, kein Gemeinsinn in ihr widerhallt? – So ist denn die Vox populi zwar keine Kindertrompete, denn ich hör's ja mit Schauder, es ist die Stimme von wilden Hunden, sie bellen wie toll um ihn her, der mit Gewalt in den Abgrund gestürzt wird. Wölfe sind's, sie begleiten ihn mit gierigem Blick, sie wollen sein Blut lecken, dem betäubt von ihren Flüchen die Besinnung in Fasern martervoller Verzweiflung zerrissen ist. Und dies Bellen, Heulen und Grinsen, ist das die Vox Dei? – Nein, Sünder sind diese nicht, der Sünder ist schon durch sein Bewußtsein gewürdigt, eine Verantwortung an sich zu vollziehen, und seine höhere

Natur gegen einen Augenblick der Leidenschaft, gegen seine eigne Versunkenheit geltend zu machen, es ist ein noch niederer Zustand der Verworfenheit, denn er ist tierisch. – Der Sünder ist höher selbst durch sein Verbrechen gestiegen. Er ist ja *der* nicht, der sich am Gesunknen versündigt, er steht ja außer dem Kreis der kalt und gefühllos Verdammenden. Er hat zwar gemordet – das Verbrechen liegt ihm noch schwer auf dem Haupt. – Ein fürchterlicher Wahn hatte seine Geistessinne gelähmt, aber jetzt, wo er plötzlich erwacht in der Mördergrube, da fühlt er in Verzweiflung sich bewußtlos; er wollte da nicht hinein! Nein! Nein, nein! Seine Seele weiß nicht davon. Er wollte sich nicht von den Menschen trennen, er hatte sie ja lieb, er wollte nie von einer Ehre sich lossagen, sie war sein Licht! – Die Menschen, die Freunde, sie schreien über ihn! – O Verlassenheit der Schreckensnot! – O ödes Gebürg der Verzweiflung, ist kein Baum, der ihn schirme, kein schützend Dunkel? Wollen die Lüfte ihn nicht kühlen? – Wollen die Vögel vom Gezweig herab ihm kein Trostlied singen? – Ja, du, Natur, bist Gottheitsstimme und hast ein leis Gehör für den Jammer und möchtest mit ihm dich verständigen! Aber die Söhne des Staubs, die ein falsch Gewissen heraufbeschwören der Gesetze, der Philosophie, der Religion, die finden keinen Weg als vom Leben zum Tod.

Seht, der Verbrecher hat Mutter, Vater, Kinder und Brüder wie ihr, er fühlt sie in seinen Eingeweiden, sie fühlen den Schwindel, den Fluch der ganzen Menschheit! – Ihr kreuzigt den Vater, ihr entreißt die Eingeweide dem Mutterleib, ihr brandmarkt die Brüder und zerschmettert der Kinder zartes Haupt am harten Fels eurer Mißbegriffe. Diese Schuldlosen mordet ihr, samt dem einen Kranken, Besinnungslosen! – Ihr Richter zerfleischt die Bande der Natur! – Wie? – Ist dies Deutschlands weithinschallende Rechtslehre? – Dem Kind den Vater schänden, dem er geliebt, geheiligt ist, auch ob er Verbrecher ist! – Müßt ihr den sittlichen Untergang in die Seele der Nachkommen pflanzen? Mit Strafen wie mit Lohnen! Nein, das Kind haßt euch! denn es würde zum

Verbrecher an den Banden der Natur, wollt' es euch nicht hassen! –

BÜRGERMEISTER. Aber Verbrecher, die eine Untat lange mit sich herumtragen und sie ordentlich mit Überlegung reifen, sie dann endlich mit vorsätzlicher Tücke vollziehen, wie wollen Sie es verantworten? – Ich mein', im Gegenteil könnte uns der Gott mit der Wag', wir wollen ihn Minos nennen, eine Schlappe anhängen, wenn wir ihm seine Opfer nicht überantworten.

FR. RAT. War das Opfer früher schon der mißratne Sohn, den der Vater aus dem Hause stieß? – oder ist es später erst so weit gekommen, daß er mit voller Überlegung die Wege des Lasters ging? Wo hat er die Güter genossen, die ihn das Gute würdigen lehrten? – Oder wo hat das Volk so viel Gemeinsinn, so viel geistige Erhebung, um seine Jugend zu beseelen durch Gebote und Beispiele geistiger Einwirkung? – Waren seinen Kräften Wege geöffnet, sie spielen zu lassen, oder lag vielmehr ein gewaltiger Druck auf denen, die seinen Untergang vorbearbeiteten? – Euer Minos ist ein Schutzgott der Eigensucht. Das Urteil ist ungerecht, wenn es Wunden aufreißt, statt sie zu heilen. Mord an der Unschuld ist es, denn eure eigne geht dran zuschanden; und nur der Mut zum Opfer kann den wahren Weg finden! Armer Verbrecher! Wer hat die bösen Geister auf dich gehetzt, du konntest dich ihrer nicht erwehren! – Wer hat schuld? – Du nicht! Nein, du nicht, denn schon kaum zur Welt geboren, belog das Leben dich und die Gesetze. Die Seele konnte nicht aus ihrem Zwinger sich losmachen und mit dem Genius sich mischen. Erst läßt man dich nicht *du selber* werden, dann schiebt man die Verantwortung *dir* zu, vor dem Staat, der selbst aller Verantwortung sich losspricht vor dir! –

Verhüll' ihn, Menschheit, er ist dein Sohn, noch unmündig! – vielleicht weckst du noch den Keim aus dem harten Boden, den kein Mitleidstau je benetzte. Der Same liegt auch lang erstarrt im Sand der Wüste, dann badet ihn ein warmer Gewitterregen, dann steigt die Palme auf und beschattet den

Wandrer und labt ihn mit Wein aus ihrer Krone, so könnte die Menschheit auch auf Vergeltung rechnen, wollte sie des Sohns der Wüste sich annehmen.

Ich kehr' aus meiner Vision zurück. Sie schweigen beide! – Es sind Ihnen Unerhörtheiten! Mit dem Bibelgesetz: »Liebet ihn als euch selbst« brüstet ihr Pharisäer euch. – – Langsam und bequem besteigt ihr die Schädelstätte wie weidendes Vieh, und mästet euch hinan zum Opferaltar, um den Glanzpunkt eurer Weisheit, das Urteil, darauf niederzulegen, doch haltet ihr den Henker, der es vollzieht, für unehrlich. Ihr wägt und durchsucht den Unflat, um beil- und strangfähige Expektanten zu gewinnen für die letzte Nebelbank eures Unverstandes, dem die Rechtsgelehrsamkeit wie ein hitziges Klima das Fieber seiner Untersuchungswut noch beizt.

Bürgermeister. Ganz gewiß muß es *den* zur Begeisterung aufregen, der seine Kräfte dem Staat widmet, um ihn vom Auswurf der Menschheit zu reinigen. Die psychologische Beleuchtung eines Verbrechens mit Umständen und Nebenumständen, die Besonnenheit mitten im Sturm der Gefühle, dem Ausspruch der Gerechtigkeit nichts zu vergeben, dies ist kein unwürdig Opfer, das wir der Menschheit und unserm Gewissen bringen.

Pfarrer. Nun gar der Priester besteigt den Weg zur Gerichtsstätte nur zum heiligsten Zweck, er begleitet den Sünder, ihn seinem Heil entgegenzuleiten, ihm Trost und Zuversicht auf die göttliche Gnade beizubringen, allein es wird uns von diesen verhärteten Gemütern schwer vergolten. Erst kurz ein Beispiel in Rom des schwärzesten Undankes und Religionsverachtung gab ein solcher scheußlicher Bandit, indem er den eifrigen Priester, der seiner ewigen Verdammnis entgegenarbeitete, plötzlich und unversehens in die Nase biß und gar nichts von geistlichem Zuspruch hören wollte.

Fr. Rat. Der Verbrecher wird die Nase doch nicht gar abgebissen haben? – Dafür halt' ich ihn zu gutmütig, er wird ihm nur die Nase ein bißchen derb gezwickt haben, so wie ein

Hund edler Rasse, der zu verstehen geben will, daß er seine kleinlichen Peiniger und ihren Unsinn nicht länger zu dulden gewillt ist. Der Priester wird da wohl auch mit Erbauungsreden eingehalten haben?

PFARRER. Allerdings! Der war ja mehr tot als lebendig. Das Abendmahl war nur mit unsäglicher Müh' dem Sünder beigebracht worden, ihn schauderte davor, trotz dem starken feurigen Wein im Abendmahlkelch, er war matt von den vielen Verhören und wollte nicht ohne Mut den letzten Weg gehen, so trank er ihn aus, der Wein schlug auch an, aber schwer ist zu glauben, daß er mit derselben Unbefangenheit jenseits sei aufgetreten vor dem göttlichen Richterstuhl, wie er hier dem Schwertstreich mit Lächeln und großer Ruhe den Hals hinstreckte, denn das heilige Nachtmahl, das er so sehr wider Willen nahm, nur um nicht mehr mit Zureden gemartert zu werden, das konnte unmöglich sein Heil befördern!

FR. RAT. In der letzten Stunde zwingt ihr ihm den Abschieds- und Nachtmahlskelch ein, als Reinigungstrank und Toast auf die Gesundheit seines zukünftigen Lebens –, den er einst schon auf guten Glauben als Kredenzbecher dieser lumpigen Erdenschererei, die ihm aus Ehebrüchen, Wortbrüchen, Einbrüchen, Verleumdungen, Totschlag und aller Verräterei mit Galeerenketten, Fußblöcken, Schandpfahl, Staubbesen zusammen und durcheinander gekeltert war in dem Augiasstall eurer Justiz. Da muß es ihm freilich widerstehen. – Unterließ' man doch, zu dieser grassesten barbarischen Rechtsanmaßung, Menschen zu verdächtigen, zum Bekenntnis ketzern, zum Menschen beschuldigen, und richten mit menschlichen Sinnen, Gott als Zeuge zu rufen, der sich schämen muß, daß er die Vernunft vom Menschengeschlecht so mißbrauchen läßt. Schleudern Sie lieber den Bannstrahl gegen das Verbrechen des Urteils, drohen Sie mit Kirchenbann, Sie werden sehen, der Staat macht sich nichts draus, und nach wie vor köpft und hängt er nach Rechtsbelieben. Will die Kirche nicht nach seiner Pfeife tanzen, so darf sie nicht erwarten, daß er nach ihrer tanze.

Bürgermeister. Das glaub' ich, wie wird die Justitia sich kümmern um der Priester höllische Drohungen, das wär' eine schöne Verwaltung des öffentlichen Rechts. Die Verbrecher würden ja wie Sand am Meer sich ausbreiten, ein fruchtbar Geschlecht, als wär' es mit der Kirche in den Bund der heiligen Ehe getreten, die Frechheit würde sich auf den Thron setzen. Sie haben die Hefe des Volkes nicht in Gärung gesehen. Hätten Sie den Aufruhr erlebt, als die Rotmäntel hier einrückten und vom Straßenpöbel das Zeughaus geplündert wurde, da schoß ja dies Gesindel wie die Pilze empor, man wußte nicht, wie und woher? – Ich vergesse mein Lebtag nicht ein altes Weib, was unter einem alten Sattel hervor, den sie im Zeughaus geplündert hatte, mich angrinste. Mir ist viel schon in meiner Staatspraxis vorgekommen, aber nichts so Schauerliches als dies verdammte alte Weib mit dem Sattel auf dem Kopf, der sie vor dem Regen schützte, es goß fürchterlich, sonst hätte die Revolution auch noch länger gedauert, aber einem langweiligen Landregen widersteht keine Revolution! –

Fr. Rat. Riß das alte Weib mit dem Sattel auch aus vor dem Landregen? –

Bürgermeister. Hunderte waren's, die Gott weiß aus welchen Winkeln hervorgekrochen waren, und mit dem Regen wieder verschwanden. Nur die eine unterm Sattel saß ganz trocken und höhnte alle würdigen Beamte, die da mitten im Regen dem Unfug steuern wollten.

Fr. Rat. Wie's möglich ist, daß der Staat ganz unbewußt Hunderte von alten Weibern herbergt? –

Bürgermeister. Die Hefe des Volks, die unversehens über den Bottich gärt und ebenso wieder in dem Schlamm versinkt.

Fr. Rat. Es lautet schrecklich! – So ein Staat von alten Weibern, die im bösen Mut aufbrausen. – Ich möcht' ihn nicht regieren, noch weniger von ihm regiert werden! Ja leider! – Was ist des Deutschen Vaterland? Nicht Pommerland, nicht Schwabenland; es ist das Alteweiberland! – Aber sollte etwa der Staat durch hündisches dummes Inquirieren, durch Hetzen und Verfolgen aus Alterweiberfurcht sich um den jungen Nachwuchs bringen? Es gibt so alte Kater, die ihre Jungen würgen, und die schauderhafte Alte, die unterm Sattel hervor die würdigen Beamten so verhöhnte, ist ein wahrhaft prophetischer Anblick.

BÜRGERMEISTER. Der Abgrund des Verderbens, der Schlamm der Menschheit ist wohl schauderhaft, aber nicht prophetisch.

FR. RAT. Dieser Schauder ist aber prophetisch für die Staatsgenossen, die ihr die Hefe des Volks nennt und aus der eine ungesunde Gärung emporsteige. – Warum wißt ihr nicht, woher sie kommen? – Wohin sie verschwinden? – Warum will der Staat sie nicht finden und ihrem Verderben zuvorkommen? –

BÜRGERMEISTER. Ihre politische Unschuld bürdet dem Staat auf, eine verwilderte Rasse zu erheben. Die in einem Fluchen und Verwünschen jedes rechtlichen Gefühls ebenso spottet wie auch der Gesetze. Nein, Frau Rat! Wollte der Staat auch sich zu allen Opfern entschließen, sie wären vergebens! –

FR. RAT. Welcher Opfer kann er sich denn rühmen, die er gebracht habe? – Wenn's gegen den Feind gilt, dann findet ihr sie in ihren Schlupfwinkeln, dann zieht der Staat ihnen Montur an und läßt sie in Reih' und Glied aufmarschieren! wenn der Landesvater will losdonnern, dann sind sie euch gut als Futter für die feindlichen Kanonen. Was davon heimkommt und selbst nach Futter schreit, das betrachtet ihr als Hefe des Volks, und laßt's wieder im alten Schlamm versinken, wißt nicht mehr, wo's geblieben ist, vor euch mag's unter die Erde versunken sein, muckst es, so wird man seiner schon Herr werden! Die alten Weiber sind euch ein Greuel; ihr freches Angrinsen möchtet ihr ihnen eintränken, sowie sich Gelegenheit dazu findet, werdet ihr nicht säumen. – Wer sind diese alten Weiber? – Es sind die, deren Söhne, deren Männer im Krieg Kanonenfutter wurden, oder als Krüppel heimkamen!

sie sind Raubgesindel geworden, die ihrigen zu ernähren, das war ihrer erregten Rache, Bosheit und Tücke willkommne Genugtuung! Es war ihnen Ersatz dafür, daß man sie völlig im Staat ignorierte. Daß der ihnen gleich von oben herab alles bessre Gefühl, alle Bildungsfähigkeit absprach, ja sogar auf die durch nichts erwiesne Behauptung hin, daß sie für alles bessere Gefühl gleichgültig seien, sie behandelt wie die Hunde. – Stürzten sie sich denn nicht in dieses Elend, um einander zu retten? – Wollte der Vater nicht die Kinder emporbringen? – Wollte er ihnen nicht so viel vom Lebensgenuß zuwenden, als in seinen Kräften war? – Hängen die Kinder nicht mit heroischer Liebe am Vater, an der Mutter, könnt ihr sie zum Verrat bringen? – lieber teilen sie das bittere Elend mit jenen, als euren Lockungen zu folgen. – Euer Wasser und Brot, euer dunkles Gefängnis und schwere Ketten brachten den jungen Andreas Petry nicht zum Geständnis über seines Vaters wahren Namen, euer Versprechen, ihm das Leben zu schenken, für ihn zu sorgen, bewegten ihn auch nicht dazu! Ihr wollt sie des Mangels an sittlichem Gefühl anklagen und seid selber die ärgsten Schelme, daß ihr sie sucht zu verführen zum Verrat! War das keine kindliche Liebe, als dieser Knabe mit Verzweiflung bat, ihn nicht zur Überführung seines Vaters zu gebrauchen? Aber eure Justizwut hat dies Kindesflehen nicht geschont, er konnte sich nicht entschließen, selbst als man ihm das Geständnis seines Vaters vorhielt. Der Vater bat um Schonung für das harte Leugnen seines Sohnes und sagte, er weiß, daß sein Geständnis notwendig des Vaters Leben kostet. Als er aber selbst das Bekenntnis seines Namens vor dem Sohn wiederholte, da schrie der laut auf, aus Schmerz warf er sich zu Boden, und raste so heftig, daß er nicht zu sich zu bringen war, bis eine wohltätige Ohnmacht ihn der Verzweiflung entriß, daß der Vater verloren sei! – Spürt doch diesem Seelenjammer des Kindes nach! – War's die Naturstimme? – Was mag Vater und Sohn schon für bitteres Elend geteilt haben, welche Gefahren füreinander bestanden! – Das macht die Liebe stark. – Könnt ihr das von euren Kindern allen sagen, die ihr mit Lebensgenüssen sättigt, mit der höchsten Sorgfalt ihre Gefühle wollt bilden? – sind sie höher anzuschlagen als die Gefühle, als die heroische Aufopferung des Verbrechersohns? – O schlagt doch zum wenigsten hier eure eigne Nachkommenschaft nicht höher an als dies Räubergesindel, diese vernachlässigte Hefe des Volkes, das im Schlamm des Staatsbottich vergärt, und nie von oben herab eine hilfreiche Hand sah! – Nein, nur immer die Strafrute, die keine Liebe, noch Ehrgefühl, noch Ehrlichkeit einbläuen kann! – Doch diese Hefe des Volkes vom Gaunerstamm haben eine Liebe zur Ehrlichkeit, haben Ehrgefühl, Geist und Heroismus, und vielleicht grade weil der Staat keine Befähigung mehr hat, diese ganz edlen Anlagen zu verwenden, so verwildern sie! – Der Vater dieses Andreas ließ es wohl nicht an Mühe fehlen, ihn zum vollendeten Räuber zu bilden, sogar Räuberidyllen dichtete er, um in den Söhnen Gefühle anzuregen, wie sie ein großer General kurz vor der Schlacht haben könnte, lesen Sie hier in der Aktengeschichte das End' davon ins Deutsche übersetzt. Nachdem zwei Brüder über alle erlebten Abenteuer sich ergötzten und über die Mutlosigkeit vornehmer Reisender, sagt der eine: »Aber, Bruder, bei uns kommt die Furcht nach der Tat, wenn sie im Land umherstreifen, uns zu fangen, wenn wir im Verhör mit schweren Ketten beladen sollen die Freunde verraten!« –

»Bruder! Verräter wollen wir nicht sein! und wenn auch einer drunter unser Feind war und Streit mit uns hatte, so wollen wir ihn nicht verraten, denn die Gefahr gleicht allen Streit aus, und das tröstet uns in Ketten, wenn wir keine Verräter sind.«

»Aber Bruder, es steht schlimm, wenn ein Verräter ist unter uns, dann sprechen die Richter nicht mehr vom Zuchthaus, dann wird vom Köpfen geredet, vom Galgen und Schinder!« –

»Laß sie sprechen, wie sie wollen, die Richter! – Noch sind wir frei, und werden wir je gefangen, Kamerad, was tut's? –

Weiter kann's nicht gehen als ans Leben. Und so sterben wir als große gewaltige Räuber.«

»Hei ja, Viva! Wir sterben wie berühmte Männer!«

»Die Mütter geben das Zeichen zum Essen, die Buben und Mädchen rufen zur Suppe, ihr Väter, zur Suppe, ihr Brüder.« –

»Auf zum Essen, Kameraden, zum Essen!« –

»Wer betet vor?« – –

Lesen Sie hier noch in der aktenmäßigen Geschichte dieser Räuberbande, was über die Erziehung des jungen Andreas gesagt ist, der jetzt erst siebzehn Jahr' alt ist: ›Der Vater ließ ihn verschiedne musikalische Instrumente lernen. Er spielt mit vieler Fertigkeit Klarinett, auch Flöte und Flageolett spielt er nicht ungeschickt, diese Kunstfertigkeit sollte ihm zu einem ehrlichen Erwerb helfen, wie war aber dies möglich, da ihn der Broterwerb unter der niedrigsten Volksklasse herumtrieb, ihn mit Räubern und Dieben zusammenbrachte, die er von Kindsbeinen an kannte, und da sein eigner Vater ihn schon als Buben mit auf den Straßenraub nahm, ihm von seinen Großtaten jenseit des Rheins, von dem erhabnen Schinderhannes und dessen würdigen Kämpfen erzählte und seinen Geist erhitzte zur Nachahmung der großen Vorbilder.‹

Diese weisen Bemerkungen der Justiz selbst, die Sie hier in den Akten gedruckt sehen, führte diese nicht darauf, daß, wenn der Vater mit großartigen Zügen und edlen Farben seine Vermahnungen ausmalt, um sie zu verherrlichen und zur Nachahmung zu reizen, dies doch der Beweis ist, daß der Sinn für das Edle und Großartige auch ein Beweggrund ihnen war, so zu handlen, und daß auf diesen Sinn könne und müsse gewirkt werden, um diese Menschheit zur beßren Einsicht zu leiten. Aber nein! – Stumpf wie die Ochsen spricht auch hier die Justitia wieder von der niedrigsten Klasse des Volkes, als ob die das Verderben zu erzeugen sich nicht erwehren könne. Doch ist hier in diesen kurzen Bruchstücken des Berichts, der nicht zur Apologie der Räuber geschrieben war, sondern als Beweis ihrer gerechten Verdammung, – ganz unwillkürlich in den kräftigsten Farben ihr Heroismus geschildert, zweitens ihr Ehrgefühl, da sie untereinander keines Verrats sich schuldig machen. Dann ihr Gewissen, da es sie beruhigt, wenn sie zum Tod gehen, keinen verraten zu haben. Jetzt fehlt noch zur Vollendung eines vollkommen edlen Charakters das Zartgefühl der Sittlichkeit, und dies kann nicht rührender ausgesprochen sein als in eben diesem Knaben. Da er nämlich zum öffentlichen Verhör sollte über die Straße geführt werden, ward er so bestürzt durch das Schreien und Toben des Volkes, daß er sich nicht ermannen konnte, hervorzugehn. – Plötzlich verlangte er sein Instrument, was bei seiner Gefangennehmung ihm war abgenommen worden, so ging er den langen Weg bis zum Markt und blies anmutige Hirten- und Waldlieder mit ruhigem Schritt unter Begleitung des Volkes, ohne beleidigt oder gestört zu werden, ganz gezähmt folgte es seinen melodischen Tönen, die durch den einfachen versöhnenden Ausdruck das tiefste Mitgefühl erregten. Die aufgereizte Hefe des Volkes ward beschwichtigt durch die sanfte Stimme des Knaben, den ihr zum Verbrechertod führtet, es verlangte Begnadigung, die ihm auch gewährt wurde, da viele die Bittschrift unterzeichnet hatten, die selbst waren beraubt worden! – Wie sehr spricht auch dies für die verachtete Volkshefe, die so leicht die Rache aufgibt, und wie beschämend, daß ihr sie verachtet. –

Ja! was ist da noch lang hin und her zu streiten, wir sehen's deutlich und wissen's, auch die Gerechtigkeit ist blind. Da kann man auf keine tiefere Einsicht rechnen. Die niedrigste Volksklasse, die der Staat ignoriert, weil er nicht mit ihr zurechtkommen kann, stößt als noch ans Züngelchen der Wage und bringt ihren Stumpfsinn in Bewegung. Diesmal wär's dem armen verlaßnen Knaben zugute gekommen, allein die blinde Gerechtigkeit sendete ihn ins Zuchthaus, ins Verderben. –

Die gedruckten Akten wimmlen von großartigen Zügen mitten unter schwarzen Verbrechen. Viele der Jüngern hatten noch ihre Schulzeugnisse ausgezeichneter Fähigkeiten und Fleißes und ganz untadeliger Aufführung. Wie kamen sie um alles, wozu ihre Anlagen ihnen so gerechte Ansprüche gaben? – Nun, sie versanken im Schlamm, in dem der Staat die Volkshefe gären läßt. Lesen Sie irgendeine dieser kurzen Biographien, Sie werden keine finden, wo der Vorwurf ganz auf dem Verbrecher haftet! – Schon daß wir ihn beschuldigen und uns nicht selbst schuldig fühlen, das zeugt gegen uns. Warum ist er nicht in die goldne Wiege geboren? Warum in der Volkshefe, wo tausend Wiegen gehen an ein traurig Schicksalsband geknüpft? Die Kindchen drinnen lächeln der rettungslosen Zukunft entgegen. Kein Strahl der Güte dämmert da hinein! Mutter und Vater dürfen nicht fragen, was soll aus dem Kinde werden? sie wissen, Elend ist ihr Los. Das ist der Inbegriff ihres Bewußtseins. Ahnung ihrer Kräfte, ihres Wertes ist ihnen versagt. Der Staat, der immer drohend als strafender Zuchtmeister, aber nie als gütiger Vater sich zeigt, schreibt ihnen Gebrechen und Laster zu und verlängert die Geißel des Rächers bis übers Leben hinaus, aber das Eigentum freier Anlagen, die unabhängige Ausübung ihrer Tugenden und Fähigkeiten streitet er ihnen ab. Und so macht der Geächtete die Höllenfahrt des Lebens unter Armut, Beschränktheit und Finsternis, aber nicht, wie ihr wollt, von niedrigen Begierden und Leidenschaften gegen die Tiefe hingezogen, von der er noch im Versinken nach der Höhe aufblickt. Aber der Landesvater, der ganz Güte, ganz Nachsicht ist, und seine Minister, Räte und Beamten, die in eben dem mildesten Geiste der Regierung alles aufbieten zur Erhaltung, Entwicklung und Verfeinerung des Volkes, haben die Grenze der Verdammnis zwischen dieses in der Tiefe versinkende Menschengewürm und ihr hochmütiges Gewissen gezogen.

Bürgermeister. Ihre Vorwürfe sind Aufgereiztheit, nicht geprüfte Überzeugung, die Grundzüge unserer ausübenden Macht sind die Sittenverbesserung, ihr Streben ist ein rastloses Vordringen des Geistes, was den Menschen vom Tiere trennt. Die Quelle des Glückes rieselt im Genuß dieses Strebens, sie versinkt in dem Vorwurf, den wir andern aufbürden und nicht dem eignen Selbst. Des Staates Tätigkeit stockt nicht, aber er kann diese Elastizität nicht denen mitteilen, die im erstarrenden Gefühl ihres Unvermögens nur Stoff zu Klagen, aber keinen zur eignen Bildung in sich finden! Lesen Sie die politischen Zeitungen, da werden Sie den Kampf der Staaten in fortwährendem Wetteifer fürs Wohl der Menschheit begriffen sehen.

Fr. Rat. Ach ja, jeder sucht's dem andern zuvorzutun. Die immer höher sich bildende Zensuredikte, die Anstrengungen gegen Sittenlosigkeit, die eifrigern Forschungen über Gott und Satan, die brillanten Erlasse gegen die Juden und das Wirken gegen die gefährlichste Bekanntschaft des Volkes mit seinem praktischen Selbst, das erhält den hitzigsten Wetteifer der Nachahmung von Sparta, Athen und Korinth. Aber leider, der *Arme*, für den eure Intelligenz keine Eingeweide hat, ist weder Fuchs noch Storch genug, um aus der flachen Schüssel eurer Staatsvorteile was zu erschnappen oder aus der langhalsigen Flasche eurer Weisheit einen begeisternden Zug zu tun. Ihr wollt den Armen an den Boden fesseln seiner Geburt. Kann er da säen und ernten? wo kann er die Hand ausstrecken nach Brot, wo schlafen? – Gefangen haltet ihr ihn unter freiem Himmel, verdammt ihn zu Fronen, Wachten und Abgaben, auch ohne Einnahme. Versucht er's, zu entfliehen, dann jagt ihn ein humaner Staat wie der andere wieder zurück an den Ort seines Elendes, und dann seht ihr in ihm einen Vagabonden, der sich eingerichtet hat auf Diebstahl und Raubmord! dann muß das Beil Euren Weisheitsspruch vollziehen an diesen verhärteten Bösewichtern. – Aber, seid ihr denn nicht verhärtet, daß ihr den Fluch der Armut an eurer glattpolierten Bildung so kaltblütig abgleiten lasset. Ihr leset seine Geschichte tausendfältig wiederholt in allen Akten der Polizei, sie malen euch selbst mit den ärgsten Farben des Unflats, und ihr brüstet euch noch damit, jedes Verbrechen fällt auf euch zurück, und ihr wollt an Gottes Statt sitzen und richten? Und nie! nie, daß ein heller Augenblick euch warnte: was wag' ich zu tun an dem, den ich selbst ins Verderben stürzte? –

BÜRGERMEISTER. So ganz wollen Sie die Schuld uns aufbürden? – Sie wollen nicht zugeben, daß der Keim des Verderbens ursprünglich in jenen charakterlosen Naturen liege, welche die Mittel des Heils verachten, die vorgezeichnete Straße der Kultur meiden und lieber auf Nebenwegen der Bosheit schneller zum Ziel ihrer ungezähmten Begierden rücken.

FR. RAT. *Ungezähmte Begierde!* – Nun hören Sie! – Gelehrten ist gut predigen! – Da lesen Sie die Charakteristik des Veit Krähmer, den ihr zum Beil verurteilt habt, hier in den Akten! –

»Seine Geständnisse sind nicht Folge der Furcht, auch nicht Hoffnung, dem Tod zu entgehen; sobald er ins Gespräch kommt über die Vergangenheit, so reißt ihn das Interesse hin, ein unwillkürlich Lächeln der Erinnerung verrät ihn, welches bald in volles Lachen übergeht. Nicht als ob er aus teuflischer Bosheit sich seiner Taten freue, sondern weil er in jedem Bekenntnis die Bestätigung findet dessen, was seine Kameraden ihm voraus weissagten: Du wirst beim ersten guten Wort, was man dir gibt, bekennen, und aus lauter Gutmütigkeit dir den Kopf abschlagen lassen! – Er ist kein verworfner Bösewicht, sein Charakter ist ein Übermaß von Leichtsinn, aber eine große Gutmütigkeit, er kann einer ernsten Ermahnung nicht lange, einer freundlichen Behandlung gar nicht widerstehen, er ist aber nicht imstande, das Abscheuliche seines Räuberlebens einzusehen. Die Gewohnheit macht, daß ihm das Gehässige daran nicht auffällt. Er sagte: ich kann keinen Vorsatz der Besserung fassen, es ist mir zu schal und ekelhaft, auch verbat er sich jeden moralischen oder geistlichen Zuspruch. Ich will gern mein Urteil ausstehen, daß keiner über mich zu klagen hat, nur stellt mir meine Bosheit nicht vor und mein zukünftig Heil, denn ich kann beides nicht begreifen. –«

Pfarrer. Was für Hoffnung ist da, auf einen solchen Seelenzustand einzuwirken? Kein Charakter! Nicht einmal Strafesfurcht, nicht Liebe zum Leben, nicht Einsicht und Begriff von Schande, keine Reue! Religion würde ihm nun gar nicht beizubringen sein! –

Fr. Rat. Charakter? – Religion? – Alle Kraft des Segens, alle Weihe der Sakramente können aus diesem Charakter ins Leben gerufen werden! Was ist diese Leichtigkeit des Mutes, gewissenhaft zu sein? – Diese Freude und Wohlbehagen bewußter vollendeter Unwillkürlichkeit? – Er weiß, daß er sich verraten werde, und lächelt dazu? – Er kommt eurer Frage entgegen und weiß, daß sie ihn in den Abgrund stürzt! Er unterwirft sich dem schmählichen Tod, um eure Klagen gegen ihn zu stillen! – es ist nicht Mangel an Charakter, es ist unwiderstehlicher Reiz! – Der Mutige hat auch den Reiz der Gefahren! – es wird ihm zur Last, sich vor dem Tod zu hüten, und unmöglich, davor zu fürchten! – Und solch ein Charakter läßt sich nicht wie Holz zurechtschnitzeln.

Pfarrer. An dieser Gleichgültigkeit sich zu bessern haftet kein treuer Wille, kein Versprechen, kein Vorsatz. Und Sie sind gegen die Vorkehrungen des Staates, diese Leute zur Besinnung zu bringen? – Sie nennen ihn einen gewaltigen Zuchtmeister, der über denen schwebe! die Sie unschuldig genug als Heroengeschlecht bezeichnen, und die doch nur mit voller Kühnheit lasterhaft sind, weil jedes Gefühl ihnen abgestorben ist, einen Sieg zu erkämpfen über das Laster! –

Fr. Rat. Diese Isolier- und Schweiggefängnisse, mit denen der Staat das innere Gewaltige, Verwegne und Energische der rohen Menge an verborgne Ketten der Heuchelei und Blödsinns zu legen wagt, führen so wenig zum Zweck, das Böse vom Guten zu scheiden, daß die Erfahrung ihn einstens aufs empfindlichste belehren wird!

Freilich der empirische Pöbel glaubt sich wohl zu befinden bei jenen gehaltlosen hohlen Spekulationen, die der Despotismus zu Systemen ausspinnt und damit den Namen der Weisheit und Menschenliebe sich aneignet.

Bürgermeister. Vor einem blinden Verfahren bewahre uns der Oberherr der Geister, aber das Mannigfaltige, Widersprechende dieser verworrnen Schicksalsrätsel, die durch jedes Berühren dem Bestehenden Gefahr drohen, kann nur durch ein System, in das die Einsicht gebildeter und geprüfter Begriffe einstimmt, auf eine rechtfertigende Weise gelöst werden.

Fr. Rat. Ein System? – Ist das nicht Geistesdespotie! – Das Schrecklichste, was ein Geist denken kann, das Einstimmen in ein System! der blinde Glaube ans System? – Wo hat der Geistige durch Tat und Wort seiner eignen Herrschaft uns unterworfen? – Und wir fassen das Schattenspiel unseres Aberwitzes in ein System, nach welchem wir unsern Bruder in Bande schlagen? für den wir zu sonst keinem Opfer uns fügten, noch nichts mit ihm teilten von den Gütern des Überflusses, keinen unverschuldeten Kummer ihm erleichtert haben. – Sie, Herr Pfarrer, sagen, dem Verbrecher würde man keine Religion beibringen? – Nein, gewiß nicht, aber darin ist auch auf sein einziges Rettungsmittel hingedeutet. – Er muß die Idee von Gott selbst erschaffen, er steht zwischen zwei Finsternissen, die ihn gänzlich einhüllen; durch seine schaffende Kraft wirft er Licht dazwischen! aus seinem eignen Geist drängt das Licht die ringsumgebende Finsternis in die Ferne! die Quelle seiner Größe, seines Geistesglückes strömt daher! – Sie wundern sich darüber? – Nun, wie einfach ist doch das! – er fängt mit sich als rohem Tier an, er arbeitet sich durch bis zum erhabensten Geisteswerk! – Zwar eure Kultur bis zur Verblendung, bis zum erhabensten Luxus konnte ihm den Weg der Selbsterkenntnis nur durch Verzweiflung bahnen in diesen Schweig- und Isoliergefängnissen. Euer System, ihr glaubt unbedingt daran! Kein Wort spricht eure Vernunft, kein Wort der Liebe euer Herz! – lesen Sie diese Verse, die in Mannheim mit Rötel, aus der Mauer losgekratzt, an den Steinblock geschrieben waren, an den der Verbrecher gefesselt war.

Dächt' jeder dran, was Christus spricht,
Des Armen Recht vergesset nicht,
So würde man davon nicht wissen,
Daß ihr aus Not habt rauben müssen! –

Aus einem Blut mit euch entsprossen war, der euch hier anklagt! – Es mit euch zu teilen, wie mit *ihm* ihr teiltet, wär' vielleicht sein Wunsch, sein höchster Gedanke: hättet ihr nicht mit grausamer Gleichgültigkeit ihn eurem System unterworfen, hättet ihr Bande geflochten, wenn auch geringe nur, sie hätten ihm genügt, die alten zerbrochnen Flügel hätte er abgeworfen, mit neuen hätte er sich aufgeschwungen, und keine List des Vogelstellers hätte ihn mehr erreicht.

[...]

Friedrich Wilhelm IV., König von Preußen

Gespräche mit Dämonen

[...]

Schlafender König: »Auch gegen uns treibt man die Meute an, die ins Garn der Irrsale uns hetzt; und nach dem langen Tag der Mühen mag wohl ein Abend kommen voll Seelenschmerz, der uns erst recht verwundet und betäubt. All das fliegt wie Wolkenflocken mir ums Haupt, und in meinen Siegen frohlocket nicht die Rache.«

Dämon: »Nur Furcht, des Sieges ungewiß, übt Rache. Dem Mut allein ist Gnade Siegestrophäe. Wo sie nicht leuchtet, blitzt der Haß auf. Laß sie dir leuchten; laß sie dir beistehen wider dich – dir selber mild dich versöhnen nach so blutigem Kampf, damit der Wahnsinn dich nicht überfalle der Blutvergossenheit, der ganz den Geist zerstückt und Trommel und Trompete sich ins Ohr läßt dröhnen, um nicht zu hören, und Siegeskränze sich ins Auge drückt, um nicht zu sehen alle, die dem Beil und Bleikugel und Strick verfallen, in Lüften umhergleiten und Geisterodem schöpfen. – Wo aber Mord geschah, um den die Liebe jammert und die Blutspuren sucht, von der Sonne aufgezehrt, da durchläutert der Gott im Born der Gnade den irdischen Schmerz – und dem Galgen und der Richtstätte strömen Gelübde. – Da küßt der Mund inbrünstig den blutgetränkten Boden und mischt ihm bittre Tränen, die sind so feurig; und was veredelnd ist dem Geist, das neigt sich vor diesen Geschicken und sammelt um den Altar der Blutstätte sich – und in dem Weh an der Verzweiflung Rand, das nicht weiß wo ein noch aus, vergeistigen sich die Todeshelden und spiegeln den Himmel des Erbarmens wider. Dahin wallfahrten die Gedanken, voll schüchterner Ehrfurcht umherspähend, wo das Blut floß vom geheiligten Leib, von dem der Geist hinaufging zum Schöpfer seiner Seele, und wie sie seiner würdig das Elend dieser Wolfszeit wollen tragen. – Meinst du, sein Weib mit wunden Sinnen könne anderes noch als nur ewig dies Blut küssen? – und der Sohn strebe nach anderem als nach dem Segen dieses Blutes, vom Nachrichter vergossen? – Glaube das ja nicht! – Der junge Baum, der dem enthaupteten Stamm aus der Wurzel sproßt, breitet verlangend die Zweige aus: ›Hauptlos bin ich‹, so klagt er, ›keiner Rache kann ich mich unterwegen, weil ich mit dir sterbe, mein Vater!‹ So spricht der Sohn, und das Wasser rinnt ihm über die Wangen, und schließt die Augen und stirbt mit ihm im Geist. – Nichts bleibt ihm in der Welt als heilig Vaterblut, das vom Scharfrichterbeil trieft. – Nicht Totes ist es – es ist Lebendes – der reine Magnet der Schmerzen, der alles Reine an sich zieht und Geschlechter aufs neue aus sich erzeugt, die das Große dann vollführen, was sie besiegelten mit ihrem Blut und was sie besser nun verstehen lernten, da sie über den Wolken schritten und den Ort der Sonne sahen und die Sterne berührten und vor Gott sich demütigten; – der glüht in ihrem menschgewordnen Geist jetzt wieder auf und trägt sie höher zum Menschlichen hinan, daß sie göttlich sich in ihm bewähren. – Darum funkelt der Blick den jungen Söhnen stolz aus düsteren Wimpern, wenn sie der Geist hinführt zu des Vaters Totenwohnung, und sein Blut spricht mit ihnen und steigt in sie herab, fortzuwirken am Werk der Erlösung, dem Wunderelement unsterblichen Lebens, das jeden guten Keim aufnimmt in seinen Schoß. Oder kannst du sagen: ›Dies Blut war schlecht! – darum ward es vergossen!‹ – War kein Tropfen des Guten in ihm? – um deswillen es nicht vergossen werden durfte? – bedenke das!« –

Schlafender König: »Bedenk auch du, daß aller Anfang Kindheit ist, die verwächst mit dem Eindruck des Gewaltigen; und daß Gefühle, ihr eingeprägt, forterben auf die Geschlechter und daß Gedanken, Handlungen und der Trieb dazu ihren Ursprung nehmen aus vererbtem Stammcharakter, der, so tief gehend, auch in meinem Geschlecht bis auf mich vererbte und mich bewacht, mich und das Wesen des Staats, vor dem zweideutigen Ruhm des Exzentrischen, und daß der Zukunft Sonnenstaub, der mir im Auge flimmert, mich nicht darf blenden vor dem Gott der Gegenwart, der den Blutacker den Fürsten anvertraut, aufs neu' in grünende Gefilde ihn umzuschaffen.«

DÄMON: »Wo wollt ihr das grünende Gefilde ihnen anbauen, denen unsterblich doch die jammervolle Meduse voranschwebt, die Fittiche trägt und hinwegfliegt über die verwaisten Lande – im Hauch des Windes heranbraust – auf der Erde aufstampft vor euch – den Schlaf vom Aug' scheucht dem Frevler und ihn versteint über das, was geschah? – Kein vorgestreckter Berg, kein engend Tal, kein Wald, kein Strom zertrennt die Schlachtenreihen des tausendfachen Fluchs, wenn die Gorgone euch anstarrt.«

SCHLAFENDER KÖNIG: »Und wenn auch unter ihrem Fittich verruchte Geister des Vaterlandverrates sich sammeln, so werden sie fliehen müssen vor gottentstammten Heldenfürsten, denen die Gorgone nur Prüfung ist kühner Unsterblichkeit.«

DÄMON: »Und das ganze Menschengeschlecht, Gelübde ineinanderströmend mit jenen Opfertoten, die neu aufblühen, neu erschaffend alles Gedachte, Empfundne, alles Erlernte, Vorgestellte, Erfahrne, in der Erinnerung Gegenwart, zur Erkenntnis des Göttlichen sich ausrüsten, das Unwesentliche ins Wesentliche umwandeln, schuldlos sich erhebend über euer Verdammungsurteil, und ihr Blut aufs neue der Hoffnung grünenden Saaten herabtauen aus glanzverhüllendem Gewölk. Nur wenn ihr Blut vergeblich floß und ihre Hinrichtung nicht gebrochen hat den Wahnsinn der Tyrannei, dann schreit es um Rache.«

SCHLAFENDER KÖNIG: »Du hast's so weit gebracht mit mir, daß ich mein Inneres möcht' erforschen, Opfer zu bringen der ganzen Menschheit, nicht allein dem Vaterland.«

DÄMON: »Über alles Opfer gilt die innere Stimme, die dich erhebt vor dir und vor den Göttern! – Mit dir selber wetteifre, daß nicht im Begriff der Menge du größer seist als in deinem Willen; größer und besser durch Zufall als durch Vernunft und Leitung – größer und besser in deiner Unerfahrenheit als jetzt, da du dich selber fühlst. – Bewahre dich vor der Kränkung, den Ruhm, der dir voranging, zu verletzen. Vor allem aber fürchte nicht, daß, was groß sein soll, zu groß sein könne. – Verfolge diesen Faden, den du sinnlich fortwirkend fühlst in deinem Geschlecht, und wenn er nicht ans Göttliche sich knüpft, so reiß ihn ab. – Und was die Fürsten antreibt, zu entscheiden über Leben und Tod – fühle es zurück von heut auf gestern, vom Sohn zum Vater – und weiter und immer weiter hinauf bis in die Urzeit, wo die erste Tat geschah. – Sie war Brudermord. – Weite Kluft ins Herz gerissen dem Menschheitstamm! – dies erste schauerliche Abschneiden des Lebensfadens. – Es war Bruderhaß und wie du sagst: alles trägt den Charakter seines Ursprungs. Alles gewaltsame Töten ist Brudermord. – Als Kain die Folgen sah des Bruderhasses, da erbleichte er, der Boden wollte ihn nicht tragen, er entglitt seinen Füßen. Flüchtig ging er über die Erde.«

Schlafender König: »Unheil! – grausender als wo auf Schlachtfeldern des Vaterlandes Heldengerippe bleichen. – Des Wahnsinns Abgrund erzeugte diesen Mord.«

Dämon: »Aus dem wühlt er noch heute sich hervor. – Die Bibel sagt, der Neid sei es gewesen des Kain, daß die Opferflamme des Abel aufstieg zum Himmel, weil seine am Boden hinleckte, und doch war's nur die Flamme seines Zorns, die niederschlug vor dem friedeatmenden Abel, der die seine zum Himmel ließ wallen. – Kains Stirne war des Fluches Zeichen aufgeprägt, und das Blut des Abel ward lebendig in ihm und jagte ihn flüchtig über die Erde, und in den Geschlechtern der Erstgebornen schleppt es im Gefühl der Rache sich ihnen nach. – Und in der Flucht vor sich selbst und in Gefangenheit der Reue, die sie trennt und fesselt, sind Fürsten und Völker stetig geworden gegen einander. – Und immer noch schlägt der Kain den Abel tot, weil er sich rächen will am eignen strafenden Gewissen. – Hastig möcht' er zwar vorübereilen, aber er schaudert vor dem Gemordeten, vor dem Ruf der Natur: ›*Kain! Kain! du Erstgeborner, sieh deinen Bruder hier!*‹ – Mit abgewandtem Blick ruft er: ›Soll ich etwa trauern um ihn, der mich stets gehaßt? – Wollt ihr mit euerm Fluch mich niederwerfen? – An der Gurgel will ich euch fassen und das Knie aufs Herz euch setzen. Verderben und Elend über euch!‹ – So fluchte damals der erste Mörder seinen Ahnen! – so flucht heute noch der Herrscher dem Volk, aus dem er hervorging. – Und wie Adam springt das Volk auf und streckt die Faust nach ihm und stürzt zitternd zurück und fällt nieder mit der Stirn am harten Fels und schreiet Weh!«

SCHLAFENDER KÖNIG: »Du! Du! – Greif nicht so hart in mich!« –

DÄMON: »Herab ihr Felssteine! – rollet nur herunter; begrabt die Tritte des Mannes, der seine Hände wäscht im Bruderblut! – so ruft das Volk. Aber bald wieder: Nein! Nein! Nein! Wir wollen seine Knie umfangen und bitten! – Und der Engel Gottes ergreift es und wirft es nieder aufs Angesicht, und der Richter wandelt über ihm, und es schlagen die Wetter, und die Wälder erbeben, und ihre Wipfel sausen hinab ins schaudernde Tal. Da rollen die Donner im Aufgang. Im schlagenden Glanz der Gewitter ruft es: Heilig! Heilig! du Jehova! Du Retter! Du Richter mit entblößtem Schwert, zu richten das Blut, das aus dem Staub zu dir schreit.«

SCHLAFENDER KÖNIG: »Wer hat dich gelehrt, die Saiten meines Innern durchstöhnen? – Schweige! schweige!« –

DÄMON: »Schweigen! Grauenvolles Schweigen durchzittert das Volk im Jammer um den Erstgebornen, um seinen Fürsten. Du Gott und Schöpfer säuselst Erbarmen nieder, und wie damals entfliehen die Gewitter vor deinem Atem, der du das Flehen erhörtest des ersten Menschen um seines Sohnes wegen! – Staub zu Staub! – sie bereiten das Grab dem volkgeliebten Leichnam, dem Gemordeten! – Daß er verwese. – Daß Gottes Odem ihn herrlicher einst hervorrufe.« –

SCHLAFENDER KÖNIG: »Es schweigt! – ja, es schweigt! – – Ich höre nicht Getön der Fittiche, die der Schwan zum Äther hinaufbreitet! – Ha! ich möchte mit einstimmen in den Hall seiner Flügel! – Laut aufschmettern ins Gesäusel – im Hymnengetön meine Seele mit versenden!«

DÄMON: »Dort im Osten, im Dunkel harren gemeinsam

am Ufer Schwäne im sanft anwehenden Nachthauch, mit Flügelrauschen den Abschied zu feiern vom grünen Gestade des Vaterlandstromes! – Eljen a Haza! so erhebt sich die tönende Schwinge, daß der Äther widerhallt und die Brandung durchschüttert. – Starr horchen die Geschlechter, und es schmettert der Olymp, und die Chariten hallen hinein, und die Musen stimmen ein in hohem Laut, und Staunen ergreift die Herrscher, wie er aus purpurnem Todesblut sich erhub mit reinem Gefieder!« –

SCHLAFENDER KÖNIG: »Eljen a Haza! – Todeshymne! – Erzerntönende über den Weltenozean hin! – – – Tiefe Stille! – Schauerverbreitend unter den Mördern! – Ach, alles Großen entwöhnt ist meine Seele und aller Freude. – Laß den Schlummer ein Weilchen mein Ohr bergen vor deiner Rede. Ihre Wellen spülen kalt mich an, und böse Fehle, die ich nicht aufhalten kann, seh' ich hinabgleiten in den Völkerozean – – –«

DÄMON: »Ja, schlummere über den Allkampf deiner Sinne! – Du Mann des Glaubens vieler leeren Worte, wie sich nicht ziemt vor Fürsten sie zu reden – die deiner Seele Sicherheit geraubt und wie ein schneidend Schwert Botschaft dir brachten, die Stärke und Macht über dein Volk dir hat gebrochen. Und riefen Beifall dir zu und bewegten deine Hände zu Werken, die dein guter Stern nicht mag erwenden. – Und dein Aug' ward dunkel, und führten dich in eine grauenvolle Höhle voll Schlangen böser Nachrede, die zischten dir ins Ohr von bösen Gedanken der Reinen, die nur Wahrheit hatten auf der Lippe und deren Sinn nur war, dich zu festen gegen Verrat, daß du der erste solltest sein im Vertrauen deines Volks, – der Wahre, und nicht ein anderer. – –

Du liegst schlafend – – tief versunken – wo kein Traumreden zu dir hinabreicht. – Ermüdet von Blut und bösen Zeichen des Mords, in deinem Namen verübt, will deine Seele dir entfliehen. – Könnt' ich den helleren Tag dir heraufbeschwören und in Hoffnung dich baden neuer Frühlingsbeginne – und dir lehren, wie Gott der Sünde lohnt, der Haß und Liebe hat geschaffen im rechten Sinn ihrer Macht – und aus edlen Stämmen, von Fürstenrache niedergeschmettert, neue Geschlechter erzeugt, selbst sich beherrschend in schwerer Stunde, die einst dem Racheübenden schlägt. –

Ha, könnte ich das Haupt dir heben, daß du nicht unkundig seist, wie Gott Kriegsrecht übt! – und nicht der Gewalt, aber der Weisheit würdest du weichen – und rein und fest dein Wille. – Die Zauberer des bösen Rates – zermalmt von denen, die reines Rates sind und klug deine Schritte hüten vor Arglist und nicht dich gefangen geben dem, der sagt: ›Mein Thron ist höher als alle! Tausendmal Tausend ist mein Heer, und fangt ihr Händel an, dann beschließ' ich Züchtigung über euch, aus meines Zornes Brunnen erbraust die Quelle, die euch alle verschlingt.‹ –

Wollt' ich den Schleier der Geheimnisse zerreißen vor dir, dann wäre deine Seele in Furcht eingeklemmt vor dem reißenden Wolf, der also dich anschreit. – Und die Zeichen seiner Bande an deinem Leib, Narben der Schande von seinen Strikken, die deine Glieder zerbrechen! – Noch schwebt Streit in deinen Sinnen um falsches Gelöbnis, nicht vom Volk bekräftigt. Noch hast du seine Freiheit verschworen und deine Freiheit! – Und Gesetze, im Widerspruch ihrer selbst langsam und schwermütig dahingleitend vor dem auf Erden erkannten Recht, was von allen Seiten zugleich den Fuß aufsetzt und mit dem Mächtigen den weniger Mächtigen hinabstößt. –

Ja, so bekämpft der Fluch des Kain das rauchende Blut des Abel in der Willkür der Fürstengeschlechter, die wie er nach der Tat rufen: ›*Was geht es mich an!*‹ So braust der Kainsfluch auf und verhängt neue Taten ewig reuevollen Geschehens. – Aber heimlicher Klage voll, durchrauscht Abels Blut die volkverwaisten Vaterlandströme und durchsaust die Wälder, und durch den Rauchfang der verlassenen Hütte findet es den Weg hinab zum Herd und seufzet auf in der erstorbnen Asche, die es im Wirbel umherstreut. – Das ist das klagende Blut des Abel, dort wo die Gebeine bleichen der Vaterlandshelden: Ach, kein ruhebringender Tag mehr mit unverdunkeltem Glanz fließt den Menschen dahin, es strudeln nur Ströme des Jammers in den Spuren der Verwüstung – Fremde Völker sollen da einziehen – fremde Laute die Mutterlaute ersticken – fremde Sitten die Landessitte untergraben, die Wälder in Ackerland umwandeln, die Berge niederdrücken ins Tal, gleichwie die großen – den Nationen liebgewordenen Helden, an denen das Volk sich hielt, ihr Haupt dem Richtbeil müssen darreichen. – Und ihr Blut sammelt sich zum unschuldig vergoßnen Blut des Abel, das sanft war, als es noch in seinen Adern wallte, und Versöhnung wollte mit dem Hasse des Kain; – es sammelt sich zu diesem als zu seinem Ursprung, nicht um Rache, aber um den Kainsgeschlechtern, die immer wieder zurückprallen vor den flammenden Toren des Labyrinths, den Ausweg zu bahnen und den Fluch des Kainszeichen von der Stirne ihnen zu löschen. – Und wie der Nil die geborstnen Risse der erstorbnen Erde aufs neue befruchtet, so als Weltenspiegel alles Weh der Erde und seine verklingenden Laute in einen Brennpunkt zu sammeln und als lebendiger Brunnen der Geschichte seine kühlenden Fluten ergießen überall, wo der Zeitenstrom den Völkern ihr Bett bereitet im Namen dessen, zu dem kein Gedanke hinanreicht; Herr der Geister und der Seele Herr! – –

Du Schlafender! – nicht deine Seele ist an ihrer Stelle, noch dein Herz an der seinen; – immer gibst du deinen Feinden Gehör und läßt den Willen mit dem Netz ihrer Worte dir fangen. – Reue fühlst du und Zerknirschung über alles, worin sie Herr wurden über deinen Geist! – Du liegst im Staub vor Gott, und wenn sie ein neues Werk beginnen, so unterliegt dein gerader Sinn ihrem Trug! – Täten sie Recht, so sähest du Recht und lebtest im Frieden, alle Großen dir unterworfen und die Gekrönten zu deinen Füßen, umgeben vom Ringplatz deiner Freunde, und du selber verständig, wie keiner je war auf dem Thron.« – –

SCHLAFENDER KÖNIG: »Tief hab' ich geschlafen, noch wallt mein Herzblut, daß die Wellen gen Himmel schlagen, denn mich verfolgte der Traum ausgerotteter Völker, und daß

Gott frage: Wo ist das löwenherzige Geschlecht, an dessen Sitte und Mannheit ich Wohlgefallen habe?« –

Dämon: »Und wo die Helden seines Untergangs?«

Schlafender König: »Wie der Sklave böser Eingebungen fühlte ich mich beschämt, der, des tieferen Bewußtseins spottend, Triumphzüge hielt der Verachtung, weil es ihm gelungen, das Volk wieder hinabzustoßen in die Erniedrigung.«

Dämon: »Dir aber, Planet! dem sie mit Nebelwolken den Stand der Gestirne verhüllen, ein Heer der Verblendungen, der Vorurteile, des Blödsinns, der Torheit und Bosheit, ja das Allerschlechteste des Schlechten von deinem Volk dir vormaledeien, dir glühte der Zorn auf im Traum, daß der gute Stern deines Volkes in deinem Herzen unterging.«

Schlafender König: »Ha! Ich dulde nicht die Betörung! – ich weiß, des Volkes Kräfte steigen höher, als seine Beschwörer ihm nachträumen können, und daß es Zeit ist, ehe sie vorgreifen, zu höherer Ordnung es zu leiten.«

Dämon: »Das Volk emporheben ist Frucht freier furchtloser Gefühle; des Herrschers Geist wird frei in der Volkskraft. Was kannst du Höheres, als deine Freiheit begründen, mit der Heroeneingebung eines Willens, der das Göttliche vermag! Und was du deinem Volk an freiem Werden nicht gewährst, das raubst du dir an Weisheit und an Macht, es zu beherrschen.«

Schlafender König: »Soll das Volk seine eigne Regierung bilden und seinen König erziehen?«

Dämon: »Die Wahrheitsfunken springen dir ins Antlitz.«

Schlafender König: »Kleine Mücke du!« –

Dämon: »Und Rechenschaft verlangt es, wie du seinen Geist und Mut lehrst Schöpfer werden an sich selber.«

Schlafender König: »So wäre meine Krone der Volkskraft Allumfassung und Einheit beider, des Volks und des Königs!«

[...]

Armenbuch

Vorbemerkung

Bettinas 1844 geplantes »Armenbuch« blieb unveröffentlicht, bis Werner Vordtriede 1962 eine Sammlung von Texten, die sie für dieses Buch vorbereitet hatte, unter dem Titel *Bettina von Arnims Armenbuch*[1] herausgab. – Im Mai 1844 erläßt Bettina einen Aufruf in vielen deutschen Zeitungen, in dem sie um Mitteilungen über das Armenwesen in Deutschland bittet. Mit Hilfe des erwarteten dokumentarischen Materials beabsichtigt sie, ähnlich wie schon mit den »Erfahrungen eines jungen Schweizers im Vogtlande«[2] aus dem Anhang des ersten Bandes der »Königsbücher«, auf das Ausmaß des wirklichen Elends in den deutschen Kleinstaaten und auf die dringende Notwendigkeit der Beseitigung der sozialen Mißstände hinzuweisen. Obwohl der Aufruf große Resonanz hervorruft, läßt sie das umfangreiche Material nicht drucken, da im Juni 1844 der Hungeraufstand der schlesischen Weber begonnen hat. Einem Freund schreibt sie: »Mein Armenbuch habe ich einstweilen abgebrochen, denn der Druck würde hier nicht gestattet werden, indessen sammeln sich jeden Tag noch merkwürdige Belege dazu. Traurig ists zwar, daß es nicht zu rechter Zeit kommt. – Allein, den Hungrigen helfen wollen heißt jetzt Aufruhr predigen, hat mir jemand geschrieben und mir damit den Rat verbunden, den Druck hier nicht fortzuführen.«[3]

Neben den ihr zugesandten Briefen, Abschriften von Zeitungsartikeln und vor allem Schloeffels Armenliste[4] hat sie

1 Werner Vordtriede (Hrsg.): *Bettina von Arnims Armenbuch*, in: *Jahrbuch des Freien Deutschen Hochstifts* 1962, S. 379–518; veränd. Fass. Frankfurt a. M. 1969, erw. Ausg. 1981.

2 SW Bd. 6, S. 453–505.

3 Zit. nach: Ludwig Geiger, *Bettina von Arnim und Friedrich Wilhelm IV.*, Frankfurt a. M. 1902, S. 215.

4 Der schlesische Fabrikant Friedrich Wilhelm Schloeffel sendet Bettina im März 1844 eine Liste mit Angaben über 92 Arme zu. Als Schloeffel 1845

für die Veröffentlichung auch eigene Texte vorbereitet. In unserer Auswahl zeigt sich wiederum die schon dargestellte Struktur von Bettinas Sozialkritik (vgl. S. 215–218).
Zum Konvolut der Armenbuch-Papiere gehört auch die Erzählung vom »Heckebeutel«, die um 1845 entstand. Vordtriede nimmt an, daß die Erzählung an den mit Bettinas Töchtern Maximiliane und Armgart befreundeten Prinzen Waldemar von Preußen gerichtet war.[5]
Bettina gelingt es hier, ihr erzählerisches Können für ihr politisches Anliegen einzusetzen. In dem ironisch und witzig geschriebenen »Bericht« verarbeitet sie ihre dezidierte Kritik an den Zuständen im preußischen Staat: Trotz eines zähen Überlebenswillens und der Hilfe des nie versiegenden Geldes aus dem Heckebeutel *kann* es der pfiffigen »Steinalten«[6], die für ihre durch Krieg und Elend verwaisten Enkel zu sorgen hat, *nicht* gelingen, sich aus den Fesseln der Armut zu befreien, weil die herrschenden Verhältnisse die selbständige Existenz der Unterprivilegierten unmöglich machen.

wegen seines Eintretens für die Unterdrückten als »kommunistischer« Agitator verhaftet wird, setzt sich Bettina in einem Brief an Friedrich Wilhelm IV. für ihn ein (vgl. Vordtriede, 1981, S. 17–37).
5 Vordtriede (1981) S. 124.
6 In der vorliegenden Ausgabe S. 271.

Bettina. Kreidezeichnung von Johann Josef Schmeller, 1826

Auszug aus der Breslauer Zeitung

Auszug aus der Breslauer Zeitung von 18ten November 1843 Beil: N 272.

»Zustand der Kasematten, in denen Männer, Frauen und Kinder, als Invalid-Krieger der Armut, waffen- und mittellos, vergeblich sich gegen Hunger, Blöße und Frost verschanzen. Ihr Versteck unbewohnbar, wenn nicht die Not, die Eisen bricht, es möglich machte. Fußboden von Mauerziegel, eingebrochen, voll tiefer Gruben, Fenster mit Papier verklebt, Ofen mit vielen Rissen, die Röhren ganz durchlöchert, Türe mangelt, das Feuern ist unmöglich. Ist die Ofenröhre ganz, so ist der Rauch erstickend. Die Augen gehen Euch über, die Insassen weinen, vor Rauch? – Nein, vor Hunger und Frost. – In Lumpen nur zum Teil gehüllt, wenig, oft gar nichts zum Schutz der Füße auf kaltem Ziegelstein, in kalten Stuben, wie sollten sie nicht frieren? – Die Lagerstätte etwas dumpfiges Stroh, ein Stück Leinwand zum Zudecken, das ist alles, worauf und worunter diese Leute liegen, um sich zu erholen von schwerer Arbeit und Frost, – fragt nach ihrem Verdienst, nach monatlicher Unterstützung, Ihr werdet erstaunen, wie wenig der Mensch bedarf, um nicht zu verhungern. Die Stube ist Wasch- und Trockenplatz zugleich, von 9 bis 13 Kindern und 5 bis 7 Erwachsnen bewohnt, die schlechte Atmosphäre dieser Wohnlöcher und die noch schlechtere Nahrung besiegt alle Gesundheitsanlage, erzeugt Skrophel, eine ganze Generation wird zu elenden Krüppeln. Gesunder Leib, einzig Gut der Armen, schnöderweise durch die vom Staat ihm angewiesne Wohnung untergraben.«

Als man rief: die Cholera kommt! – war der ganze Staat in Alarm, und traf jede Vorkehrung gegen ihr Verbreiten. Damals waren auf Momente Arm und Reich, aber doch nur wie der Zufall sie wählte, gleicher Gefahr ausgesetzt, jetzt nur die Armen, aber fort und fort, aber Alle, aber an Leib und Seele, aus einem Abgrund in den andern. Viele Stimmen rufen um Hülfe, der flehenden Ohnmacht ist nicht auszuweichen.

Aber, fragt der Staat: ist es wahr? – Ja es ist wahr! – Aber der gefragt wird, und 10 Schritte nur vom Elend wohnt, der sagt *wie könnte es wahr sein? – Die Steuern sind eingegangen, ohne beigetrieben zu werden.*

»Roheit, Unwissenheit und Verderbtheit gehen hervor aus so schauderhaftem Elend, und zerrütten mit Wort und Tat die jungen Herzen. In jeder Ecke ein Knabe und ein Mädchen, die Mutter ist tot, der Vater Tagelöhner, dem Trunk ergeben, kümmert sich nicht um sie. Beide Geschwister vom Ungeziefer überschüttet, der eine barfuß, der andre ohne Hemd, was sie umhängen haben sind Fetzen. Sie sind resp: 8 und 10 Jahr alt. Keiner sorgt für sie, so gehen sie bettlen, sie werden auch stehlen. – Aber Schule und Religion? – Die Religion des Hungers ist Essen, sei es erarbeitet, erbettelt oder gestohlen. Die Schule hat keine Zauberkräfte gegen die nachteiligsten Einflüsse aller Art, sie führen ins Zuchthaus.«

Warum ist das Zuchthaus der verworfenste Ort des Verderbens? Warum nicht eine Schule der Restauration aller durch das Elend zerrütteten sittlichen Kräfte? – Ist der Begriff so schwer zu fassen vom Naturgemäßen, von dem, was menschlicher Entwicklung am nötigsten, um die Gemüter der Verworfenheit zu entlasten? und die Vorurteile, die Usurpation der Gesellschaft, die Verkehrtheit der Regierung, ihr Mißverstehen menschlicher Fähigkeiten ins Licht zu stellen, ist das nicht möglich? Noch auch, wie diese Fähigkeiten ins Ganze eingreifen und in die Zukunft zu wirken haben dadurch, daß sie die durchs Elend, der ungerechten Gerechtigkeit verfallne Menschheit wieder zu einem reinen freien unschuldigen Geschlecht erhebe.

Laßt sie denn verfallen diese Generationen, alle aus dem Geschlecht Eurer Ahnen entsprungen wie Ihr, Eure Zeitgenossen! Wen können sie anklagen als nur Euch, ihre Zeitgenossen, denen ihr Glücksstand zur Bedingung machte, andre in den Abgrund zu stürzen, um über ihnen zu stehen, die zwar ihrem Elend gesteuert wissen will, aber nicht unabhängig von Euch, sie erheben zu gleichem Rang der Freiheit und

Bildung die einst tief unter Euch standen! – Aber Glücksgüter und Vorrechte nivellieren, damit jeder ein Genüge habe, das wollt Ihr nicht. Denn was sind Vorrechte, was sind gehäufte Glücksgüter? – Sie bilden den Abgrund eben des Elendes, der ihre hervorragende Höhe bildet. – Im Herzen, im Geiste des Reichen sieht es aus, wie in jenen Kasematten, wie in jenem Abgrund der Versunkenheit einer ganzen Generation, besser nicht. Die Bildung der höhern Gesellschaft sind eben solche Zuchthäuser des Geistes und des Herzens, wo der Hochmut Wurzel in Euch schlägt, wie dort die Frechheit; wo der Luxus Euch ein Bedürfnis wird, wie dort die Lüderlichkeit; wo das verkehrte Urteil über Menschenrechte unaustilgbar Euch durchwuchert, wie dort die Raubsucht; wo Spekulation, Berechnung und Verheimlichung der Zwecke betrieben werden, wie dort List und Betrügerei. Wo Ihr durch Vorrechte triumphierend über die Versunkenheit Euch erhebt mit Gewalten der Usurpation, welche die Erniedrigung jener Menschenklasse tiefer und tiefer abgraben. – Ja diesem ist in der Klasse der Ausgestoßnen kein Gegengewicht zu finden, wenn es nicht ist, daß dies verwerfende Taxieren des Elendes, und die überrumpelnden Schicksalsschläge, die sie betreffen, an denen kein Befreundeter teilnimmt, gegen die kein Staatsschutz sie sichert, diese Losgerissenheit von jedem menschlichen Verband sie endlich so abhärtet, daß sie für den Jammer kein Gefühl mehr haben. Die Naturstimme ertötet, Gleichgültigkeit gegen ihr eignes Fleisch und Blut, die ärgste und gewaltigste Zerrissenheit aller menschlichen Bande. – Ungefähr gleich mit der Notiz, die mir heute zugeschickt wurde, »Langenbielau, 25ten April 1844. Gestern Nachmittag hat der hiesige Weber und Landwehroffizier, Wilhelm Krause, in Abwesenheit seiner Frau, sein zweijähriges Kind durch Zuhalten des Halses erwürgt und sich dann selbst aufgehängt. Nahrungslosigkeit machte den Unglücklichen zum Verbrecher.« *Ich möchte nicht König von Preußen sein!* stand unter dieser Notiz. *Ich aber möchte der sein*, denn welche Fülle des Genusses strömt hier meinem kurzen Menschenleben zu, in einer Tätigkeit immer neuer Erfahrungen, durch die wichtigen Lebenspflichten zur höchsten Wirksamkeit gesteigert. Alle gefährlichsten Abgründe bei steter Übung des Geistes und Verstandes leicht und sicher übersprungen. Wie viel Überraschendes, wie viel Kühnes hätte ich da nicht zu tun.

Aber wie tröste ich mich doch, daß ich der nicht bin? – Wo so Großes durch mich könnte bewirkt werden. Wo ich könnte den bösen Zauber von der Welt heben und die Fundamente legen eines Paradieses, weit größer und gewaltiger und himmelerreichender als alle Mächte.

Über die Armut

Es gibt Wissenschaften, die eben so sehr vom Charakter wie vom Geist abhängen. Zu denen gehören die großen Könige, die zuerst alten Irrtümern abschworen und die allgemeine Gerechtigkeit den mörderischen Verbindungen, Zusammenstellungen einzelner Körperschaften gegen das Nationalinteresse vorzogen.

Es wäre ein Wunder, wären diese die Verteidiger der Menschlichkeit. Denn wenn vom ausschließenden Gebrauche der Vernunft die Rede ist, so ist dieser nicht ihr Vorrecht.

Ungebildet, unmündig werden sie erklärt, weil sie zu bescheiden sind, sie fordern nicht wie die Bevorrechteten. Zeigt dies aber nicht vielmehr von Seelenbildung, von erhabnen Charakteranlagen? Und ist das Vorrecht, freches Ansichreißen und ohne Beschämung sich dessen zum Nachteil der Übervorteilten bedienen nicht ein Beweis von Roheit! Wo bleibt da die Bildung der höheren Stände? –

Die blinden Begebenheiten, die noch blinderen schlechten Gesetze haben sich gegen die Menge verschworen, sie ist enterbt! Wollt Ihr auch noch ihr letztes Übriges ihr entreißen; ihre Ausdauer, Sorge für ihre Bedürfnisse unfruchtbar machen?

Staatsverwalter von alltäglichem Schlag gewöhnen sich daran, wenn erst die Volksmenge erniedrigt ist – ihn ganz aus den Augen zu lassen, sie verachten ganz treuherzig ein Volk, das nur durch ihre Verbrechen verächtlich erniedrigt werden konnte. Ihr Zorn wacht über dem Volk – ihre Zärtlichkeit über dem Bevorrechteten.

Armut. Mangel an Einfluß – dadurch: Mangel an Verstand, dadurch Irrtum in den Mitteln sich zu ernähren, wie auch wird der Staat dadurch unfähig zu ermitteln, wodurch zu helfen. Armut! Ihr einziger Endzweck ist stets Verbesserung ihres Zustands und kann die persönliche Emsigkeit nicht auf (schicklichen) ratsamen Wegen fortkommen, so schlägt sie falsche Pfade ein. Des Volkes einzig notgedrungner Zweck ist

Verbesserung seines Zustands. Wie sollte es nicht egoistisch werden müssen? Um sein Auskommen zu finden, ist die fähigste Klasse des Bürgerstandes gezwungen, Schmeichelei zu üben und dem Dienst mächtiger Männer sich zu widmen, eine zwar weniger ehrenvolle Erziehungsart, die aber nicht minder wirksam ist. –

Die Armen sollen an öffentlichen Angelegenheiten Anteil nehmen, um frei zum Besten des Gemeinschaftlichen stimmen zu können. Dann läßt sich hoffen, der Gesetzgeber werde inskünftige über das, was der Vorteil des Ackerbaus, was der Bürgersinn und die öffentliche Wohlfahrt verlangt, richtigere Begriffe bekommen, er werde endlich aufhören, rauhes fiskalisches Regiment und Handhaben der Regierung zu verwechseln! –

Auch ist das Volk schon gewohnt, bei seinem Murren den Monarchen von den eigentlichen Gewaltsinhabern zu unterscheiden. Es hat stets den Herrscher als einen so ausgemacht hintergangnen Mann angesehen, und der inmitten seines allmächtigen Hofes so ganz ohne Verteidigung ist, daß es nie daran denkt, alles Böse dir zu[zu]schreiben, was unter deinem Namen geschieht. Sollte dies uns nicht endlich über das, was in diesem Augenblick vorgeht, die Augen öffnen? *Daß alles Absolute gegen Vernunft, Gerechtigkeit, gegen Volk und seinen König kämpft.* Wozu also soll das dem Volk helfen, daß es Anteil habe an den Kammern, seine Vertreter habe, wenn das dem seinigen entgegenstehende Interesse das Übergewicht hat? – Es würde nur durch seine Gegenwart die Unterdrückung heiligen, deren ewiges Schlachtopfer es wär.

Außer dieser seelenherabwürdigenden ist der Einfluß des Eigentums in Rechnung zu bringen und dies ist ein natürlicher Einfluß. Den leugne ich nicht: Sorge, daß Du das Eigentum werdest des Volks, um mit Dir den Übermut der Bevorrechteten zu bekämpfen, im Schach zu halten.

Der Vorteil der Freiheit liegt in ihrer Befähigung des Seelenadels, denn sie bevorrechtet nur diesen und zwar nur zur Beglückung der Menschen. – Um also dem Volk zu gehören, muß kein Vorrecht das Deine sein, es darf dich nicht beflekken, oder du mußt dich augenblicklich vollständig davon reinigen. – Bei dem König nenne ich das Vorrecht Willkür.

Physisches Elend war ihnen nicht natürliche Folge dieses Triebs der Kultur. Warum reizt die Kultur Bedürfnisse, die die Quellen alles physischen Elends sind?

Die Armen sollen an öffentlichen Angelegenheiten Anteil nehmen können, dann wird der Gesetzgeber inskünftige über Bürgersinn und die öffentliche Wohlfahrt richtigere Begriffe bekommen.

Da die Armen ein 4ter und zwar der größte Stand sind, warum werden sie nicht durch Deputierte vertreten?

Der Bürgerstand die Hälfte der Abgaben – Der Arme alles, denn sie leben und arbeiten nur, um die Abgaben zu zahlen. Das ist das Wahrzeichen der Armut, wenn alles, was Arbeit erübrigt, dem Staat als Abgabe zufällt; Gewerbschein, Mietsabgabe.

Alle Interessen der drei Stände müssen dem Interesse dieses 4ten Stands weichen. Städte haben Eigentum, das Land hat Eigentum. Herrscher haben Eigentum und befinden sich wohl dabei. Warum hat die Armut kein Eigentum?

Arme, die ihrer Rechte entsagten, sind Bürger, die zu schwach geworden, sie zu behaupten. Nur da kann man Bürgschaft für die öffentliche Freiheit finden, wo die wahre Kraft ist. Wir sind nicht im Stande, anders als mit dem Volk und durch das Volk frei zu werden (Dir zu helfen). Es ist eine falsche Idee, wenn man zwischen Volk und Regierung einen Kontrakt machen will. Eine Nation macht keinen Vertrag mit ihren Mandatarien, sie kommittiert sie zur Ausübung ihrer Vollmacht.

Der Heckebeutel

Fortsetzung des Berichtes über zwei Friedrich d'or, deren Verwendung für die Armen von seiner Königlichen Hoheit dem Prinzen von Preußen den beiden Arnimskindern übertragen wurde.

Ich setze voraus, daß jener Antrag, meinen Ankauf eines Soldatenlebens von Anno 1831, wieder rückgängig zu machen, (welches mir bloß am Herzen liegt, um etwaigen schmutzigen polizeilichen Antastungen nicht ausgesetzt zu sein)* von seiner Königlichen Hoheit, gnädigst genehmigt sei, und habe daher das Kapital von 4 Tlr 20 Gr: wieder in die Kasse zurückfließen lassen. Einem genauen Bericht, wie dies Geld angewendet werde, stellt sich jedoch entgegen, daß es in einen Beutel gefallen, worin das Geld gleich jenem berühmten Heckpfennig sich immer wieder erneut, so oft es bei erheblichen Anlässen verausgabt wird.

Zum Beispiel: Eine alte Frau kommt an meine Türe, groß wie jene auserlesnen Frauen Deutschlands, welche zu den preußischen Grenadier-Regimentern das ihre getan haben. Das hab ich auch, sagt die alte Frau; von drei mächtig großen Grenadieren bin ich Mutter, und noch einen Sohn hatte ich, der war aber nicht groß gewachsen. – Sie trat ein, ich nahm ihr die Kiepe ab und lobte ihr reinliches schönes Ansehen. Vor 10 Jahren, sagte sie, hätte ich dies für keine Schmeichelei genommen, aber im 90ten Jahr bleicht die Schönheit ab, und man kann Gott danken, wenn man seinen gesunden Verstand behält; ich kann die ganze Bibel auslegen und meine Enkel alles lehren, ich habe drei Enkel, noch ganz junge Waisen, an mich genommen, da war ich 80 Jahre alt, das ist 9 Jahre her; meine Tochter war an einen Zimmermann verheiratet, der ist verunglückt bei dem Bau der Potsdamer Kirche. Da haben sie ihr ihn tot ins Haus gebracht. Nach seinem Tod hat sie ein Kind geboren, das starb ihm nach, dann hat sie es auch

* Worum es sich hier im einzelnen handelte, war nicht festzustellen.

gemacht wie das Kind und hat gar manchmal in ihrer abzehrenden Krankheit gesagt: Das Kind hat seinem Vater mehr nachgebangt wie ich. – Auf ihrem Todesbett sagte sie: Mutter, verlassen Sie die Kinder nicht. – Der älteste war damals 6 Jahre alt, der ist jetzt konfirmiert, bei einem Schuhmacher in der Lehre und hat einen guten Sonntagsrock. Dies Jahr wird die älteste Tochter eingesegnet, sie hat aber noch kein Kleid, ich hoffe auf gute Menschen, die mir dazu verhelfen! – Sie erzählte, ihr Vater sei als Fähnrich im Siebenjährigen Krieg geblieben; er war baumstark, sagte sie, und so groß, daß er an die Decke reichte; ich bin anno 1756 geboren und war 6 Jahr alt, wie meine Mutter den Todesfall zu hören kriegte, da hatte sie die Schere in der Hand. Sie ward ohnmächtig, die Schere fiel ihr in die Arbeit und riß ein Loch hinein, sie war Goldstickerin, die Arbeit sollte 20 Dukaten kosten, die mußte sie von neuem anfangen, das war ein salzig Stuck Brot von Tränen, denn sie blieb allein mit 9 Kindern, die sind alle Soldaten gewesen, bis auf einen, der war Kunstgärtner in Holland, der ist jetzt 100 Jahre alt, wenn er noch lebt; die andern sind alle im Feld geblieben anno 1793, bei Valenciennes und Mons, da blieb auch mein Mann, der war ein so großer Grenadier, ich ging ihm unter dem Arm durch, und ich hatte doch 7ben Zoll; ich blieb allein mit 4 Söhnen und einer Tochter; die Söhne sind alle im Krieg geblieben. Anno 1806 und 7ben, drei liegen unter dem Rasen bei Jena, der vierte war nicht ganz gut gewachsen und nicht Soldat, aber mußte doch auch im Krieg sein Leben lassen, bei der Einnahme von Magdeburg, da bekamen wir 40 Mann zu verpflegen, wir hatten alles dazu aufgeboten, aber nun kam ein zweiter Sturm Leute ohne Quartierzettel, die wollten auch noch versorgt sein, mein Sohn wollte ihnen verständigen, daß kein Platz mehr sei, da stach ihm ein Soldat mit dem Bajonett in den Leib, daß die Eingeweide herausfielen, er lag da am Boden, keiner konnte ihm helfen, der Geist war herausgeflogen, meine Tochter deckte ein schneeweiß Tuch über ihn und setzte sich neben ihn, und hielt

Wache bei dem Toten; da kam ein vornehmer Offizier, der sah sie da sitzen und zittern neben dem toten Bruder, das jammerte ihn so sehr, da lamentierten die Nachbarn und alle Leute, das war ein rechter Volksspektakel. Ich wußte gar nichts von mir, und machte alles, wie es nottat bei der großen Mannschaft, die ich allein versorgen mußte; da war ich so müde, wie alles schlafen war, legt ich mich zu meiner Tochter neben die Leiche und schlief ein. Da war die Sonne noch nicht herauf, so hörten wir die Trommel gehn; sie holten mich unter die Soldaten, ich sollte sagen, welcher es sei, der nach meinem Sohn gestochen hatte, ich war ganz erschrocken und wollte wieder fort, da kam aber einer auf mich zu und fragte, ob ich ihm verzeihen wollte, er sei es gewesen; ich hab ihm auch von Herzen verziehen, aber eine Stunde drauf haben sie ihn doch erschossen.

Ihre Tochter hat sich mit ihr durch feine Handarbeiten ernährt, dann hat sie den Zimmermann geheiratet; wie die beiden Eltern nun gestorben waren, hat die alte Großmutter für jedes Enkelkind alle Monat 6 Groschen von der Dorfgemeine erhalten; abends wenn es dämmerte hat sie mit den Enkelkindern Kräuter gesucht und getrocknet, und dann in Berlin in die Apotheken verkauft. Ich fragte, wieviel sie dafür bekomme. »Für eine gedrückte Kiepe voll 8 Groschen. Ach, da muß man sich oft bücken«, sagte sie, »bis man so viel beisammen hat, und dann der weite Weg in die Stadt, und der Winter, wo es keine Kräuter gibt. – Da muß man Holz suchen im Schnee, dann wills nicht brennen, und gibt einen Qualm, es tät not, man sperrt Tür und Fenster auf; aber es sind so schon Löcher in den Wänden, der Zugwind geht immer so durch; wenns dann endlich hell brennt, dann ists zum ansehen, aber nicht zum wärmen. Sie werdens kaum glauben, gnädiges Frauchen, aber so hoch wie ich sitze, so hoch ist auch das Eis rings an den Wänden ausgeschlagen, es ist diesen Winter nicht zum Aushalten: hätt ich doch zwei Thlrchen zu einem Füderchen Holz! –« Dies Geld fand sich in dem Heckebeutel für sie. Nun war sie sehr erfreut, sie rühmte ihre Beredsamkeit, und subtilen Verstand, womit sie die Leute bewege, ihr immer das Notwendige zu geben.

Auf meine Frage, von was sie lebe, sagte sie, von Brotsuppe und etwas Kümmel, denn Butter könne sie nicht kaufen, sie esse das Dünne von der Suppe und ihre Enkel das Dicke. – Sie kam kurz vor der Einsegnung wieder und holte das Kleid für die Enkelin, was ihr versprochen war, und sagte, jetzt hoffe sie wieder emporzukommen, wenn ihr nur ein Mensch wolle 8 Thlr leihen, dann wolle sie mit ihrer Enkelin, die jetzt aus der Schule bleibe, auf den Dörfern umher Butter, Eier, Hühner, Tauben, Mehl und Grützen einkaufen und sie wieder in der Stadt verkaufen, damit sie ihren Enkelkindern einen Erwerbszweig könne hinterlassen. – Die 8 Thlr fanden sich im Heckebeutel! – Wie froh war die alte Frau! – Sie lobte Gott, der ihren hellen Verstand bis in ihr spätes Alter ihr gelassen, um die Leute zum Guten zu bereden. Das Geld wolle sie nach und nach wieder abtragen. – Ich sah die Frau lange nicht wieder, ich schickte einen Bedienten nach Glienicke, er war ein Frommer, der rings in der Nachbarschaft die Leute bekehrte, und meine Gottlosigkeit zum Text seiner Predigten nahm; er kam zurück und hatte die Frau nicht gefunden. – Kurz vor Pfingsten begegnete ich die Frau auf der Straße mit der Kiepe auf dem Rücken. Ich packe sie in eine Droschke, sie sieht ganz elend aus; sie greift in die Tasche, holt wenige Groschen heraus, das ist alles, was noch übrig ist von den 8 Thlrn. Das Enkelkind war zu Ostern zum Abendmahl gegangen, als sie aus der Kirche kommt, sagt sie: »Großmutter, ich will mich legen«, den zweiten Tag war sie tot. – Das Begräbnis hat 6 Thlr 4 Gr gekostet; da wollte sie kommen und es mir klagen, aber die jüngste Enkelin jammerte so, daß sie nicht allein bleiben wollte, so ist sie dort geblieben, bis das Geld alle war; nun muß ich aber doch wieder in die Stadt, sagte sie, um das bißchen Brot zu suchen, was mir hier beschert ist; da hat das Kind so lamentiert, ich könnte unterwegs einmal sterben und nicht wiederkommen. Dummes Kind, hab ich gesagt, ich werde nicht sterben, so lang du noch in der Schule bist; aber da wärs doch bald anders gekommen, da rasselt ein Wagen daher und über mich weg, davon tut mir die Brust so sehr weh, sie haben mir ein groß Pflaster draufgelegt. – Jetzt hätte ich aber eine große Bitte, liebes gnädiges Frauchen, wenn Sie mir fünf Thlrchen wollten geben, dann nehm ich meinen Enkelsohn aus der Lehre, der kann mir dann auf den Dörfern umher alles einkaufen und dann kann er mit mir in die Stadt und alles wieder verkaufen. – Die fünf Thlr fanden sich im Heckebeutel; – sie freute sich abermals, daß Gott sie mit einem so guten Verstand begabt habe, um ihr Anliegen ordentlich und deutlich vorzubringen, daß sie es zum Besten ihrer Enkelkinder anwenden könne; und sie werde gewiß alles bei Heller und Pfennig wieder ersetzen; ich solle nun auch auf Pfingsten ja nichts in die Wirtschaft kaufen, sie werde alles selbst bringen, das solle die erste Rückzahlung sein. – Pfingsten war gekommen, aber nicht die Frau! – jedoch gleich nach Pfingsten erschien sie ganz ermattet, und erzählte, der Schuhmachermeister, bei dem ihr Sohn in der Lehre stehe, wolle ihn nicht loslassen, er müsse erst seine Lehrjahre ausdienen; nun würde sie freilich nichts können anfangen; so aber, sei ein Mann im Fahrland gestorben, der habe eine Karre mit einem Hund hinterlassen, für 7ben Thlr sei die zu verkaufen; wenn ich den Hund mit der Karre habe, dann kann ich mir helfen, dann fahr ich am Sonnabend, wo keine Schule ist, mit meinem jüngsten Enkelkind auf die Dörfer und hole alles ein. Ach, liebes gnädiges Frauchen, geben Sie mir die 7ben Thälerchen, Sie können sich drauf verlassen, am nächsten Montag werd ich Ihnen von der allerbesten Sahne mitbringen, und da dürfen Sie keinen Heller bezahlen. Nein! das leidet meine Ehre nicht! – Die 7ben Thaler fanden sich im Heckebeutel, die Frau lobte mich gar sehr. »Wenn ich nun alles so eingerichtet hab«, sagte sie, »daß auch nach meinem Tod Ihnen richtig wieder abgetragen wird, was ich von Ihnen geborgt habe, dann will ich mich zu Hause ausruhen und mein Stündchen abwarten. Aber einmal will ich doch noch kommen vor meinem Tod, denn Sie sind mein

Schutzengel, und sehen Sie, gnädiges Frauchen, es ist doch eine große Gnade von Gott, daß ich gute Herzen so bereden kann zum besten.« – Ja, sagt ich, Sie hat ein großes Genie zur Beredsamkeit, man könnt es in der Zeitung rühmen! – Die Frau wollte eben ihren mühselgen weiten Rückweg antreten, da kam ein großer Regen, ich gab ihr einen Schirm, wie vergnügt ging sie nun mit der Kiepe auf dem Rücken unter ihrem eignen Dach, ganz ohne Mühe, der Schirm war an der Kiepe befestigt. –

Sie kam zum rechten Tag wieder, allein ohne Marktwaren, sie war recht vergnügt. Die Sachen hab ich nicht mitbringen können, sagte sie, den Hund mit der Karre hab ich aber gekauft, das Tier frißt mehr an einem Tag, als wir die ganze Woche verzehren, da müssen wir sehen, wie wir zurecht kommen, den Hund kann ich nicht darben lassen, er ist unser Broterwerber, nein das tu ich nicht, lieber will *ich* darben. Aber liebes gnädiges Frauchen, Sie sind meine Zuflucht, Sie wissen, daß der Arme, dem es an allem fehlt, doch auch leben muß, denn Gott hat ihm den Atem eingeblasen; ich wär verhungert oder verfroren diesen Winter, hätt ich Sie nicht gehabt; ein Menschenleben ist nicht zu teuer bezahlt, wenn Sie noch eine 5 Thlrchen drangeben, daß ich meine Runde machen kann mit dem Hund, in den Dörfern muß man Herberge und Wegzehrung für den Hund zahlen, das läuft ins Geld! – Der Heckebeutel hatte diesmal nur 4 Thlr, mehr war nicht drin. – Nun! ich werde Ihnen alles gedoppelt wieder einbringen, sagte sie. Sie dürfen jetzt für nichts mehr in der Wirtschaft sorgen, alles soll im Überfluß ins Haus gebracht werden, von mir und meinen Enkelkindern; aber Gott muß ich doch loben über meine Klugheit in meinem hohen Alter, er weiß die Herzen zwar zu lenken, aber wenn man so dumm ist und versteht seine Winke nicht, so hilfts zu nichts! Nun sehen Sie, wie ich mich aber danach zu richten versteh, und kann alles gedoppelt wieder einbringen, was ich mit meiner Beredsamkeit mir hab erworben? – Ich mußte der Frau recht geben. – Als sie fort war, kamen jene zwei Friedrichsd'or,

Bettinas Berliner Wohnung, In den Zelten

von seiner Königlichen Hoheit in den Heckebeutel der Armen! Wem sollten sie bestimmt sein? – Die *Steinalte* hatte das Unmögliche versucht, um im 90sten Jahr noch mit eignen Kräften eine unabhängige Existenz zu erwerben, diese langten nicht aus, das war vorauszusehen. Wenn aber ein alter Krieger, der vielen Siegen voranstritt, endlich noch in eine letzte Fehde verwickelt, selbst die Waffen zu führen sich nicht enthalten kann; sollte er auch unterliegen; so ist er dennoch der größere Held! Eben so ist diese Frau, deren Vater unter Friedrich dem Zweiten sein Leben drangab, um Preußen groß zu machen, deren Mann und sieben Brüder in den mörderischen Scharmützeln von Mons und Valenciennes anno dreiundneunzig mit ihrem Blute das französische Feld tränkten, deren drei Söhne bei den ersten kriegerischen Wallungen Anno 1806 und 7ben gegen das fremde Joch, wie Gold in einem Feuer zusammenschmolz mit der Begeistrung des Prinzen Louis Ferdinand, dessen Wunden zusammen mit den ihren gen Himmel rauchten. Ja, eben so groß ist dieser alten Frau Mut, mit eignen Kräften auf dieser, den Armen treulosen, Welt ihren Enkelkindern eine sichre Stelle gründen zu wollen. Keiner denke hier das Falsche, als habe sie nicht den ernsten Willen gehabt zu dem Vorhaben. Die Frau hat nach geprüfter Weise vertraut auf die feste Ausdauer; das einzige, woran sie nicht glauben kann, ist an ihre gesunkne Kraft. Nein! Das Blut, was aus Helden stammt, und wieder Helden dem Vaterland gegeben hat, verläßt sich auf die eigne Energie; und bisher hat es ihr geglückt, denn sie hat sich die Pfennige des Heckebeutels erobert, und ist immer wieder mit erfrischtem Mut drangegangen, ihn auszukeltern. Diese zwei Friedrichsd'or des Prinzen von Preußen, die jetzt im Heckebeutel liegen, sollten sie nicht der übermenschlichen ungebrochnen Zuversicht dieser Frau zur Beute werden? – Eine fürstliche Gesinnung wird keiner verleumderischen Ansicht Raum geben, noch das Böse glauben, wo sie das Gute voraussetzen darf; denn das sind Kümmernisse feiler Seelen, die nicht an die Hoheit reichen. Sorgenfrei soll das Haupt strahlen, das Gnadengaben austeilt, ob sie auch richtig angewendet sind. So zum wenigsten denke ich, die von des Prinzen von Preußen Hoheit gewürdigt ist, diese zwei Friedrichsd'or den Armen zu spenden, wenn es mir nachgeht, so huldige der Prinz von Preußen der Beredsamkeit dieser 90jährigen Grenadier-Mutter, und ich sende dann einen Eilboten nach dem Fahrlande mit dem Gold aus dem Heckebeutel; sie wohnt dort in der Bruchstraße No 35 bei dem Hauseigentümer Koch. –

Doch es war kein Bote nötig, eben heute, am 11ten Juni morgens um 7 Uhr, als ich noch schlief, war sie schon von Charlottenburg herüber gewandert; sie will um 11 Uhr mit der Eisenbahn nach Potsdam, dort muß sie ja einen Gewerbschein lösen, sonst darf sie nicht hausieren gehen; der Gewerbschein muß aufs ganze Jahr gelöst werden, doch kann man ihn 4teljährig abtragen. – Und wenn nun einer verarmt und kann das Gewerb nicht fortsetzen, so muß er zum wenigsten ein Jahr lang den Gewerbschein bezahlen. – Also, wenn die Armut verarmt bei ihrem Gewerb, so muß sie sich am Versuch verbluten, sich empor zu arbeiten! – Ja! sagt die Frau, den König will ich nicht betrügen, der muß das Seinige haben, nein, ich will mit Ehren in die Gruft. Wollte ich nicht den Gewerbschein lösen, wo doch alle die Meinigen Königsleute waren und sind unter der preußischen Fahne geblieben! – Nein, ich werd meine Schuldigkeit tun und dem König das Seine abtragen! – Aber Frau, Sie hat es ja nicht, und kann ja morgen sterben! – Das kann nichts helfen, dem Hund mit der Karre muß ich den ganzen Tag Brot und Kartoffel einbrokken, und nun sollt er mir nicht sein Jahr Gewerbschein lösen! Das geht nicht, der Hund muß dran. Willst Du fressen und nicht dem König das Seinige einbringen! – Das will ich dir bald lehren! – So wie ich das erste 4tel Jahr Gewerbschein abgetragen hab, wird er mit Sonnenaufgang eingespannt, und nun zieh'. Du sollst dein Brot im Schweiß deines Angesichts essen! – Das hat Gott zum Stammvater der Menschen gesagt, das muß dem Hund auch recht sein! – Aber liebe Frau, 12 oder 16 Thlr. Gewerbschein kann Sie doch nicht herbeischaffen, mit was will sie jetzt sich den Gewerbschein lösen in Potsdam? – Ja, liebes gnädiges Frauchen, ich verlasse mich auf Gott und gute Menschen, die auf kluge Reden hören, die sich verwarnen lassen, ich bin im nächsten Januar neunzig Jahr alt, ich hab meinen hellen Kopf, dem großen christlichen Gebot soll die Christenheit folgen: tue Deinem Nächsten, was Du willst, das man Dir selbst tue; gnädiges Frauchen, von Ihnen kann ichs nicht fordern, Sie haben Ihre Pflicht an mir getan, aber ein jeder wird mir zugestehen, daß, wenn er einen Gewerbschein zu lösen hat! und der Beutel ist leer, der wollt, daß der nächste, der was im Beutel hat, ihm den Schein bezahlt; also sehen Sie wohl, wie schön das Gebot des Herrn jedem ins Herz geschrieben ist. Ja, könnten die reichen Leute Gottes Schrift im eignen Herzen lesen, da würden mehr Gewerbscheine gelöst, als die Armut zu ihrer Handierung braucht.

– Ich gab ihr hier das eine Goldstück aus dem Heckebeutel und bedeutete ihr, das Geld sei nicht mein, sondern dem Prinzen von Preußen! – Die Frau nahm es mit gutem Mut und hofft, mit nächstem seiner Königlichen Hoheit es mit Zins wieder einzubringen! – Ihre Begeistrung für ihre Beredsamkeit in ihrem hohen Alter ist dabei bedeutend gestiegen.

Diese kleine Armengeschichte ist ganz nach der Wahrheit geschildert und ist selbst dabei kein Wort hinzugesetzt von dem, was die Frau gesagt hat; – ich habe sie niedergeschrieben, weil meine Kinder mir sagten, seine Königliche Hoheit habe ihnen anbefohlen, die Verwendung der beiden Goldstücke ihm mitzuteilen. Allem Anschein nach wird das zweite Goldstück auch noch im Rauch der Hoffnungen dieser alten Sibylle aufgehen, wenn nicht seine Königliche Hoheit es anders bestimmen.

Ich habe hier nur eine aufrichtige Klugheit beschrieben, könnte ich doch auch jene einmal ans Licht ziehen, die man benützt, um einander zu überlisten, jene feinere Maske der Heuchelei, die sich Kultur nennen läßt, und unter diesem feinen Namen einherschleicht im Gewande der Bescheidenheit und Selbstverleugnung und durch den Firnis der Weltklugheit und des schonenden Betragens gegen ihre Widersacher, welche ohne Vorbehalt die Wahrheit aussprechen, den Sieg davontragen bei jenen Herren der Welt, deren endliches Verderben allein ihrer Heuchelei zuzuschreiben ist.

Märchen

Vorbemerkung

Das Märchen *Der Königssohn* gehört zu einer Reihe von vier Märchen, die Bettina 1808 für Arnims *Zeitung für Einsiedler* schreibt. Wohl auch auf Anregung der Brüder Grimm befaßt sich Arnim um diese Zeit mit dem Sammeln von Märchen, gibt jedoch keine, auch Bettinas nicht, an diese weiter. Veröffentlicht wird von Bettinas Arbeiten nur der Anfang eines Einsiedlermärchens, das Arnim weiterschreibt und mit anderen Geschichten vermischt unter dem Titel *Scherzendes Gemisch von der Nachahmung des Heiligen*[1] in seiner Einsiedlerzeitung herausgibt. Die drei anderen Märchen Bettinas – *Hans ohne Bart*, das auf einer mündlichen Erzählung der Savignyschen Amme beruht, *Die blinde Königstochter*, das sie von dem Straßburger Professor Arnold erzählt bekommt – werden ebensowenig zu ihren Lebzeiten veröffentlicht wie das Märchen vom *Königssohn*. Bei diesem Märchen nun handelt es sich nicht um eine Nacherzählung; Bettina hat es selbst erfunden. Neben eindeutig dem Volksmärchen zuzuordnenden Motiven wie der siebenjährigen Schwangerschaft der Königin, dem Neugeborenenraub durch wilde Tiere, dem von der Menschenwelt isoliert aufwachsenden Königssohn, greift Bettina auch hier den romantischen Gedanken einer utopischen Versöhnung von Mensch und Natur auf. Die scharf gezogenen Grenzen zwischen Tierwelt und Menschenwelt, die für die Königin im Märchen nicht übertretbar sind, überwindet der von den Tieren zurückkehrende Königssohn, indem er beide Welten in sich aufhebt. Er wird zum »König über Tiere und Menschen im *Geist*, sonder *Sprache*« (S. 284).

1 Vgl. Heinz Rölleke, »Bettines Märchen«, in: *»Herzhaft in die Dornen der Zeit greifen«. Bettine von Arnim. 1785–1859. Katalog zur Ausstellung des Freien Deutschen Hochstifts*, Frankfurt a. M. 1985, S. 225–231.

Bettina. Aquarell-Porträt von Ludwig Emil Grimm, etwa 1807

Der Königssohn

Es war einmal ein König, der hatte ein herrliches Land, und seine Burg stand auf einem hohen Berg, von wo aus er weit sehen konnte. Hinter der Burg waren schöne Gärten zu seiner Lust erbaut, die waren mit herrlichen Flüssen umgeben und mit dichten Wäldern, die ganz mit wilden Tieren erfüllt waren. Löwen, Tiger hatten ihre Wohnung da, wilde Katzen saßen auf den Bäumen, Füchse und Wölfe sprangen im Dikkicht umher, weiße Bären und auch mit goldnem Fell schwammen oft paarweis über die Flüsse und kamen in des Königs Garten. Auf dem Gipfel der Bäume nisteten die Stoßadler, Geier und Falken. Es waren diese Wälder ein wahres Reich der Tiere, welches des Königs seines begrenzte, und war als ihr Eigentum angesehen. Der König aber nahm ein Weib, um ihrer Schönheit willen und daß er Kinder bekomme. Da sie mit dem Segen ging, da freute sich das Volk, daß sie sollten einen Thronerben haben, und sie ehrten das Weib darum sehr hoch; die Zeit des Gebärens verstrich aber, ohne daß sie eines Kindes genesen wäre. Da ward der König traurig, weil er glaubte, sein Gemahl sei krank und müßte bald sterben, aber sie nahm Speis' und Trank zu sich wie ein gesundes Weib. Aber sie ging sieben Jahr' eines hohen Leibs. Der König ärgerte sich an ihrer Mißgestalt und glaubte, daß sie sich an Gott versündigt habe, weil er sie so hart strafe. Er ließ ihre Kammer von der seinigen trennen, und sie mußte in der hintern Seite der Burg wohnen. Hier trug sie langsam und traurig ihre schwere Bürde durch die einsamen Gärten und sah die wilden Tiere aus dem Wald an das jenseitige Ufer des Flusses kommen, um sich zu tränken. Wenn es dann um die Frühlingszeit war, und es kamen die alten Leuen oder Tiger mit ihren Jungen und tränkten sie, da wünschte sie oft in schwerer Verzweiflung, auch ein reißendes Tier zu sein, im Walde ihre Nahrung mit wütigem Kampf dem Leben zu entreißen, wenn sie nur ihre Kindlein mocht' ernähren. »Aber so«, sprach sie, »muß ich mit schwerem Tritt und schwerem

Jammer hier durch die Gärten wandlen, ich seh' euch jährlich eurer Frucht genesen, und wie ihr eure Jungen in eurer wilden, unwirschen Natur erzieht; aber ich, die Fürstentochter, die Königin, soll keinen meines edlen Stammes erziehen, soll unglücklich sein und vor dem Könige, meinem Gemahl, verhaßt.«

Als sie einsmals auf einem einsamen Ort unter einer Palme saß, fühlte sie Schmerzen, und sie gebar einen Sohn, der gleichsam die Kräfte eines siebenjährigen Knaben zu haben schien, denn während er zur Welt kam, hatte sich eine wilde Bärin über den Fluß gewagt, und als er kaum frei war, jagte er dieser nach, er kriegte sie beim Fell, das Tier schwamm zurück und trug ihn mit sich in Wald. Da schrie die Königin mit gewaltiger Mutterstimme: »Mein Sohn, mein einzig geborner, ist in dem Wald und wird von den wilden Tieren gefressen!« Die Wachen des Königs kamen herbei und stürzten durch die Flüsse nach den Wäldern, mit Streitkolben, mit Pfeil und Bogen, und wollten ihres Herrn Sohn wieder haben. Aber da die Tiere merkten, daß man mit Gewalt in ihr Gebiet einfalle, kamen sie aus den Wäldern an das Ufer, um sich zu wehren. Die Bären setzten sich aufrecht und streckten ihre Tatzen aus, die Leuen fletschten ihre Zähne und wedelten mit den Schweifen, die Tiger liefen auf und ab am Ufer mit feurigen Blicken, die Wölfe heulten, die Elefanten wühlten die Erde auf und stürzten Felsen ins Wasser, die Vögel flogen aus ihren Nestern, machten die Luft schwer und hielten ein greuliches Geschrei, also daß keiner der kühnen Ritter es wagte, ans Ufer zu steigen. Sie schwammen also zurück zur verlaßnen Königin, weil sie doch glaubten, der Königssohn sei verloren. Da sie aber zu ihr kamen, fanden sie, daß sie im Gebären war und noch sechs Kindlein zur Welt brachte, von welchen eins immer fröhlicher und stärker schien als das andere. Man trauerte daher nicht viel um den verlornen Sohn, sie wurde mit den sechs Säuglingen als eine glorreiche Mutter vor den König gebracht, der sie mit Ehrenbezeugung und Freuden aufnahm.

Da wuchsen die Kindlein, die Königin pflegte ihrer mit großer Geduld und gab ihnen Nahrung, aber wenn es Abend wurd', daß sie sie zur Ruhe gelegt hatte, da ging sie hinter die Burg auf den Fleck, wo sie gesessen und die Bärin ihr das Kind geholt. Sie lief am Wasser hin, ob sie ihren Sohn wohl möcht' aus den Gebüschen locken, sie bekümmert sich auch im Herzen ganz wenig um die andern Kinder, denn allein um diesen, und konnte nicht glauben, daß er sei umgekommen; also wie ein Schäfer sich mehr bekümmert um das eine Lamm, welches verloren, denn um die ganze Herde, und glaubt, daß dieses Lamm das beste und einzige war. Sie fürchtet sich auch nicht mehr vor den wilden Tieren, wenn sie die in der Nacht heulen hört, und wenn sich eins in dem Garten verlauft, da lauft sie ihm nach und fragt nach ihrem Kind; die wollen sie aber nicht verstehen. Da wird sie ungeduldig und verzweifelt, sie droht und bittet und kriegt die Bären beim Fell, sagt: »Ihr habt mir meinen Sohn gestohlen!« Die wollen sich aber nichts drum kümmern und tun nach ihrer Art, sie kennen die Frau an ihrem Ansehen und tun ihr nichts zuleid'. Wenn sie dann wieder in die Burg kömmt, so wischt sie ihre Tränen ab und beugt ihr Gesicht auf die Kinder, die unruhig sein, und verbirgt so ihre Tränen und spricht: »Meine arme Kinder sein unruhig und frieren, ich muß sie wärmen und muß sie nähren, daß sie wieder ruhig werden«; also daß sie ihre Traurigkeit den ganzen Tag vor den Leuten verbirgt und ihr Gesicht nicht gegen das Tageslicht wendet, denn sie schämt sich, daß sie allein mehr Lieb' zu dem verlornen Sohn spürt denn zu den andern. Doch erzieht sie dieselben mit großer Geduld und Weisheit am Tag; aber am Abend, wenn die Kinder schlafen, forscht sie ihrem Sohn nach. Da redet sie die großen Raubvögel an, die in den hohen Lüften schweben, herüber und hinüber fliegen, ihren Jungen Speis' zu bringen, da spricht sie oft: »O ihr beflügelten Tier', wenn ich so wie ihr könnt' in der Luft schweben und in die Gebüsch' herunterblicken, meinen Sohn suchen! o, sagt mir doch, ob er noch lebet oder ob ihr ihn tot gesehen habt?« Wenn die Vögel nun unverständlich schreien in der Luft, so meinet sie etwas zu verstehn und streicht das Haupthaar zurück, um besser zu hören. Da glaubte sie oft, die Vögel rufen ihr zu, daß er noch lebe und bald zu ihr komme. Sie gibt sich Müh', das Geschrei auszulegen, sie redet auch selbst die Bienlein und summende Käfer an, die über dem Wasser schweben, die schwärmen um sie her, brummen und summen ein jedes nach seiner Art, fliegen dann wieder fort. – O arme Königin, es wird dir kein wildes, unverständiges Tier Rat geben, die wissen nicht, was Menschenklag' ist. Denn die Menschen verfolgen sie und haben ganz keine Gemeinschaft mit ihnen, sie trachten ihnen nach dem Leben, um ihr Fell oder um ihr Fleisch zu essen, aber nie hat sich ein Mensch an sie gewendet, um Trost bei ihnen zu holen. Es hat aber manch edel Wild geklagt um die Freiheit, die ihm der Mensch listig geraubt hat, daß es hat müssen Sklavendienste tun, das es doch nicht schuldig war zu tun und auch keine Natur dazu hat, und muß trocken Heu für seine Dienste fressen, da es doch hat können im Wald frisch' Laub fressen, und muß um sein Maul lassen einen Zaum binden und sich mit einer Peitsche regieren lassen. Darum trauen sie auch dem Menschen nicht und gehen ihm aus dem Weg; wenn sie sich aber nicht zu helfen wissen, dann packen sie oft den Menschen an und zerreißen ihn auf eine greuliche Art, bloß um ihre Freiheit oder ihre Jungen zu erhalten.

Nun wurden aber die Kinder recht groß und auch zu aller Weisheit gut erzogen, sie hatten sehr einträchtige Gesinnungen und ließen sich in allem auf eine edle Weise an. Der König wußte nicht, welchem er die Kron' sollt' lassen, denn man konnt' nicht sagen, welcher früher geboren war, oder daß einer weniger tauglich sei zum Herrschen. Ließ er sie in Spielen um den Preis werben, so kam es oft, daß alle den gleichen Preis gewannen oder daß ein jeder in einer besondern Art vorzüglich war. Der König konnt' auch keinen mehr lieben, denn es war ein jeder schön, und ihr Wesen war zu vergleichen mit dem Hals eines edlen Federspiels, wenn es in der Sonne steht: dreht es sich so, da spiegelt sich die rote oder grüne Farbe am herrlichsten, dreht es sich wieder anders, so strahlt wieder eine andre, oder geht es auf und ab und bewegt die Flügel, so wechseln die Farben schnell wie der Blitz, eine so schön wie die andre, man weiß nicht, welche am schönsten; oder auch waren sie wie der Regenbogen, wo alle Farben schön vereint stehen und sich über den weiten Himmel spannen, daß eine immer aus der andern hervorgeht. Der König aber hatte nicht das Recht, sein Land zu teilen oder ihm mehr denn einen Herrn zu geben; er ließ daher eine Krone machen aus lauterem Gold, die die Häupter seiner sechs Kinder umfaßte, und er sagte ihnen: »Solang euer Sinn so rein bleibt wie dies Gold, und daß ihr so einig seid, daß ihr eure Häupter all' mögt in diesen Ring fassen und euch liebend küssen, so mag ich wohl sagen: mein Land hat nur einen Herrn, und obwohl viele Leiber, hat es doch nur einen Geist.«

Da ließ er ein großes Fest bereiten, an welchem das Volk sollt' die neuen Könige sehen. Es versammelten sich alle Edle am Hof; da war unter freiem Himmel ein großer Thron von Gold, darauf saßen die Königssöhne, und setzte ihnen der König die Kron' auf die Häupter. Die stille, einsame Mutter war in vollem Schmuck und Pracht, mit goldnen Schleiern und Mänteln angetan, und es war ein Jauchzen zu ihr; man nennt sie die glorreich' Mutter und spielt ihr vor auf allen Instrumenten eine herrliche Musik zu ihrem Lob; sie aber verbirgt ihr Angesicht hinter den Schleier und weint bittere Tränen um ihr verlornes Kind. Da steigen die Söhne herab von ihren Sitzen, fallen auf ihre Knie und begehren der Mutter Segen. Da steht sie auf und erteilt mit ihrer rechten Hand den Segen ihren Kindern, die linke Hand hält sie aber aufs Herz und gedenkt ihres Sohnes.

Die wilden Tiere hatten das Frohlocken gehört durch das ganze Land und waren unruhig geworden, sie schwammen über die Flüss' zu großen Scharen. Da brachten die Wachen die greuliche Botschaft, alles floh in seine Wohnung, die Mutter nur wollt' nicht weg, denn sie hatte keine Furcht. Die Söhne wollten ihre Mutter nicht verlassen, da sie auf ihr Flehen nicht weichen wollte, um sie zu beschützen. Die Schar der Tiere kam heran, und mittten unter ihnen ein schönes Antlitz, das aufrecht zum Himmel blickt, und schien ein Mensch zu sein, nur daß er schöner und edler war; er reitet auf der Leuen und Tiger Rücken, er springt anmutig von einem zum andern. Da das die Mutter sieht, so spricht sie: »Es ist mein Sohn«, und geht mit mutigem Wesen ihm entgegen, sie legt sich an seine Brust und sie spürt einen Felsstein sich von ihrem Herzen wälzen. Die Tiere kennen die Frau an ihrem Ansehen und tun ihr nichts zuleid', der Jüngling hatt' aber keine menschliche Sprach', er konnte nur seinen Willen durch Zeichen kundtun. Daher nimmt er die Kron' und dreht sie siebenfach um sein Haupt, auch riß er mit seiner starken Hand einen Ölbaum aus dem Erdboden und gab den sechs Brüdern einem jeden einen Zweig, sich selbst behielt er den Stamm, welches heißen soll: »Ich bin der Herr! aber ihr sollt in Frieden mit mir leben.« Und er ward ein König über Tiere und Menschen im *Geist*, sonder *Sprache*.

Anhang

Zu dieser Ausgabe

Die Texte der vorliegenden Ausgabe sind den nachfolgend verzeichneten Ausgaben entnommen. Einige wenige offensichtliche Druckversehen wurden stillschweigend korrigiert, Textauslassungen mit Auslassungspunkten in eckigen Klammern gekennzeichnet.

Clemens Brentanos Frühlingskranz

Aus: Bettina von Arnims Sämtliche Werke. Hrsg. mit Benutzung ungedruckten Materials von Waldemar Oehlke. 7 Bde. Berlin: Propyläen-Verlag, 1920–22. Bd. 1: Clemens Brentanos Frühlingskranz. 1920. S. 27–31; 36–43; 54–59; 81–87; 112–121; 203–212; 226–234; 238–253. [Zit. als: SW.]

Die Günderode

Aus: SW Bd. 2: Die Günderode. 1920. S. 25–31; 157–167; 206–211; 247–272; 289–297; 381–386; 392–410; 520–530.
Aus: SW Bd. 3: Goethes Briefwechsel mit einem Kinde. Tl. 1. 1920. S. 87–115.

Goethes Briefwechsel mit einem Kinde

Aus: SW Bd. 3: Goethes Briefwechsel mit einem Kinde. Tl. 1. 2. 1920. S. 329–337; 339–350; 353–362; 416–419.
Aus: SW Bd. 4: Goethes Briefwechsel mit einem Kinde. Tl. 3. (Anhang: Der originale Briefwechsel mit Goethes Mutter und Goethe.) 1920. S. 218–230.

›Königsbücher‹

Aus: SW Bd. 6: Dies Buch gehört dem König. 1921. S. 275–303.
Aus: SW Bd. 7: Gespräche mit Dämonen. Gedichte, Märchen, Briefe. 1922. S. 88–100.

Armenbuch

Aus: Bettina von Arnims Armenbuch. Hrsg. von Werner Vordtriede. Frankfurt a. M.: Insel Verlag, 1969. (Slg. Insel. 44.) S. 54–62; 111–122.

Märchen

Aus: SW Bd. 7: Gespräche mit Dämonen. Gedichte, Märchen, Briefe. 1922. S. 313–320.

Anmerkungen

Clemens Brentanos Frühlingskranz

16,1 *Eduard Bethmann:* Eduard Henri Ferdinand Bethmann-Metzler (1786–1839), Sohn von Sophie von La Roches Freundin Elisabeth B.-M., der Patin Bettinas.

16,2 *Tante:* Luise von Möhn, geb. von La Roche (1759–1832), Schwester von Bettinas Mutter Maximiliane. Sie war zeitweise an der Erziehung Bettinas beteiligt.

16,5 *Merkuriale:* frz. *la mercuriale*; Verweis.

16,7–9 *»Vous n'avez point de ... une juive!«:* »Sie haben gar keine Scham, gar kein Gefühl für Schicklichkeit. Man sieht Sie Hand in Hand mit einer Jüdin die Straße kehren!«

16,12 f. *»Cachez vous ... effronterie«:* »Verstecken Sie sich vor der Welt, damit man auf Ihrer Stirn nicht die entehrenden Zeichen Ihrer Unverschämtheit lesen kann.«

17,2 f. *Absenker:* Blumenableger.

17,7 f. *Goldbouillon:* vergoldeter, schraubenartig gedrehter Draht für Stickereien.

17,35 *Herzog von Aremberg:* Herzog Engelbert Ludwig von A. (1750–1820), erblindete im Alter von fünfundzwanzig Jahren. Nachdem er durch den Frieden von Lunéville (1801) seine linksrheinischen Besitzungen verloren hatte, führte er ein unstetes Leben und verkehrte auch im Haus Sophie von La Roches in Offenbach. Im Goethebriefwechsel beschreibt ihn Bettina in der Geschichte ihres »Dritten Kusses« (SW Bd. 4, S. 116–119).

17,36 *Sieyès, Mercier, Pétion:* Emmanuel-Joseph Comte Sieyès (1748–1836), Louis-Sébastien Mercier (1740–1814), Jérôme Pétion de Villeneuve (1753–94), gehörten zu den Wortführern der Französischen Revolution.

18,4 f. *Großmama:* Sophie von La Roche, geb. Gutermann (1731 bis 1807), Schriftstellerin und Jugendfreundin Wielands. Sie war bekannt durch ihren Roman *Geschichte des Fräuleins von Sternheim* (1771); seit 1786 lebte sie in Offenbach, und seit 1797 wohnten ihre Enkelinnen Bettina, Lulu und Meline dort bei ihr.

18,5 *Mirabeau:* Honoré-Gabriel-Victor Riqueti Comte de M. (1749–91), Führer des Großbürgertums und des liberalen Adels zu Beginn der Französischen Revolution.

18,22 *Barbara-Tag:* 4. Dezember, Namenstag der Schutzheiligen der Bergleute.

21,3 *Lavater:* Johann Kaspar L. (1741–1801), Schweizer Schriftsteller, berühmt durch seine Physiognomik (*Physiognomische Fragmente zur Beförderung der Menschenkenntnis und Menschenliebe*, 4 Bde., 1775–78). Bekannter Sophie von La Roches.

21,30 *L'endroit:* (frz.) ›bestimmter Ort‹ – hier Wortspiel mit dem Namen von Jacques Lendroy, Bettinas Französischlehrer in Offenbach.

22,26 *Arenswald:* Geschichtslehrer Bettinas in Offenbach.

23,1 *Die alte Cordel:* Bedienstete Sophie von La Roches.

23,30 *das letzte nicht geschrieben:* bezieht sich auf das Ende von Clemens' vorausgegangenem Brief: – »O fasse ein recht lebendiges Interesse an allem und dringe tief ein in das, was Du lernst, nicht oberflächlich, lieb Kind, Du glaubst nicht, wie unendlich wohl es Dir tun wird, wenn Du in ein paar Jahren etwas besitzest, dem Du Dich ganz hingeben kannst, lasse Dir's daher recht angelegen sein, zeichne recht mutig, mach' Dir nichts daraus, ein Bildchen fertig zu haben, sondern eine Gewalt zu haben im Geist, die Du mit Deinem Talent auszusprechen vermagst, wenn Du über das Gewöhnliche hinauskämst, ich würde glücklicher werden als Du, schicke mir Deine Melodie, schreibe mir und halte Wort und – fasle nicht mit Ring und Talisman und Mirabeau usw. Dein Clemens.« (SW Bd. 1, S. 54.)

24,9 *Harpegge:* Arpeggio, gebrochenes Akkordspiel.

24,34 *grüne Burg:* Gut in der Nähe von Frankfurt am Main, damals beliebtes Ausflugsziel.

29,3 f. *»C'est un ... messieurs«:* »Es ist ein junger Kavalier, mein Herr, mit zwei Begleitern.«

29,4 *»Au contraire c'est une femme«:* »Im Gegenteil, das ist eine Frau.«

29,8 *Madame de Gachet:* Louise de G., französische Emigrantin und Gegnerin der Französischen Revolution. Die Zeitgenossen hielten sie für Prinzessin Louise Stéphanie de Bourbon-Conti (1756 bis 1825), Urbild der *Natürlichen Tochter* Goethes. Clemens Brentano hatte Mme. de Gachet einen Brief an Bettina mitgegeben, den sie hier bereits beantwortet.

29,13 f. *Herder, Boonstedten, Friederike Brunn, die Krüdner:* gemeint sind Johann Gottfried Herder (1744–1803); Karl Viktor von Bonstetten (1745–1832), deutsch-schweizerischer Schriftsteller; Friederike Brun (1765–1835), deutsch-dänische Schriftstellerin; Barbara Julie von Krüdener (1764–1824), Schriftstellerin. Sie alle verkehrten im Haus von Sophie von La Roche.

29,19 f. *»Vous êtes ... de la France«:* »Sie sind die verehrungswürdigste der Feindinnen Frankreichs.«

29,20 f. *Sie nannte die Assemblée nationale ›le dépôt ... peuple‹:* ... die Nationalversammlung ›den Ort des Vertrauens eines ganzen Volkes‹.

29,22 f. *»Le peuple n'est ... incertitudes ministerielles«:* »Das Volk ist nicht mehr den Intrigen des Hofes noch den Ränken der Ministerien ausgesetzt.«

29,26 *Vaisseaux de guerre:* Kriegsschiffe.

32,30 *Demant:* Diamant.

33,6 *Walpurgis:* Kellnerin in einem Weinlokal in Rüdesheim, in die Clemens verliebt war. Einem Bettler hatte sie den Kuß gegeben, den sie Clemens stets verweigerte.

33,27 f. *Die ästhetischen Briefe von Schiller:* Schillers Abhandlung *Über die ästhetische Erziehung des Menschen, in einer Reihe von Briefen* (1795).

34,3 *Gedicht:* bezieht sich auf den vorausgegangenen Brief von Clemens, der ein Gedicht enthält, in dem Bettina stark idealisiert wird.

34,36–35,4 *»Vous êtes un ... tout autrement«:* »Sie sind ein Kind. Stellen Sie sich doch vor, wie sehr sich Ihre Seele und Ihre Phantasie beim Reisen entwickeln werden, und außerdem werden Sie mit mir zusammen sein, ich werde Sie lieben, und Sie werden das Leben, die Welt, die Natur ganz anders verstehen.«

35,28 *schreib mir solche Briefe nicht ...:* s. Anm. zu 34,3.

36,20 *Peter:* Bruder (1768–88) Bettinas aus der ersten Ehe des Vaters.

40,29 *Kloster:* damit ist Bettinas Schulzeit bei den Ursulinen in Fritzlar (1793–97) gemeint.

41,2 *Günderode:* Karoline von Günderrode (1780–1806), Schriftstellerin und Freundin Bettinas. Sie nahm sich 1806 das Leben. (Siehe auch S. 71–73.)

41,12 *Gärtner:* Bettina ließ sich auf Vorschlag Günderrodes von ihrem Gärtner für einen Ball einen Haarschmuck aus Aschenkraut (Zinerarien) flechten. Um nun dem Gärtner, den sie für einen Menschen von hohem Geistesadel hielt, ihr Vertrauen zu beweisen, versprach sie ihm, den Kranz noch in der Ballnacht an ihn zurückzugeben. Clemens, dem sie davon schrieb, war von ihrem unstandesgemäßen Umgang entsetzt und erteilte ihr in einem Brief alle möglichen merkwürdigen Aufträge, damit sie nicht länger Zeit haben sollte, auf »dumme Gedanken« zu kommen.

41,15 *Gelerüb:* ›gelbe Rübe‹, hessisch für: Karotte, Möhre.

41,18 *knottlen:* herumarbeiten.

41,22 *Lotte:* Charlotte Servière (1773–1862), Freundin Günderrodes.

41,34 *Alba:* Morgenhelle (frz. *aube*, von lat. *albus* ›weiß‹) vor Sonnenaufgang; vgl. Anm. zu 41,12.

42,16 f. *Müllers Schweizer Geschichte:* die *Geschichten Schweizerischer Eidgenossenschaft* (5 Bde., 1780–1808) des Historikers und Politikers Johannes von Müller (1752–1809).

42,17 *Quetschen:* hessisch für: Zwetschgen.

44,1 f. *Deinen Franken in Ägypten:* Günderrodes Gedicht »Der Franke in Ägypten«, abgedruckt im Anhang von Bettinas Briefroman *Die Günderode* (SW Bd. 2, S. 600–603).

44,16 *Freia:* nordische Göttin der Schönheit und Liebe; zauberkundig.

44,21 *Boskett:* Gebüsch, Lustwäldchen.

44,33 *Hoffmann:* Philipp Carl H. (1769–1842), absolvierte sowohl ein Philosophie- als auch ein Rechtsstudium. Später war er Bratschist und Musiklehrer, Bettinas Lehrer in Offenbach.

45,4 *Stolberg:* Christian Graf zu Stolberg-Stolberg (1748–1821), Schriftsteller und Übersetzer; gemeint ist hier offenbar seine Sammlung *Gedichte aus dem Griechischen übersetzt von . . ., einem Mitglied des Göttinger Hains* (1782).

47,2 *Darre:* Hürde zum Trocknen von Obst u. ä.

47,24 *Sterkel:* Johann Franz Xaver S. (1750–1817) war um 1800 ein bekannter Komponist.

47,32 f. *Andree:* Johann Anton André (1775–1842), Musikverleger in Offenbach, in der Nachbarschaft Sophie von La Roches.

48,5 *Arnim:* Achim von A. (1781–1831), Schriftsteller, Jugendfreund von Clemens und mit ihm zusammen Herausgeber der Volksliedersammlung *Des Knaben Wunderhorn*. 1811 wurde er Bettinas Ehemann.

48,10 *die beiden Freundinnen:* Bezug auf vorangegangenen Brief von Clemens. Er ist dauernd – unglücklich – verliebt und beklagt sich ausführlich darüber in seinen Briefen.

52,35 *Gunda:* Kunigunde (1780–1863), Schwester Bettinas, heiratete 1804 Friedrich Carl von Savigny (s. Anm. zu 61,18).

53,24 *Hahlgänse:* magere, noch nicht gemästete Gänse.

54,7 *Christian:* Bruder (1784–1851) Bettinas; er verwaltete das Familiengut Bukowan in Böhmen.
54,19 f. *»Mich fliehen alle Freuden«:* aus dem Singspiel *L'amor contrastato* von Giovanni Paisiello (1740–1816).
54,25 f. *Benediktchen:* Clemens' neuester Schwarm.
54,32 *zu Deiner Oper:* Clemens plante, zusammen mit dem Düsseldorfer Musikdirektor Johann August Franz Burgmüller (1766 bis 1824) eine Oper zu schreiben.
55,36 *Invulnerable:* unverletzlich.
57,24 f. *Bernards blasende Instrumentisten:* Kapelle des Offenbacher Schnupftabakfabrikanten Peter Bernard (1755–1805), bei der auch Bettinas Lehrer Hoffmann (s. Anm. zu 44,33) unterrichtete.
58,20 f. *Hautboisten:* Oboisten.
60,25 *Schawell:* hessisch für: Schemelchen.
61,14 f. *Helden der Gironde:* Girondisten, benannt nach dem französischen Departement Gironde, in der Französischen Revolution die gemäßigten Republikaner, deren Abgeordnete zunächst mit den Jakobinern zusammen regierten, 1793 aber vom Nationalkonvent geächtet und schließlich fast alle hingerichtet wurden.
61,18 *Savigny:* Friedrich Carl von S. (1779–1861), Studienfreund von Clemens. Heiratete 1804 Bettinas Schwester Gunda. Jurist, ab 1811 Professor an der Berliner Universität, von 1842–48 preußischer Minister, gilt als Begründer der »Historischen Rechtsschule«. Mit zunehmender Politisierung Bettinas komplizierte sich beider Beziehung; Bettina konnte ihm vor allem nicht nachsehen, daß er sich nicht eindeutig genug für die Sache der Brüder Grimm einsetzte, mit denen er schon seit seiner Marburger Zeit (1800–04) befreundet war (s. Zeittafel unter 1837).
61,19 *Trages:* Landgut Savignys in der Nähe von Hanau bei Frankfurt a. M.
61,21 *Ebel:* Johann Gottfried E. (1764–1830), seit 1792 Arzt in Frankfurt a. M.
Leonhardi: Jakob Friedrich von L. (1778–1839), Sohn des Kaiserlichen Rates Peter von Leonhardi in Frankfurt a. M. Jugendfreund Savignys, Jurist, später Diplomat.
62,1 *St. Pierre:* Jacques-Henri de Saint-Pierre (1737–1814), Freund und Schüler Rousseaus; Verfasser der *Études de la nature* (*Naturstudien*, 4 Bde., 1784–87), deren Band 4, die Idylle *Paul et Virginie*, ihm Weltruhm einbrachte.
Buffon: George-Louis Leclerc, Comte de B. (1707–88), Naturforscher und Philosoph, bekannt durch seine *Histoire naturelle géné-*

rale et particulière (*Allgemeine und spezielle Naturgeschichte*, 36 Bde., 1749–88).

62,21 *Chemisett:* Einsatz an Frauenkleidern.

Arachne: lydische Jungfrau (der griechischen Sage), die sich anmaßte, die Göttin Athene in der Webkunst zu übertreffen, und zur Strafe in eine Spinne verwandelt wurde.

62,27 *Otaiti:* Gemeint ist Tahiti, das im 18. Jahrhundert als ein Paradies galt.

62,28 f. *dieser Roman:* Sophie von La Roches dreibändiger Roman *Erscheinungen am See Oneida* (1798).

63,20 *Herzog von Gotha:* August Emil Leopold, seit 1804 Herzog von Sachsen Gotha und Altenburg (1745–1804); wissenschaftlich und künstlerisch ambitioniert.

63,36 *Empusa:* Spukgestalt des griechischen Volksglaubens.

64,15 *Gerbermühle:* Landsitz am linken Mainufer bei Oberrad, der damals dem Geheimrat von Willemer (s. Anm. zu 67,21) gehörte; heute Frankfurter Ausflugsziel.

64,18 *persuadierte:* überredete, überzeugte.

64,23 *in unserem Haus:* im Frankfurter Elternhaus »Zum Goldenen Kopf«, das der älteste lebende Bruder Franz Brentano übernommen hatte (s. Anm. zu 107,36).

64,31 *Kastorhut:* Filzhut aus Biberhaar.

65,10 *Link:* Es handelt sich wahrscheinlich um den Botaniker Heinrich Friedrich L. (1767–1851), später Direktor des Botanischen Gartens in Berlin.

Heinse: Wilhelm H. (1746–1803), Schriftsteller, Verfasser des *Ardinghello* (1787), Bekannter Sophie von La Roches.

65,14 *Dr. Kästner:* wahrscheinlich der Mediziner Theodor Friedrich Arnold Kestner (1779–1847), Sohn von Charlotte Kestner, geb. Buff (Goethes Lotte aus dem *Werther*).

65,21 *Fr. von Barkhausen:* Margarete Elisabeth Karoline von Barckhausen, geb. von Leonhardi (1776–1849). Schwester von Jakob Friedrich von Leonhardi (s. Anm. zu 61,21).

67,12 *Minchen:* Wilhelmine Louise Auguste von Günderrode (1782–1819), Schwester Karoline von Günderrodes, heiratete 1804 den großherzoglichen Staatsminister Karl Baron du Thil.

67,14 *Gig:* leichter zweirädriger Wagen ohne Verdeck.

67,21 *Marianne:* Marianne Jung (1784–1860), Pflegetochter des Frankfurter Bankiers Johann Jakob von Willemer, der sie 1814 heiratete. Freundin Goethes, sie ist die Suleika in Goethes *West-östlichem Divan*; Jugendliebe Brentanos.

Die Günderode

75,2 *Bostel:* Hans Christian von B. (1779–1839), Studienfreund Savignys und Clemens Brentanos.
hier: Clemens, Bostel, Arnim, Christian (s. Anm. zu 54,7), Bettina, Meline (s. Anm. zu 123,6) und die Savignys waren Mitte Oktober 1805 auf Savignys Landgut Trages; Günderrode folgte ihnen später dorthin nach.

75,5 *Loulou:* (auch Lulu) Ludowika (1787–1859), Schwester Bettinas, heiratete den Bankier Karl Jordis in Kassel.

75,29 *Schelmufsky/Großmogul:* Figuren aus dem grobianischen Schelmen- und Abenteuerroman *Schelmuffskys kuriose und sehr gefährliche Reisebeschreibung zu Wasser und Land* (1696) von Christian Reuter (1665–1712). Der Roman, im 18. Jahrhundert weitgehend vergessen, war für die Romantiker eine Entdeckung.

76,11 *Die Manen:* Prosatext von Günderrode, abgedruckt im Anschluß an ihren vorherigen Brief (SW Bd. 2, S. 20–25). – (Altröm.) Geister der Verstorbenen, Schattengestalten.

77,9 f. *Dein Schelling ... Kant:* Günderrode versuchte verschiedentlich, Bettina für das Philosophiestudium zu interessieren.

78,20 f. *»Wie ist Natur ... hält«:* aus Goethes Gedicht »Auf dem See«.

78,23 *»Man kann Geister nicht ... sie erscheinen«:* Zitat aus den »Manen«, s. Anm. zu 76,11.

79,26 *Lüneburger Heid' der Vergangenheit:* bezieht sich auf die von Clemens und Günderrode verordneten Geschichtsstunden, die Bettina erteilt bekam.

81,24 *Kloster:* s. Anm. zu 40,29.

82,23 *Tians Offenbarungen:* Tian: Pseudonym Günderrodes, unter dem sie ihre ersten Dichtungen veröffentlichte.

84,7 *so sagen die Schwaben:* Sophie von La Roche stammte aus Kaufbeuren.

84,34 *grüne Burg:* s. Anm. zu 24,34.

90,11 *comme il faut:* wie es sich gehört.

92,12 f. *Dein Mahomet:* Gemeint ist Günderrodes Gedicht »Mahomets Traum in der Wüste«, abgedruckt am Beginn des Zweiten Teils der *Günderode* (SW Bd. 2, S. 363–365).

92,30 *Tonie [Antonia] und Marie:* Schwägerinnen Bettinas, verheiratet mit Franz und Georg (George) Brentano.

92,31 *George:* Bruder (1775–1851) Bettinas, Kaufmann, Gutsbesitzer.

93,5 *St. Clair:* Isaak von Sinclair (1775–1815), Geheimer Rat in Hessen-Homburg, Freund Hölderlins (den er 1804–06 in seinem Haus in Homburg v. d. H. aufnahm). Nach dem Zeugnis Fritz Schlossers (s. Anm. zu 166,33), dessen Verhältnis zu Bettina allerdings gespannt war, stand sie, »solange Fräulein von Günderode lebte, nicht in der mindesten Berührung mit Sinclair« (zit. nach: *»Herzhaft in die Dornen der Zeit greifen«. Bettine von Arnim. 1785–1859*, Ausstellungskatalog, Frankfurt a. M. 1985, S. 28).

104,8 *Hoffmann:* s. Anm. zu 44,33.

105,26 *Frau Euler:* Frankfurter Bekanntschaft.

105,31 *Doktor Neville:* Matthias Wilhelm de Neufville (1760–1842), seit 1784 Arzt in Frankfurt, Hausarzt Sophie von La Roches.

105,35 *Moritz:* Simon Moritz von Bethmann (1768–1826), Bruder von Eduard B. (s. Anm. zu 16,1), Pflegesohn im Hause La Roche in Offenbach, Bankier in Frankfurt, 1808 geadelt. Unter seiner Leitung erlangte das Bankhaus »Gebrüder Bethmann« Weltruf.

106,3 *Lotte:* s. Anm. zu 41,22.

106,6 *Stift:* Cronstetten-Hynspergisches Stift; Günderrode lebte und arbeitete hier (s. auch S. 71 f.).

107,36 *Franz:* Stiefbruder (1765–1844) Bettinas und ihr Vormund; er war Kaufmann, Bankier, Senator in Frankfurt a. M. Bei ihm, im Elternhaus »Zum goldenen Kopf«, wohnte Bettina nach der Rückkehr aus Fritzlar, wenn sie nicht bei der Großmutter La Roche in Offenbach oder bei den Savignys in Marburg weilte.

108,30 *Aschenkraut:* Zinerarie, Garten- und Topfblume mit weißlichem, aschenähnlichem Filz an den Blättern.

109,19 *Christian Schlosser:* (1782–1829), Mediziner und Lehrer, Freund von Clemens.

112,28.31 *Gedicht:* bezieht sich auf zwei Gedichte Günderrodes in ihrem vorherigen Brief: »Des Wandrers Niederfahrt« (SW Bd. 2, S. 282–286) und »Ist alles stumm und leer« (ebd. S. 287 f.).

114,30 *Herr von Hohenfeld:* Christoph Willibald von H. (1743 bis 1822), Domherr in Frankfurt, Hausfreund der La Roches.

117,34 f. *hundertjährige Cousine:* die »alte Cordel«, Bedienstete bei Sophie von La Roche.

118,21 *Deine Haiden, Deine Holzhausen, Deine Nees:* Gemeint sind Susanne von Heyden, geb. von Mettingh (1775–1845), wahrscheinlich Karoline Friederike Louise von Holzhausen, geb. von Ziegesar (1775–1846) und Lisette Nees von Esenbeck, geb. von Mettingh (1783–?) – Freundinnen Günderrodes in Frankfurt.

118,32 *Gerbermühl':* s. Anm. zu 64,15.

119,11 *Gärtner:* s. Anm. zu 41,12.
123,3 *Parapluies:* Regenschirme.
123,6 *Meline:* Magdalena (1788–1861), Schwester Bettinas; sie heiratete den späteren Frankfurter Bürgermeister Georg Friedrich von Guaita.
123,10 *il signor Pagliaruggi:* der Herr Pagliaruggi.
123,14 *Klicker:* Murmeln.
124,24 *Bommer:* gemeint ist der Pommernspitz.
124,29 f. *Arenswald:* s. Anm. zu 22,26.
128,3 *Großpapa:* Georg Michael Anton von La Roche (1720–88, unehelicher Sohn des kurmainzischen Ministers, des Grafen Anton Heinrich Friedrich von Stadion), kurtrierischer Kanzler; er heiratete 1753 Sophie Gutermann (s. Anm. zu 18,4 f.).
128,5 *gegen den Kurfürsten:* Gemeint ist Klemens Wenzeslaus (1739–1812), letzter Kurfürst-Erzbischof von Trier; er förderte Bildung und Wohlstand wie auch die Künste (bes. die Musik) im Kurfürstentum.
132,1 *Petrefaktion:* Versteinerung.
135,21 *Willemers:* s. Anm. zu 64,15.
135,24 *Primas:* Carl Theodor von Dalberg (1744–1817), seit 1802 Kurfürst-Erzbischof von Mainz. Er bereitete die Gründung des Rheinbundes vor und wurde 1806 dessen »Fürstprimas« mit Sitz in Frankfurt. Dieses Engagement für Napoleon brachte ihm den Vorwurf des mangelnden Patriotismus von seiten seiner Zeitgenossen ein.
138,4 *assaisonniert:* gewürzt, angerichtet.
138,20 *Clausner:* Gemeint ist Claudine Piautaz (1772–1840), hochgeschätzte Haushälterin im Haus der Brentanos in Frankfurt.
147,6–9 *am Rhein ... da unten, wo sie lag:* In Winkel am Rhein besaßen die Brentanos ein Landhaus, das sie auch Freunden zur Verfügung stellten. Karoline von Günderrode hatte sich dort, nicht weit vom Hause am Rheinufer, erdolcht.
149,30 *Fürst Primas:* s. Anm. zu 135,24.
150,7 *»Werther«:* Goethes Roman *Die Leiden des jungen Werther* (1774).
150,11 *Phidias:* attischer Bildhauer des 5. Jahrhunderts v. Chr., berühmt durch seine Mitwirkung an der Gestaltung der Parthenonfiguren in Athen und durch eine Kolossalstatue des Zeus (Jupiter) in Olympia.
157,24 *Daub:* Karl D. (1765–1836), Theologieprofessor in Heidel-

berg. Zusammen mit Friedrich Creuzer (s. folgende Anm.) gab er von 1805–1811 sechs Bände *Studien* heraus.

157,25 *Creuzer:* Georg Friedrich C. (1771–1858), Philologe und Altertumsforscher, ab 1804 Professor in Heidelberg; verheiratet »aus Dankbarkeit« mit der Witwe seines ehemaligen Lehrers Leske. – Weil er sich aus dieser Ehe nicht lösen konnte, scheiterte seine Beziehung zu Günderrode; dies war sicherlich der entscheidende Auslöser für deren Selbstmord (s. S. 71–73). Wichtigstes Werk Creuzers: *Symbolik und Mythologie der alten Völker, besonders der Griechen*, 4 Bde. (1810–12).

158,32 *Wilhelm von Türkheim:* der dritte Sohn von Goethes ehemaliger Verlobten Lili Schönemann, die den Straßburger Bankier Friedrich von Türckheim geheiratet hatte. Wilhelm war Offizier im Husarenregiment Napoleons.

165,8 *Ganymed:* Mundschenk des Zeus in der griechischen Mythologie.

166,33 *Fritz Schlosser:* Johann Friedrich Heinrich S. (1780–1851), Jurist, ab 1806 Rat beim Stadt- und Landgericht in Frankfurt; Besitzer von Stift Neuburg bei Heidelberg. Er erteilte Bettina italienischen Sprachunterricht.

166,36 *brouilliert:* entzweit.

Goethes Briefwechsel mit einem Kinde

177,8 *Krieg:* Tiroler Freiheitskampf: Nach der Niederlage Österreichs (und Rußlands) gegen Napoleon 1805 war Tirol an Bayern gefallen, das mit Napoleon verbündet war. 1809 erhoben sich Österreich und Tirol (Andreas Hofer) gegen Bayern bzw. Frankreich, wurden aber erneut geschlagen.

177,10 *Hamberger:* Julius Wilhelm H. (1754–1813) war Bibliothekar des Herzogs von Gotha, dann Hofbibliothekar in München.

177,11 *Stallungen der zwanzigtausend Rinder:* Anspielung auf den »Augiasstall« der griechischen Sage, den Herkules ausmistete.

177,15 f. *Valet gesagt:* Lebewohl gesagt.

178,9 *Grafen Stadion:* Graf Friedrich Lothar von S. (1761–1811), mit Bettina verwandt, Priester und österreichischer kaiserlicher Gesandter in München. Er war beauftragt mit der Lösung Bayerns aus dem Rheinbund. – *Der schwarze Fritz:* Er trug den schwarzen Mantel des Deutschen Ordens.

180,1 f. *Wilhelm Meister:* Goethes Roman *Wilhelm Meisters Lehr-*

jahre (1795) war für Bettina ein sehr wichtiges Buch. Immer wieder erwähnt sie die Figur der Mignon oder identifiziert sich sogar mit ihr (s. S. 181, Z. 25 f.).

182,6 *der Kronprinz:* der spätere Ludwig I. von Bayern (1786–1868), ab 1806 Kronprinz, von 1825–48 König. Bettina traf ihn während ihres Aufenthaltes in München einige Male.

182,28 f. *Herzog Karl:* Erzherzog Karl von Österreich (1771–1847), Feldherr der österreichischen Truppen im Kampf gegen Frankreich.

184,27 *des Kaisers:* Franz II. (1768–1835), deutscher Kaiser 1792 bis 1806; als Franz I. Kaiser von Österreich 1804–1835.

187,3 *Winter:* Peter von W. (1755–1825), Komponist und Hofkapellmeister in München, Bettinas Gesangslehrer.

187,11 *Bopp:* Sebastian B. (1762–1839), Musiklehrer des Kronprinzen Ludwig und seiner Geschwister. Er unterrichtete auch Bettina während ihres Münchner Aufenthaltes.

188,35 *Tieck:* Mit dem Schriftsteller Ludwig Tieck (1773–1853) war Bettina eine Zeitlang sehr befreundet; in München pflegte sie ihn während einer Gichterkrankung.

Jacobi: Friedrich Heinrich J. (1743–1819), Philosoph. Seit 1807 Präsident der Bayerischen Akademie der Wissenschaften. Verfasser der philosophischen Romane *Allwill* (1775) und *Woldemar* (1777). Er war schon mit Bettinas Mutter Maximiliane eng befreundet gewesen.

190,35 *Pereat:* studentischer Schimpfruf: Nieder mit ihm!

193,2 *la belle et la bête:* »Die Schöne und das Tier«, französisches Märchen, das Bettina wahrscheinlich in der 1757 entstandenen Fassung von Marie Leprince de Beaumot gekannt hat.

193,19 *Rumohr:* Karl Friedrich von R. (1785–1843), Kunsthistoriker und Schriftsteller.

193,30 *populus alba:* Silberpappel.

193,36 *Dolce farniente:* süßes Nichtstun.

194,14 *einen Klaque:* einen Chapeau claque (Zylinderhut, zusammenklappbar).

196,3 f. *der Wassergott:* Johann von Nepomuk (um 1340–96), der Prager Märtyrer, wurde in der Moldau ertränkt. Seit seiner Heiligsprechung 1729 wurde er vielerorts als »Brückenheiliger« dargestellt und verehrt.

196,8 f. *des Königs:* Gemeint ist Maximilian I. Joseph von Bayern (1759–1825), der sich als bayerischer Kurfürst Napoleon angeschlossen und so die Königswürde erhalten hatte.

199,25 *Speckbacher:* Joseph S. (1767–1820) gehörte zu den Führern der Tiroler Freiheitskämpfer.

199,28 *Hofer:* Andreas H. (1767–1810) organisierte und führte den Tiroler Aufstand gegen die bayerische Herrschaft, die vom Rheinbund und Frankreich militärische Unterstützung erhielt. 1810 wurde er in Mantua standrechtlich erschossen.

199,30 *Kapuziner:* Gemeint ist Joachim Haspinger (1776–1852), Kapuzinerpater, Tiroler Freiheitskämpfer; im Jahre 1809 war er mit Andreas Hofer und Joseph Speckbacher einer der Anführer, besonders in den Schlachten am Iselsberg bei Innsbruck.

201,10 *Ottilie:* Figur aus Goethes *Wahlverwandtschaften* (1809), die vorzeitig sterben will, um ihre Schuld zu sühnen.

203,12 *Fleischarden mit Main:* Bei einem Fleischarden handelt es sich um ein muldenartiges Holzgefäß; ein tragbarer Trog, zumeist bei Metzgern in Gebrauch und hier offenbar mit Mainwasser gefüllt (vgl. *Frankfurter Wörterbuch. Aufgrund des von J. J. Oppel und H. L. Rauh gesammelten Materials*, hrsg. von W. Brückner und W. Kramer. 10 Lfgen. Frankfurt a. M. 1981).

203,13 *bäheten:* wärmten; hier eine Heilbehandlung mit Hilfe warmer Umschläge oder Dämpfe.

203,15 *Rätin:* Goethes Mutter, (s. Anm. zu 219,2).

203,22 *Accoucheur:* Geburtshelfer; accouchieren: entbinden.

207,23 *Bockenheimer Tor:* Frankfurter Stadttor.

207,29 f. *wenn mir Deine Liebe zu meiner Mutter durchklingt:* Goethe lernte 1772 die Mutter Bettinas, Maximiliane, im Hause der La Roches in Wetzlar kennen und verehrte sie seitdem, was durch die Briefe Goethes an die Mutter Maximilianes, Sophie von La Roche, dokumentiert ist. Die Lotte in Goethes *Werther* soll ihre dunkelbraunen Augen dem Vorbild Maximiliane Brentanos zu verdanken haben. Die Beziehung riß ab, als sie 1774 auf Wunsch ihrer Mutter den Kaufmann Peter Anton von Brentano, Bettinas Vater, heiratete.

209,9 *Duetten:* Goethe hatte ihr Duettnoten gesandt.

›Königsbücher‹

Dies Buch gehört dem König

219,2 *Frau Rat:* Catharina Elisabeth Goethe, geb. Textor (1731 bis 1808), Mutter Goethes.

219,6 *Vox populi! ... Gottesstimme:* lateinische Redensart »Vox populi, vox dei« (Volkes Stimme, Gottes Stimme).
220,5 *insinuieren:* einflüstern.
220,16 *sagt Paulus:* Hebr. 9,27.
224,5 *Tiresias:* blinder Seher der griechischen Mythologie.
227,18 *Minos:* sagenhafter König von Kreta, strenger Gesetzgeber, nach der griechischen Mythologie Sohn des Zeus und der Europa; Richter der Toten in der Unterwelt.
228,12 *Expektanten:* Anwärter.
229,24 *Staubbesen:* Gemeint ist die Rute, mit der Verbrecher vom Henker öffentlich gestäupt (geprügelt) wurden.
231,1 *Inquirieren:* nachforschen.
234,21 *Schinderhannes:* d. i. Johann Bückler (1783–1803), Räuberhauptmann im Rheinland, in Mainz hingerichtet.
237,18–21 *weder Fuchs noch Storch genug ... Zug zu tun:* Abwandlung der LaFontaine-Fabel, in der Fuchs und Storch einander mit Einladungen zum Essen hereinlegen; es wird jeweils in Gefäßen serviert, aus denen zwar der Gastgeber, nicht aber der Geladene essen kann.

Gespräche mit Dämonen

245,5 *Meduse:* Medusa, in der griechischen Mythologie eine der drei Gorgonen, weibliche Ungeheuer mit Schlangenhaaren, bei deren Anblick Mensch und Tier zu Stein wurden (Perseus-Mythos).
248,3–10 *Eljen a Haza!:* (ungar.) »Es lebe die Heimat!« Der ganze Abschnitt bezieht sich auf den Ungarn-Aufstand von 1848/49, den Österreich mit Hilfe Rußlands niederschlug und dem ein blutiges Strafgericht folgte.
248,6 *Chariten:* griechische Göttinnen der Anmut.

Armenbuch

258,4 *Kasematten:* kugelsichere Räume in Festungsanlagen.
258,26 *Skrophel:* Skrofeln, geschwollene Halslymphknoten aufgrund einer Drüsenkrankheit.
259,23 *Usurpation:* widerrechtliche Besitzergreifung
264,29 *Mandatarien:* im Auftrag, mit Vollmacht von anderen Handelnde, hier: Abgeordnete.
kommittiert: beauftragt.
265,1 *Heckebeutel:* Beutel, dessen Inhalt sich stets von selber wieder

ergänzt. »Hecke« verweist etymologisch auf die vorgermanische Wurzel »kak«, männliches Glied. Diese Bedeutung hat sich erhalten im »Kinder hecken«, also dem sich Fortpflanzen. Bekannt sind Geschichten aus dem Volksaberglauben vom »Heckemännchen«, »Heckepfennig« und »Heckegroschen«; dort geht es jeweils um Geld, das sich selbst »fortpflanzt«.

265,2 *Friedrich d'or:* preußisches Goldstück im Wert von 5 Talern.

265,19 *Grenadier:* ehemals Handgranatenwerfer, später dann einfacher Soldat der »Kerntruppe« der Infanterie.

265,23 *Kiepe:* auf dem Rücken zu tragender Korb.

266,9 f. *im Siebenjährigen Krieg:* 1756–63 (3. Schlesischer Krieg) kämpfte Preußen unter Friedrich II. gegen halb Europa, um Schlesien zu behalten und sich unter den Großmächten zu behaupten.

266,20 *Valenciennes und Mons:* Die nordfranzösische Stadt V. wie auch die belgische Festung M. wurden umkämpft im ersten Französischen Revolutionskrieg gegen Österreich und Preußen (1792–97).

266,24–27 *Anno 1806 . . . Magdeburg:* Im Krieg von 1806/07 gegen Napoleon verloren die Preußen (mit Rußland verbündet) im Oktober 1806 die Schlacht bei Jena und Auerstedt; im November fiel die Festung Magdeburg.

Abbildungsnachweis

Zeittafel

1778 Clemens Brentano geboren in Ehrenbreitstein.
1779 Carl Friedrich von Savigny geboren.
1780 Karoline von Günderrode geboren.
1781 Achim von Arnim geboren.
1785 4. April: Elisabeth (Bettina) Catharina Brentano geboren in Frankfurt a. M., als siebtes Kind der zweiten Ehe des Frankfurter Kaufmanns Pietro Antonio Brentano aus Tremezzo am Comer See und seiner Frau Maximiliane (Tochter der Schriftstellerin Sophie von La Roche).
1789 Sturm auf die Bastille: Beginn der Französischen Revolution.
1792 Kaiser Leopold II. stirbt. Sein Sohn wird als Franz II. römisch-deutscher Kaiser. (1806, als das Heilige Römische Reich aufgelöst wird, verliert er diesen Titel und ist von da an nur noch Kaiser von Österreich: Franz I.) – Erster Koalitionskrieg gegen Frankreich.
1793 Tod von Bettinas Mutter Maximiliane. Mit den Schwestern Gunda, Lulu und Meline wird Bettina zur Erziehung zu den Ursulinen nach Fritzlar geschickt.
1795 Bettinas Vater heiratet zum dritten Mal (Friederike von Rottenhof).
Friedrich Wilhelm IV. geboren.
Goethes »Wilhelm Meisters Lehrjahre« erscheinen.
1796 Beginn der frühromantischen Bewegung in Jena, die ihren Höhepunkt etwa 1799 erreicht. Dazu zählen – neben den Brüdern Schlegel – Novalis, Tieck und Clemens Brentano.
1797 Tod von Bettinas Vater. Bettina zieht mit den Schwestern Lulu und Meline zur Großmutter Sophie von La Roche nach Offenbach.
Friedrich Wilhelm III. wird König von Preußen.
1798 Weberaufstand in Schlesien.
August Wilhelm und Friedrich Schlegel gründen die Zeitschrift »Athenäum«, an der Novalis, Tieck und ab 1799 auch Brentano mitarbeiten.
1799 Zweiter Koalitionskrieg gegen Frankreich. – Napoleon wird Erster Konsul.
1800 Tod von Bettinas Schwester Sophie (geb. 1776).
1801 Bettinas enge Beziehung zu Clemens beginnt. Noch im gleichen Jahr lernt sie seinen Freund Achim von Arnim kennen. –

1801 Freundschaft mit Karoline von Günderrode.
Novalis gestorben.
August Wilhelm Schlegel übersiedelt nach Berlin: Beginn der Berliner Romantik.

1802 Beginn der Freundschaft Bettinas mit Achim von Arnim und ihres Briefwechsels mit Günderrode.

1803 Clemens Brentano heiratet die Schriftstellerin Sophie Mereau.
Friedrich Schlegel entwickelt ein nationales Kunstprogramm der jüngeren Romantik in der Zeitschrift »Europa«. – Germaine de Staël, von Napoleon verbannt, besucht Deutschland.

1804 Bettinas Schwester Gunda heiratet Carl Friedrich von Savigny.
Kaiserkrönung Napoleons.
Tian (Günderrode): »Gedichte und Phantasien«.
Hölderlins Übersetzungen der Trauerspiele von Sophokles erscheinen.

1805 Bettina lebt ab Dezember sechs Monate bei den Savignys in Marburg.
Dritter Koalitionskrieg gegen Frankreich: Nelsons Sieg bei Trafalgar, Napoleons Sieg bei Austerlitz – Friede von Preßburg.
Tian (Günderrode): »Poetische Fragmente«.

1806 Auf Druck Friedrich Creuzers löst Günderrode die Beziehung zu Bettina; Bettina beginnt im Juni ihre Besuche bei Goethes Mutter.
Am 26. Juli begeht Günderrode bei Winkel am Rhein Selbstmord.
Wegen der Drucklegung für »Des Knaben Wunderhorn« hält sich Arnim für fünf Monate in Frankfurt auf. – Sophie Mereau stirbt.
Vierter Koalitionskrieg. – Gründung des Rheinbundes unter dem Protektorat Napoleons. – Kaiser Franz II. dankt ab; Ende des Heiligen Römischen Reiches Deutscher Nation. – Schlacht von Jena und Auerstedt; Sieg der französischen Truppen.
Der 1. Band von Arnims und Brentanos Volksliedersammlung »Des Knaben Wunderhorn« erscheint.
Goethe heiratet Christiane Vulpius.

1807 Tod von Bettinas Großmutter, Sophie von La Roche. Bettina besucht zum ersten Mal Goethe; Beginn des Briefwechsels. Im November hält sich Arnim erneut in Frankfurt auf. – Clemens heiratet Auguste Bußmann.
Friede von Tilsit. – Steinsches Reformwerk.

1808 13. September: Tod von Goethes Mutter. Bettina geht mit den Savignys für ein Jahr nach München, später nach Landshut. In München Bekanntschaft mit Friedrich Heinrich Jacobi und Ludwig Tieck. – Musikunterricht bei Hofkapellmeister Peter von Winter. Aus dieser Zeit stammen zahlreiche Porträts, die Ludwig Emil Grimm von Bettina anfertigte.

1808 Napoleon auf dem Höhepunkt seiner Macht, auf seinen Druck hin Entlassung des Freiherrn vom Stein.
Arnim, Brentano und Görres geben die »Zeitung für Einsiedler« heraus. – Arnim versammelt in Heidelberg die Romantiker um sich.
Arnim und Brentano veröffentlichen Band 2 und 3 ihrer Volksliedersammlung »Des Knaben Wunderhorn«.

1809 Bettina pendelt zwischen München und Landshut. Bekanntschaft mit Franz von Baader.
Aufstand Tirols gegen die Verbündeten Frankreich und Bayern. – Fürst Metternich wird österreichischer Außenminister. – Napoleon besiegt Österreich bei Wagram.
Goethes Roman »Die Wahlverwandtschaften« erscheint.

1810 Bettina reist mit den Savignys von Landshut über Salzburg, Wien, Bukowan, Teplitz nach Berlin. Beziehung mit Max Prokop von Freyberg. Bekanntschaft mit Beethoven in Wien; Besuch bei Goethe in Teplitz. Ende des Jahres Verlobung mit Arnim in Berlin.
Erstes Verfassungsversprechen Friedrich Wilhelms III. – Hinrichtung Andreas Hofers im Tiroler Freiheitskampf. – Fortsetzung der Steinschen Reformen durch Hardenberg.
Kleist gründet die »Berliner Abendblätter«, an denen auch Arnim mitarbeitet.
Arnims Roman »Armut, Reichtum, Schuld und Buße der Gräfin Dolores« erscheint.
Mme. de Staëls Schrift »De l'Allemagne« erscheint und wird von Napoleon verboten.

1811 Bettina heiratet Achim von Arnim. Gemeinsamer Besuch bei Goethe in Weimar. Aufgrund einer Auseinandersetzung Bettinas mit Christiane Goethe kommt es zum Bruch mit Goe-

the. Bettina und Arnim beziehen ihre erste gemeinsame Wohnung in Berlin.
Gründung der konservativ orientierten »Christlich-Teutschen Tischgesellschaft« (mit Fichte, Arnim, Brentano, Chamisso, Fouqué, Savigny, Clausewitz, Adam Müller).
Goethes »Dichtung und Wahrheit. Erste Abteilung« erscheint unter Einarbeitung von Bettinas Aufzeichnungen.

1812 Vergeblicher Versöhnungsversuch mit Goethe. Geburt des Sohnes Johannes Freimund.
Hardenberg: Grundsätzliche Rechtsgleichheit der Juden.
»Kinder- und Hausmärchen« der Brüder Grimm erscheinen mit der Widmung »An die Frau Elisabeth von Arnim für den kleinen Johannes Freimund«.
Arnim veröffentlicht »Isabella von Ägypten«.

1813 Geburt des Sohnes Siegmund. – Savigny und Arnim nehmen am Berliner Landsturm teil.
Napoleons Niederlage in der »Völkerschlacht« bei Leipzig. – Auflösung des Rheinbundes.
Arnims Dramensammlung »Schaubühne« erscheint.

1814 Bettina beginnt ihr wechselndes Leben zwischen Berlin und Wiepersdorf, dem Gut Arnims in der Mark Brandenburg. – Abdankung Napoleons und Verbannung nach Elba. – Ludwig XVIII. wird König von Frankreich. – Beginn des Wiener Kongresses.
Görres gibt den »Rheinischen Merkur« heraus; Mitarbeit von Arnim. – Rahel Levin heiratet Karl August Varnhagen von Ense.

1815 Geburt von Bettinas Sohn Friedmund, dessen Pate Karl Friedrich Schinkel wird.
Zweites Verfassungsversprechen Friedrich Wilhelms III. – Wiener Kongreßakte. – Gründung der »Heiligen Allianz«. – Zweite Abdankung Napoleons nach der Niederlage von Waterloo.
Goethe wird Staatsminister in Weimar.

1816 Zunehmende Entfremdung zwischen Bettina und Clemens wegen dessen mystischen Katholizismus.
Verbot des »Rheinischen Merkur«.

1817 Geburt von Bettinas Sohn Kühnemund.
Erstes Wartburgfest der Jenaer Studenten und Professoren, Vorkämpfer eines einheitlichen deutschen Nationalstaates.
Arnims Roman »Die Kronenwächter« erscheint.

1818 Geburt von Bettinas Tochter Maximiliane. Clemens zieht nach Westfalen in die Nähe der stigmatisierten Nonne Anna Katharina Emmerich.
Arnims »Der tolle Invalide auf dem Schloß Ratonneau« erscheint.

1819 Ermordung des Schriftstellers Kotzebue durch den Studenten Karl Ludwig Sand. – Metternich setzt die »Karlsbader Beschlüsse« durch, die bis 1848 die politische und geistige Freiheit in Deutschland beschneiden. – Es kommt zu den »Demagogenverfolgungen«, die sich gegen Intellektuelle wie Ernst Moritz Arndt, Wilhelm von Humboldt u. a. richten.
Goethes »West-östlicher Divan« erscheint.

1821 Geburt von Bettinas Tochter Armgart. – Besuch bei Goethe in Weimar; kühler Empfang.

1822 Schinkel baut das Schauspielhaus in Berlin.

1823 Krise in der Beziehung Arnims und Bettinas. Sie beginnt mit den Entwürfen für das Goethe-Denkmal, die sie mit Schinkel bespricht.

1824 Besuch bei Goethe in Weimar. Wiedersehen mit den Grimms und mit Clemens.

1826 Letzte Begegnung mit Goethe in Weimar.
Beginn der Freundschaft mit Rahel Varnhagen und August Varnhagen von Ense.

1827 Geburt der jüngsten Tochter Gisela.

1829 Goethes »Wilhelm Meisters Wanderjahre« erscheinen.
Friedrich Schlegel gestorben.

1830 Arnims letzter Besuch bei Bettina in Berlin.
Julirevolution in Paris, Sturz der restaurativen Monarchie. Louis-Philippe wird Bürgerkönig. – Polnischer Aufstand gegen das Zarenregime.

1831 Tod Achim von Arnims. Wilhelm Grimm wird zu seinem Nachlaßverwalter bestimmt. Während der Choleraepidemie im Sommer in Berlin beteiligt Bettina sich an den Hilfsmaßnahmen für die Armen. Auch für die polnischen Aufständischen engagiert sie sich. In diesem Jahr übersiedelt sie ganz nach Berlin. Freundschaft mit Friedrich Schleiermacher.
Niederschlagung des polnischen Aufstands.

1832 Tod Goethes. Vermutlicher Beginn von Bettinas Briefwechsel mit dem Fürsten Pückler-Muskau.
20000 Bürger demonstrieren auf dem Hambacher Fest für Republik und nationale Einheit. – Neues Demagogengesetz

zur »Aufrechterhaltung der öffentlichen Ruhe und gesetzlicher Ordnung« führt zur Verschärfung der Zensur, Verbot politischer Vereinigungen und Beschränkung der Versammlungsfreiheit.

1833 Clemens Brentano veröffentlicht »Das bittere Leiden unseres Herrn Jesus Christus«.
Rahel Varnhagen gestorben.

1834 August Varnhagen von Ense: »Rahel. Ein Buch des Andenkens für ihre Freunde«.
Schleiermacher gestorben.

1835 Bettina veröffentlicht ihr erstes Buch: *Goethes Briefwechsel mit einem Kinde*, das sie dem Fürsten Pückler widmet; Beginn der Freundschaft mit dem jungen Philipp Nathusius. Dieses Verhältnis beschreibt Bettina später in ihrem Buch »Ilius Pamphilius und die Ambrosia«. – Der Sohn Kühnemund verunglückt tödlich.
Nach einem Beschluß des Bundestags werden die Bücher des »Jungen Deutschland« beschlagnahmt. Betroffen sind Heine, Börne, Gutzkow, Laube, Mundt, Wienbarg u. a.

1837 Englische Ausgabe von *Goethes Briefwechsel mit einem Kinde*. Bettina hat die Übersetzung selber besorgt und lernte dafür Englisch.
Entlassung der »Göttinger Sieben« (sieben fortschrittliche Göttinger Professoren, darunter die Brüder Grimm) wegen Verweigerung des Treueeides für König Ernst August von Hannover, der bei Amtsübernahme die liberale Verfassung von 1833 aufhob.

1839 Beginn des Briefwechsels mit dem Jura-Studenten Julius Döring. Bettina verfaßt die »große Epistel«, ihren Kommentar zur Entlassung der Brüder Grimm, und schickt sie zunächst an Savigny, später dann direkt an den preußischen Kronprinzen Friedrich Wilhelm, um etwas für die Grimms zu erreichen. Sie beginnt mit der Herausgabe von Arnims Werken.

1840 Bettina veröffentlicht den Briefroman *Die Günderode*, mit der Widmung »Den Studenten«.
Friedrich Wilhelm III. stirbt. Sein Sohn wird als Friedrich Wilhelm IV. König von Preußen.
Die Brüder Grimm, Ludwig Tieck, Peter Cornelius und Friedrich Wilhelm Schelling werden nach Berlin berufen. Bettinas Interventionen bei Friedrich Wilhelm IV. zugunsten der Grimms waren also nicht vergebens.

1841 Bettina schreibt einen offenen Brief zugunsten des Operndirektors Spontini, der wegen eines in der Leipziger Zeitung veröffentlichten Briefes, der angeblich unvorsichtige Äußerungen dem König gegenüber enthält, geschmäht wird. – Durch Vermittlung Varnhagens trifft sich Bettina mit Michail Bakunin.

1842 Tod von Clemens Brentano. – Begegnung mit dem Brautpaar Jenny von Westphalen und Karl Marx in Bad Kreuznach. – Bettinas Liederheft »Dédié à Spontini ...« erscheint.
Ihr Schwager Savigny wird Minister für Gesetzgebungsrevision; Bettina und er werden immer mehr zu politischen Gegnern.

1843 *Dies Buch gehört dem König* erscheint. – Bettina beginnt einen Briefwechsel mit Erbprinz Carl-Alexander von Sachsen-Weimar.
Hölderlin gestorben.

1844 *Clemens Brentanos Frühlingskranz* erscheint. – Um Material für ihr geplantes *Armenbuch* zu beschaffen, setzt Bettina einen Aufruf in die großen Zeitungen. Wegen des schlesischen Weberaufstands bricht sie die Arbeit wieder ab, um nicht als Aufwieglerin zu gelten.
Hungeraufstand schlesischer Weber in Langenbielau und Peterswaldau wird niedergeschlagen.

1845 Bettina setzt sich für den verhafteten Fabrikanten Friedrich Schloeffel ein, der ihr Material für ihr *Armenbuch* zugesandt hatte.
August Wilhelm Schlegel gestorben.

1846 Bettina setzt sich vergebens für den polnischen Freiheitskämpfer Mieroslawski ein. – Beginn der Korrespondenz, die zu ihrem »Magistratsprozeß« führt. (Bettina widersetzt sich einer Aufforderung des Berliner Magistrats, das für die Ausübung des Berufes der Verlagsbuchhändlerin – sie gibt die Werke Arnims heraus – nötige Bürgerrecht zu erwerben. Ihr Antwortbrief an den Magistrat wird als grobe Injurie gewertet, eine lange Korrespondenz kommt in Gang.)

1847 Bettina wird im »Magistratsprozeß« zu einer Gefängnisstrafe verurteilt, die jedoch auf Betreiben Savignys ausgesetzt wird. – *Ilius Pamphilius und die Ambrosia* wird noch vor dem Erscheinen beschlagnahmt.
»Kartoffelrevolution« in Berlin.

1848 *Ilius Pamphilius und die Ambrosia* darf erscheinen. Bettinas Schrift *An die Aufgelöste Preußische Nationalversammlung*, die sogenannte Polenbroschüre, erscheint anonym.
Februarrevolution in Paris. – Revolution in Deutschland und Österreich. – Eröffnung der Nationalversammlung in der Paulskirche in Frankfurt a. M. im Mai. – Sturz Metternichs.

1849 Bettina setzt sich für den wegen Beteiligung an der Revolution zum Tode verurteilten Gottfried Kinkel bei Friedrich Wilhelm IV. ein.
Annahme der Reichsverfassung in Frankfurt. Friedrich Wilhelm IV. lehnt die ihm angetragene Kaiserkrone ab.

1850 Bettina veröffentlicht *Petöfi, der Sonnengott*, um an den im Jahr zuvor im ungarischen Befreiungskrieg getöteten Nationalhelden Sándor Petöfi (1823–49) zu erinnern.
Preußen erhält eine oktroyierte Verfassung, die jede freiheitliche Regung unterdrückt. Nach dem Scheitern der Revolution von 1848 erneute Epoche der Reaktion.

1852 Der zweite Band des Königsbuches, *Gespräche mit Dämonen*, erscheint.
Die Brüder Grimm beginnen mit der Herausgabe des »Deutschen Wörterbuches«.

1853 Bettina ediert eine elfbändige Gesamtausgabe ihrer Werke im eigenen Verlag.

1854 Allgemeines Koalitionsverbot, Verbot der Arbeitervereine durch Bundestagsbeschluß.

1858 Friedrich Wilhelm IV. muß wegen Geisteskrankheit zugunsten von Wilhelm I. abdanken.

1859 20. Januar: Bettina stirbt dreiundsiebzigjährig in Berlin und wird in Wiepersdorf beigesetzt.

Literaturhinweise

Erstausgaben und Nachdrucke

Goethe's Briefwechsel mit einem Kinde. Seinem Denkmal. 3 Tle. Berlin: Ferdinand Dümmler, 1835.
Hrsg. von Herman Grimm. [3 Tle. in 1 Bd.] Berlin 1881. ^{4}1890.
Hrsg. von Jonas Fränkel. 3 Bde. Jena 1906. [Mit dem originalen Briefwechsel zwischen Bettina, Goethes Mutter und Goethe.]
Hrsg. von Franz Brümmer. [3 Tle. in 1 Bd.] Leipzig 1910.
Hrsg. und eingel. von Waldemar Oehlke. [3 Tle. in 1 Bd.] Frankfurt a. M. 1984. – Dass. Ebd. 1985.

Die Günderode. 2 Tle. Grünberg/Leipzig: Levysohn, 1840.
Hrsg. von Paul Ernst. 2 Bde. Leipzig 1904.
Hrsg. von Heinz Amelung. 2 Bde. Leipzig 1914.
Mit einem Essay von Christa Wolf. Frankfurt a. M. 1982. – Dass. Ebd. 1983.
Hrsg. von Elisabeth Bronfen. München 1982.

[Anonym:] Dies Buch gehört dem König. [2 Tle. in 1 Bd.] Berlin: E. H. Schroeder, 1843. – 2. Aufl. Ebd. 1852. [»Des Königsbuchs erster Band«. Der zweite Band: »Gespräche mit Dämonen«, 1852 – s. d.]
Hrsg. von Ilse Staff. Frankfurt a. M. 1982. [Gesamtausg.]

Clemens Brentano's Frühlingskranz aus Jugendbriefen ihm geflochten, wie er selbst schriftlich verlangte. Bd. 1. [Mehr nicht ersch.] Charlottenburg: Egbert Bauer, 1844.
Mit einem Vorw. von Reinhold Steig. Berlin 1891.
Hrsg. von Paul Ernst. 2 Bde. Leipzig 1907.
Hrsg. von Heinz Härtl. Leipzig 1974.
Nachw. von Hartwig Schultz. Frankfurt a. M. 1985. – Dass. Ebd. 1985.

Ilius Pamphilius und die Ambrosia. Bd. 1. Berlin: Expedition des von Arnim'schen Verlags, 1847. – Bd. 2. Leipzig: Friedrich Volckmar (Expedition des von Arnim'schen Verlags), 1848.

Gespräche mit Dämonen. Des Königsbuchs zweiter Band. Berlin: Arnim's Verlag, 1852. [Der erste Band: »Dies Buch gehört dem König«. 1843 – s. d.]

Der Königssohn. [Märchen.] Hrsg. von Reinhold Steig. In: Westermanns Monatshefte 113 (1912) S. 554–558. – Wiederabgedr. in: Achim von Arnim und die ihm nahe standen. Hrsg. von Reinhold

Steig und Herman Grimm. Bearb. von Reinhold Steig. Bd. 2: Achim von Arnim und Bettine Brentano. Stuttgart/Berlin 1913. S. 138–142. – Nachdr. Bern 1970.

Bettina von Arnims Armenbuch. [Hrsg. von] Werner Vordtriede. In: Jahrbuch des Freien Deutschen Hochstifts 1962. S. 379–518. [Erstdruck von bislang unveröffentlichtem Material aus dem Nachlaß.]
Hrsg. von Werner Vordtriede. Frankfurt a. M. 1969. – Erw. Neuaufl. Ebd. 1981.

Werkausgaben

Sämtliche Schriften. 11 Bde. Berlin: Expedition des von Arnim'schen Verlags, 1853. [Ausgabe letzter Hand.]

Sämtliche Werke. Hrsg. mit Benutzung ungedruckten Materials von Waldemar Oehlke. 7 Bde. Berlin: Propyläen Verlag, 1920–22. [Zit. als: SW.]

Werke und Briefe. Hrsg. von Gustav Konrad. 5 Bde. Frechen: Bartmann, 1959–63. [Zit. als WB.]

Werke. Hrsg. von Walter Schmitz und Sibylle von Steinsdorff. 3 Bde. Frankfurt a. M.: Deutscher Klassiker Verlag, 1986 ff. Zusatzband: Briefe. Ebd. 2004.

Briefe

Die Andacht zum Menschenbild. Unbekannte Briefe von Bettine Brentano. Hrsg. von Wilhelm Schellberg und Friedrich Fuchs. Jena 1942. – Siehe auch: Das unsterbliche Leben. Unbekannte Briefe von Clemens Brentano. Hrsg. von Wilhelm Schellberg und Friedrich Fuchs. Jena 1939.

Der Briefwechsel zwischen Bettine Brentano und Max Prokop von Freyberg. Hrsg. von Sibylle von Steinsdorff. Berlin / New York 1972.

Achim und Bettina in ihren Briefen. Briefwechsel Achim von Arnim und Bettina Brentano. Hrsg. von Werner Vordtriede. Einl. von Rudolf Alexander Schröder. 2 Bde. Frankfurt a. M.: Insel Verlag, 1961. – 2. Aufl. Ebd. 1982.

Arnim, Bettina von – Brüder Grimm: Briefwechsel 1838–1841. Hrsg. von Hartwig Schultz. Frankfurt a. M.: Insel Verlag, 1984.

Arnim, Bettina von: Ist Dir bange vor meiner Liebe? Briefe an Philipp Hössli [...]. Hrsg. von Kurt Wanner. Frankfurt a. M. 1996.
Lieber Kronprinz! Liebe Freundin! Briefwechsel zwischen Bettine von Arnim und Karl von Württemberg. Hrsg. von Ulrike Landfester und Friderike Loos. Heidelberg 1998.
Arnim, Bettine von / Pückler-Muskau, Hermann von: »Die Leidenschaft ist der Schlüssel zur Welt.« Briefwechsel 1832–1844. Hrsg. von Enid Gajek und Bernhard Gajek. Stuttgart 2001.
Jäckel, Günter / Schlösser, Manfred (Hrsg.): Das Volk braucht Licht. Frauen zur Zeit des Aufbruchs 1790–1848 in ihren Briefen. Darmstadt 1970.
Behrens, Katja (Hrsg.): Frauenbriefe der Romantik. Frankfurt a. M. 1981.

Bibliographie

Mallon, Otto: Bettina-Bibliographie. In: Imprimatur 4 (1933) S. 141–156.

Biographien

Dischner, Gisela: Bettina von Arnim. Eine weibliche Sozialbiographie aus dem 19. Jahrhundert. Berlin 1977.
Drewitz, Ingeborg: Bettine von Arnim. Romantik – Revolution – Utopie. München 1978 [u. ö.]. – Neudr. Düsseldorf 1984.
Härtl, Heinz (Hrsg.): Bettina von Arnim. 1785–1859. Eine Chronik. Weimar 1984.
Bäumer, Konstanze / Schultz, Hartwig: Bettina von Arnim. Stuttgart 1995. (Sammlung Metzler. 255.)

Literatur zu Bettina von Arnim

»Herzhaft in die Dornen der Zeit greifen ...«. Bettine von Arnim. 1785–1859. Katalog zur Ausstellung 1985. Freies Deutsches Hochstift. Frankfurt a. M. 1985.
Konrad, Gustav: Bettina von Arnim. In: Benno von Wiese (Hrsg.): Deutsche Dichter der Romantik. Berlin 1971. S. 310–340.
Lersch, Barbara: Schreibende Frauen – eine neue Sprache in der Literatur? Denkvoraussetzungen zu einer ›Poetik der Weiblichkeit‹. In: Diskussion Deutsch 77 (1984) S. 293–313.

Meyer-Hepner, Gertrud: Der Magistratsprozeß der Bettina von Arnim. Weimar 1960.

Susman, Margarete: Frauen der Romantik. 3., verm. u. veränd. Aufl. Köln 1960. (Jena [1]1929.)

Vordtriede, Werner (Hrsg.): Der Berliner Saint-Simonismus. In: Heine-Jahrbuch 14 (1975) S. 93–110.

Wolf, Christa: Nun ja! Das nächste Leben geht aber heute an. Ein Brief über die Bettine. In: C. W. (Hrsg.): Bettina von Arnim: Die Günderode. Frankfurt a. M. 1982. S. 462–497. – Neuausg. Ebd. 1994. (suhrkamp taschenbuch. 2341.)

– Der Schatten eines Traumes. Karoline von Günderrode – ein Entwurf. In: C. W.: Lesen und Schreiben. Neue Sammlung. Essays, Aufsätze, Reden. Darmstadt 1980. [2]1981. S. 225–283. – Wiederabgedr. in: C. W. (Hrsg.): Karoline von Günderrode. Der Schatten eines Traumes. Gedichte, Prosa, Briefe, Zeugnisse von Zeitgenossen. Darmstadt 1981. S. 5–52.

Landfester, Ulrike: Selbstsorge als Staatskunst. Bettine von Arnims politisches Werk. Würzburg 2000.

Growe, Ulrike: Das Briefleben Bettine von Arnims – Vom Musenanruf zur Selbstreflexion [...]. Würzburg 2003.

Bürger, Christa: Bettina/Bettine – Die Grenzgängerin. In: C. B.: Leben Schreiben. Die Klassik, die Romantik und der Ort der Frauen. 2. Aufl. Königstein 2001. S. 129–149.

– Erotik des Gesprächs: Bettina von Arnim und die Günderode, in: C. B.: Das Denken des Lebens. Frankfurt a. M. 2001. (suhrkamp taschenbuch. 1512.) S. 406–421.

– Bettina/Bettine. In: C. B.: Mein Weg durch die Literaturwissenschaft. Frankfurt a. M. 2003. (edition suhrkamp. 2312.)

Nachwort

Der Hunger nach dem Ich

Wo mir die Welt in den Weg kommt [. . .], da verzehre ich sie, um den Hunger meines Egoismus zu stillen.[1]

I

Bettina von Arnims Briefromane sind der Versuch einer Frau, schreibend dem eigenen Leben die Form der Geschichte zu geben, um es so sich allererst aneignen zu können. Die Energie, welche das Leben in Geschichte verwandelt, ist die Liebe. So sind diese Briefromane Liebesgeschichten. Christa Wolf liest sie so, sie liest das *Günderode*-Buch als utopisches Experiment, als Gegenentwurf zur »Männerkultur der Aggressionen«. Im Liebesbund dieser Frauen erkennt sie die Verwirklichung des romantischen Konzepts der Symphilosophie. Deren Codewort lautet: Schwebe-Religion, eine Religion der Liebe, wie sie Schleiermacher (den Günderrode verehrte) in seinen *Vertrauten Briefen* über die *Lucinde* rühmt: »Hier hast Du die Liebe ganz und aus einem Stück, das Geistigste und das Sinnlichste nicht nur in demselben Werk und in denselben Personen nebeneinander, sondern in jeder Äußerung und in jedem Zuge aufs innigste verbunden«.[2] Zu Bettinas Schwebe-Religion gehört jedoch auch die Weigerung, sich ästhetischen Normen zu unterwerfen: »Die Bettine wittert, daß die Strukturen der ihr bekannten Ästhetik in irgendeinem wie immer vermittelten Sinn zusammenhängen müssen mit den hierar-

1 Max Stirner, *Der Einzige und sein Eigentum*, hrsg. von A. Ruest, Berlin 1924, S. 282.

2 Friedrich Schleiermacher, *Vertraute Briefe über Friedrich Schlegels ›Lucinde‹*, in: Friedrich Schlegel, *Lucinde*. [. . .], hrsg. von Ursula Naumann, München 1985, S. 99.

chischen Strukturen der Gesellschaft«.[3] Bettinas Weigerung, gemäß den herrschenden Vorstellungen ihrer Zeit zu dichten, steht in einem beunruhigenden Zusammenhang mit ihrem klaren Bewußtsein von der Unmöglichkeit ihrer Liebe.
»Ich selbst werd' nicht Lieb' erzeugen so wenig als ein Gedicht, ich fühl's, und es liegt auch ein geheimer Widerspruch in mir, daß ich nicht gestört sein will in der inneren Werkstätte meines Geistes, durch Gegenliebe.«[4] Dies ist nicht Bildungszitat – natürlich kennt Bettina jenen Satz aus Platons *Gastmahl*, wonach der Liebende göttlicher ist als der Geliebte –, sondern eine erstaunliche Einsicht in die dämonische Struktur des eigenen Selbst. Für den andern das sein, was er liebt, also bestimmt sein, und ein Werk hervorbringen, bestimmte Form, die Festigkeit hat und Dauer verleiht, das wären Begrenzungen ihrer frei schweifenden Subjektivität, die sie fliehen muß, will sie dem einzigen Gesetz treu bleiben, das sie sich gesetzt hat: ich selbst sein. – Das Zitat macht zugleich die immanente Gefährdung von Bettinas Liebesbeziehungen erkennbar.

II

Gegen Ende des ersten Teils der *Günderode* findet sich ein erstaunlicher Text, der die Problematik dieser besonderen Beziehung erhellt und der zugleich die schmerzhafte Erfahrung moderner Subjektivität beschreibt:

> Ich ging ins Stift zu Dir herein, wo ich meine Oliven speiste und die Kerne alle in eine Reihe legte aufs Fensterbrett, Du standst neben mir und warst ganz still versunken in die Dämmerung, und endlich sagtest Du: »Warum bist du heute so schweigsam?« Ich sagte: »Ich

3 Christa Wolf, *»Nun ja! Das nächste Leben geht aber heute an. Ein Brief über die Bettine«*, in: C. W., *Lesen und Schreiben. Neue Sammlung. Essays, Aufsätze, Reden*, Darmstadt/Neuwied [2]1981, S. 316.

4 Bettina von Arnim, *Die Günderode* (SW Bd. 2, S. 501). – Auf diesen Zusammenhang weist Christa Wolf hin, in: »Nun ja! [. . .]« (Anm. 3) S. 316.

esse meine Oliven, das beschäftigt mich, aber Du bist doch auch stille, warum bist Du still?« – »Es gibt ein Verstummen der Seele«, sagtest Du, »wo alles tot ist in der Brust.« – »Ist es so in Dir?« fragte ich – Du schwiegst eine Weile, dann sagtest Du: »Es ist grade so in mir wie da draußen im Garten, die Dämmerung liegt auf meiner Seele wie auf jenen Büschen, sie ist farblos, aber sie erkennt sich, – aber sie ist farblos«, sagtest Du noch einmal, und dies letzte Mal so klanglos auch, daß ich Dich im Nachtschimmer ansah, verwundert und verschüchtert, denn ich traute mich nicht mehr zu reden, ich sann auf Worte, wie ich mit Dir anheben sollt'; ich suchte in weiten Kreisen umher, nichts schien mir geeignet, diese Stille zu unterbrechen, die immer tiefer und tiefer sich wurzelte und mir wie einen Schlummer durch den Kopf strömte, dem ich nicht mehr widerstand – ich legte mich träumend auf die Fensterbank mit dem Kopf, und so, wer weiß, wieviel Zeit verging, da kam Licht ins Zimmer, und als ich aufsah, da standst Du über mir gebeugt und sahst auf mich, und als ich Dich fragend ansah, da gabst Du zur Antwort: – »Ja, ich fühle oft wie eine Lücke hier in der Brust, die kann ich nicht berühren, sie schmerzt«; ich sagte: »Kann ich sie nicht ausfüllen, diese Lücke?« – »Auch das würde schmerzen«, sagtest Du; da reicht' ich Dir die Hand und ging, und lang verfolgte mich Dein Blick, der so still war und so innerlich und doch nur wie über mir hinstreifte. O ich hatte Dich im Heimgehen so lieb, ich schlang meine Arme um Dich so fest in Gedanken, ich dacht', ich wollte Dich tragen auf meinen Armen ans End' der Welt und dort Dich an einen schönen moosreichen Platz niedersetzen, da wollt' ich Dir dienen und nichts Dich berühren lassen, was Dir wehtun könne; ja, so war's in meinem kindischen Herzen, mit Gewalt wollt' ich Dich fröhlich machen und dachte einen Augenblick, es solle mir gelingen, aber ich weiß wohl, daß mir so was nicht gelingen kann, und daß es nur Verwechslen ist von meinen Sinnen, die wie Kinder Fernes und Nahes nicht unterscheiden können, die auch meinen, sie können den Mond herablangen mit der Hand und können den Spielkamerad damit trösten, wenn er stumm und traurig ist. – Als ich nach Hause kam, da waren alle beim Tee versammelt, und ich war stumm, weil ich an Dich dachte, und setzte mich auf einen Schemel am Ofen, und da ging ich tief in mein Herz hinein, wie ich doch ein inneres Leben aus meinem Geist wecken wolle, das Dich ein bißchen berühre, da Du mir bisher alles allein gegeben hast, und ich hab' nie die Stimme in meiner Brust können vor Dir laut werden lassen; da dacht' ich, wenn ich fern von Dir wär', da würd' ich in Briefen wohl eher zu mir selber kommen, weil das vielfältige, ja das tausendfältige Getümmel in mir mich verstummen macht, daß ich nicht zu Wort komme vor mir selber. – Und ich erinnerte mich, daß, wie wir einmal von den Monologen des Schleiermacher sprachen, die mir nicht gefielen, so warst Du andrer Meinung und sagtest zu mir: »Und wenn er auch nur das einzige Wort gesagt hätte: der Mensch solle alles Innerliche ans Tageslicht fördern, was ihm im Geist innewohne, damit er sich selber kennenlerne, so wär' Schleiermacher ewig göttlich und der erste größte Geist.« – Da dacht' ich, wenn ich von Dir fern wär', da würd' ich in Briefen wohl Dir die ganze Tiefe meiner Natur offenbaren können – Dir und mir; und ganz in ihrer ungestörten Wahrheit, wie ich sie vielleicht noch nicht kenne, und wenn ich will, daß Du mich liebst, wie soll ich das anders anfangen als mit meinem innersten Selbst, – sonst hab' ich gar nichts anders, – und von Stund' an ging ich mir nach wie einem Geist, den ich Dir ins Netz locken wollt'. (In vorliegender Ausgabe S. 106 f.)

Die Erzählung der Bettina beginnt mit dem Eingeständnis einer Entzweiung: Bettina entdeckt, daß das andere Ich, dem sie, sobald sie seinen Raum betreten hat, ganz hingegeben ist, von ihr abgetrennt ist in einer ausschließenden Selbsterfahrung, in der es sich, um in der Selbstreflexion seiner Ich-Identität sich zu versichern, auf sich selbst als einzigen Gegenstand zurückbezogen hat. In dieser einsamen Reflexion aber ist es nur Allgemeines, ein abstraktes Ich, »nämlich hervorgegangen aus der Abstraktion von allen Inhalten, die für ein erkennendes oder vorstellendes Subjekt gegeben sind«[5]. – Die Dämmerung »ist farblos, aber sie erkennt sich«.
Bettina ihrerseits ist ganz nur individuelles und einmaliges Ich: sie hat sich als solches bewiesen, indem sie ein paar Augenblicke zuvor eine Regelübertretung begangen hat (sie hat eine sozial niedriger stehende schwangere Frau, die ohn-

5 Jürgen Habermas, »Arbeit und Interaktion. Bemerkungen zu Hegels Jenenser ›Philosophie des Geistes‹«, in: J. H., *Technik und Wissenschaft als ›Ideologie‹*, Frankfurt a. M. 1968, S. 14.

mächtig geworden war, nach Haus gebracht und ist dabei von Bekannten beobachtet worden, hat also Sanktionen zu erwarten und sucht ihr Gleichgewicht wiederzugewinnen, indem sie »ihre Oliven« ißt). Die spürbar gewordene Abwesenheit der Freundin vermag sie nicht auszuhalten, sie versinkt in einen traumähnlichen Zustand, um die verlorene Einheit mit dem anderen Ich wiederzugewinnen, jenen schönen Schwebezustand zwischen Selbstsein und Hingabe,[6] den sie unter dem Namen der Religion antizipiert. Sie erkennt aber erwachend, daß dieser Weg der mystischen Vereinigung nicht gehbar ist, das andere Ich verschließt sich in seine Einsamkeit, und sie erreicht es nicht. Selbst erkennt sie das Gewaltsame ihres Versuches, die Entzweiung aufzuheben (»daß es nur Verwechslen ist von meinen Sinnen«): sie verwechselt das magische Denken des Kindes mit der »Liebe als dem Erkennen, das sich im Anderen erkennt«[7]. Die Erfahrung der Entfremdung wiederholt sich noch einmal, auch in der Familie verharrt sie in der bloßen Individualität, sie erfährt sich als Ich nur in der Negation der »Verkehrtheit« der anderen. So bleibt die Sehnsucht nach einer Ich-Identität, die sich im anderen zu erkennen vermag. Sie ist Hegels Dialektik des Selbstbewußtseins auf der Spur, das sich konstituiert in der wechselseitigen Anerkennung sich erkennender Individuen. Hegel nennt Geist »das Medium, *in* dem ein Ich mit einem anderen Ich kommuniziert und *aus* dem, als einer absoluten Vermittlung, beide zu Subjekten wechselseitig sich erst bilden. Bewußtsein existiert als die Mitte, in der die Subjekte sich treffen, so daß sie, ohne sich zu treffen, als Subjekte nicht sein könnten«.[8] Die Tragödie der jungen Bettina nun besteht darin, daß sie weiß, daß sie ein solches Subjekt nicht ist, daß sie anwesend die Freundin zur Anerkennung nicht zwingen kann und auch fern von ihr in Briefen erst um sie werben könnte, wenn sie

6 Vgl. dazu Dieter Henrich, »Hegel und Hölderlin«, in: D. H., *Hegel im Kontext*, Frankfurt a. M. 1975, bes. S. 22 und 30 f.
7 Habermas (Anm. 5) S. 16.
8 Habermas (Anm. 5) S. 13.

sich selber hätte; so begibt sie sich auf die schwierige Suche nach dem eigenen Ich.[9]

Wie kann man leben mit dem Gefühl einer Lücke? Der zitierte Text enthält – im Konjunktiv – die Antwort Bettinas: die Verschränkung zweier Leeren produktiv machen. Weil sie *für* die Freundin sein will, sucht sie nach ihrem Ich. Bezeichnend jedoch für die Identitätsproblematik dieser ersten modernen Generation scheint das Eingeständnis, welches in dem elegischen Ton der Passage erkennbar wird: daß der Bildungsprozeß der Ich-Identität angehalten wird im Schwebezustand der Sehnsucht, die Subjekte verzagen vor der Arbeit, die nötig wäre zur Hervorbringung des Ich als einer Identität des Allgemeinen und des Einzelnen. »Ich als Selbstbewußtsein (kann) nur begriffen werden, wenn es Geist ist, d. h. wenn es von der Subjektivität zur Objektivität eines Allgemeinen übergeht, in dem auf der Basis der Gegenseitigkeit die als nichtidentisch sich wissenden Subjekte vereinigt sind.«[10] »Geist« ist ein Schlüsselbegriff Bettinas, deren waches Bewußtsein die Selbsttäuschung nicht zuläßt. Zum Bildungsprozeß von Subjektivität gehört als Vermittlung Arbeit, Bettina weiß aber sich unfähig, auf eine bestimmte Arbeit sich zu konzentrieren.[11] »Mich befällt auch oft eine

9 Allein die zitierte Stelle würde genügen, um den Mythos Bettina, wie ihn Margarete Susman am eindeutigsten darstellt, zu widerlegen. Danach hätte Bettina ihr Leben »aus der reinen Unmittelbarkeit« geführt, in einer seligen Sicherheit, ohne Krankheit und Alltag. »Die Phantasie ist bei ihr nicht wie beim schaffenden Künstler nur eine Grundkraft ihres Lebens – sondern Bettina selbst lebt das Leben der Phantasie und ist Phantasie. Sie ist wie sie tief und grundernst, und sie ist wie sie voll Schabernack und Mutwillen; sie ist quellfrisch und ewig jung wie die Phantasie, und sie ist wie sie uralt und von jeher. Sie ist wahr wie die Phantasie, und sie lügt wie die Phantasie. Alles Große und Erhabene ist ihr nah und vertraut, und im Allerkleinsten findet sie die tief verborgene, nur dem Sonntagskind erschlossene Schönheit.« (Margarete Susman, *Frauen der Romantik*, Köln [3]1960, S. 106 f.).

10 Habermas (Anm. 5) S. 15.

11 Das Motiv durchzieht den Briefwechsel Bettinas mit dem Bruder Clemens, dessen Ermahnungen, systematisch zu »lernen«, sie stets aufs neue abweist: »Auch nicht Latein kann ich ein Jahr oder ein halb Jahr der Großmama zu Gefallen lernen; denn mir kann ich's nicht zuleid' tun. Ich habe ja nicht eine

tiefe Melancholie über mein Nichts. – Was kann ich dafür?« klagt Bettina dem Bruder und gibt zugleich eine Erklärung für dieses Gefühl: »weil kein Bestand in mir ist, weil ich von so manchem ein profundes Gefühl habe und dennoch ein Spielball der *Zerstreuung* bin, die *ganz gehaltlos* ist, das fühl' ich, das quält mich, davon möcht' ich gesunden und weiß nicht wie.«[12] Die in sie gesetzten Erwartungen und Hoffnungen erschrecken sie, weil sie etwas sein soll und doch weiß, daß sie nichts ist: »Clemens, wenn Du die weißen Wände meines Studierkabinetts, das heißt meines Kopfes ansähest und nichts drin fändest als Spinnweb, wie wolltest Du Zins von dieser Armut fordern!«[13] Gleichwohl richtet sich die ganze Lebensanstrengung Bettinas auf das eine Ziel: sie selbst zu sein, das Ich sich zum Eigentum zu machen: »mich durchreißen, *Ich selber* zu bleiben« (S. 32). Bettina findet dafür den Begriff der *Eigenmacht*. Als positive Kraft äußert sich das Gefühl der Eigenmacht immer dann, wenn die gesellschaftliche Umgebung Forderungen erhebt: der Verweigerungswille des Ich erscheint diesem dann als sein Inhalt:

> Aber meine Seele ist eine leidenschaftliche Tänzerin, sie springt herum nach einer innern Tanzmusik, die nur ich höre und die andern nicht. [. . .] Das gelob' ich vor Dir, daß ich nicht mich will züglen lassen, ich will auf das Etwas vertrauen, was so jubelt in mir, denn am End' ist's nichts anders als das Gefühl der Eigenmacht, [. . .] was auch in der Welt für Polizei der Seele herrscht, ich folg' ihr nicht, ich stürze mich als brausender Lebensstrom in die Tiefe, wohin mich's lockt. – Ich! Ich! Ich! (S. 30, 31.)

Das Ich, das sich verwirklichen will, hat jedoch nur eine sozusagen formale Dynamik, keinen Inhalt als eben nur, sich selbst zu wollen, und es ist daher darauf angewiesen, Inhalt in

Vernunft, der ich folge, ich bin ja ein elektrischer Funke, und ins Latein kann ich nicht hineinfahren, es stößt ab, sagst Du selbst« (in vorl. Ausg. S. 19). Ricarda Huch kritisiert diese Haltung als »Mangel an Rezeptivität« (*Die Romantik. Ausbreitung, Blütezeit, Verfall*, Tübingen 1964, S. 504 ff.).

12 SW Bd. 1, S. 132 und 128. (Hervorhebung von Ch. B.)

13 Ebd., S. 128.

sich hineinzuziehen: »Weil ich alles mein nenne, weil alles mein ist, was ich anrede, was mich erregt.«[14] Dominant ist aber in den Briefen das Leiden an der Leere, an der Unfähigkeit, Identität zu sichern.
Im Überspringen der Vermittlung, der Verweigerung von Arbeit dürfen wir den Grund sehen für das Scheitern des Liebesbundes. Und es erklärt wohl auch, warum Bettinas Beziehungsromane sozusagen einstimmig bleiben, das Alter ego verharrt in Passivität. Die Günderrode entzieht sich der Beziehungsarbeit durch Selbstmord. So ist an Bettinas Liebesversuchen eine verzweifelte Anstrengung ablesbar, »die unscharfen Umrisse der eigenen Identität durch narzißtisches gegenseitiges Bespiegeln herauszuarbeiten; sich verlieben bedeutet dann oft, in sein eigenes Spiegelbild hineinstolpern, wobei man sowohl sich als auch seinem Spiegel Schaden zufügt«.[15]

III

Wir haben bisher vor allem das *Günderode*-Buch betrachtet und darin die Dialektik des Sich-im-Anderen-Erkennens, die ein Verhältnis der Interaktion von prinzipiell gleichen Individuen voraussetzt. Hier haben wir das Scheitern des Bildungsprozesses von Ich-Identität feststellen müssen. Sobald wir jedoch unseren Blick auf einen anderen Aspekt des Werks richten, ändert sich dessen Bedeutung. Wenn Bettina auch auf Arbeit sich nicht einlassen kann, so besitzt sie gleichwohl ein Medium, durch das sie ihrer eignen Identität bewußt werden kann: die Sprache und das Gedächtnis. Auf der Suche nach einem »inneren Leben«, das die eigne Leere ausfüllen soll, gerät das Ich augenblicksweise in einen Zustand, wo es zwischen Liebe (Hingabe) und Selbstbewußtsein nicht mehr unterscheiden kann; diesen Zustand nennt Bettina »schwe-

14 Ebd., S. 264.
15 Erik H. Erikson, »Das Problem der Ich-Identität«, in: E. H. E., *Identität und Lebenszyklus*, Frankfurt a. M. [4]1977, S. 157.

bende Religion«. Ihn will sie mitteilbar machen. Bettinas Wahl der Briefform sollte nicht mißverstanden werden als Scheitern einer Künstlerexistenz, in der nur die Sehnsucht nach dem Werk sich äußert, zu dessen Realisierung ihr aber die Kraft fehlt. Die Wahl des künstlerischen Verfahrens scheint vielmehr die Konsequenz eines bestimmten Schreibprojekts zu sein, das Bettina in einem Brief an den Fürsten Pückler-Muskau entwickelt, dem sie ihr Goethe-Buch gewidmet hat:

> Und hier erlaube ich mir noch Ihnen einen heimlichen Plan mitzuteilen: jene zärtlichen Blätter [Bettinas Briefe an Pückler-Muskau] nämlich waren der Eingang zu einer tieferen Erörterung großer Beziehungen und Wahrheiten; ich wollte mit Ihnen in ein Verständnis kommen, wo die Sprache selbst ihr Meisterstück macht, indem sie die kühnsten Mitteilungen verständlich macht. Ich wollte mit Ihnen besprechen, was niemand anders kann, ich glaubte, zwischen mir und Ihnen würden sich große Geheimnisse aufklären, wo Ihrem durstigen Herzen doch einmal ein Labetrunk gereicht würde, wo Ihrem Drang doch einmal ein Ziel gezeigt würde, nach dem Sie zu streben hätten; und dann wollt' ich, Sie sollten diese Blätter sich selber aneignen, durch Verstehen, Verwerfen oder selbst Mitteilen und sollten es zu einem kindlichen Werk machen, in dem sich die menschliche Natur im ganzen und Ihre Seele in ihren individuellsten Farben spiegelt.[16]

Bettinas »heimlicher Plan« meint die Hervorbringung freier Individualität als Produkt wechselseitiger Anerkennung, Liebe und einer freien, d. h. nicht vom Bewußtsein zensierten Sprache (an der gleichen Stelle spricht sie vom »labyrinthischen Grazientanz« ihrer Empfindungen). Als »kindliches Werk« bezeichnet sie eine vom Zwang der Konvention befreite Sprache, wie sie ihr in Hölderlins Dichtungen entgegentritt. Von da erklärt sich ihr Bedürfnis nach Anerkennung der freien Rede als Produktionsmittel von Subjektivität: »Mein Gott! ich habe niemand, mit dem ich ernstlich spre-

16 An den Fürsten Hermann von Pückler-Muskau, 25. September 1833 (SW Bd. 7, S. 394 f.).

chen könnte, ohne daß er mir gerade ins Gesicht sagen würde: ›Du sprichst Kinderei, Du lügst, Du bist gespannt, Du extravagierst‹, und meistens in den Augenblicken, wo mir Gott mehr die Gnade verleiht, mich in der Sprache auszudrükken.«[17] Hegel spricht von der nächtlichen Produktion der Einbildungskraft, von dem flutenden, noch nicht organisierten Reich der Bilder, und setzt davon die Sprache ab als Tätigkeit des erwachten Geistes: »Der träumende Geist erwacht gleichsam, wenn das Reich der Bilder in das Reich der Namen übersetzt wird.«[18] Bettina will nicht trennen zwischen träumendem und erwachtem Geist, sie will die vorbewußte Bilderflut des Traums bewahren im bewußten Leben des Ichs: »Wir müssen uns miteinander abschließen, in der Natur, da müssen wir Hand in Hand gehen und miteinander sprechen, nicht von Dingen, sondern eine große Sprache« (S. 90). Es ist eine Sprache, deren Wörter nicht unterschieden sind von den Dingen, wo alles einen Namen hat. Aus der Identifikation mit Hölderlins Wahnsinn, der für sie die höchste Form des Bewußtseins ist,[19] gewinnt Bettina die Legitimation für die Verwerfung einer zur Konvention erstarrten, das Leben vernichtenden Bildung; verächtlich spricht sie von »Bildungsflicken«.[20] Sie will sich »abwaschen von allen Verkehrtheiten«,[21] wissend, »daß die Melancholie allein aus dieser Quelle des Lebensdranges fließt, der sich nirgend ergießen kann« (S. 115). »Was ist alle Politik gegen den Silberblick der Natur! – Nicht wahr, das soll auch ein Hauptprinzip der schwebenden Religion sein, daß wir keine Bildung gestatten, – das heißt kein angebildet' Wesen, jeder soll neugierig sein auf sich selber und soll sich zutage fördern wie aus der Tiefe ein Stück

17 Brief an Karoline von Günderrode, November 1805 (SW Bd. 7, S. 341).
18 Habermas (Anm. 5) S. 24.
19 Hölderlin ist für Bettina der Dichter, der die Krankheit der Zeit stellvertretend erleidet. »Wir sind uns der eignen Krankheit nicht mehr bewußt, nicht der erstarrten Sinne; daß das Krankheit ist, das fühlen wir nicht – und daß wir so wahnsinnig sind und mehr noch als jener« (SW Bd. 2, S. 339).
20 Ebd., S. 191.
21 Ebd., S. 214.

Erz oder ein Quell, die ganze Bildung soll darauf ausgehen, daß wir den Geist ans Licht hervorlassen.«[22]
Problematisch wird die Kritik einer entfremdeten Bildung dort, wo Bettina sie radikalisiert zur Vernunftkritik, eine Tendenz, die von der Günderrode mit spöttischer Beunruhigung beobachtet wird. »Und könnten wir doch immer zusammen sprechen, der lieblichen Unordnung entsteigt alles [. . .], aus dem chaotischen Wogen und Schwanken entstieg die Welt als Melodie«.[23] Gleichwohl ist in der »schwebenden Religion« Bettinas eine Gedankenfigur erkennbar, die Ernst Bloch als Grundthema eines utopischen Materialismus ausformuliert: »die Naturalisierung des Menschen, die Humanisierung der Natur«. Bettina scheint am Beginn einer subversiven Denktradition zu stehen, in der die »Tendenz des Weltgeschehens«, das »bewußte Herstellen der Geschichte« als ein doppelter Prozeß gedacht wird: »erfaßte, erlangte, ausgebreitete causa sui in Gesellschaft und Natur«.[24] In dieser Tradition konvergieren zwei »Weltreihen«: Menschengeschichte und kosmische Natur, »die selbständige Befreiung des Menschengeschlechts im Laufe der Geschichte mit der Wiederherstellung einer gefallenen Natur«.[25] In der Natur manifestiert sich ein utopischer Umriß, »ein riesiges Erwarten«, die Abschaffung der Entfremdung zwischen Mensch und Natur.[26] Bettina zieht die ganze Natur in das Gespräch der

22 Ebd., S. 243.
23 SW Bd. 2, S. 376. – Vgl. ebd., S. 244 f. (Günderrode an Bettina): »Ich darf ihm [Clemens] nicht sagen, daß Du ein Religionsstifter bist und die ganze Menschheit auf Dich genommen hast und willst sie lassen von der Luft leben und bildungslos dahertappen und willst nichts Gekochtes mehr essen, von lauter Mohrrüben und Zwiebel leben und die Bratspieße alle zum Teufel werfen und Dir das ganze Taunusgebirg' zur Gesellschaft bitten, und daß Deine Religion schweben solle, und daß Du in dem Gärtner einen adeligen Herrn entdeckt hast, das darf ich ihm doch alles nicht sagen.«
24 Ernst Bloch, *Das Prinzip Hoffnung*, Frankfurt a. M. [2]1970, S. 285 und 287.
25 Jürgen Habermas, »Ein marxistischer Schelling«, in J. H., *Über Ernst Bloch*, Frankfurt a. M. 1968, S. 70.
26 Ernst Bloch, *Das Materialismusproblem, seine Geschichte und Substanz*, Frankfurt a. M. 1977, S. 477.

Menschen ein: »Alles ist Mitteilung in der Natur«.[27] Ihre Grunderfahrung ist das Dunkle, Unaufgeschlossene des gelebten Augenblicks, wo das erlebende Ich und die es umgebende Natur in der Sehnsucht nach einer zukünftigen Zeit, frei von Herrschaft und Entfremdung, eins werden, in der Hoffnung, »daß die Natur im Menschen wieder aufwachte«.[28] Wie ein heimliches Leitmotiv geht der Gedanke der Erlösung der Natur durch die Briefe der Bettina, an die Günderrode, an Clemens, an Goethe und Goethes Mutter: »Da hörte ich in den fernen Wäldern das Seufzen der Tiere um Erlösung«.[29] Am intensivsten ist der Gedanke der Resurrektion der Natur in der *Günderode* entfaltet, weil Bettina hier das Alter ego in die Sehnsucht der Natur einschließt:

> Ich war draus heut' abend am Main, da rauschte das Schilf so wunderlich – und weil ich in der Einsamkeit immer mit Dir allein bin, da fragte ich Dich in meinem Geist: »Was ist das? Redet das Schilf mit *Dir*?« hab' ich gefragt. Denn ich will Dir's gestehen, denn ich möchte nicht so angeredet sein, so klagvoll, so jammervoll, ich wollt's von mir wegschieben! – Ach Günderode, so traurig bin ich, war das nicht feige von mir, daß ich die Klagen der Natur abwenden wollt' von mir, und schob's auf Dich – als hätte sie mit Dir geredet wie sie so wehmutsvoll aufschrie im Schilf. (S. 111.)[30]

Was wir mimetisches Verhalten gegenüber der Natur nennen können, scheint *die* Produktionskraft der von Bettina entwickelten unzensierten Rede zu sein.

27 SW Bd. 1, S. 330.
28 Ebd., S. 133.
29 SW Bd. 3, S. 250; vgl. auch Bd. 4, S. 76 und Bd. 3, S. 58 f.
30 Vgl. auch SW Bd. 2, S. 320 ff. Vorweggenommen ist die künftige Erlösung der Natur in dem Tagtraummärchen *Das Leben der Hochgräfin Gritta von Rattenzuhausbeiuns* von Bettina und ihrer Tochter Gisela, materialisiert zum Realsymbol im Blochschen Sinn, in der elfenhaften Figur des Mädchens *Wildebeere*, das nicht essen und schlafen braucht, in Rätseln spricht, nicht geht, sondern schwebt, von oben herabweht und Blumen und Tiere aus seinen Kleidern regnen läßt. Lautlos, wie es hineingekommen ist, verschwindet es aus dem Märchen in dem Augenblick, da für die andern der Alltag beginnt.

Würden Sie *lachen, wenn Sie ein Kind sähen, das seinen Kummer einer Wand anvertrauen muß, weil niemand anderer da ist?*[31]

IV

Bekanntlich hat Bettina nicht ihre originalen Briefwechsel veröffentlicht, sondern ihre Briefe und auch die ihrer Briefpartner später verändert. Die Briefromane sind daher zugleich ein Stück Erinnerungsarbeit. Zu erwarten ist, daß auch diese problematischer Natur sein wird. Wenn auch das Gedächtnis Medium sein kann, durch das hindurch das Bewußtsein Existenz zu gewinnen vermag, so wird verständlich, daß Bettina sich mittels der Erinnerung der eigenen Lebenskontinuität zu versichern sucht: »Daß die Zukunft nicht einst wie ein schwerer Hammerschlag auf meine Vergangenheit falle und sie als nichtig zusammenschmettere«.[32] Auf der Suche nach der eigenen Kindheit macht Bettina jedoch die schmerzhafte Erfahrung, daß das Gedächtnis sich ihr versagt. Anders als die träumerische Bildproduktion, die freie Rede, erfordert die Erinnerung an die eigene Vergangenheit Arbeit. Das erinnernde Subjekt, das sich seiner Spontaneität überläßt, erfährt sich als eines, das über seine individuelle Lebensgeschichte nicht verfügt:

> Da lauschte ich, da hörte ich in der Ferne den Lärm der Welt, da dachte ich: du bist außer dieser Welt, aber mit wem bist du? – Wer ist bei dir? – Da besann ich mich auf nah und fern, da war nichts, was mir angehörte. Da konnte ich nichts erfassen, mir nichts denken, was mein sein könne.[33]

Von Clemens Brentano immer wieder ermuntert, die Geschichte ihrer Kindheit aufzuschreiben, fängt sie an: »Es war einmal ein Kind, das hatte viele Geschwister ...« (S. 36),

31 Alice Miller, *Das Drama des begabten Kindes und die Suche nach dem wahren Selbst*, Frankfurt a. M. 1979, S. 136.
32 SW Bd. 1, S. 163.
33 SW Bd. 4, S. 120.

aber sie gibt sogleich wieder auf; sie findet das Kind nicht, das sie war, das sie hätte sein wollen. Da entdeckt sie Goethe und in ihm das Kind, nach dem sie sucht. Und sie entdeckt zugleich die Möglichkeit, mittels der Konstruktion dieser anderen Kindheitsgeschichte ihrem eigenen individuellen Leben die Form der Allgemeinheit zu geben. Man muß daher, bevor man die Auratisierung Goethes durch Bettina kritisiert,[34] die Legitimität einer auf die Gewinnung des Selbstbewußtseins gerichteten Gedächtnisarbeit anerkennen.

> Eine Empfindung unmittelbarer Gewißheit, meines eigensten wahrhaftesten Lebens Ansicht, ist für mich diese Berührung aus der Vergangenheit; und während Schicksal und Welt nur wie Phantome im Hintergrund nie wahrhaften Einfluß auf mich hatten, so hat der Glaube, als sei ich Dir näher verwandt, als habe Dein Sehen, Dein Hören, Dein Fühlen einen Augenblick meinem Einfluß sich ergeben, allein mir zur Versicherung meiner selbst verholfen. Der Weg zu Dir ist die Erinnerung.[35]

Das Ich, dem sein eigener Bildungsprozeß sich verschließt, weil es in der Unmittelbarkeit verharren will, braucht, um als Ich sich zu fühlen, die Vermittlung eines Alter ego.

> Ich bin nichts, ich habe nichts, dessen Du begehrst; kein Morgen weckt Dich, um nach mir zu fragen; kein Abend leitet Dich heim zu mir; Du bist nicht bei mir daheim.
> Aber Vertrauen und Hingebung hab' ich in dieser Innenwelt zu Dir; alle wunderbaren Wege meines Geistes führen zu Dir; ja sie sind durch Deine Vermittlung gebahnt.[36]

Die Subjektivität Bettinas konstituiert sich so als mystische Erfahrung; das Ich wird seiner selbst sich bewußt auf dem Weg über die Versenkung in ein vergöttlichtes Liebesobjekt.

34 Vgl. dazu meine Studie: Christa Bürger, *Der Ursprung der bürgerlichen Institution Kunst im höfischen Weimar. Literatursoziologische Untersuchungen zum klassischen Goethe*, Frankfurt a. M. 1977, Kap. 4.
35 SW Bd. 3, S. 551.
36 SW Bd. 4, S. 10.

Nun besteht die Problematik einer mystischen Erfahrung darin, daß sie nicht übertragbar und strenggenommen auch nicht darstellbar ist. Die Beziehung Bettinas zu Goethe gewinnt Allgemeinheit durch einen scheinbar nebensächlichen und eher zufälligen Umstand, der jedoch die ungewöhnliche kommunikative Befähigung Bettinas bezeugt: die Aneignung des begehrten Objekts erfolgt nicht unmittelbar, sondern *mediatisiert* über die konkrete Begegnung mit Goethes Mutter. Das ermöglicht Bettina die Einbeziehung von Außenwelt in die mystische Erfahrung und befreit diese aus dem bloßen Egotismus, so daß wir eine historisch besondere Weise der Konstitution von Subjektivität darin erkennen können. Freilich läßt Bettinas Goethebuch auch das Prekäre dieser Identitätskonstitution erkennen: nicht nur bleibt, wie im Falle der Liebe zu Karoline von Günderrode, das gewählte Alter ego stumm, sondern das auf sich selbst zurückgeworfene Ich verstockt sich; von da erklärt sich das Moment von Herrschaft, das gerade im Briefwechsel mit Goethe hervortritt: »Ich glaub', daß es eine Art und Weise gibt, jemand zu besitzen, die niemand streitig machen kann; diese üb' ich an Wolfgang [Goethe]«.[37]

Wenn für Bettina das Gedächtnis zum Medium des eigenen Bildungsprozesses wird, so muß es auf den ersten Blick merkwürdig erscheinen, daß sie im Augenblick ihrer Begegnung mit Goethe die Zeit stillstellen will:

> Ich habe mir nämlich eine List ausgesonnen; da die Zeit mich immer weiter trägt und nie zu Dir, so will ich zurückgehen bis auf den Tag, wo ich bei Dir war, und dort will ich stehen bleiben und will von dem: *In Zukunft* und: *Mit der Zeit* und: *Bald* gar nichts mehr wissen, sondern dem allen den Rücken kehren, ich will der Zukunft ein Schloß vor die Tür legen und somit Dir auch den Weg versperren, daß Du nirgends als zu mir kannst.[38]

37 SW Bd. 3, S. 46.
38 Ebd., S. 406.

Bettinas List besteht in einer bewußten Lenkung der Erinnerung; diese wird produktiv, indem sie stets von neuem zu jenem einzigen Augenblick erfüllter Sehnsucht zurückkehrt und an diesen immer neue Erinnerungselemente ankristallisiert, die alle zwischen dem Ich, das nach seiner Identität sucht, und dem Objekt, das es zum Vermittler sich gewählt hat, hin- und herlaufen. Das Motiv, das beide auf eine geheime Weise verbindet, ist die Kindheit. Wenn Bettina die Kindheit Goethes rekonstruiert, so geschieht dies in der Erinnerung an die verlorene eigene Kindheit, und was dabei herauskommt, ist die Utopie einer freien Kindheit. So gelesen, enthüllt sich der Mythos Goethe als Plädoyer für eine egalitäre, heute würden wir sagen antipädagogische Erziehung, die auf dem Gedanken beruht, daß Genialität das Ergebnis von gelungener Kindheit ist, Anpassung – »Philistertum« mit dem Begriff der Bettina – aber das von »verkehrten Grundsätzen«. Die Kindheit ihres Kindes, das sie »locken [will] und nicht führen« faßt die Mutter Goethes als ihr »Tagewerk« auf:

> Nie hab ich heller empfunden, wie sehr das Geschick des Menschen ins Gedräng kommt bei dem Lehren und Predigen verkehrter Grundsätze, als während ich auf meinen Sohn gewartet hab, daß der das Licht der Welt sollt erblicken. Und mein sehnend Gebet war stets, daß sein Dasein, seine Seele einst eine Beweisführung für das alles sein möchte, was ich in der Natur als heilige Widerlegung ihrer verkehrten Erziehung, ihrer Umschaffung des Menschengeschlechts empfand.[39]

Fragt man nun danach, worin das Faszinierende an Bettinas Rekonstruktion von Goethes Kindheit besteht, so stößt man auf den Begriff der »Begebenheit«. Bettina übernimmt ihn von Goethes Mutter, deren geniale Fähigkeit, erzählend bedeutungsvolle Wirklichkeit zu schaffen, sie bewundert: »Das ganze Schicksal entwickle sich oft an Begebenheiten, die so unbedeutend erscheinen, daß man ihrer gar nicht erwähne,

39 SW Bd. 6, S. 101; vgl. auch ebd. S. 75.

und innerlich so gelenk und heimlich arbeiten, daß man es kaum empfinde«.[40] Angeleitet von der Mutter Goethes entwickelt Bettina eine Erfahrungsweise, die es ihr erlaubt, individuelles Dasein zugleich in seinen zufälligen Äußerungen zu erfassen und ihm die Aura der Einzigartigkeit zu verleihen, sie nimmt dabei die surrealistische Technik des *hasard objectif* vorweg. Der Zufall, indem er sich wiederholt, verbindet scheinbar gleichgültige Ereignisse zur Bedeutungsfigur. Die Konstellation, unter der Bettina Goethes Kindheit gleichsam als Präludium eines Künstlerlebens sieht, in dem bereits alle Themen angeschlagen sind, ist die im Goetheschen Sinn dämonische Anwesenheit des Todes im Leben und die des Schönen im Alltag. Bettinas bekannte Erzählung der Geburt Goethes ist die Quelle für die meisten späteren Biographien. Danach hätte die Hebamme das Neugeborene für tot gehalten; ihre barbarischen Versuche, es zu einem Lebenszeichen zu bringen, hätten aber schließlich Erfolg gehabt. Nicht nur die unter der Erzählung deutlich erkennbare religiöse Folie (wie die Geburt Jesu das Heil der Menschheit bedeutet, so wird Goethes Geburt zum Anlaß einer Stiftung zum Wohl der Armen der Stadt; Goethes Großvater setzt einen *Accoucheur*, einen Geburtshelfer, ein), sondern vor allem jene mystische Identität von Tod und Leben verleihen der Erzählung ihre Bedeutung. Die Aura dieses Berichts ist so stark, daß sie mühelos auch das alltäglich Zufällige einschließt: »begreifst Du mich, wenn ich Dir erzähle, daß das Wochenbett Deiner Mutter blaugewürfelte Vorhänge hatte« (S. 203, aus dem originalen Briefwechsel Bettinas mit Goethe).

Bettina ordnet die zufälligen Anekdoten, die ihr die Mutter Goethes erzählt, nach einem geheimen Motto, dem Mignon-Vers »O laß mich scheinen, bis ich werde.«[41] So wird der Glanz dieser Kindheit zum »Vorschein« des Werks, wofür als

40 SW Bd. 3, S. 514.

41 Siehe SW Bd. 3, S. 515 (in *Goethes Briefwechsel mit einem Kinde*); der Herausgeber Oehlke nahm diesen Brief, im Gegensatz zu späteren Herausgebern, nicht in den originalen Briefwechsel Bettinas auf.

ein Beispiel der vom jungen Goethe improvisierte Irrlichtertanz zur Herbstlese genommen werden kann (S. 209 f., im originalen Briefwechsel). Aber das Rätselhafte des Mignon-Verses verweist auch auf den dämonischen Zug des kindlichen Eigensinns, von dem die Erinnerung der Mutter nur den Glanz aufbewahrt[42]: die erbarmungslose Weigerung des Kindes, etwas Häßliches in seiner Umgebung zu dulden.[43]
Carl Schmitt hat das auch für Bettinas Goethebuch charakteristische Verfahren der Kombinatorik, die durch die Verknüpfung willkürlich zusammengebrachter Ereignisse und Phänomene Bedeutung suggerieren will, als romantischen Okkasionalismus einer scharfen Kritik unterzogen.[44] Von diesem unterscheidet Bettina sich jedoch dadurch, daß sie die Kategorie der Begebenheit als existentielle faßt und mit der der Erinnerung verbindet.

> Es gibt unerwartete Erfahrungen, die sind vergessen, gleich als ob sie nicht erlebt wären, und erst dann, wenn sie wieder aus dem Gedächtnisbrunnen heraufsteigen, ergibt sich ihre Bedeutung [. . .]. Wie Du mich fragtest, wer mir den ersten Kuß gegeben habe, dessen ich mich deutlich erinnere, da schweifte mein Besinnen hin und her wie ein Weberschiffchen, bis allmählich dies Bild des Erret-

42 »Alles ist mir wie Gold« (in vorl. Ausg. S. 206, im originalen Briefwechsel).

43 Vgl. ebd.: »Er spielte nicht gern mit kleinen Kindern, sie mußten denn sehr schön sein. In einer Gesellschaft fing er plötzlich an zu weinen; da man ihn nach der Ursache fragte, schrie er: ›Das schwarze Kind kann ich nicht leiden, das soll hinaus‹; er hörte auch nicht auf, bis er nach Hause kam, wo ihn die Mutter befragte über die Unart, er konnte sich nicht trösten über des Kindes Häßlichkeit. Damals war er drei Jahr' alt.« Von hier erhält die These Hans Blumenbergs ihre Berechtigung, der Goethes gelebtes Leben als Arbeit am Mythos auffaßt und diese aus dessen Unfähigkeit, die Realität auszuhalten, versteht (vgl. Hans Blumenberg, *Arbeit am Mythos*, Frankfurt a. M. 1979, S. 436 ff.).

44 »Ein absolut inadäquates Verhältnis besteht dagegen zwischen *occasio* und *Wirkung*; es ist – da jede konkrete Einzelheit *occasio* eines unberechenbaren Effekts sein kann, etwa der Anblick einer Apfelsine für Mozart der Anlaß, das Duett ›*Là ci darem la mano*‹ zu komponieren – völlig inkommensurabel, jeder Sachlichkeit sich entziehend, a-rational, die Relation des Phantastischen« (Carl Schmitt, *Politische Romantik*, Berlin ^{3}1968, S. 120 f.).

teten [eines jungen Franzosen, den sie vor seinen preußischen Verfolgern versteckt hatte] lebhaft und deutlich hervortrat, und in diesem Widerhall des Gefühls erst werde ich gewahr, welche tiefe Spuren sie in mir zurückgelassen![45]

Bedeutung gewinnt ein Ereignis nicht durch einen verborgen wirksamen Mechanismus des Zufalls, sondern durch die Erinnerungsarbeit des Subjekts:[46] »Nur erst, wenn alles begriffen ist, kann das Etwas seinen vollen Wert erweisen«.[47] Nicht die *mémoire involontaire*, die zufällig sich einstellende Erinnerung, garantiert Bettina die Bedeutung des gelebten Lebens, sondern überraschenderweise gerade die Arbeit des Begriffs.

Das Besondere dieser Arbeit des Begriffs besteht darin, daß Bettina Traum und Ratio zusammenzwingen will. Wie zuvor Herder begreift sie die »Recapitulation« des Lebens als das »angebohrne, unveräußerliche Naturrecht« des Subjekts, das sich selbst »dies *zweite, geistige und schönere Leben seines Lebens* schuldig« ist. »Jeder wird sein Leben unter einem eignen Bilde ansehn; alle aber werden darinn überein kommen, daß es ein *geschäftiger Traum von Wirklichkeiten* war«.[48] Den geschäftigen Traum von Wirklichkeiten aber gewinnt Bettina aus dem Stoff von Goethes Leben, das für sie in einem bestimmten Sinne exemplarisch ist: als Bild einer durch nichts beschränkten Kindheit, einer Entwicklung ohne Zwang. In der Konstruktion dieses Lebens verbindet sie die Unmittelbarkeit der Erinnerung mit der Nüchternheit des Begriffs. Für sie gilt, was Herder vom Traum sagt: »Im

45 SW Bd. 4, S. 106; vgl. auch S. 41 f.

46 Dies stimmt auch dann, wenn man eine Äußerung Bettinas dagegen hält, wo sie den Anspruch auf eine systematische Konstruktion ausdrücklich zurückzuweisen scheint: »Ich werde [. . .] alle kleinen Züge sammeln, unbekümmert ob sie aus *einer* Anschauung hervorgehen, ob sie *ein* System begründen« (SW Bd. 3, S. 235).

47 Ebd., S. 492.

48 Johann Gottfried Herder, *Adrastea*, in: J. G. H., *Sämtliche Werke*, hrsg. von Bernhard Suphan, Bd. 23, Berlin 1885, reprogr. Nachdr. Hildesheim 1967, S. 228 und 232.

Traum endlich sind wir uns die schärfsten Richter. [. . .] Der Traum macht uns Personen kenntlich, und sie sinds doch nicht; ähnlich und doch nicht Dieselbe; er zeichnet im Mondlicht. [. . .] Die Vergangenheit wie die Zukunft stellen im Zauberspiegel der *Ahnung sie* dar, unendlich, unvollendet; unsre Seele soll sie vollenden. [. . .] Um also zu träumen, seyd nüchtern«.[49]

Obwohl weder Herder noch Bettina im Gegenkanon der Surrealisten erscheinen, nehmen sie deren wachen Irrationalismus vorweg. »Die Himmel dehnen sich so weit vor mir, alle Berge, die ich je mit stillem Blick maß, heben sich so unermeßlich, die Ebenen, die noch eben mit dem glühenden Rand der aufgehenden Sonne begrenzt waren, sie haben keine Grenzen mehr. In die Ewigkeit hinein. – Will denn sein Leben so viel Raum haben? – Von seiner Kindheit [. . .]«[50] – so beginnt Bettina ihre Erzählung. Und am Anfang des surrealistischen Manifests heißt es: »Jeden Morgen brechen Kinder ohne Bangen auf. Alles ist nahe, die schlimmsten materiellen Bedingungen sind großartig. Die Wälder sind weiß oder schwarz, man muß niemals schlafen gehen«.[51] Bettina freilich weiß, daß Phantasie in der Wirklichkeit keine Chance hat: »Daß vieles sich nicht verwindet, wenn's einmal empfunden ist, daß es immer wiederkehrt, ist nicht traurig; aber daß die Ufer ewig unerreichbar bleiben, das schärft den Schmerz.«[52]

49 Ebd., S. 297.
50 SW Bd. 3, S. 497; vgl. in vorl. Ausg. S. 204, im originalen Briefwechsel.
51 André Breton, *Die Manifeste des Surrealismus*, Reinbek bei Hamburg ^{2}1977, S. 11.
52 SW Bd. 3, S. 504.

V

Bettinas Erinnerung reicht jedoch weiter zurück in die Vergangenheit. So wie die Sehnsucht nach dem eigenen Ich über die Verschränkung mit dem Alter ego zur Schwebe-Religion geführt hatte, so entwickelt sie aus der Erfahrung einer leeren Gegenwart eine eigene Geschichtsphilosophie. »Ich weiß auch nicht, warum ich hiersitze und der Zukunft den Rücken drehe und in den Spiegel einer weit zurückgezogenen Zeit schaue und auf einen kleinen Fleck nur schaue«.[53] Inhaltslos kreist das Ich in sich selbst und verkümmert, wenn es nicht gelingt, die Gegenwart in lebendige Zeit zu verwandeln.

> Indes brennt mir der Boden unter den Füßen um die Gegenwart, um die ich mich bewerben möcht', ohne mich grad' erst der Vergangenheit auf den Amboß zu legen und da plattschlagen zu lassen [. . .]. Was soll ich denken, wenn meine Augen schauen jene Vergangenheit hinter mir im Dunkeln, wie kann ich sie an den Morgen knüpfen, der mit mir vorwärts eilt? – Das ist die Gegenwart, die mich mit sich fortreißt ins ungewisse Blaue, ja ins Ungewisse; aber ins himmlische, blonde, goldstrahlende Antlitz des Sonnengotts schauen, der die Rosse gewaltig antreibt und weiter nichts. (S. 80.)

Unter der hymnischen Rede erkennbar ist wieder das Problem des Identitätsverlusts. Lebendige Zeit, lernt Bettina von der Günderrode, heißt: »Alle Anreizung in selbständiges Leben entwicklen« und »einer Zukunft entgegenschreiten, die [. . .] wir selbst sind«.[54] Das aus der Gegenwart herausstrebende Ich ist sich selbst einziger Gegenstand: »Denn alles ist mir ja nicht ein Gegenstand, ich bin es selber«.[55] Wieder zeigt sich hier das eigentümlich Schwankende der romantischen Identität; je nach Stimmung, Depression oder Enthusiasmus, erscheint das Ich sich als unscheinbarer Fleck oder als goldstrahlendes Antlitz des Sonnengottes.

53 SW Bd. 1, S. 316.
54 SW Bd. 2, S. 52.
55 SW Bd. 1, S. 96.

In seiner Kritik der Romantik, die er als »subjektivierten Occasionalismus« begreift, d. h. eine Haltung, die die »Welt als Anlaß und Gelegenheit« ästhetischer Produktivität behandelt, führt Carl Schmitt diesen auf die atomistische Struktur der bürgerlichen Gesellschaft zurück. »Nur in einer individualistisch aufgelösten Gesellschaft konnte das ästhetisch produzierende Subjekt das geistige Zentrum in sich selbst verlegen, nur in einer bürgerlichen Welt, die das Individuum im Geistigen isoliert, es an sich selbst verweist und ihm die ganze Last aufbürdet, die sonst in einer sozialen Ordnung in verschiedenen Funktionen hierarchisch verteilt war«.[56] Besonders Bettina von Arnim ist ihm ein Beispiel für die Tendenz der Romantik, alles zum Objekt der ästhetischen Produktivität zu instrumentalisieren. »Dadurch wurden auch die beiden neuen Realitäten – Menschheit und Geschichte – zu Figuren, die man ›handhaben‹ konnte«.[57] Die Sehnsucht nach Wirklichkeit suche die Romantik zu befriedigen durch eine unendliche Kombinatorik, wo »substanzlose Formen« sich zu jedem beliebigen Inhalt in Beziehung setzen lassen. Schmitt, der der Romantik die Qualität des Utopischen aberkennt, sieht die Funktion dieser Kombinatorik in der »Negation der Gegenwart«.[58] Die Romantisierung der Welt vermöge den Hunger nach der Wirklichkeit nicht zu stillen. So erinnern ihn die Romantiker »an die Verdammten in der Swedenborgischen Hölle der Allzulistigen: sie sitzen in einer engen Tonne, sehen über sich wunderbare Figuren, die sie für die Welt halten, und glauben, sie hätten diese Welt zu regieren«.[59]

Der scharfsichtige Blick des Polemikers trifft gewiß eine Schwäche romantischer Subjektivität, verfehlt aber die verdeckte Bedeutung eines utopischen Denkens, das den Gehalt der Zukunft aus der Trauer um die Opfer der Vergangenheit

56 Schmitt (Anm. 44) S. 23 und 26.
57 Ebd., S. 109.
58 Ebd., S. 102 ff.
59 Ebd., S. 114.

zu gewinnen sucht. Bettina überspielt nicht die Leere der Gegenwart und das Gefühl der Identitätsschwäche mit beliebigen Reizen und substanzlosen Elementen der Wirklichkeit, sondern sie sucht diesem Gefühl einen *bestimmten* Inhalt: die Trauer für die Opfer des Zivilisationsprozesses zunächst und später das Engagement für sozial und politisch Unterdrückte. Wieder ist es Hölderlin, aus dessen Dichtung ihr die Möglichkeit einer Vermittlung von Zukunft und Vergangenheit aufscheint:

> Ja, wer mit Gräbern sich vermählt, der kann leicht wahnsinnig werden den Lebenden – denn er träumt nur hier am Tag, wie wir träumen in der Nacht, aber drunten im Schlaf wacht er und geht mit jenen mitleidsvoll Hand in Hand, die längst verschollen der geschäftigen Eile des Tages sind. [. . .] Mangel an historischem Sinn – ist es doch, das Weh, was in der Fabelwelt begraben liegt, mit dem zu mischen des heutigen Tages. – Sie haben Recht, mir keine Logik zuzusprechen, da müßt' ich ja den dort verlassen, der aufgegeben ist [Hölderlin], da müßt' ich mich aufgeben.[60]

Bettina nimmt hier eine eigene Logik und einen eigenen historischen Sinn für sich in Anspruch, wobei sie sich auf Hölderlin als den Vorgänger beruft. Wenn man den Text in der Traditionslinie Herder, Bloch, Benjamin entziffert, so wird man darin das Motiv der Erlösung der Vergangenheit entdekken, das dem oben erwähnten der Erlösung der Natur korrespondiert. Eine – ihr abstoßend in ihrem Geschichtslehrer entgegentretende – historistische Geschichtsbetrachtung weist Bettina zurück. Sie weigert sich, dem Lehrer in seine »Geschichtseinöde« zu folgen, die er mit »grausenerregenden Gespenstern«, mit Namen und Zahlen bevölkert (S. 79): »Babylonische Geschichte umfaßt sechzehnhundert Jahr', hat um elf Uhr angefangen und Glockenschlag zwölf Uhr aus«.[61] Sie sucht nach einer Aneignung von Geschichte, die zu einer die Gegenwart verwandelnden Energie wird. Die Vergangenheit

60 SW Bd. 2, S. 195 f.
61 Ebd., S. 147.

> eilt in die Zukunft hinüber, sie zu befruchten; das ist Gegenwart, das eigentliche Leben; jeder Moment, der nicht von ihr durchdrungen in die Zukunft hineinwächst, ist verlorne Zeit, von der wir Rechenschaft zu geben haben. Rechenschaft ist nichts anders als Zurückholen des Vergangenen, ein Mittel, das Verlorne wieder einzubringen, denn mit dem Erkennen des Versäumten fällt der Tau auf den vernachlässigten Acker der Vergangenheit und belebt die Keime, noch in die Zukunft zu wachsen.[62]

Bettina gibt im »Königsbuch« dem Motiv von der Erlösung der Vergangenheit eine religiöse Fundierung, wenn sie den Gang der Menschheitsentwicklung zurückverfolgt bis an den Augenblick, wo zum ersten Mal der Mensch zum Unterdrükker des Menschen wird. Sie setzt der Geschichte vom Sündenfall ein neues Datum: den Brudermord. Den Unterdrükkungszwang der Herrschenden führt sie zurück »bis in die Urzeit, wo die erste Tat geschah. – Sie war Brudermord. – Weite Kluft ins Herz gerissen dem Menschheitstamm« (S. 246). Seither ist das Band der Harmonie, das die Menschheit einte, gerissen und die Geschichte eine einzige Folge von Gewalt und Unterdrückung. Bettinas Spekulationen über den Volksgeist und den Volkskönig kreisen um die Vorstellung einer Wiederherstellung jener verlorengegangenen Einheit, einer Welt ohne Herrschaft. Dazu gehört auch der dunkle Gedanke einer geheimen und wirkmächtigen Geschichtsenergie, die sich ihr im Bild des erschlagenen Abel verkörpert:

> Ja, so bekämpft der Fluch des Kain das rauchende Blut des Abel in der Willkür der Fürstengeschlechter, die wie er nach der Tat rufen: ›*Was geht es mich an!*‹ So braust der Kainsfluch auf und verhängt neue Taten ewig reuevollen Geschehens. – Aber heimlicher Klage voll, durchrauscht Abels Blut die volkverwaisten Vaterlandströme und durchsaust die Wälder, und durch den Rauchfang der verlassenen Hütte findet es den Weg hinab zum Herd und seufzet auf in der erstorbnen Asche, die es im Wirbel umherstreut. (S. 249.)[63]

62 Ebd., S. 155.
63 Es wird sich sicher nachweisen lassen, ob Bettina Friedrich Schlegels späte *Philosophie der Geschichte* (Schlegel hat diese Vorlesung 1828 in Wien gehal-

Auch in diesem Zusammenhang wird man das Gedankenmotiv dialektisch sehen. Die Identitätsunsicherheit der romantischen Intelligenz erfährt eine Legitimation durch die reale Ohnmacht der Subjekte gegenüber dem Geschichtsverlauf. Bettinas Reaktion auf den Tiroleraufstand (1809/10) zeigt, wie diese Ohnmacht zu imaginären Ersatzhandlungen zwingt. Bettina tadelt Goethes Unfähigkeit zu trauern, seine Tendenz »hoch über den Schrecken der Zeit« zu gehen (S. 198). Sie selber lebt, »als ob das Schicksal dicht vor meiner Türe seinen Markt aufgeschlagen hätte« (S. 191). Aber sie kann eben nur zusehen, eingreifen kann sie nicht. Daher verwandelt sie die eigene Ohnmacht in Klage:[64]

> Jetzt ist es anders in mir, düstere Hallen, die prophetische Monumente gewaltiger Todeshelden umschließen, sind der Mittelpunkt meiner schweren Ahnungen; der weiche Mondesstrahl, der goldnen Birke Duft dringen da nicht ein, aber wohl Träume, die mir das Herz zerreißen [. . .]. Ich liege an der Erde am verödeten Ort und muß die Namen ausrufen [. . .]. Da seh' ich auch mich unter diesen, die kurze grün und weiße Standarte schwingend, weit voran auf steilstem Gipfel, und der Sieg brennt mir in den Gliedern, und da kommt der böse Traum und haut mit geschwungener Axt mir die feste Hand ab, die niederstürzt mitsamt der Fahne in den Abgrund, dann ist alles so öde und stumm, die Finsternis bricht ein und alles verschwunden, nur ich allein auf der Felswand ohne Fahne, ohne Hand [. . .]. Ach, vereine Dich doch mit mir, Ihrer zu gedenken, die da hinstürzen ohne Namen. (S. 199 f.)

Hier ist ein Leitmotiv von Bettinas geschichtsphilosophischem Denken angesprochen: daß man die im Kampf um die Befreiung von Unterdrückung Gefallenen vor dem Vergessen

ten) gekannt hat. Auch Schlegel läßt die Weltgeschichte mit dem Brudermord beginnen und bestimmt den Kampf zweier »sich feindlich entgegenstehender Urvölker« als wesentlichen »Inhalt der ganzen Urgeschichte« (*Kritische Friedrich-Schlegel-Ausgabe*, hrsg. von Ernst Behler / Jean-Jacques Anstett / Hans Eichner, Paderborn 1959 ff., Bd. 9, 1971, S. 40 f.).

64 Vgl. SW Bd. 3, S. 421 f. sowie in vorl. Ausg. S. 181 f.

retten muß.[65] In der Erinnerung sieht sie eine Art Gegenmacht zur Politik der Herrschenden.
Problematisch wird das Gedankenmotiv von der Erlösung der Vergangenheit jedoch dort, wo die Trauer über das Leiden der Unterdrückten zum Selbstmitleid wird. Es gibt in dem Bericht Bettinas über den Tiroleraufstand in der Tat Stellen, wo nicht die reale Ohnmacht angesichts wahrgenommener Unterdrückung, sondern die Leere des Ichs, die Leidenserfahrung dominiert:

> Was hab' ich alles erlebt in diesen Tagen, was mir das Herz gebrochen, ich möchte meinen Kopf an Deinen Hals verstecken, ich möchte meine Arme um Dich schlingen und die böse Zeit verschlafen.
> Was hat mich alles gekränkt, – nichts hab' ich gehabt in Kopf und Herzen, als nur immer das mächtige Schicksal, das dort in den Gebirgen rast.
> Warum soll ich aber weinen um die, die ihr Leben mit so freudiger Begeisterung ausgehaucht haben? – Was erbarmt mich denn so? – Hier ist kein Mitleid zu haben als nur mit mir, daß ich mich so anstrengen muß, es auszuhalten.
> Will ich Dir alles schreiben, so verträume ich die Zeit – die Zeit, die auf glühenden Sohlen durchs Tirol wandert. (S. 183.)[66]

Die narzißtische Trauer führt zur Stillstellung einer heroisierten Gegenwart, die zur geschichtsphilosophischen Chiffre erstarrt; die Gegenwart selber wird zur Vergangenheit verklärt, damit aus ihr Stoff der Zukunft werden kann in der ästhetischen Vorwegnahme:

> Alles, was in der Welt vorgeht, das Geschick der Menschen und die tragische Auflösung macht mir einen musikalischen Eindruck. Die Ereignisse im Tirol nehmen mich in sich auf wie der volle Strom allseitiger Harmonie. [. . .] Das freudige Sterben dieser Helden ist wie das ewige Opfern der Töne einem hohen gemeinsamen Zweck, der mit göttlichen Kräften sich selbst erstreitet; so scheint mir auch

65 Vgl. SW Bd. 3, S. 395 f., 428, 436 f.
66 Vgl. auch SW Bd. 3, S. 421 f.

jede große Handlung ein musikalisches Dasein; so mag wohl die musikalische Tendenz des Menschengeschlechts als Orchester sich versammeln und solche Schlachtsymphonien schlagen, wo denn die genießende, mitempfindende Welt neu geschaffen, von Kleinlichkeit befreit, eine höhere Befähigung in sich gewahrt.[67]

VI

Wenn wir bisher die Ambivalenz beleuchtet haben, von der Bettinas Werk geprägt ist, jenen eigentümlichen Schwebezustand zwischen subjektzentrierter Wirklichkeitsverarbeitung und narzißtischer Selbstinszenierung, so müssen wir jetzt unsere Perspektive wechseln, um erkennen zu können, wie sehr Bettina zugleich der Aufklärung verpflichtet ist.[68] In der Tat liegt die Frage nahe, ob nicht die Bedeutung Bettina von Arnims darin zu sehen ist, daß sie wichtige Themen der Aufklärung übernommen, jedoch in eigensinniger Weise verwandelt hat. Man würde dies zeigen können für ihre Vorstellung von Erziehung, für die Form, die sie der literarischen Utopie gegeben hat, vor allem aber für ihre konkrete Alltagspraxis. Wer Bettina Wirklichkeitsflucht vorwerfen wollte, weil sie immer wieder in ihren Briefen dem hellen Traum von Wirk-

67 Ebd., S. 385 f. – Und an anderer Stelle heißt es: »Ich seh' das vergoßne Blut der Tiroler triumphierend in den Busen der Gottheit zurückströmen« (in vorl. Ausg. S. 183; vgl. auch S. 191 f.).

68 Zu Recht insistiert Gisela Dischner auf diesem Aspekt (*Bettina von Arnim. Eine weibliche Sozialbiographie aus dem neunzehnten Jahrhundert*, hrsg. von G. D. Berlin 1977, S. 10). – Es scheint für das Selbstverständnis eines Teils der linken Intelligenz bezeichnend, daß sie, vermittelt über eine historische Gestalt wie Bettina, die oben angedeutete sozialpsychologische Konstellation reproduziert: das Schwanken zwischen gesellschaftlicher Verantwortung und Rückzug aufs Ich, das die Wirklichkeit als Material seiner Selbstverwirklichung betrachtet; der Begriff der Selbstdarstellung ist bei Dischner positiv konnotiert (vgl. z. B. ebd., S. 17). Es versteht sich von selbst, daß eine solche widerspruchsvolle Arbeit reicher ist als eine, die Bettinas Werk auf seine individuelle biographische Dimension beschränkt (vgl. z. B. Dieter Kühn [Hrsg.], *Bettina von Arnim. Aus meinem Leben*, Frankfurt a. M. 1982).

lichkeit sich anvertraut, »wo wir ohne Vor- und Nachurteil den Gedanken uns auf die Schwingen werfen«[69] und »ein bißchen Spazierenreiten in den Himmel« (S. 92), der übersähe, daß im Falle Bettinas die Kategorien der Autonomieästhetik nicht gelten. Wie sie darauf verzichtet, ihre ästhetische Produktion unter das Gesetz des Werks zu beugen, so widersetzt sie sich auch der Trennung von Kunst und Lebenspraxis. Ungebrochen in die Tradition der Aufklärung stellt sie ihre Alltagspraxis, die sie wie ihre schriftstellerische Tätigkeit als Beitrag zur Verbesserung der bürgerlichen Gesellschaft begreift. Dokumentiert ist diese Praxis in Bettinas *Armenbuch* oder im Anhang zum »Königsbuch«, historisch frühen Beispielen der Sozialreportage, in ihren Stellungnahmen zur Judenfrage oder in ihrem berühmten Brief an Savigny vom 4. November 1839, für den sie die Arbeit an der *Günderode* unterbricht, weil sie nicht schweigen will über den Fall der Brüder Grimm (diese waren aus ihren Professorenämtern an der Universität Göttingen entlassen worden, weil sie gegen den Verfassungsbruch ihres Landesherrn protestiert hatten).[70]
Wenn das Problem der Erziehung eines der zentralen Themen der Aufklärung ist, so erlauben uns die historischen Erfahrungen, die von dieser uns trennen, die Widersprüchlichkeit der Aufklärungspädagogik zu sehen. Man braucht die Radikalität von Horkheimers und Adornos *Dialektik der Aufklärung* nicht zu teilen, welche die Geschichte der Menschheit beschreibt als die »Geschichte der Introversion des Opfers. Mit anderen Worten: die Geschichte der Entsagung«,[71] um das Moment von Zwang anzuerkennen, das aller

69 SW Bd. 2, S. 68.

70 Über Bettinas politische Tätigkeit vgl. Ingeborg Drewitz, *Bettine von Arnim. Romantik – Revolution – Utopie*, ²München 1979, S. 177 ff.; vgl. auch Christa Wolf (Anm. 3), S. 294 ff. Über die historische Bedeutung ihres Staats- und Rechtsdenkens vgl. Ilse Staff, »Einführung«, in: Bettina von Arnim, *Dies Buch gehört dem König*, hrsg. von I. S., Frankfurt a. M. 1982, S. 9–58.

71 Max Horkheimer / Theodor W. Adorno, *Dialektik der Aufklärung*, Amsterdam 1955, S. 71.

Erziehung zugrunde liegt. »Erziehung läßt sich als eine Fortsetzung des Zivilisationsprozesses verstehen. Die zivilisatorischen Zwänge, die vorher in sozialen Verflechtungen der Erwachsenen auftreten, werden jetzt im Gegensatz von Erwachsenen und Nicht-Erwachsenen, in der Figuration, die sie bilden, der Erziehung, wirksam«[72] – diese Definition gewinnt Katharina Rutschky im Anschluß an Norbert Elias' *Prozeß der Zivilisation*, und sie rekonstruiert die Geschichte der bürgerlichen Erziehung unter dem polemisch verstandenen Begriff der »schwarzen Pädagogik«. Wenn Bettina ihre Vorstellung von einer freien Kindheit als gelebte subjektive Erfahrung (der Mutter Goethes) darstellt, so bewahrt sie die Leitvorstellung der Aufklärung: die Autonomie des Subjekts, aber sie bricht mit der »pädagogischen Überzeugung, man müsse das Kind von Anfang an in eine Richtung ›bringen‹«.[73] Goethes Mutter folgt ihrem »eignen Instinkt«, wenn sie ein einziges Ziel verfolgt: »auf eignen Füßen stehen soll der Geist«. Und sie mißtraut »all dem Pädagogenwesen«: »Die ganze zivilische Einrichtung ist so eine Verschanzung gegen den Geist.« Daher setzt sie gegen die aufgeklärte Maxime: *»Man muß das Kind führen und es stützen«* ihre natürliche: »Ich aber dachte, man muß das Kind locken und nicht führen.«[74] Das Dasein ihres Sohnes gilt ihr als »Beweisführung« für die Wahrheit ihrer »unpädagogischen Grundsätze«. Das Gesetz dieses besonderen Daseins, durch das die Natur die »Verkehrtheit« der Erziehung widerlegt, ist für die Mutter der »Übermut«, »nach dem Ziel [zu]laufen«, »als fort in ein Feuer [...] dem himmlischen Erzeuger in die Arme«.[75]

Kann man Bettinas erinnernde Rekonstruktion von Goethes

72 Katharina Rutschky (Hrsg.), *Schwarze Pädagogik. Quellen zur Naturgeschichte der bürgerlichen Erziehung*, Frankfurt a. M. / Berlin / Wien 1977, S. LX.

73 Alice Miller, *Am Anfang war Erziehung*, Frankfurt a. M. 1980, S. 112.

74 SW Bd. 6, S. 70 ff.

75 Ebd., S. 101 f. und S. 70 f.

Kindheit als Paradigma einer Erziehung ohne Zwang lesen, so wird man auch in ihrem utopischen Denken jenen technokratischen Zug nicht finden, der nicht selten die klassischen (Staats-)Utopien entstellt. Bis in die architektonischen Entwürfe der Französischen Revolution und des Frühsozialismus hinein läßt sich die beunruhigende Tendenz verfolgen, die »projektierende Kraft«[76] der freien Geister einzugrenzen im gesetzten Modell einer vollkommenen, aber verfaßten Gesellschaft. Bettina wird solche Ideal-Entwürfe gekannt haben, wie die für Richard Owens »New Harmony« oder die Wohnanlagen des fourieristischen »Phalanstère«, »deren konstituierende Prinzipien auf der Symmetrie, also dem [nach dem Plan des Universums entworfenen] Bild der Ordnung und der Perfektion, basieren«.[77] Bettinas utopisches Denken rebelliert gegen die »Geistesdespotie« des Systems: »Das Schrecklichste, was ein Geist denken kann, das Einstimmen in ein System« (S. 240). In ihrer großen Apologie des Verbrechers bekennt sich »die Frau Rat« (Goethe) zu ihren »hellen« Visionen: »der spiegeltiefe Strom der Zukunft ist mein Bett, in dem mein Übermut kopfunter taucht«[78] und gibt damit das Stichwort für Bettinas Utopie des freien Geistes; diese ist radikal subjektivistisch und gebunden an die konkrete Erfahrung. Gegen die »hölzerne Maschine«[79] des Wissens setzt sie ihre andere Vernunft: »Es gibt ein Denken, was verlebt, und eins, was erlebt. – Wie mich sammeln, daß ich meinen Geist immer auf das Erleben richte?[80] Dieses andere »lebengebende« Denken ist von der Erfahrung des Subjekts nicht abtrennbar, es sperrt sich, als »Eigenmacht« gegen alle »Polizei der Seele« (S. 30, 31): »So gehöre ich denn in einen andern Kreis der Allgemeinheit, wo sich fassen

76 Ebd., S. 181.
77 E.-L. Boullée, in: *Der Hang zum Gesamtkunstwerk. Europäische Utopien seit 1800* (Ausstellungskatalog). Aarau / Frankfurt a. M. 1983, S. 122.
78 SW Bd. 6, S. 370.
79 SW Bd. 2, S. 301.
80 Ebd., S. 310.

möchten: Kinder, Helden, Greise, Frühlingsgestalten, Liebende, Geister.«[81] Dieses Moment der Erfahrung bestimmt auch den messianischen Grundton von Bettinas utopischem Denken, das Motiv der Erlösung der Natur und der Vergangenheit.

Indem Bettina derart die Tradition der Aufklärung aufnimmt, aber über die subjektive Erfahrung vermittelt, bricht sie deren objektivistischen Anspruch und legt die emanzipatorischen Impulse des aufklärerischen Denkens frei. Dabei entdeckt sie eine Weise des Sprechens, die man – im Gegensatz zu den operativen Genera der Aufklärung wie zu den »Werken« der klassisch-romantischen Epoche – als *freie Produktion* bezeichnen kann.

Christa Bürger

81 Ebd., S. 283 f.

Inhalt

Erzählungen und Romane der deutschen Romantik

IN RECLAMS UNIVERSAL-BIBLIOTHEK

Arnim, Achim v.: Erzählungen. 384 S. UB 1505 – Isabella von Ägypten. 143 S. UB 8894 – Der tolle Invalide auf dem Fort Ratonneau. Owen Tudor. 80 S. UB 197

Arnim, Bettina v.: Ein Lesebuch. 349 S. 21 Abb. UB 2690

Bonaventura: Nachtwachen. Anh.: Des Teufels Taschenbuch. 188 S. UB 8926

Brentano, Clemens: Godwi. 599 S. UB 9394 – Die Geschichte vom braven Kasperl und dem schönen Annerl. 64 S. UB 411 – Gockel und Hinkel. 112 S. UB 450

Chamisso, Adelbert v.: Peter Schlemihls wundersame Geschichte. 85 S. UB 93 – dazu Erläuterungen und Dokumente. UB 8158

Eichendorff, Joseph v.: Ahnung und Gegenwart. 405 S. UB 8229 – Aus dem Leben eines Taugenichts. 126 S. UB 2354 – dazu Erläuterungen und Dokumente. UB 8198 – Das Marmorbild. Das Schloß Dürande. 100 S. UB 2365 – dazu Erläuterungen und Dokumente. UB 16047 – Sämtliche Erzählungen. 654 S. UB 2352

Fouqué, Friedrich de la Motte: Undine. 106 S. UB 491

Hoffmann, E. T. A.: Die Bergwerke zu Falun. Der Artushof. 86 S. UB 8991 – Die Elixiere des Teufels. 376 S. UB 192 – Das Fräulein von Scuderi. 79 S. UB 25 – dazu Erläuterungen und Dokumente. UB 8142 – Der goldne Topf. 128 S. UB 101 – dazu Erläuterungen und Dokumente. UB 8157 – Kater Murr.

517 S. UB 153 – Klein Zaches genannt Zinnober. 150 S. UB 306 – Kreisleriana. 155 S. UB 5623 – Das Majorat. 86 S. UB 32 – Meister Floh. 235 S. UB 365 – Nachtstücke. 431 S. UB 154 – Nussknacker und Mausekönig. 100 S. UB 18503 – Prinzessin Brambilla. 8 Kupfer nach Callotschen Originalblättern. 173 S. UB 7953 – Rat Krespel. Die Fermate. Don Juan. 82 S. UB 5274 – Der Sandmann. 79 S. UB 230 – dazu Erläuterungen und Dokumente. UB 8199 – Des Vetters Eckfenster. 53 S. UB 231

Kleist, Heinrich v.: Die Marquise von O… Das Erdbeben in Chili. 88 S. UB 8022 – dazu Erläuterungen und Dokumente. UB 8196 und UB 8175 – Michael Kohlhaas. 135 S. UB 218 – dazu Erläuterungen und Dokumente. UB 16026 – Sämtliche Erzählungen. 380 S. UB 8232 – Die Verlobung in St. Domingo. Das Bettelweib von Locarno. Der Findling. 72 S. UB 8003 – Der Zweikampf. Die heilige Cäcilie. Sämtliche Anekdoten. Über das Marionettentheater und andere Prosa. 112 S. UB 8004

Novalis: Heinrich von Ofterdingen. 255 S. UB 8939 – dazu Erläuterungen und Dokumente. UB 8181

Schlegel, Dorothea: Florentin. 325 S. UB 8707

Schlegel, Friedrich: Lucinde. 224 S. UB 320

Tieck, Ludwig: Der blonde Eckbert. Der Runenberg. 57 S. UB 7732 – dazu Erläuterungen und Dokumente. UB 8178 – Franz Sternbalds Wanderungen. Studienausg. 584 S. 16 Abb. UB 8715 – Des Lebens Überfluß. 80 S. UB 1925 – Liebesgeschichten der schönen Magelone und des Grafen Peter von Provence. 72 S. UB 731 – Märchen aus dem »Phantasus«. 351 S. UB 18240 – William Lovell. 744 S. UB 8328

Philipp Reclam jun. Stuttgart